Und das ist jetzt der Dank?!

von Vanessa Jakob

Die nachfolgenden Seiten des Werkes „Und das ist jetzt der Dank"
und sämtliche zugehörigen Bilder unterliegen dem Urheberrecht
der Autorin Vanessa Jakob. Jeglichen Vervielfältigungen
wird bereits an dieser Stelle widersprochen.
Zuwiderhandlungen werden juristisch geahndet.

Erstausgabe 2014
© Vanessa Jakob, VanessaJakob@t-online.de

Herstellung und Verlag:
BoD - Books on Demand, Norderstedt
ISBN 978-3-7357-8252-6

Ich widme dieses Buch meiner wundervollen Tochter
Jana Celine
und danke ihr für ihre Geduld und dafür, dass sie in
meinem Leben ist.

• • •

Weiterhin danke ich Andrea, Bernd, Clausi, Karen,
Lasse und Susanne
für ihre reichliche Unterstützung und Motivation.

Inhaltsangabe:

Bettina ist Mitte 40, alleinerziehend und lebt noch bei ihren Eltern - aus Kostengründen. Mehr ist mit ihrem schmalen Gehalt nach der Scheidung von ihrem Ehemann nicht drin. Die Eltern haben die Tochter aufgenommen, weil „es sich so gehört" und die Tochter will eigentlich nur noch weg. Die Erkenntnis, dies finanziell nicht zu meistern, setzt ihr gewaltig zu.
Der plötzliche Unfalltod der Eltern ist Erlösung und Schrecken zugleich. Doch ihre stets bevorzugte ältere Schwester Henni und die Erinnerungen an eine Kindheit voller Gewalt und Gefühlskälte machen Tini mehr zu schaffen, als die Erkenntnis, nicht einmal traurig über den Tod der Eltern zu sein.
Sie ist hin- und hergerissen, soll sie das Erbe annehmen? Kann sie es auch innerlich annehmen? Oder besser nicht annehmen? Was soll sie nur tun? Schwere Entscheidungen sind von Tini zu treffen, während ihre geldgierige Schwester und ihre eigene Konstitution ihr permanent Knüppel zwischen die Beine werfen und sie so nicht nur mental in die Knie zwingen. Wäre da nicht ihre Tochter Janine, könnte sie einfach aufgeben. Aber so geht das nicht. Sie muss stark sein, für ihr Kind und für ihre eigene Zukunft. Denn wenn sie das Erbe nicht annimmt, verliert sie auch ihr Zuhause.
Nur gut, dass da noch Piet ist, der sie nicht ausschließlich als Notarzt auffängt…

Mutter: „Und das ist nun der Dank?!"
Tochter: „Ja! Genau das ist der Dank, Mutter! Du kannst von einem Lebewesen, das du in das Leben schubst, ohne es nach seiner Meinung zu fragen, keine Dankbarkeit erwarten. Allenfalls für das Leben selbst ist das Kind möglicherweise dankbar. **Sagen** muss es das aber ganz bestimmt nicht. Schon gar nicht, wenn alles, was nach diesem Geschenk kam, dann nicht mehr so toll war.
– Denk mal drüber nach, M u t t e r !"

Vanessa Jakob, geb. 1969 in Flensburg, gibt hier ihr Romandebüt und lässt in die frei erfundene Geschichte um Bettina Brodersen jede Menge autobiografische Teile mit einfließen: Der uralte Nachbar, der sie im zarten Teenageralter bedrängte, die Schwester, die sie schon als Baby hasste und mit dem Kinderwagen in den Graben schob und die heruntergefallene Colaflasche, wegen der sie von ihrer Mutter mal wieder eine Tracht Prügel bezog, sind nur einige der Dinge, die auf wahren Begebenheiten beruhen.

Vanessa Jakob lebt heute nach wie vor mit ihren (quicklebendigen) Eltern und ihrer fast erwachsenen Tochter in einem kleinen Dorf an der Ostsee. Inzwischen haben sie sich zusammengerauft und leben nun schon 14 Jahre zusammen in einem Haus. Jeder respektiert den anderen und es ist fast wie eine richtige Familie…

Prolog

Mein 18. Geburtstag fiel auf einen Mittwoch. Mir war egal, dass es mitten in der Woche war. Feiern wollte ich auf jeden Fall an genau diesem Tag. Ich hatte auch schon drei Freundinnen eingeladen. Wir wollten ein bisschen zusammensitzen, Sekt trinken, was essen und lachen. Zwei meiner Gäste waren Schwestern, beide über 18 und im Besitz einer gültigen Fahrerlaubnis. Tara jedoch, war zu dem Zeitpunkt erst 13. Sie war für ihr Alter schon ziemlich „erwachsen", oder wir anderen drei waren einfach noch ein bisschen kindlich. So oder so verstanden wir vier uns super und wollten auf jeden Fall diesen wichtigen Tag zusammen feiern. Schon Tage vorher stieg die Stimmung. Wir telefonierten und alberten rum. Mit Taras Eltern hatte ich besprochen, dass Kerrin sie abholen und wieder nach Hause bringen sollte. Die Eltern waren einverstanden, kannten mich ja auch schon als gerngesehenen Gast bei sich zu Hause.

Meiner Mutter sagte ich Bescheid, dass ich Freunde zu Besuch bekäme, an meinem Geburtstag, an diesem Mittwoch. Mitten in der Woche. Meiner Mutter passte das gar nicht. Sie verbot mir die Feier schlichtweg.

„Mama, das kannst du vergessen. Dann bin ich 18 und ich feiere, wann ich will!"
„An einem Mittwoch und noch dazu mit einer Minderjährigen dabei, das kommt ja mal gar nicht in Frage!"
„Doch, Mama, kommt es."
„Das werden wir ja noch sehen."
„Stimmt, werden wir."

Mein Geburtstag fing schön an. Auch von meiner Mutter bekam ich ein Geschenk, zusammen mit meinem Vater. Weil meine Mutter schon um 6:00 Uhr den kleinen Laden neben dem Miethaus, in dem wir wohnten, aufgemacht hatte, übergab mein Vater mir mein Geschenk. Es war eine silberne Armbanduhr. Der Hinweis darauf, dass ich sie bekam, weil ich in letzter Zeit immer öfter unpünktlich gewesen war, wäre nicht nötig gewesen. Aber meine Eltern waren eben so. Ich kannte sie nicht anders. So wischte ich diese Bemerkung weg wie eine Fliege und freute mich einfach über das wirklich schöne Stück.

Auf dem Weg zur Schule kam ich an dem Laden meiner Mutter vorbei. Unsere Blicke trafen sich kurz. Ich zögerte eine Sekunde, wollte ihr die Möglichkeit geben, etwas zu sagen. Doch da hatte sie sich schon wieder umgedreht und geschäftig die Zeitungen vom Vortag zusammengebunden. „Remittenten machen". Ich wusste, dass sie das immer morgens früh machte. Aber an diesem Tag wirkte es so fadenscheinig. Das negative Gefühl stach mir direkt ins Herz. Ich sah weg. Innerlich baute ich mich mit Gewalt wieder auf:

„Es ist dein Geburtstag! Dein 18.! Ab heute kann dir keiner mehr was sagen, schon gar nicht deine Mutter! Also Kopf hoch. Heute ist ein toller Tag! Sooo ein toller Tag. Lächeln!"

So albern es war, diese Worte im Geiste zu sich selbst zu sagen, so erfolgreich war es auch. Ein Lächeln huschte über mein Gesicht und als der Bus kam und ich meine Freundin Steffi sah, die strahlte, wie ein Honigkuchenpferd, wurde aus dem Lächeln das breiteste Grinsen, das der Busfahrer wohl an dem Tag zu sehen bekam. Fragend sah er mich an, öffnete die Türen und schon stürzte Steffi heraus, umarmte mich heftig und sprang um mich herum wie ein Flummi.

„Happy birthday to you, happy birthday to you, happy birthday, liebe-"
„Steffi, pscht! Nicht. Die gucken schon alle."
„Jawoll. Und knallerot im Gesicht bist du auch", lachte meine Freundin mich breit an.
„Super! Vielen Dank auch!" Ich tat beleidigt, hielt das aber keine zwei Sekunden durch.

Wir sprangen in den Bus zurück, hielten uns an einer Stange fest und ich erzählte dem etwas klein geratenen, schlanken, blonden Wirbelwind von Freundin vor mir, wie meine Mutter sich verhalten hatte und zeigte ihr lächelnd mein Geschenk.

„Bist jetzt aber nicht traurig, oder? Deine Eltern sind eben scheiße.
Das weißt du doch nicht erst seit heute."
„Schon. Tut aber trotzdem weh. Grad an meinem 18.!"
„Kopf hoch jetzt! Heute wird nicht an was Trauriges gedacht,
heute ist happy birthday."

Sie holte Luft, als wollte sie gleich wieder singen. Da hielt ich ihr
die Hand vor den Mund. Wir prusteten beide los und kamen eine
halbe Stunde später immer noch lachend an der Schule an. Steffi
war drei Jahre jünger als ich – vielleicht hatte ich einen Tick mit
jüngeren, wer weiß, aber wir verstanden uns einfach gut. Steffi war
einfach wie der Sonnenschein in meinem zu der Zeit ziemlich
düsteren Leben. Wenn sie auftauchte, war für Melancholie kein
Platz mehr.

Die gute Stimmung hielt den Vormittag über an. Mittags fuhren
Steffi und ich wieder zusammen nach Hause. Am Nachmittag
kaufte ich für meine Geburtstagsfeier ein, meine Mutter sah ich
nicht. Wann immer ich am Laden vorbei kam, sah ich sie nicht.
Nachbarn gratulierten mir im Vorbeigehen, Freunde riefen an, auch
meine Oma meldete sich am Telefon. Sie war damals 66 Jahre alt
und hatte alle Geburtstage der Kinder, Schwiegerkinder und
Enkelkinder im Kopf. Auch zu den Hochzeitstagen rief sie
grundsätzlich an und sagte ein paar nette Worte. Ich mochte meine
Großmutter sehr. Sie war die Mutter meiner Mutter und als es mit
ihrer Tochter und mir einmal besonders schlimm war, rief ich sie
auch an und bat sie, einmal mit ihrer Erstgeborenen zu sprechen.
Sie sagte es mir zu und ich fühlte mich gleich besser. Als wir uns
ein paar Monate später auf einer Familienfeier trafen, fragte sie, ob
es nun besser gehe mit meiner Mutter. Sie hätte das gehofft, denn
angerufen habe sie sie nicht. – Ich war schwer enttäuscht und habe
sie nie wieder um Hilfe gebeten.

Abends kamen Kerrin, Anja und Tara pünktlich und alle
zusammen zu meinem Geburtstag. Ich hatte ein eigenes Zimmer
auf dem Dachboden. Es war der einzige ausgebaute Raum auf dem

Dachboden, der ansonsten eben Boden war. Überall Gerümpel und blanke Dachbalken. Aber mein Zimmer war top: Fußbodenheizung, zwei Fenster und ganz für mich allein. Nur, dass ich auf dem Weg in mein Reich durchs Treppenhaus und an der Wohnungstür meiner Eltern vorbei musste, somit auch an dem Spion in der Tür, hinter dem sich meine Mutter bei jedem Geräusch im Treppenhaus blitzschnell positionieren konnte, um nur nichts zu verpassen, das war nicht so klasse.

Meine Freunde kamen die Treppe herauf, passierten die Tür der Wohnung meiner Eltern und sahen verschwörerisch zum Spion. Hinter der Tür tat sich was, das konnte ich auch eine Etage darüber hören, als ich am Treppengeländer lehnte, um die Mädels willkommen zu heißen. Einen Moment hielt ich die Luft an. Kam meine Mutter jetzt heraus aus der Wohnung? Würde sie meine Freunde zusammenfalten? Doch nichts passierte. Kerrin, Anja und Tara nahmen die letzten Stufen und schlossen mich nacheinander in ihre Arme.

Es wurde ein schöner Abend. Die Stimmung war super, wir spielten irgendwelche Spiele, erzählten uns Geschichten und lachten. Musik kam aus dem Radio, war aber genau mein Geschmack an dem Abend, wir „Erwachsenen" tranken Sekt, für Tara gab es Cola. Sie nahm uns das nicht übel, nein, auf keinen Fall. Im Gegenteil. Mit hoch erhobenem Glas stieß sie fleißig an. Kerrin stieg nach einem Glas Sekt auch auf Cola und Knabbereien um, sie war an diesem Abend Fahrer. Es war ein wirklich schöner Ausklang dieses Tages, meines 18. Geburtstages.

Kurz vor Mitternacht schickte ich meine Gäste nach Hause. Weil um die Zeit schon die Treppenhaustür unten am Haus abgeschlossen war, brachte ich sie alle vier die Treppe hinunter. Die drei gingen voraus, ich bildete das Schlusslicht. Wir kicherten albern und bemüht leise, was uns nicht ganz gelang. Als ich die Wohnungstür meiner Eltern passierte, flog diese urplötzlich auf und meine Mutter schoss im Nachthemd hervor. Ich hatte sie so oft genau so gesehen: Wutentbrannt! Ich wusste nicht, ob ich mir vor Angst in die Hose machen sollte, oder ob ich ihr mit genauso großer Wut begegnen sollte. Die Wut gewann die Oberhand und

Zornesfalten wischten in Sekundenbruchteilen die Fröhlichkeit aus meinem Gesicht.

Im nächsten Moment holte meine Mutter mit der Rechten aus, zielte in Richtung meines Gesichts. Ich wich zurück, doch sie traf mich noch an der Nasenspitze. Was sie sagte, während sie schlug, habe ich vergessen. Aber meine Antworte nicht:

„Das war das letzte Mal, dass du mich geschlagen hast! Wag das ja nie wieder, MAMA!"

Dann ging ich mit dem letzten Rest von Stolz an meinen geschockten Freundinnen vorbei die Treppe hinunter. Den Kopf hoch erhoben und mich alle paar Stufen bitterböse zu der Frau zurückblickend, die mich geboren hatte, aber auch wohl der einzige Mensch auf der Welt war, der mich in genau diesem Moment abgrundtief hasste.

Meine Mutter schloss wortlos ihre Tür. Leise fiel sie ins Schloss. Erst dann folgten meine Freundinnen mir nach unten. Ich hielt ihnen schon die Tür auf und versuchte ein Lächeln. Anja nahm mich in den Arm, wollte mich trösten. Doch ich winkte ab, tat so, als hätte mich das alles gar nicht sonderlich berührt. Mit traurigen Gesichtern verschwanden meine Freundinnen in der Dunkelheit. Ich schloss die Haustür ab und ging nach oben auf meinen Dachboden. Hinter der Tür meiner Eltern gab es nicht das leiseste Geräusch. Es wäre mir in dem Moment auch egal gewesen, wenn meine Mutter nach dieser Auseinandersetzung tot umgefallen wäre. Als sie mich schlug, starb sie auch für mich. Doch der Schmerz im Herzen, der blieb.

Oben angekommen, schloss ich die Tür hinter mir ab und ließ den Schlüssel stecken, damit niemand hereinkonnte. Ich legte mich auf mein Bett, zog mir die Decke über den Kopf und weinte. In meinem Körper war kein Gefühl mehr. Allein meine Nasenspitze pierte. Mehr spürte ich nicht.

Kapitel 1 - Freitag, 7. Mai

„Ja, stimmt, die Info hab ich auch."
„Weißt du, wer gefahren ist?"
„Nein. Vattern, nehme ich an, taub und blind wie der ist - war."
Das „war" fiel mir noch schwer.
„Aber die waren doch auf der Rückfahrt, da ist Muttern doch immer gefahren."
„Nur, wenn er gesoffen hat. Also nur nachts."
„Na und? Kann doch sein, dass sie mal fahren durfte."
„Nie im Leben am helllichten Tag. Nee, mir hat der Polizist aber auch nicht gesagt, wer der Unglücksfahrer war."
„Was hast du der Polizei gesagt, wo du warst?"
„Na hier, zu Hause."
„Allein?", kam die bohrende Frage.
„Ja, allein! Du auch?!", kam meine Antwort gereizt zurück.
„Nein, ich war Schwimmen mit den Lütten!"
„Und Manfred?! Wenn du schon so anfängst!"
„Der war bei einem Kollegen, hat ihm beim Bauen geholfen. Der hat also auch ein Alibi, nur du anscheinend nicht..."
„Jetzt mach aber mal 'nen Punkt! Du konntest unsere Herrschaften Erzeuger genauso wenig leiden, wie ich. Deshalb bringe ich sie aber nicht um!!"
„Naja, immerhin wohnt Ihr in einem Haus. An das Auto hättest du herankommen können."
„Genau! Und mit meinem umfangreichen technischen Wissen hätte ich den Wagen so manipulieren können, dass erst auf der Rückfahrt was passiert! Ich, die sogar zum Reifenwechseln in die Werkstatt fährt! Was soll das? Willst du mir in die Schuhe schieben, unsere Eltern um die Ecke gebracht zu haben??"
„Nein, natürlich nicht. War ja nicht so gemeint. Aber - was machen wir denn jetzt?"
„Was meinst du?"
„Na mit dem Erbe. Ausschlagen oder annehmen?"
„Boh, das ist deine einzige Sorge? Ich weiß gerade mal eine halbe Stunde, dass meine Eltern tot sind, lass mich damit erstmal klarkommen!", antwortete ich genervt. Am anderen Ende der Leitung herrschte Stille. Also fuhr ich etwas gemäßigter fort: „Lass

uns da drüber später nachdenken, ja? Dafür haben wir Zeit genug. Erstmal will ich - nachdenken. Sowas entscheidet sich doch nicht von einem auf den anderen Tag. Das braucht Zeit. Ich brauche dafür Zeit. Wenn ich eine Entscheidung getroffen habe, sag ichs dir. Kann aber dauern. Janine weiß auch noch nichts von dem Unfall. Die kommt gleich nach Hause und dann muss ich ihr erstmal in Ruhe beibringen, dass ihre Großeltern nicht mehr am Leben sind."
„Na, die wird schön die Ohren hängen lassen, dass ihre edlen Spender nicht mehr spenden werden."
„Henni, jetzt hör aber auf! Janine wird sicher todtraurig sein! Aber ehrlich traurig. Ehrlicher als wir beide zusammen! Und jetzt habe ich zu tun!"

Klack. Meine Schwester hatte aufgelegt. Kein Gruß, kein Wort. 'Die ist so von Hass zerfressen', dachte ich. Ich schüttelte den Kopf und ließ ihn in meine Hände fallen. Und er kam mir plötzlich unendlich schwer vor. Ebby, meine kleine Hündin, sprang zu mir aufs Sofa und schob ihren Kopf unter meinem Arm durch. Ich sah in ihre braunen Knopfaugen und dann kamen mir doch die Tränen. Diese treue Seele blickte mir direkt ins Herz und da fühlte ich doch etwas. In dem Moment realisierte ich zum ersten Mal ein kleines bisschen, dass etwas Schlimmes passiert war, was mein Leben veränderte, ob ich nun wollte, oder nicht: Meine Eltern waren tot! Meine Eltern, die ich liebte und hasste, immer im Wechsel. Nur zum Schluss war es eigentlich gar kein Gefühl mehr. Es war nur noch Leere da. Es tat nicht mal mehr weh. Die ganzen Sticheleien, die Wohnung mit fingerdick Schimmel an den Wänden. Es tat nicht mal mehr weh.

Aber meine Tiere. Was sollte mit meinen Tieren werden? Wenn wir hier ausziehen müssen, weil jemand anderes dieses Haus kauft - das ich ihm verkaufen würde - wo sollen wir dann hin? Eine Frau, ein Teenager, zwei alte Hunde und 26 Vögel. Wo sollen wir hin? - Und wenn ich das Erbe ausschlage? Dann kann ich mir den neuen Hauseigentümer nicht mal aussuchen, weiß nicht, wer hier kauft und was er damit macht und dann ist unsere Zukunft noch unsicherer.

Ich hatte kein Problem damit, dass meine Eltern das Zeitliche segnen. Nicht mehr in den letzten Jahren. Sie waren mir egal. Es war soviel passiert. Sie waren mir gleichgültig. Aber diese paar Jahre, bis ich meine Tiere überlebt hätte und mein Kind volljährig wäre, diese paar Jahre hätte ich hier noch durchhalten müssen. Oder vielmehr wir alle hätten das durchhalten müssen, denn meinen Eltern gefiel der Zustand ganz offensichtlich auch nicht. Oft genug hatten sie mich das merken lassen. Weshalb arbeitete ich denn weiterhin im Büro, obwohl ich den Job eigentlich nicht leiden konnte und mir meine Arme vom vielen Schreiben wehtaten. Weshalb denn? Doch nur, um meine Ruhe vor meinen Eltern zu haben. Weil ihnen meine Arbeitslosigkeit ja derart peinlich war, dass sie ständig auf mir und Janine herumhackten. Das war wirklich der einzige Grund für mich, lieber einen ungeliebten, als gar keinen Job zu haben. Aber diese ewigen Sticheleien, diese Intrigenschmiederei gegen mich, sogar auf dem Rücken meines Kindes. Sie nahmen auf nichts und niemanden Rücksicht. Auf mich schon mal gar nicht. Irgendwann war da nur noch Taubheit in meiner Seele. Wie eingeschlafene Beine. Taube Haut, taubes Herz.

Was sagte meine Freundin Regine einmal? 'Wir können unsere Eltern nicht ändern. Wir können nur fürchterlich aufpassen, dass wir selbst nicht so werden wie sie'. Und daran hielt ich mich. Was für eine Freude, wenn ich meine Tochter ansah. Wir machten so vieles anders: Sie war 16 und fand es immer noch normal, manchmal abends zu mir unter die Decke zu kriechen. Sie kam zu mir zum Kuscheln, sie drückte mich einfach so und schwärmte anderen Teenies von ihrer coolen Mutter vor, während die nur noch über ihre „Alten" meckerten und schon rauchten und tranken. Das ging meiner Kleinen so völlig ab. Ich war total stolz auf mein Kind und überglücklich, sie zu haben. Und das sagten und zeigten wir uns auch. Das war so ganz anders, als die Beziehung, die ich zu meinen Eltern gehabt hatte.

Ich war nicht traurig. Ich habe nicht geweint, als der Polizeibeamte mir von dem tödlichen Unfall erzählte und in meinen Augen nach Schuldgefühlen suchte. Ich war erschrocken, aber nicht traurig. Eher gleichgültig. Natürlich hat er mich verdächtigt, mich nach meinem Alibi gefragt. Ich hatte keins. Ich war bei meinen Tieren. Allein. Nicht mal die Hunde hatte ich mit draußen. Ok. Ich hatte zwischendurch einmal mit meiner Nachbarin geschnackt und mit meinem Exfreund telefoniert, der gegenüber wohnt. Aber einen Anruf kann man weiterleiten. Und meine Nachbarin und ich redeten erst seit zwei Monaten wieder miteinander. Nichts wäre leichter für sie, als mir jetzt eins auszuwischen, wenn sie es wollte. Abgesehen davon hatte ich schon ein kleines bisschen Ahnung von Autos. Immerhin füllte ich Öl selbst nach, wechselte Lampen selbst, Scheibenwischer sowieso und überbrückt hatte ich auch schon mal. Also hier und da einen Schlauch abziehen, das könnte der Bremsschlauch schon gewesen sein. Zumindest hatte ich keine Angst vor dem Motorraum des Autos. Ich hätte also vielleicht auch das Potential nach einer Manipulationsmöglichkeit zu suchen. Andererseits hatte ich noch nie auf dem Fahrersitz des Mercedes meiner Eltern gesessen, geschweige denn die Motorhaube geöffnet. Ich wüsste gar nicht, wo ich da suchen sollte.

Mein einziges Alibi war die saubere Voliere. Die Polizisten haben ernsthaft Fotos vom Volierenboden gemacht - ich vorsichtshalber in deren Beisein auch, als Beleg für mich selbst, falls ich tatsächlich Gefahr liefe, festgenommen zu werden. Mit den Fotos könnte ein Vogelhalter ziemlich genau sagen, wann die Voliere zuletzt gereinigt wurde. 26 Vögel machen ungefähr 26 Häufchen in 30 Minuten. Man muss also eigentlich nur die Häufchen zusammenzählen.

In meinem Kopf schlugen die Gedanken Purzelbäume. Dann noch dieses unerfreuliche Telefonat mit meiner Schwester. Sie hat es eben nicht gern, wenn sie Unrecht hat. Das Chaos wurde immer größer. Eigentlich sollte ich meine Beruhigungstropfen nehmen. Aber wenn die Polizei nochmal wieder käme und ich dann vielleicht Alkohol im Blut hätte? War Alkohol in meinem Beruhigungsmittel? Ich wusste es nicht. Trotzdem, kein Risiko eingehen. Aber ein Tee müsste gehen.

Ich ging in die Küche, öffnete die Schranktür und nahm einen Karton heraus, auf dessen Vorderseite mein Ordnungssinn und ich „Hustenmedizin, Beruhigungstee, Schlafmittel, Heuschnupfenmittel" drauf geschrieben hatten und stellte ihn neben den Herd. Dann setzte ich Wasser auf.

Mit der Tasse Beruhigungstee in der Hand setzte ich mich dann in meinen großen schwarzen Schaukelstuhl, nahm ein Bein hoch und umschlang es mit dem freien Arm. Schluck für Schluck trank ich meinen Tee und nach ein paar Minuten wurde es auch tatsächlich besser. Es fühlte sich gut an, dieses Gefühl, wie ich nach und nach ruhiger wurde. Ich holte tief Luft und lehnte meinen Kopf an die Rücklehne des Schaukelstuhls an. Längst war die Teetasse leer, aber ich hielt sie weiterhin in der Hand. Als würde das Chaos wieder losbrechen, wenn ich die Tasse losließe. Es hatte so etwas Beruhigendes.

Als es an der Tür klingelte, zuckte ich zusammen. Es klingelte wieder und wieder und die Hunde schlugen an. Mit den Hunden, die um mich herumsprangen und bellten, ging ich zur Wohnungstür. Ich stieß sie auf, die Hunde rannten raus, den Flur entlang bis zur Haustür. Janine war da, winkte ihrem Vater nochmal zu, der im Auto saß und dann wegfuhr. Dann fiel mein Kind mir um den Hals, strahlte und begann munter drauflos zu plappern, was sie alles erlebt hatte. Ich ließ sie gewähren, versuchte ein Lächeln und hörte ihr zu, während wir in unsere Wohnung gingen. Ich schloss die Tür hinter Kind und Hunden und lehnte mich an den Türrahmen zum Zimmer meiner Großen. Janine redete ohne Unterlass. Es muss ein toller Tag gewesen sein. Ich hörte ihr zu wie in Trance und sagte nichts.

Auf einmal hielt sie inne, guckte sie mich an, legte den Kopf schief, die Stirn in Falten und fragte direkt heraus: „Ist was?" Ich sah sie an wie ertappt und nickte langsam. Dann setzte ich mich auf ihr Bett.
„Komm, setz' Dich zu mir, ich muss dir was erzählen."

„Was ist denn los? Mami, du machst mir Angst."
„Janine, es ist etwas passiert. Etwas sehr Schlimmes sogar. Du musst jetzt stark sein, ja?"
„Ja, kann ich. Sag schon, was ist los? Ist was mit Bernhard, oder mit den Hunden? Ist ein Vogel gestorben? Oder - ist was mit Oma und Opa?"

Die ganze Zeit hatte ich still den Kopf geschüttelt, bei der Frage nach ihren Großeltern stoppte ich diese Bewegung und sah Janine traurig an.

„Oma und Opa?", fragte Janine mit zitternder Stimme.
„Sie hatten einen Unfall."
„NEIN!!", schrie Janine. „NEEEEIIINNN!!"
„Mein armer Schatz", flüsterte ich und nahm mein Kind in die Arme. Sie schluchzte und weinte fürchterlich. Am ganzen Leib zitterte sie. Es kam mir wie Stunden vor, die sie in meinen Armen lag wie ein kleines Kind, das seinen besten Freund verloren hatte.

Nach einer Weile fragte sie: „Sie sind jetzt im Himmel bei Tinka und sitzen auf einer Wolke, stimmt's?", schluchzte Janine mit zitternder Stimme. Da kamen auch mir die Tränen und wir weinten bitterlich - Nur ich, ich weinte wegen meiner geliebten Katze...

Kapitel 2

Am Abend saß ich mit einem Glas Wein auf dem Sofa. Mein Exfreund Bernhard saß mir gegenüber und ließ mich reden. Ich redete mir alles von der Seele. Den ganzen Stress, den ich immer mit meinen Eltern hatte, den ewigen Streit, die Intrigen. Sogar bestohlen hatte meine Mutter mich. Als ich 14 war, hatte sie sich immer fleißig von meinem Konfirmationskonto bedient und wenn sie wieder Geld hatte, den Fehlbetrag nachgezahlt. Natürlich konnten sich auf diese Weise in all den Jahren keine Zinsen ansammeln. Als ich als Volljährige nach dem Geld fragte, leugnete sie zu wissen, wo das Sparbuch wäre. Das sei weg, gab sie an. Ich fragte bei der Bank nach, bekam eine Zweitschrift ausgehändigt und sah die ganzen Ein- und Ausgänge. Ich hob sofort alles Geld ab, um sicherzugehen, dass sich meine Mutter nicht noch einmal an meinem Konto bediente.

Mit 16 wurde ich von einem alten Nachbarn begrabscht. Doch meine Mutter glaubte mir kein Wort, ließ ihn weiterhin im Besitz eines Schlüssels zu unserem Haus. Stattdessen stellte sie mich als Lügnerin hin. Bis zu ihrem Tode hat sie mir das wohl nicht geglaubt.

Und die ewigen Schläge brannten sich in meine Seele wie ein niemals erlöschendes Feuer. Meine Schwester hatte sie schon als Baby verhauen, hatte mein Vater mir mal im Vertrauen gesagt. Damit wollte er allen Ernstes das Verhalten meiner Mutter rechtfertigen. Und ich solle mich mal in ihre Situation versetzen. Kein Wort von Verständnis oder Verhaltensänderungsabsichten. Er wollte darüber auch nicht mit meiner Mutter reden. Sie wüsste sehr genau, was er von Schlägen hielt. Aber das waren immer nur Schläge im Allgemeinen, die verurteilte er wegen seiner eigenen Kindheit. Obwohl ein Nachkriegskind, wurde weder er noch eines seiner Geschwister geschlagen. Stattdessen wurden sie bei Fehlverhalten ignoriert, wobei er nicht sicher sei, was erträglicher gewesen wäre: Ignoriert zu werden oder verprügelt, bis man nicht mehr sitzen kann. Uns, seine eigenen Kinder, hat er nie beschützt. Und meine Mutter schlug uns weiter, ich glaube jeden einzelnen

Tag im Jahr.

Ich hatte eine furchtbare Kindheit. Meine Schwester ebenso. Aber sie ist dadurch nur hart geworden, verbittert. Ich wurde depressiv. Mit 13 versuchte ich, mir das Leben zu nehmen. Ich saß hinter dem Sofa versteckt, damit mich keiner so schnell finden sollte. Ich hatte ein kleines Taschenmesser mit einem Plastikgriff, der wie Perlmutt silbern schimmerte. Ich liebte dieses kleine Taschenmesser. Mit ihm fühlte ich mich sicher und wichtig. Meine Eltern hatten mir mit einem Umzug vom geliebten Land in die triste Stadt alles genommen, was ich liebte: Meine Freunde, meinen Wald und meine Pferde.
Ich war damals mehr draußen als im Haus. Im Haus gab es Schläge und die unkontrollierte Wut meiner Mutter. Draußen waren meine Freunde und der Reiterhof in der Nachbarschaft. Ich war jeden Tag dort. Und ich war eine gute Reiterin. Durfte sogar Kindern, die mit dem Reiten anfingen, Unterricht geben. Das war meine Welt! Dort war ich glücklich. Zu Hause nie.

Dann, von einem Tag auf den anderen, zogen wir um. Ich wurde nicht informiert, bekam nur die Anweisung, meine Sachen zusammenzupacken, wir würden nach Flensburg ziehen - JETZT! In dieser Nacht zogen wir dann wirklich um. Wir Kinder waren es ganz offensichtlich nicht wert, erklärt zu bekommen, warum. Von da an wohnten wir zu viert in einer 1-½-Zimmer-Wohnung in der Stadt in einer der übelsten Gegenden. Und ich hatte nichts mehr: Keine Freunde, keine Pferde, nicht mal mehr Natur. Mein Wald, der bislang hinter unserem Haus zum Toben und Spielen einlud, war gegen drei alte Kastanienbäume auf dem Nachbargrundstück eingetauscht worden. Durch eine Mauer vor Fremden geschützt. Ich wurde zunehmend in mich gekehrter. Aus dem eigentlich fröhlichen Kind, das sich nicht so leicht unterkriegen ließ, wurde ein trauriger, melancholischer Teenager.

Eines Tages saß ich hinter dem Sofa. Ich holte mein kleines Taschenmesser heraus, klappte es auf und begann, an meinem Unterarm zu ritzen. - Doch es passierte nichts! Das Messer war nicht scharf genug, es passierte nichts! Wieder und wieder ritzte ich an meinem Unterarm herum, doch mehr als rote Striemen gab es nicht. Mir schossen die Tränen in die Augen, so dass ich nichts mehr sehen konnte, und ich ritzte weiter und weiter. Schließlich gab ich auf. Nicht einmal das konnte ich!

Bernhard hörte mir still zu. Er sagte nichts, ließ mich einfach reden - und weinen. Ich weinte über meine Kindheit, über meine Jugend, über meine abgöttische Liebe zu den Tieren, über meine traurige Seele, über mein ganzes verpfuschtes Leben. Über meine Eltern weinte ich nicht.

Bernhard setzte sich zu mir und nahm mich in den Arm. Und das tat so gut. Wir waren „nur" Freunde, aber schon sehr gute Freunde. Ich war froh, dass es ihn gab. Und dass es ihn genau jetzt gab.

Nach einer Weile hatte ich mich soweit gefangen, dass ich mir die Tränen aus dem Gesicht wischte und mein Glas mit Wein nachfüllte. Ich setzte mich ein Stück zurück und nahm einen Schluck.

„Was mache ich denn jetzt?"
„Was meinst du?", fragte Bernhard.
„Na mit meinen Eltern. Meine Schwester ergießt sich in Wutausbrüchen und in ihrem wasserdichten Alibi. Vom Erbe will sie auch nichts haben, das hat sie jedenfalls gesagt, als die Alten noch lebten. Also wird sie wohl auch nicht die Beerdigung organisieren. Und was ist mit dem Betrieb? Was ist mit den Mietern? Führe ich das alles weiter oder schlage ich aus oder verkaufe ich? Was soll ich machen? Wenn ich ausschlage oder verkaufe, säge ich an dem Ast, auf dem ich sitze!"
„Musst du das denn alles sofort entscheiden?"
„Nee. Im Moment ermittelt die Polizei ohnehin noch wegen eventuellen Mordes - auch gegen mich! Stell dir das mal vor! Ich bin schon froh, dass die mich nicht festgenommen haben."
„Hast du denn kein Alibi?"
„Nee, außer dem Telefonat mit dir und einem Gespräch mit Elena könnten nur die Vögel bezeugen, dass ich zu Hause war. Pah!

Super Zeugen! Die Voliere geputzt habe ich und die Ruhe genossen. Eltern nicht da, Kind nicht da. Das war schon schön."
„Naja, ich habe bei der Polizei ja die Zeit angegeben, zu der wir telefoniert haben und wie lange. Das ist ja schon mal was. Wenn die was in der Hand hätten, hätten sie Dich schon lange abgeholt. Mach dir mal keine Sorgen. Elena wird ja auch für Dich ausgesagt haben."
„Da wäre ich mir nicht so sicher. Sie hätte jetzt die Gelegenheit, mit mir abzurechnen, weil ich Reinhard doch das Geschäft kaputtgemacht habe."
„Das glaub ich nicht. Immerhin wäre das ja sowas wie ein Meineid. Das riskiert keiner so ohne weiteres."
„Hoffentlich. - Nein, du hast bestimmt recht. Wenn die Polizei was in der Hand hätte, wären sie schon lange hier. Allerdings haben sie alles versiegelt. Die ganzen Türen und auch die Schlösser zur Garage und zum Carport, wo das Wohnmobil drinnen steht. Nicht, dass ich hier was wegschaffe..."

Genau in diesem Moment hob Joy, meine weiße Schäferhündin, die die ganze Zeit entspannt zu meinen Füßen geschlafen hatte, den Kopf und knurrte leise in Richtung Fenster.

„Nanu, hast du eine Fledermaus gehört, Joy?", fragte Bernhard belustigt. Da sprang das Tier auf, bellte wie verrückt, rannte zum Fenster und stellte sich mit den Vorderbeinen auf die Fensterbank. Das hatte sie schon lange nicht mehr gemacht. Irgendwas regte sie fürchterlich auf. Das Fenster ging zum Hofplatz hinaus, von wo aus man zum Carport mit dem Wohnmobil und zu meinen Vögeln kommen konnte. Joy hörte nicht auf zu bellen, stellte sogar die Nackenhaare zu einer Mähne auf. Ebby kam dazu geflitzt, sprang auf die Rücklehne des Sessels, der vor dem Fenster stand und bellte mit. Der Krach war immens. Ich mahnte die Hunde, sie sollten still sein, aber es war nichts zu machen. Bernhard war aufgesprungen und sah suchend aus dem Fenster. Die Hofbeleuchtung war angegangen und das Flutlicht blendete ihn.

„ Da ist einer! Ich laufe mit den Hunden nach hinten. Gib mir die Schlüssel!", stieß Bernhard hervor.

„Ich komme mit!"
„Quatsch, viel zu gefährlich!"

Da hörten wir wie an dem großen Tor zum Carport gerüttelt wurde. Ich zuckte zusammen, guckte erschreckt Bernhard an. Das Tor hatte mein Vater selbst gebaut, es war massiv aus langen Holzleisten geschraubt. Eine Weile würde es sicher einem Aufbruchversuch standhalten. Bernhard und ich sahen uns an, verstanden uns ohne Worte. Schon rannten wir durch die Wohnung. Ich griff mir die Schlüssel, der Schlüsselkasten fiel mit lautem Krach zu Boden. Es war mir egal. Ich wollte wissen, wer da auf dem Hof war. Wir liefen den Hausflur entlang. Bernhard rannte aus der Haustür heraus und rief mir noch zu:

„Ich schneide ihm den Weg ab. Lauf du mit den Hunden hinten raus!"

Weg war er. Ich lief weiter durch den Flur nach hinten, mein Herz klopfte bis zum Hals, die Hunde machten mich rasend mit ihrem Gebell. Vermutlich hatten sie schon die komplette Nachbarschaft geweckt. - Und Janine! Mich durchzuckte es eiskalt. Nicht dass meinem Kind noch etwas passierte! Ich rannte zurück und machte so leise wie möglich die Wohnungstür zu, unverständige Blicke meiner Hunde erntend. Dann wieder in die andere Richtung zum Hinterausgang. So schnell ich konnte, schloss ich die Tür auf und ließ die Hunde raus. Joy duckte sich in Angriffshaltung und wie ein gestreckter Pfeil schoss sie nach vorn. Ebby dicht neben ihr. Sie hatten was im Visier, kein Zweifel. Ich hörte jemanden schreien. Ich rannte so schnell ich konnte meinen Hunden hinterher. Meine blöden Schlappen behinderten mich beim Laufen, ich fiel hin, schlug mir die Knie auf dem Hofplatz auf. Aber das registrierte ich gar nicht richtig. Ich rappelte mich auf, ein kurzer Blick nach rechts: Am Carport hing das Vorhängeschloss, scheinbar unversehrt.
Der Schrei war der von einer Frau, schoss mir durch den Kopf. Meine Hunde bellten, als hätten sie ihre Beute gestellt. Wieder ein Schrei, dann ein Fluchen:

„Lasst mich los, verdammt! Joy, hau ab, ich bins doch! Ebby! Ah, nicht küssen! Mann, verdammt!"

Inzwischen war ich herangekommen. Bernhard stand am Grundstücksrand, die Hände in die Hüften gestemmt und grinste kopfschüttelnd. Ich kam dazu, rieb mir die Knie und leuchtete mit der Taschenlampe in das Gesicht - meiner Schwester.

„Henni? Was sollte das denn werden?"
„Ruf erstmal deine Köter zurück. Ich komm ja gar nicht wieder auf die Füße!"
„Ja, sie könnten Dich zu Tode küssen!"
„Nun mach schon! Joy, lass das, Ebby, nicht pinkeln. Ich bin doch nicht Manfred. Mann nun lasst mich doch endlich in Ruhe, verdammt!"

Meine Hunde hatten meine Schwester erkannt und da sie offenbar deutlich nach meinem Schwager roch, bepinkelte sich Ebby prompt vor lauter Freude. Sie liebte meinen Schwager sehr. Die Hunde mussten die Aktion für ein tolles Spiel gehalten haben. Meine ziemlich übergewichtige Schwester rappelte sich indes jappsend auf. Ich pfiff einmal kurz und Sekunden später standen meine beiden treuen Vierbeiner links und rechts neben mir. Ich war direkt erstaunt, ließ es mir aber nicht anmerken. Henni rappelte sich auf, kletterte schnaufend den Abhang herauf, zerstochen von den Brombeerbüschen und dreckig vom Sturz.

Schließlich stand sie vor mir und es dauerte eine Weile, bis sie sich soweit erholt hatte, dass sie den kläglichen Versuch unternehmen konnte, sich zu rechtfertigen:

„Naja, ich wollte das Wohnmobil rausholen, das braucht doch keiner. Aber wir können es brauchen. Muss ja keiner wissen. Und du brauchst das doch auch nicht."
„Na super! Mich wollen sie einbuchten, weil ich kein Alibi habe, und versiegeln hier alle Schlösser, damit ich nichts klaue und meine eigene Schwester belastet mich noch mehr mit einem echten fetten Diebstahl! Na schönen Dank auch!!"

„Das - das wollte ich ja nicht. Hätte doch eh keiner gemerkt. Das hätten wir dann schon noch abgesprochen."
„Wann denn? Während oder noch bevor ich im Knast gesessen hätte?!"
„Och Mann, so war das doch nicht gemeint."
„Nee lass mal. Ich hab schon verstanden. Jeder ist sich selbst der Nächste, stimmt's? Wo ist Manfred denn? Sitzt der nichtsahnend zu Hause vor der Glotze oder hier in der Nähe im Auto?"
„Oben", murmelte Henni betreten.
„Was?!"
„Oben auf dem öffentlichen Parkplatz im Auto!"
„Hattet Ihr eine Zeit ausgemacht, wann er die Bullen anrufen sollte und sagen, dass ich das Wohnmobil geklaut habe, oder was?!"
„Nee, wir wollten es ja erstmal verstecken."
„Ihr wolltet es erstmal v e r s t e c k e n ?! Das Ding ist so groß wie ein Linienbus!!"
„JAAA, ist ja gut, war 'ne Scheiß-Idee!!"
„Ruf Manfred an, er kann Dich abholen!"

Mit hängendem Kopf trottete Henni neben uns die Auffahrt hinauf zur Straße. Oben kam Manfred uns ohne Licht am Wagen entgegen. Weil er in solchen Dingen aber keine Erfahrung hatte, oder einfach nur, weil es ohne Licht und im Dunkeln recht schwer war, einzuparken, fuhr er frontal gegen die halbhohe Mauer, die Parkfläche und Grundstück voneinander trennte. Es gab einen kleinen aber unüberhörbaren Knirschlaut. Manfred ging sofort voll in die Bremsen, so dass der gerade mal ein Jahr alte Wagen vorne herunterging und der nun schon verbeulten Motorhaube auch noch ein paar zusätzliche unschöne Schrammen verpasste. Nun legte er hastig den Rückwärtsgang ein und setzte ein Stück zurück. Dabei fuhr er seine Ehefrau an, die gerade hinten um den Fiat herumhastete. Die schrie verhalten auf, Manfred zuckte zusammen und mit einem hastigen Seitenblick erkannte der 150-Kilo-Mann mich und auch Bernhard im Dunkeln. Ertappt sah er schnell wieder weg, guckte urplötzlich nur noch starr geradeaus.

Ich klopfte an die Scheibe, widerwillig ließ Manfred sie herunter und sah zu mir hoch wie ein Schüler, den der Lehrer beim

Abschreiben erwischt hat.

„Lasst so einen Scheiß in Zukunft nach, ja?! Danke!!"

Manfred nickte, kurbelte das Fenster hoch und Henni zischte: „Los, weg hier jetzt! Gib endlich Gas!"

Ruckelig fuhr das Auto vom Hof, nach ein paar Metern ging auch das Licht an. - Besser so.

Ich sah den beiden kopfschüttelnd nach, musste direkt ein bisschen lachen. Bernhard nahm mich in den Arm, drückte mich an sich. Nach einer Weile gingen wir Arm in Arm auf den Hofplatz zurück. Die Hunde trotteten fröhlich nebenher, sahen aber immer wieder zu uns hoch. Anscheinend hätten sie viel lieber weiter „Möchte-Gern-Diebe-Jagen" gespielt... Am Carport sahen wir uns die Bescherung an: Das Siegel war beschädigt, aber die beiden hatten ja keinen Schlüssel, also hatten sie wohl versucht, mit einem Kuhfuß das Schloss aufzubrechen. Das Teil lag noch vor der Tür. Meine Hunde hatten Henni wohl mächtig erschreckt. Weiter war aber nichts passiert.

Zusammen gingen wir um das Haus herum, sahen uns im Schein der Taschenlampe die versiegelten Schlösser an. Alles war in Ordnung. Offenbar hatte dem Wohnmobil Hennis und Manfreds einziges Interesse gegolten. Bernhard begleitete mich in meine Wohnung zurück.

„Soll ich heute hier übernachten?", fragte er einfühlsam.
„Das würdest du tun?". Ich war dankbar für dieses Angebot.
„Wenn du möchtest."
„Ja bitte, ich würde mich besser fühlen, wenn jemand da ist."
„Ist doch klar." Dankbar nickte ich ihm zu.

Ich schloss die Tür hinter uns ab. Mein erster Weg führte in Janines Zimmer. Ich ging leise ein paar Schritte hinein und lugte um die Ecke. Aber Janine hatte von dem ganzen Trubel tatsächlich nichts mitbekommen. Sie schlief tief und fest. Ich ging zu ihrem

Bett, strich ihr mit der Hand zärtlich über die Wange, wie jeden Abend, und sagte fast tonlos: „Schlaf schön, mein Schatz." - Auch wie jeden Abend. Als wäre nichts passiert. Ich lächelte und ging dann leise wieder raus.

Kapitel 3 - Samstag

Am nächsten Morgen, als ich die Augen aufschlug und mir die Sonne ins Gesicht lachte, dachte ich „Was für ein schöner Tag" und lächelte zufrieden. Dann, wie ein Faustschlag, fiel mir wieder ein, was gestern passiert war und dass dies alles andere als ein schöner Tag war. Ich war voller Unsicherheit, wusste nicht, was auf mich zukommen würde. Ich setzte mich auf und schlang meine Arme um die Knie. Ich machte mich ganz klein, so als wäre ich gar nicht da. Mein Herz begann so laut zu klopfen, dass ich es bis in den Hals hinein hören konnte. Meine Gedanken rasten durch meinen Kopf, wurden immer hektischer. In meinem Körper ein Gefühl wie tausend Ameisen. Alles kribbelte. Grauenvoll! Mit einem Ruck stand ich auf, als könnte ich so die Gedanken so überlisten und sie könnten mir nicht schnell genug folgen, wenn ich nur flinker war als sie. Ich wollte aus meinem Zimmer hasten - und hätte beinahe Bernhard umgerannt.

„Nanu, schon wach?"
„Ja - äh, ich - äh, ich muss mich fertigmachen. Gassi gehen und die Vögel versorgen und dann zur Arbeit. Zur Arbeit, ja. Ich muss mich beeilen."

Bernhard hielt mich fest.
„Tini, gestern sind deine Eltern bei einem Autounfall tödlich verunglückt, glaubst du wirklich, dass du jetzt einen guten Job machen kannst?"

Ich starrte ihn mit weit aufgerissenen Augen an, als hätte er etwas Unfassbares gesagt. Dann schlug mir die Wahrheit wie eine Watschen ins Gesicht. Er hatte ja Recht. Was sollte ich wohl auf Arbeit? Es ging um wichtige Daten, die ich da einzugeben hatte. Wenn ich nicht bei der Sache war - und ich glaubte, nicht einen einzigen klaren Gedanken fassen zu können, der länger als 3 Sekunden in meinem Kopf bleiben konnte, ehe er vom nächsten verjagt werden würde - wenn ich also nicht bei der Sache war, konnte das unter Umständen Folgen für die Patienten haben. Völliger Blödsinn, in so einer Situation arbeiten gehen zu wollen!!

Ich ließ den Kopf hängen, die Schultern auch und mich bereitwillig von Bernhard ins Bad schieben.

„Außerdem ist Samstag", hörte ich ihn hinter mir sagen.
„Geh Dich waschen. Ich hab den Tisch schon gedeckt, Kaffee ist auch gleich fertig."
Ich nickte nur stumm und trottete davon. 'Samstag, ach so, 'Samstag', waberte es durch meinem Kopf.

Nachdem ich nur noch halb so schlimm aussah wie vorher, ein bisschen Schminke, ein bisschen Styling, und dann doch die hoffnungslose Erkenntnis, das Chaos in meinem Kopf nicht vor meinem Kopf wegwaschen zu können, setzte ich mich an den Frühstückstisch. Aber Hunger hatte ich nicht, nicht mal Appetit. Dabei hatte Bernhard sich alle Mühe gegeben. Sogar Blumen standen auf dem Tisch. Wo auch immer er die her hatte.

„Ich war schon mit den Hunden draußen. Sie waren auch erfolgreich. Die Sorge bist du also los."
„Und welche nicht?"
„Deinen Chef anrufen musst du schon selbst."
„Oh. Ja, mach ich gleich", und griff nach dem Telefon.
„Tini, das hat Zeit. Du kannst ihm doch ohnehin nur aufs Band sprechen. Aber bitte iss erstmal was. Wenigstens ein halbes Brötchen."
„Ich kann ihn schon selber sprechen. Heute ist Notfallsprechstunde. Aber essen - nee, ich mag nicht."
„Hast du gestern eigentlich was gegessen?"
„Klar."
„So. Und was?"
„Zum Frühstück - da waren die Polizisten schon da. Aber mittags, da hatte ich -", ich stockte.
„Auch nichts, richtig?"

Ich sah zu Boden. Als ob ich jetzt Lust auf Essen hatte. In meinem Kopf war Jahrmarkt.

„Ein halbes Brötchen, komm schon."
„Na gut, aber echt nur ein halbes." Widerwillig biss ich in das

Rundstück.

Den ersten Bissen wollte ich erst nicht behalten, beim zweiten war die Gegenwehr schon nicht mehr so groß und ab dem dritten verlangte mein Magen nach mehr. Dann, zwei ganze Brötchen später, ging es mir etwas besser. Der Jahrmarkt war nur noch ein kleiner Frühlingsrummel und auch nicht mehr so laut. Die Tasse Kaffee genoss ich schon fast.

Das Telefonat mit meinem Chef war ganz gut, weil ich ihn selbst nicht am Rohr hatte, sondern Sandra, meine Kollegin. Ich erzählte kurz, was passiert war und sie sagte, sie würde mir einfach pauschal eine Woche Urlaub eintragen. Ich solle anrufen, wenn ich mehr bräuchte. Dann sprach sie mir auch im Namen der Kollegen und vom Chef ihr aufrichtiges Beileid aus. Daran musste ich mich erst noch gewöhnen. Das würde mir wohl in nächster Zeit öfter passieren, dass mir jemand sein Beileid aussprechen würde. Und dann? Wie reagieren? Traurig? Weinend? In mir war nur Leere. Artig bedankte ich mich und legte auf.
Das Problem war nicht das Ableben meiner Eltern. Das war halt so und nicht zu ändern. Was mich fertigmachte, war diese schreckliche Ungewissheit, wie es überhaupt zu dem Unfall gekommen war. Was war denn da bloß passiert? Ich brauchte Klarheit und das so schnell wie möglich. Und nicht zuletzt: Bin ich noch verdächtig? Soll ich die Firma weiterführen? Was ist mit der Beerdigung?

Ich stand wortlos vom Frühstückstisch auf, holte mir einen DinA 4 Block und schrieb alle meine Fragen auf. Bernhard sah mir zu und ließ mich gewähren. Als ich etwa ein knappes Dutzend Fragen zusammenhatte, schnappte ich mir das Telefon und rief als erstes bei Karl an. Das war der Dorf-Polizist hier, der mich gestern auch informiert und befragt hatte. Zusammen mit irgendeinem Kollegen, den ich nicht kannte. Bäderdienst oder wie sich das nannte. Im Sommer bekamen die Polizisten an den Küsten immer Verstärkung von irgendwelchen jungen Beamten. Und nun war Mai. - Im Mai hatte mein Vater Geburtstag. 69 wäre er geworden... Ich verscheuchte mit einem Kopfschütteln die Gedanken und wählte Karls Nummer.

„Hallo Karl, Bettina hier. "
„Oh, hallo Bettina. Wie geht es dir heute?"
„Geht so. Bin ziemlich durch den Wind. Aber ich habe ein paar Sachen auf dem Herzen, die ich wissen muss."
„Ok, schieß los."
„Wie ist der Stand der Ermittlungen? Bin ich noch verdächtig?"
„Über den genauen Sachstand kann ich dir keine Auskunft geben. Nur soviel: Wir ermitteln noch. Verdächtig bist du aber nicht mehr."
„So? Wie kommt das? Meine Vögel werden mein Alibi doch nicht bestätigt haben..."
„Die nicht, aber deine Nachbarin und dein Exfreund. In dem verbleibenden Zeitfenster kannst du keine Manipulation vorgenommen haben. Außerdem haben wir Gregor befragt zu Deinen Kenntnissen um Autotechnik. Und der hat dein - na sagen wir mal - grundsätzliches Knowhow über Autos bestätigt."
„Gregor hat sich bei der Frage kaputtgelacht, richtig?"
„So kann man es auch sagen. Damit bist du raus aus der Nummer."
„Puh, das ist ja schon mal was." Erleichtert holte ich kurz und hörbar Luft.
„Karl, mal ehrlich. Du kanntest meine Eltern doch auch. Die sind auch ganz allein in der Lage gewesen, das Auto von der Straße zu bringen!"
„Dazu darf ich nichts sagen. Wie gesagt: Wir ermitteln noch. Warum ist es für Dich wichtig, ob du noch verdächtig bis?"
„Wegen dem Geschäft natürlich. Ich muss doch die Mieter informieren und mir Kenntnisse über das Erbe verschaffen. Ob ich es ausschlagen oder annehmen soll. Schon wegen Janine. Ich will da doch nicht ins Messer laufen. Meine Schwester und ich waren uns immer einig, den ganzen Kram zu verkaufen oder gleich das Erbe auszuschlagen. Aber vielleicht war das Unternehmen ja doch nicht so marode, wie wir immer dachten. Der Laden muss doch weiterlaufen, erstmal jedenfalls. So wie ich meinen Vater kenne - äh, kannte, äh, also so wie er war, saßen ihm die Banken doch immer im Nacken. Jetzt würden die doch sofort ihre Chance wittern. Das kann ja nicht im Sinne meiner Eltern sein. Das wollten sie doch bestimmt so nicht. Nachher läuft mir die Zeit

weg. Ich weiß doch nicht, was ich jetzt machen muss, und in welcher Reihenfolge."

Ich hatte geredet und geredet, wie ein Wasserfall. Und wie mit einem Freund eben, aber nicht wie mit dem ermittelndem Beamten in einem immer noch Mordverdachtsfall und nicht bloß einem kleinen Auffahrunfall. Kurz herrschte Stille. Ich wurde mir meiner Situation gewahr, mir wurde heiß, ich lief rot an und ließ in Windeseile nochmal alle meine Worte revuepassieren. Hatte ich was Falsches gesagt? Hatte ich mich nun doch noch verdächtig gemacht? Konnte mir irgendwas zum Nachteil ausgelegt werden? Verdammt!

„Keine Panik", sagte Karl dann in mein Gedankenwirrwarr hinein. „Verwalten darfst du da nichts, aber ohne das Einverständnis der Erben, und das sind Henni UND du, können auch die Gläubiger nichts machen. Und frag' mal bei dem Notar Deiner Eltern nach, ob ein Testament vorliegt. Das mit der Beerdigung regelst du?"

Ich nickte stumm.

Und dann leiser: „Hast du jemanden, der dir hilft?"
„Ja. Bernhard ist hier."

Bernhard lächelte mich zustimmend an und nickte. Ich lächelte diesem großen gut gebauten und sonnengebräunten Mann zu, der gerade bemüht war, möglichst leise den Frühstückstisch abzuräumen. Er wollte nicht stören. Bernhard war ein Schatz. Warum hatten wir uns eigentlich getrennt? Im Bett lief es immer prima. Aber das Zwischenmenschliche, da hatte jeder von uns seinen eigenen eingefahrenen Weg. - Ich riss mich aus meinen Gedanken. Wie konnte ich in dieser Situation an Sex denken? - Durfte ich überhaupt an Sex denken? Oder nur nicht an Sex mit Bernhard? - Ich schüttelte den Kopf, schloss kurz die Augen.

„Karl, wann werden die - äh, die - äh, anders: Wann kann ich einen Bestatter beauftragen?"

„Noch sind die Leichen nicht freigegeben, wenn du das meinst. Ich gebe dir aber sofort Bescheid, wenn es soweit ist. Und um gleich die nächste Frage vorweg zu nehmen: Ich habe sie identifiziert. Da braucht keiner von Euch mehr hin."
„Oh Karl, ich danke dir. Ich glaube, das hätte ich nicht geschafft. Vielen Dank."

Ich war unglaublich erleichtert. Damit war eine schwere Last von meinen Schultern genommen. Zumindest das blieb mir erspart!

Ich sah auf meinen Zettel. Was wollte ich noch fragen? - Nichts. Die genauen Todesumstände waren ja noch nicht bekannt. Vielleicht wollte ich DIE Antwort aber auch gar nicht hören. Ich fragte nicht. Jetzt war ich ein gutes Stück weiter und wusste Bescheid. Doch eins noch: Der Bruch letzte Nacht...

„Eine Frage noch: Was ist mit den Siegeln auf den Schlössern? Wenn ich in die Wohnung will, muss ich die Siegel beschädigen."
„Kein Problem. Du hast ja mein ok. Hat Bernhard unser Gespräch vielleicht rein zufällig mitgehört?"
„Nein, wieso?"
„Mach mal den Lautsprecher an, Tini!"

Ich tat wie mir befohlen und drückte den entsprechenden Knopf.

„Ok."
„So. Hiermit hast du, Bettina Brodersen, das OK von mir, Karl Fedders, dass du alle Siegel auf allen Schlössern zur Wohnung und was sonst noch so versiegelt wurde, entfernen darfst. Hat Bernhard mitgehört und hast du alles verstanden?"
Bernhard und ich wie aus einem Munde: „Jawohl!", und hielten die Handkante auf Zack an die rechte Schläfe wie bei der Armee. Wir grinsten uns an.

„Na prima. Dein Humor kommt auch langsam wieder durch." Karl lachte auf.
„Aber angekommen ist das, ja? Gut. Mach ruhig die Siegel ab. Aber nur Blümchen gießen, ja?"

„Wieso nur Blümchen gießen?", stutze ich.
„Na, solange das Testament noch nicht eröffnet wurde, hat kein Erbe ein Recht auf Zugriff oder Nutzung des Erbes. Jetzt liegt die Nachlasspflegschaft beim Nachlassgericht. Erst, wenn dort oder beim Notar Deiner Eltern ein Erbschein beantragt wurde bzw. Das Eröffnungsprotokoll des Nachlasses vorliegt, darfst du an die Unterlagen. Ist doch klar, sonst könnte sich ja eine von Euch Schwestern einen Vorteil gegenüber der anderen verschaffen - wenn man denn so böse denken will. Das würde natürlich keine von Euch beiden tun, aber Gesetz ist Gesetz. Außerdem hab ich schon Pferde vor der Apotheke... Also erst das Erbe ausschlagen oder annehmen und dann in die Unterlagen gucken!"

Ich stutzte. Ich wollte doch eigentlich erst Klarheit über die Finanzlage haben, ehe ich ausschlage - bzw. annehme. Sollte das jetzt heißen, ich müsste mich erst entscheiden, ohne eine Ahnung über die wirkliche Finanzlage zu haben? Mit fester Stimmt antwortete ich:

„Geht in Ordnung, Karl. Danke."
„Alles klar. Bis dann, Tini. - Und bis dann, Bernhard."
„Jo, tschö Karl."

Ich ließ mich zurückfallen und kippte längs aufs Sofa. In diesem Moment hätte ich sofort einschlafen können. Ich fühlte mich so schwer, so schlapp, total k.o. Und ich hatte geschwitzt. Das Telefonat war anstrengend und aufregend. Besser gings mir aber eigentlich nicht. Zumindest hatte ich aber etwas mehr Klarheit. Etwas jedenfalls. Das mit dem Nachlassgericht ging mir nicht so recht in den Kopf.

Kaum hatte ich den Gedanken zu Ende gedacht, da klingelte das Telefon. Im Display stand in großen Lettern 'LIEB SCHWESTERLEIN'. So hatte ich Henni einmal eingegeben, als wir gerade mal wieder Krach hatten und da es irgendwie passte, ließ ich den Eintrag so.

„Hallo Henni, gut geschlafen?!" Die kleine Stichelei konnte ich mir nicht verkneifen.

„Was? Äh ja, hab ich. Du auch?"
„Den Umständen entsprechend. Was gibt's?"
„Ich wollte wissen, was wir denn jetzt machen sollen? Ausschlagen oder annehmen. Wir waren uns doch einig, auszuschlagen, oder?"
„Ich habe doch gesagt, ich will mir das erst noch überlegen."
„Du willst WAS?!"
„Du hast mich genau verstanden!"
„Aber wir waren uns doch einig. Wir haben das 100mal besprochen. Ist alles Schrott, alles Mist, der Alte hat nur gepfuscht, wo er auch immer dran war!"
„Henni, ich möchte bitte noch eine Weile darüber nachdenken, was ich mache. Das wird ja wohl erlaubt sein! Unsere Eltern sind noch keine 24 Stunden tot und deine einzige Sorge gilt dem Erbe. So emotionslos bin ich leider nicht. Ich brauche noch ein bisschen. Ich gebe dir dann Bescheid, wie ich mich entschieden habe!"
„Das brauchst du gar nicht! Ich schlage auf jeden Fall die Erbschaft aus. Und ich hab mich auch schon informiert. Für die Kleinen und für mich schlage ich aus. Und Nadine macht das auch. Wir sind uns einig. Mach du was du willst, wenn du das vor Janine verantworten kannst...!"
„Kann ich, sorg' Dich nicht."

Kurze Pause.

„Hältst du das für richtig?"
„Henni! Jetzt is aber mal gut -"

Klick. Aufgelegt.

„Henni?"

Tut tut tut.

Ich guckte Bernhard an, er guckte mich an, wir zuckten synchron mit den Schultern.

„Hast du was anderes erwartet? Kritik konnte deine Schwester

doch noch nie gut ab."
„Hast Recht. Nur leider muss sie da nun durch. Irgendwas in mir lässt mich nicht einfach so das Erbe ausschlagen. Ich habe da so ein komisches Bauchgefühl. Und das muss ich erstmal abklären."
„Mach das. Vielleicht ist ein gesunder Zweifel auch gar nicht so falsch. Ich meine, wenn alles Mist und Schrott war, was deine Eltern gemacht haben, wie konnten sie sich ein großes Auto und ein dickes Wohnmobil erlauben? Vielleicht findest du ja einen Schatz." Bernhard lächelte mir zu.
„Ja, vielleicht", lächelte ich zurück. Meine Stimmung hellte sich etwas auf.
„Aber wenn ich gar nicht in die Bücher gucken darf, von Rechts wegen..."
„Kriegt das denn einer mit, wenn du doch reinsiehst?"
„Nein, eigentlich nicht. Ist ja keiner mehr da, der das bemerken könnte..."
„Stimmt. Und ich bin mir sicher, deine Eltern haben damit gerechnet, dass ihre Kinder nicht blauäugig in ihr etwaiges Verderben rennen. Sie würden es dir nicht übelnehmen, wenn du versuchst, einen Überblick zu bekommen, da bin ich mir sicher."
„Und was mache ich mit Janine?"
„Um die kümmere ich mich. Geh' so bald wie möglich der Sache nach. Ich bin doch gerne der Babysitter."
„Babysitter - das hört Janine gar nicht gern...", ich grinste breit.
„Oki, dann nenn mich eben Animateur. Ist das besser?"
„Und wie. Ich danke dir, Bernhard. Für alles."

Bernhard war ein Schatz. Vielleicht war das ja der Schatz, den ich finden könnte, weil ich ihn möglicherweise eine lange Zeit übersehen habe. Ich hatte eine Nachbarin, die über ihren zweiten Ehemann gesagt hatte, er wäre ihr 6er im Lotto. War Bernhard auch so ein Lottogewinn und ich hatte es nur noch nicht bemerkt?

Kapitel 4 - Sonntag

Janine schrie im Schlaf. Ich schreckte aus dem Schlaf hoch, ein Blick auf die Uhr: Vier Uhr morgens. Ich sprang aus dem Bett und lief zu meinem Kind. Sie saß im Bett, die Hände links und rechts am Kopf, als wollten sie ihn festhalten, weinte bitterlich.

„Mami, ich habe geträumt, das Oma und Opa tot sind. Das war doch ein Albtraum, oder?"
Ich sah mitfühlend in ihre traurigen Augen, biss mir seitlich auf die Lippe. Zu gern hätte ich ihr gesagt, dass es nur ein Traum war. Aber die Wahrheit sah anders aus. Ich konnte meine Gefühle nicht zurückhalten. In dem Moment kamen auch mir die Tränen. Weil mein Kind unglücklich war. Sie litt und ich litt mit ihr.

Wortlos nahm ich sie in die Arme und ließ sie schluchzen. Lange weinte sie, zitterte und krallte sich an mir fest. Ich nahm es hin, es tat weh, aber ich sah es als Strafe dafür, dass ich nicht um meine Eltern trauerte. Dafür musste man doch bestraft werden, oder? Für Ungehorsam und falsches Verhalten wird man mit Schmerzen bestraft. So habe ich es gelernt...

...

Ich bin klein, vielleicht fünf Jahre alt. Ich bin in der Küche. Es ist Sommer. Ich reiche kaum über den Küchentisch, stelle aber doch eine schwere und fast volle Flasche Cola darauf. Die Flasche ist schwer und aus Glas, so wie sie es vor 35 Jahren noch waren. Doch ich habe es nicht ordentlich gemacht. Die Flasche steht zu weit auf der Kante. Ich merke es nicht, mache die Tür zur Speisekammer zu, drehe mich von der Flasche weg. Hinter mir kracht sie zu Boden. Ich zucke zusammen, bin starr vor Schreck. Mein Kopf ist leer, ich sehe mit vor Angst weit aufgerissenen Augen zur Küchentür. Ich zittere. Es wird nass zwischen meinen Beinen, ich mache mir in die Hose. Ich zittere vor Angst. Ich höre das Trampeln. Meine Mutter stampft den Flur entlang, laut und wütend schimpfend. Ich halte mir schützend die kleinen Arme vor das Gesicht. Nicht ins Gesicht, bitte nicht ins Gesicht, zuckt es durch mein Gehirn. Meine Mutter steht vor mir. Groß und kräftig und unglaublich wütend. Ich hatte die Cola nicht nehmen dürfen, es war verboten, Cola zu trinken. Ich hätte fragen müssen, ich habe nicht gefragt. Ich weiß das, meine Hose ist nass, mein Herz schlägt bis zum Hals, mein ganzer Körper zittert, die Tränen laufen mir über das Gesicht. Meine Mutter reißt mich am Arm hoch, schüttelt mich, schreit mich an. Sie schleudert mich herum, meinen Rücken zu ihr. Sie greift nach hinten, reißt sich den Schuh vom Fuß und holt damit aus. Sie schlägt mich. Der Schuh knallt mit unglaublicher Wucht auf meinen Hintern. Immer und immer wieder. Ich habe Angst, ich habe Schmerzen. Es tut so unglaublich weh. Auf dem Hintern und im Herz. Meine Mutter hat kein Herz, meine Mutter schlägt mich. Hoffentlich hört sie bald auf. Ich wollte doch nur ein Glas Cola. Nur ein Glas Cola...

...

Janine weinte immer noch. Aber leiser. Und ich weinte auch. Wie damals.

Nach einer Weile hob Janine den Kopf.

„Mami, bist du auch so traurig wegen Oma und Opa? Ich vermisse sie so sehr!"
„Ich vermisse sie auch, mein Schatz."
„Kann ich nicht auch zu ihnen auf die Wolke? Wo Tinka auch ist? Ich will nicht allein hier unten sein."
„Aber Schatz, dann bin ich ja allein."
„Komm doch mit auf die Wolke."
„Du, der Weg dahin, der ist nicht so schön. Erst, wenn man oben ist, ist es gut. Aber vorher hat man vielleicht Schmerzen und Angst und kann nichts machen, um das zu ändern. Das ist nicht so schön. Die Wolke ist nur das Ende vom Weg. Vor dem Weg hab ich aber Angst."
„Nicht, wenn wir zusammen gehen. Mami, ich bin ja bei dir."
„Nein, mein Schatz. Wir haben hier unten noch eine Menge zu erledigen, bevor wir auf die Wolke gehen können. Wenn wir jetzt gehen, ist das feige. Und die da oben sollen ja auch gucken, was wir machen. Sonst wäre das für die ja auch langweilig. Wir sind

das Kino und die sind die Zuschauer. Gute Idee?"
„Also sind wir Schauspieler?" Ein Lächeln huschte über Janines Gesicht.
„Ein bisschen, ja. Ist doch klasse, oder?"
„Und wie weiß ich, ob das, was wir machen, gut ist?"
„Das spürst du in Deinem Herzen." Ich lächelte meine Süße an.
„Ok Mami, wir bleiben hier. Und dann schauspielern wir ein bisschen für die da oben, ja?"
„Ja, das machen wir, meine Große. Wir machen einfach das Beste daraus."
„Aber ich darf doch ein bisschen traurig sein, oder?"
„Du darfst sogar sehr traurig sein. Das gehört dazu."
„Zum Schauspielern?"
„Und zum Abschiednehmen."

Meine Kleine lächelte mich an, noch traurig zwar, aber schon mit einem Funken Hoffnung. So fiel sie mir wieder in die Arme. Ich lehnte meinen Kopf an ihren und hielt ihren schmalen Körper einfach nur fest. Ich wollte ihr Halt geben, auch wenn er mir selber im Moment fehlte. Aber Janine sollte das auf keinen Fall merken.

Kapitel 5

Später ging ich mit meinen Hunden im mehrere Kilometer entfernten Steinberghaff spazieren. Dort kannte mich keiner und ich konnte mit meinen verheulten Augen und den dunklen Ringen darunter in Ruhe und unangesprochen die Gassi-Runde drehen. Janine war bei Bernhard und ich hatte etwas Zeit für mich und meine Gedanken. In meinem Kopf war es nicht annähernd so ruhig, wie auf dem Waldweg, den ich entlang schlenderte. Die Vögel zwitscherten vor sich hin, irgendwo bellte ein Hund und noch weiter weg war jemand dabei, mit einer Motorsäge Holz zu machen. Die Sonne schien, eigentlich ein wunderschöner Tag. Doch das kam bei mir nicht an. In meinem Kopf überschlugen sich die Ereignisse. Was war eigentlich passiert? Meine Eltern hatten einen Unfall, ja. Und sie hatten ihn nicht überlebt. Ich war anfangs sogar verdächtig und Henni auch. Es war wohl was mit dem Wagen nicht in Ordnung - Kunststück, das Teil war ja andauernd in der Werkstatt. Ein richtiger Montagswagen war das. Einmal kauft man einen Neuwagen und dann noch einen Mercedes, eigentlich ja schon die gedachte Garantie für ein tolles Auto. Und dann nichts als Ärger. Der war öfter in der Werkstatt als mein kleiner Kia. Aber der war ja auch schon zehn Jahre alt.

Da kam mir ein Gedanke: Vielleicht war in der Werkstatt was falsch gelaufen. Vielleicht hatten die was falsch angeschlossen. Das musste ich unbedingt noch Karl sagen. Ich begann in meinen Taschen nach einem Zettel zu suchen. War ja klar, falsche Jacke, kein Zettel drin. Aber mein Handy hatte ich ja mit. Also suchte ich mich durch die Funktionen. Schließlich fand ich die Memo-Funktion und nahm auf: 'Karl auf Autowerkstatt hinweisen'.

Erleichtert ließ ich das Handy wieder in meine Tasche gleiten und ging weiter. Jetzt war ein bisschen Klarheit bei mir angekommen. Und die Geräusche der Natur auch. Plötzlich hörte ich die Vögel zwitschern. Und das Bellen. Und das Sägen - das Sägen verdrängte ich. Ich holte tief Luft und sah mich um. Um mich herum waren Waldtiere, die mir vorher gar nicht aufgefallen waren. Und sie sahen mich an. Ich beobachtete zwei Eichhörnchen, die sich gegenseitig einen Baum hinauf jagten. Sie quiekten dabei wie Meerschweinchen und klopften mit den Vorderfüßchen auf den Stamm, bevor sie weiterliefen, bewegten sich ruckartig, immer einige Schritte vor, dann wieder in der Bewegung stoppend. Im nächsten Moment sahen sie mich an, guckten dann wieder weg, roboterähnliche Bewegungen. Ich war fasziniert, hatte vorher noch nie die Geräusche von Eichhörnchen gehört.

Ein Stück weiter weg standen drei Rehe. Sie sahen mich direkt an, die ganze Zeit, in der ich mich ihnen näherte. Nicht mal vor meinen Hunden liefen sie weg. Das war doch verrückt, oder? Ich guckte nach oben und da saß eine - Gans?? Ja, tatsächlich. Da saß eine Wildgans auf einem dicken Ast. Gut, es war wirklich ein sehr dicker Ast, aber ich hatte im Leben noch nie eine Gans in etwa acht Metern Höhe in einem Baum sitzen sehen! Ich lächelte - und schüttelte stutzend den Kopf. War das verwirrend und dabei so schön! In dem Moment war ich irgendwie glücklich. Ich war selig.

Ich war ein bisschen zur Ruhe gekommen. Ich sah die Tiere an und in meinem Kopf war es einfach nur leer. Es ging mir gut. Eine Weile sah ich den Wildtieren noch zu. Es war wie in einem Wildpark. Ich hörte das Vogelgezwitscher, das Klopfen der Eichhörnchenpfoten auf dem Baum, dann sogar das gleichmäßige Kauen der Rehe. Ich fühlte eine angenehme Wärme. Ein bisschen wie benebelt war ich. Sah in den Himmel, suchte die Gans. Doch sie war nicht mehr da. War sie gar nicht da gewesen? Ich hörte die Vögel nicht mehr. Ich hörte gar nichts mehr. Ich schloss die Augen. Ich fühlte mich beschwipst, fast schon betrunken. Ich schwebte. Ich atmete tief ein und aus und wieder ein. Dann fiel ich. Ich fiel und fiel, aber ich kam nicht auf. Ich war wie auf Watte gebettet. Wie schlafen und nicht aufwachen können. Und ich lächelte immer noch.

Als ich wieder wach wurde, sah ich in zwei Männergesichter. Sie fragten, ob ich sie hören würde. Blöde Frage! Natürlich hört ich sie. Was sollte der Quatsch?! Mit einem Ruck wollte ich aufstehen.

„Bitte bleiben Sie liegen. Sie hatten einen Kreislaufkollaps. Mein Name ist Piet Callsen, ich bin Notarzt", sprach's und drückte mich sanft zurück auf den Boden. Da stieg Panik in mir hoch. Wieso Notarzt? Wieso lag ich auf dem Boden? Was war los? Gerade war doch alles noch gut. Die Tiere und das Sägen...

„Ich hatte einen was?! Ich war doch nur spazieren - wo sind meine Hunde? Was ist denn?"
Ich wurde hektisch, wollte aufstehen, wollte wieder Kontrolle haben. Ich wollte auf meine Beine und ich wollte hier weg!
„Bitte bleiben Sie ganz ruhig, Frau Brodersen. Ihre Hunde sind hier. Eine Nachbarin von Ihnen steht da drüben und hat die Tiere. Sie wird sie zu Ihnen nach Hause bringen."
Er deutete nach hinten und ich sah Frau Svenson. Tatsächlich, meine Nachbarin. Sie stand dort, nickte mir aufmunternd zu und hielt meine Hunde an der Leine. Joy zog daran und jaulte, wollte zu mir. Frau Svenson redete beruhigend auf Joy ein. Ihre Hündin Chester saß brav neben Ebby, die zufrieden an einem Stöckchen nagte. Was machte Frau Svenson hier? Egal, ich war erleichtert, meine Nachbarin würde sich kümmern. Und dann gab ich nach. Alle Kräfte schwanden, mein Bewusstsein auch.

Wach wurde ich diesmal im Krankenhaus. Hell beige gestrichene Wände, eine große Klinikkrankenhausleuchte, große Fenster, ich konnte in den Himmel sehen, ein Blumenbild an der Wand mir gegenüber. Schon war ich wieder eingeschlafen. Als ich wieder wach wurde, saß Bernhard an meinem Bett und lächelte mich besorgt an.

„Na, alles klar?"
„Hm", grummelte ich. Meine Stimme war noch nicht wach. Mein Kopf war wie wattiert.
„Lass mal, sie haben dir eine Beruhigungsspritze gegeben. Du sollst Dich erstmal ausschlafen. Du hattest einen Kreislaufzusammenbruch. War wohl alles ein bisschen viel."
„Hm, brrr, ähäm. Ich - ähäm." So langsam kam meine Stimme wieder.
„Lass gut sein, Tini. Schlaf ein bisschen. Ich kümmere mich um

alles."
„Ich hab die Tiere noch nicht - die Vögel, die brauchen - Wasser, Futter, ist alles da, kann Janine machen. Was ist mit Janine? Alles gut?" Die Bilder begannen wieder zu verschwimmen. Ich hatte Angst einzuschlafen. Ich musste das regeln.
„Ich mach das. Keine Sorge. Ruh Dich aus. Alles ok, Tini."

Dann war ich wieder eingeschlafen. Das nächste Mal wurde ich wach, als es schon dunkel draußen war. Ich wollte nicht schlafen. Ich konnte hier doch nicht untätig rumliegen. Ich hatte doch mein Kind zu versorgen und die Tiere. Ich konnte doch nicht alles Bernhard aufbrummen. Und Henni! Was, wenn sie nochmal versuchen würde, das Wohnmobil zu holen, jetzt, wo ich außer Gefecht war und weit weg im Krankenhaus. Wo zum Teufel war ich überhaupt?!
Ich wollte jetzt unbedingt aufstehen, kam mit einem Ruck hoch - alles drehte sich, ich fiel mit einem lauten Knall aus dem Bett!

Als ich das nächste Mal wach wurde, hatte ich ein Geländer um meine Matratze herum und einen Verband am Arm. Und, oh, mein Arm tat höllisch weh! Es war immer noch dunkel. Nur eine kleine Lampe an der Tür neben der Steckdose leuchtete einsam vor sich hin. Dennoch erhellte sie den ganzen Raum. Diesmal war ich etwas länger klar im Kopf. Ich sah mich im Zimmer um. Durch das Fenster sah ich die Sterne funkeln. Das hatte was Beruhigendes. Im Zimmer standen noch zwei weitere Betten. Ich lag in dem Bett nahe der Tür, in dem Bett am Fenster lag jemand und schien tief und fest zu schlafen. Zumindest klang die Atmung danach. Das Bett in der Mitte war frei und noch mit einer dünnen Folie zugedeckt. Leise ging die Zimmertür auf und eine Krankenschwester kam herein.

„Na, wach für den Moment?"
„Ja, soweit. Was ist mit meiner Hand?"
„Oh, Sie sind aus dem Bett gefallen. Deshalb jetzt auch die Kindersicherung. Beim nächsten Mal gibt es Handschellen", witzelte die zierliche dunkelhaarige Frau mit den wachen Augen und dem flinken Wesen. Sie huschte durch das Zimmer,

verursachte dabei aber annähernd keinen Laut. Schon stand sie an meinem Bett und hantierte an meinem Infusionsständer herum. Sie veränderte die Dosierung, nahm ich an.
„Angenehme Träume", sagte sie zu mir. Ich sah sie kurz fragend an, wollte noch was sagen, schon war ich wieder weg.

Am nächsten Morgen wurde ich wieder wach. Der Weckdienst rauschte mit Krawall durch die Zimmer, machte Licht und schob meiner Zimmernachbarin und mir Plastikthermometer in die Münder. Ein Hinweis noch auf das baldige Frühstück, dann war der Feldwebel wieder draußen. Aber das Licht hatte sie angelassen! Wie ärgerlich! Am liebsten wäre ich aufgestanden und hätte es ausgeschaltet, viel lieber wollte ich noch ein bisschen dösen. Doch da fiel mir die Drohung der kleinen zierlichen Schwester der letzten Nacht wieder ein: Handschellen! Nee, dann doch lieber brav im Bett bleiben. Das Kindergitter war ja schließlich immer noch um mich herum. Und was war überhaupt mit meinem Arm? Gebrochen oder nur geprellt? Tat auch gar nicht mehr weh. Ich tastete mit der anderen Hand nach dem Verband. Es fühlte sich komisch an. Meine Finger konnte ich bewegen, aber dieser Verband? Blau war der und fest wie Gips. - Gips?? Ja, jetzt erinnerte ich mich: In der Arztpraxis, in der ich als medizinische Schreibkraft arbeitete, verwendeten sie auch bunte Gipsverbände. Die waren auch aus so einer Art Plastik, das zum Wickeln nass gemacht wurde und beim Trocknen dann steinhart wurde.

Ich hatte tatsächlich einen Gipsverband! Also war mein Arm auch gebrochen! Auch das noch! Ich hatte mir noch nie einen Knochen gebrochen, noch nie in meinem ganzen Leben. Ich hatte auch meine Mandeln und meinen Blinddarm noch. Ich war noch nie wegen sowas im Krankenhaus gewesen. Wegen Kind-Geburt und Verdacht auf Krebs und damit verbundener Tumorentfernung, Letzteres sogar mehrfach, ja. Das war ja auch was anderes. Aber ein Bruch? Ich wusste gar nicht, was das genau bedeutete. Musste der blöde Gips jetzt wochenlang dranbleiben? Na Gott sei Dank, die linke Hand. So blieb mir jedenfalls noch die rechte. So konnte ich zumindest Gassi gehen. Die stärkere Hand war unverletzt. Ja, Gassi. Was war überhaupt mit meinen Tieren und was war nun mit meinem Kind? Bernhard konnte sich doch nicht einfach frei nehmen, um meine Verpflichtungen zu übernehmen. Hatte er am Ende gar nicht freigenommen und Janine war allein mit den Tieren im dem leeren Haus – ohne meine Eltern, mit der ganzen Last allein? Wenn sie nun nicht essen würde? Sie wollte auf keinen Fall zunehmen, ließ schon gern mal eine Mahlzeit ausfallen. Wir hatten öfter Streit deswegen. Ich wollte auf keinen Fall, dass sie wieder magersüchtig werden würde. Ich wollte, dass mein Kind gesund war. Und glücklich. Wäre sie jetzt allein in dem großen Haus, wäre sie sicher alles andere als glücklich. Ich machte mir schreckliche Sorgen um meine Kleine. Meine kleine Große, sagte ich gern zu ihr. Sie war doch alles, was ich hatte!

Mir stiegen Tränen in die Augen, fast hätte ich dem Gefühl, das mich zu übermannen drohte, nachgegeben und hemmungslos losgeheult. Aber ich war ja nicht allein im Zimmer und zudem hätte jederzeit eine Schwester oder ein Arzt hereinkommen können. Die Blöße wollte ich mir auf keinen Fall geben. Also riss ich mich zusammen, holte tief Luft und – und schon wieder kreisten die Gedanken in meinem Kopf. Was war mit meinem Kind, mit den Tieren, mit Bernhard?

Ich hasste Ungewissheit. Ich wollte Klarheit! Hier herumzuliegen und nichts zu tun widersprach gründlich meinem Naturell. Ich wollte nach Hause. Zu meinem Kind und zu meinem alten Leben. Ich wollte meinen Alltag zurück. Und ich wollte meine Eltern wieder am Leben wissen. Die würden mir jetzt helfen. Einfach so, weil man eben seinen Kindern hilft, wenn die in Not sind. Das gehört sich so, was sollen denn sonst die Leute denken... Scheinheilig, klar, aber sie wären da, sie wären zur Stelle, sie würden sich um Janine bemühen und meine Tiere versorgen.

Und nun? Meine Eltern waren nicht mehr da. Sie würden mir nie wieder helfen - einfach so. In dem Moment schämte ich mich für alles Gemeine, was ich jemals über meine Eltern gedacht hatte. Jetzt war ich allein und allein sein war echt Mist. Naja ganz allein war ja nicht richtig. Bernhard war ja da und er regelte anscheinend alles. Er kümmerte sich um mein Kind, nahm mir meine Verpflichtungen ab, nahm mir alles ab. Eigentlich müsste ich diesen Mann heiraten. – ‚Dummer Gedanke! ‘, schimpfte ich mit mir. Heiraten! Das hatte ich hinter mir. Damit war ich schon einmal reingefallen. Das genügte voll und ganz. Sowas muss man nicht wiederholen. - Auch mit Bernhard nicht. - Auch, wenn er ein Schatz war. - Und auch, wenn er mir jetzt die größte und beste Stütze war. - Und auch, wenn ich noch ganz schön intensive Gefühle für ihn hatte - jetzt - irgendwie. Oh Mann! Was für ein Durcheinander. Direkt froh war ich, als der Feldwebel zurückkam und schwungvoll die Tür aufriss: „Frühstück!!"

Kapitel 6 - Montag

Nach militärmäßiger Waschung und Krankenhaus-Frühstück kam Bernhard mit Janine zur Tür herein. Mein Kind rannte zu mir und fiel mir um den Hals. Sie schluchzte bitterlich und ich streichelte ihr sanft den Rücken. Nach einer Weile berappelte sie sich. Sie kam hoch und suchte nach den Blumen, die ihr aus der Hand gefallen waren. Bernhard hatte sie schon aufgehoben und gab sie ihr. Janine drehte sich zu mir, versuchte ein Lächeln und hielt mir einen bunten Strauß hin. Ich freute mich, strahlte mein Kind an.

„Wie geht's dir, meine Große?"
„Gut, geht schon. Bernhard ist ja da."
„Bernhard ist da?"
„Ja, er wohnt bei uns bis du wieder fit bist."

Ich sah meinen Freund dankbar an und der lächelte zustimmend.
„Klar. Ich kümmere mich um alles und du wirst erstmal wieder gesund."

Er guckte fragend auf meinen Arm. Ich fühlte mich ertappt und in Erklärungsnot:

„Ich - hatte einen kleinen Unfall..."
„Unfall? Im Krankenhaus?"
„Ja, letzte Nacht - glaub ich. Wollte aufstehen und bin wohl aus dem Bett gefallen. Heute Morgen hatte ich das Ding da am Arm."
„Aufstehen. In der Nacht. Wo wolltest du denn hin?"
„Blöde Frage! Ich kann doch hier nicht rumliegen und nichts tun. Und dir auch noch alles wie selbstverständlich aufhalsen. Die Tiere und Janine und so."
„Also erstens halst du mir nichts auf. Denn Janine und ich sind schon ein eingespieltes Team, stimmt's?"
Janine nickte bestimmt und lächelte mir erwachsen zu. Für ihre 16 Jahre war sie 'dank' Scheidungsterror noch ziemlich fixiert auf mich und trennte sich nicht gern von mir. Was ich auch nicht schlimm fand. Ich fand, wir waren prima zusammengewachsen und - eben auch ein Super-Team... Sie jetzt sagen zu hören, dass

sie auch mit Bernhard ein prima Team bildete, passte gar nicht zu ihr.

„Klar, mum. Wir regeln das schon. Ich versorge die Vögel und Bernhard geht mit den Hunden Gassi. Und weil ich nicht alleine sein wollte, hab ich ihn gefragt, ob er nicht bei uns schlafen kann. Das ist doch in Ordnung oder? Entschuldige, dass ich Dich nicht gefragt hatte, aber das ging ja nicht. Du hattest ja diesen - Zusammenbruch." Traurigkeit schwang in ihrer Stimme.
„Natürlich ist das in Ordnung. Ich bin ja froh und dankbar, dass Bernhard das alles für uns tut."
Beruhigend strich ich Janine über den Arm und lächelte sie an. Das wurde ihr wohl doch zu rührselig und sie machte sich von mir los.

„Ich hol 'ne Vase", sagte sie und flitzte aus dem Zimmer.

Die Gelegenheit, mit meinem Freund ein paar Dinge zu besprechen.

„Sag mal, wie machst du das denn mit Deiner Arbeit? Kannst du dir einfach so freinehmen?"
„Ich habe ein bisschen gemogelt. Ich hoffe, das ist dir recht. Darüber muss ich sowieso noch mit dir reden."
„Schieß los, was ist denn?"
„Ich habe meinem Chef gesagt, du wärst meine Verlobte."
„Deine Ver-lob-te??"
„Ja, sonst hätte ich nicht so schnell frei bekommen. Wir können uns ja wieder entloben, wenn du wieder fit bist. Aber nur so konnte ich mir kurzfristig freinehmen. Und was wäre dann mit Janine? Ich dachte, das ist die beste Lösung im Moment."
„Nee, ist schon ok. Ich musste das nur erstmal sacken lassen. Aber klar, warum nicht. Dann sind wir jetzt also verlobt." Hatte ich nicht kurz vorher einen ähnlichen Gedanken, von wegen Bernhard heiraten und so? Wow, nun drehte sich mein Kopf doch wieder ein bisschen.
„Und die Tiere haben wir im Griff. Wie Janine schon sagte. Sie betüddelt die Vögel und ich die Hunde. Und das macht sie echt gut, muss ich sagen. Ich wollte ihr das ja abnehmen. Aber sie wollte nicht. Wollte auch was tun, hat sie gesagt."
„Super, ist eben doch schon fast erwachsen, meine Kleine. - Aber,

dass du jetzt bei uns wohnst, also erstmal, also von mir aus ist das voll in Ordnung, ich bin dir im Gegenteil total dankbar. Wegen Henni, du weißt schon."

Bernhard nickte, wollte wohl noch etwas sagen, aber da kam Janine schon mit den Blumen wieder rein. In dem Moment regte sich meine Zimmergenossin plötzlich. Ich sah zu ihr rüber, dachte, wir hätten sie mit unserer Unterhaltung gestört. Und erst jetzt bemerkte ich, dass der Vorhang an ihrem Kopfende zugezogen war. So konnte ich ihr Gesicht gar nicht sehen. Schade, ich hätte sie gern mal kennengelernt, vielleicht war sie ja ganz nett. Zumindest aber wollte ich mich für etwaige Störungen entschuldigen. Wenn ich was bei meiner Mutter gelernt hatte, dann Rücksichtnahme. Auf alles und jeden. Alle anderen waren zu achten und zu respektieren – nur selbst durfte ich das nicht erwarten... Das saß so drin in mir, dass mir fast ein „Entschuldigen Sie bitte, wenn wir zu laut sind" herausgerutscht wäre. Aber im letzten Moment biss ich mir auf die Lippen. Mit einem Vorhang wollte ich mich nun doch nicht unterhalten. Offenbar wollte die Dame ja keinen Kontakt, sonst hätte sie das Tuch ja nicht vorgezogen. Auch gut.

So wandte ich mich wieder an meinen Freund:

„Weißt du schon was, wann ich hier wieder raus darf?"
„In ein paar Tagen, wenn alles gut geht. Kommt auch auf deine 'gute Führung' an...", Bernhard grinste breit.
„Ja, ich klettere schon nicht nochmal aus dem Bett. Ich bin jetzt ganz brav", beteuerte ich mit unschuldigem Augenaufschlag.
„Aber was meinen die mit 'ein paar Tage'?"
„Keine Ahnung. Mach Dich mal auf mindestens drei Tage gefasst, würde ich sagen."
„DREI TAGE???!!! Das geht nicht! Wie soll ich denn? Die Tiere und Jana, das geht doch nicht."
„Nun mach dir mal keine Sorgen. Ich bin ja auch noch da. Wie gesagt, ich habe frei. Das machen wir schon. Janine und ich, wir wuppen das!"
„Aber, das kann ich dir doch nicht aufbürden. Pass auf: Ich werde mal ganz lieb fragen und dann lassen die mich schon früher raus."
„Vergiss es."

„Nein, echt, das klappt schon. Ich bin auch total kooperativ und mache alles, was die von mir verlangen."

Janine und Bernhard sahen sich an, stemmten die Hände in die Hüften und schüttelten wie auf Kommando die Häupter. Ich guckte schmollend zu ihnen rüber und dann mussten wir alle drei lachen.

„Nie im Leben! Wenn du etwas **nicht** bist, dann brav und folgsam. Kurier Dich aus! Wir regeln das zu Hause schon. Außerdem fallen dir ja jetzt schon die Augen zu. Du brauchst eine Pause und zwar dringend!"
Unwillkürlich musste ich gähnen. Aber ich kniff die Lippen aufeinander und unterdrückte den Impuls so gut es ging. - Ging aber nicht besonders gut.

„Siehst du! Soll ich dir erst einen Spiegel holen, damit du weißt, wie erholungsbedürftig du aussiehst, oder fügst du Dich nun doch endlich in dein Schicksal?"
„Spiegel? Äh, nö, ich glaube-" Ein Blick zu Janine reichte, um mich zu überzeugen.
„Ok, ich füge mich ja schon", gab ich klein bei.

Eine Weile blieben die beiden noch, Bernhard und Janine unkten rum, er kitzelte sie, so dass sie vor Freude quiekte und ich lachte mit. Das tat so gut. Einfach mal lachen und fröhlich sein. Keine quälenden Gedanken, nur Freude pur. Meine Stimmung war gut.

Beim Abschied raunte Bernhard mir noch zu, dass mein Telefon freigeschaltet sei, falls ich noch was auf dem Herzen hätte, dann waren sie weg.

Ich sah zum Fenster in den Himmel. Ein paar Wolken zogen vorüber und veränderten dabei ihre Form. Das war ein bisschen wie Fernsehen, aber entspannter. Völlig relaxed lag ich da und sah zum Fenster. Da ging meine Zimmertür erneut auf. Mit einem Lächeln auf dem Gesicht sah ich zur Tür.

„Bettina. Guten Tag!"

Mir stockte der Atem. Da kam mein Schwager zur Tür herein. Na der traute sich ja was! Was zum Teufel wollte er hier? Hinter ihm meine große Nichte Nadine, mit meiner kleinen Nichte Sanna auf dem Arm. Mein Neffe Tommek lief stur hinter den beiden her und würdigte mich keines Blickes. Sanna lächelte mich nett an, doch Nadine zog sie am Arm zu sich heran, so dass sie mich nicht mehr sehen konnte.

Ich wollte mich aufsetzen, wollte ihnen in Augenhöhe gegenübertreten. Doch - sie gingen weiter, an meinem Bett vorbei. Sie gingen zum Bett meiner Zimmernachbarin. Mit offenem Mund sah ich ihnen nach. Dann zog meine Zimmernachbarin den Vorhang weg und starrte mich mit vor Wut beinahe glühenden Augen an: Es war meine Schwester Henni!!

Sie war meine Zimmernachbarin! Sie hatte hier gelegen wie ein Spion, der alles hörte und sah, was ich sagte und tat. Ich war zwischen Angst und Wut hin- und hergerissen. Die Person, der ich im Moment am wenigsten von allen Menschen auf der Welt traute, lag hier mit mir in einem Zimmer! Wo ich nicht weg konnte. Nicht fliehen konnte. Ich war ans Bett gefesselt und meiner Schwester regelrecht ausgeliefert!

Manfred zog den Vorhang wieder zu, gerade soweit, dass das Bett und alle vier Besucher meiner Schwester dahinter verschwanden. Und sie bemühten sich alle, sehr leise zu sprechen, so dass ich nichts vom Gespräch verstehen konnte. Doch das war gar nicht nötig, denn das wollte ich auch gar nicht verstehen.
Aber warum war Henni überhaupt im Krankenhaus? Sie musste sich verletzt haben, doch wann? War es ihre Flucht vor meinen Hunden, als sie das Wohnmobil stehlen wollte? Oder als Manni sie mit dem Auto anfuhr? Oder etwas ganz anderes? Was war wohl passiert? Die Gedanken wirbelten durch meinen Kopf. Ich wusste nicht, was ich tun sollte, was hier geschah, was noch geschehen würde, wenn ich in diesem Zimmer bliebe. Ich fühlte mich keineswegs wohl in Gesellschaft meiner direktesten Verwandten. Ich traute ihr eine Menge zu. Schon damals, als wir noch Kinder waren. Ihre Abneigung gegen mich hatte sich früh entwickelt und auch vorzugsweise gegen mich entladen. Doch ich war keineswegs wehrlos.

...

Wir hatten ständig Streit, täglich, stündlich, manchmal im Viertelstundentakt. Wir waren wie Hund und Katze. Und meine Mutter schürte den Hass, indem sie immer eine Zeitlang eine von uns der anderen vorzog. Die andere war dann natürlich dementsprechend wütend auf die Bevorzugte und schon lagen wir uns wieder in den Haaren. Meine Schwester hatte damals sehr lange und starke Fingernägel, während ich mir vor Kummer die Nägel bis ins Fleisch hin abbiss. Irgendwo musste ich ja hin mit meinem Frust. Die ewige Prügelei und Ungerechtbehandlung durch meine Mutter blieb in meiner Kinderseele schließlich nicht ohne Narben.

Wenn meine Schwester und ich uns stritten, fügte sie mir immer blutende Kratzer zu. Ich konnte mich nur durch Beißen wehren. Und ich biss zu wie ein Hund. Aber nur, damit meine Schwester aufhörte, zu kratzen. Erst, wenn sie aufschrie, ließ ich los. Ich warnte vorher immer - was mit dementsprechend vollem Mund schwierig war. Aber ich tat es dennoch. „Hör auf, oder ich beiß' richtig zu!" Sie hörte nicht auf. Sie riss mir immer tiefere Kratzer in die Haut. Also biss ich zu.

Gott weiß, was wir uns noch angetan hätten. Vermutlich hätte ich meiner Schwester irgendwann einen Knochen der Hand durchgebissen. Doch wenn meine Schwester schrie, kam meine Mutter immer rasch ins Zimmer gerannt. Ich konnte auch gerne mehrfach schreien, bis meine Mutter sich dazu niederließ, zu mir zu kommen. Meine Schwester schrie genau einmal. Vermutlich zögerte sie es aber auch heraus, weil sie wusste, was nun käme: Unsere Mutter fragte, wer angefangen hätte - Synchronschweigen bei Hennis und mir. Und dann wurden wir eben beide verprügelt. Hätten wir nur nie geschrien...

....

Mir kam ein grässlicher Verdacht: Vielleicht war ich gar nicht aus dem Bett gefallen, vielleicht hatte Henni mich gestoßen! Traute ich ihr das wirklich zu? Tat ich das? Würde sie sowas tatsächlich tun?

Ok, sie mochte mich von Geburt an nicht, hatte sich von meiner Mutter ein Brüderchen gewünscht. Dann kam ich auf die Welt, zweifelsfrei kein Junge, und hatte bei meiner großen Schwester prompt verloren. Aber würde Henni soweit gehen, mich im Taumel der Beruhigungsmittel aus dem Krankenhausbett zu stoßen?

- Nein, eigentlich nicht. Zum einen war sie dafür nicht mutig genug, zum anderen erinnerte ich mich ja auch noch in etwa, wie es passiert war. Nein, ich schüttelte den Kopf. Trotzdem wollte ich nicht in einem Zimmer mit ihr liegen. So klingelte ich nach der Schwester. Plötzlich Stille auf der anderen Zimmerseite. Nadine lugte um den Vorhang herum, sah mich mit böse funkelnden Augen an. Da ging die Zimmertür auf. Die Schwester sah Nadine an und sofort verschwand diese schnell hinter dem Vorhang.

„Entschuldigen Sie bitte. Ist es möglich, mich in ein anderes Zimmer zu verlegen?"
„Da muss ich nachsehen, warum?"
„Dort drüben liegt meine Schwester, Helena Hansen. Wir haben seit geraumer Zeit extreme Schwierigkeiten miteinander. Ich kann unmöglich mit ihr in einem Zimmer liegen, wenn ich gesund werden soll. Würden Sie bitte nachsehen, ob eine Verlegung möglich ist? Oder kann ich nach Hause?"
„Das glaube ich kaum. Aber wegen einer Verlegung sehe natürlich gerne nach, was möglich ist. Die Probleme sind unüberbrückbar, auch nicht für ein paar Tage?", fragte sie nochmal nach.
„Mehr als nur unüberbrückbar. Wir haben gerade geerbt und Einigkeit ist definitiv anders."

Die Schwester nickte und verließ das Krankenzimmer. Nur wenige Minuten später kamen zwei Krankenschwestern herein, holten meine Kleider aus dem Schrank und legten sie auf mein Bett. Sie lösten die Bremsen meines Bettes und ich wurde aus dem Zimmer geschoben. Manni trat hinter dem Vorhang hervor, jemand zog den Vorhang weg. Die ganze Familie Hansen verschränkte die Arme vor der Brust und sah mich siegessicher an. Hätten Blicke töten können, die Schwestern hätten mich direkt in den Totenraum schieben können. Emotionslos erwiderte ich den Blick meines Schwagers. Ich fixierte nur ihn, ohne eine einzige Regung im

Gesicht. Dann war ich auf dem Flur. Eine Meter wurde weit wurde ich in dem Bett geschoben. Ich war froh, aus der Reichweite meiner Schwester heraus zu sein, ein Gefühl von Sicherheit und Ruhe breitete sich in mir aus.

„Na, Sie können ja schon wieder lächeln, Frau Brodersen. Sie wirkten gerade extrem angespannt."
„Naja, meine Schwester und ich sind uns wegen des Erbes ganz und gar nicht einig. Sie hat auch hier und da über die Stränge geschlagen. Und nun mit ihr in einem Zimmer zu liegen, wehrlos und bewegungsunfähig, das ist nicht gerade etwas, was einem Sicherheit gibt."
„Das kann ich verstehen."
„Aber ich hatte ja keine Ahnung, dass sie da ist. Wie lange lagen wir denn zusammen in dem Zimmer?"
„Nur einen Tag. Ihre Schwester kam gestern zu uns."
„Dürfen Sie mir sagen, warum?"
„Nein, das dürfen wir natürlich nicht. Gerade, wenn Sie Schwierigkeiten miteinander haben. Ihre Schwester erfährt ja auch nicht, was Sie haben."
„Wirklich nicht?"
„Keine Sorge. Das ist ja jetzt bekannt, dass Sie und Frau Hansen keine Freunde sind. Da erfährt keine etwas über die andere. Nicht wahr, Schwester Carla?"

Es klang ein bisschen wie eine Drohung. Oder wollte die ältere Krankenschwester nur ihre Macht gegenüber der jungen Schwester demonstrieren, die für mich nicht sichtbar am Kopfende meines Bettes war und wohl noch nicht so lange dabei wie die wortführende am Fußende? Eine angespannte Stimmung war zwischen den Frauen. Aber ich wollte das nicht an mich heranlassen, sagte gar nichts mehr. Sollten sie ihren Disput untereinander ausmachen. In dem Moment war ich froh, zumindest tolle Kolleginnen zu haben, wenn schon mein Chef als Mensch und Vorgesetzter einer Fehlbesetzung darstellte.

Als ich den halben Flur heruntergefahren worden war, wurde ein Bett an mir vorbei geschoben, in dem eine offenbar geistig behinderte jungen Frau aufrecht saß, die unentwegt auf die beiden Krankenpfleger einredete, die ihr Bett in die entgegengesetzte Richtung schoben. Auch mich bedachte das freundliche redselige Wesen sofort mit guten Wünschen und Fragen nach meinem Befinden. Ich lächelte nur zurück, antwortete aber nicht. Stattdessen sah den Pfleger am hinteren Ende des Bettes der anderen mitfühlend an, als die junge Frau mein Gesicht nicht mehr sehen konnte. Er erwiderte meinen Blick und rollte mit einem Seitenblick auf die junge Frau genervt mit den Augen. Dann sagte er einfühlsam zu ihr:

„Nee, is klar, Johanna, das ist schon der Hammer mit den Vorschriften hier. Da muss sich aber leider jeder dran halten, auch du, " sagte er in einer Atempause der jungen Patientin.
„Aber wenn ich doch mit meinem eigenen Handy bei meiner Mutter anrufen muss. Die geht doch nicht dran, wenn sie die Telefonnummer nicht kennt. Und dann kommt mich keiner besuchen." Sie war auf Schlag den Tränen nahe.
„Guck mal, du kommst jetzt zu der netten Frau Hansen ins Zimmer, die freut sich bestimmt, wenn du ihr ein bisschen was von dir erzählst. Aus der Behindertenwerkstatt, in der du arbeitest und so. Macht Ihr schon Herbstdeko oder baut Ihr gerade Vogelkästen?"
„Vogelkästen! Mann Tom, du hast auch keine Ahnung", erwiderte das Plappermäulchen. „Vogelkästen macht man im Frühling, nicht im Sommer. Und jetzt ist Sommer, und der schönste, den wir seit sieben Jahren hatten."
„Sieben Jahre? Letztes Jahr war doch aber auch schön...-"

Es waren nur wenige Minuten, dass wir einander auf dem Flur begegneten, doch wusste ich sofort, dass die Frau, in deren Zimmer Johanna käme, nicht zu beneiden sein würde. Ein kleiner gehässiger Gedanke kam in mir hoch und ich fragte:
„Zu wem kommt die Johanna denn ins Zimmer?"
„Zu Ihrer Schwester, warum?"
Ich grinste so breit, dass ich mit zusammengekniffenen Lippen nur leise antworten konnte: „Ach, nur so".

Und ich musste so sehr das Lachen unterdrücken, dass es schon fast wehtat.
'Manchmal ist Gott gerecht', dachte ich.

Kapitel 7 - Freitag

Vier Tage später wurde ich entlassen. Bernhard holte mich ab.
„Hallo meine liebe Verlobte. Die Zeit der Heimreise ist gekommen", überschwänglich nahm er mich in den Arm und wirbelte mich herum.
„Na, du bist ja gut drauf."
„Ja, ich freu mich eben, dass du wieder nach Hause darfst."
„Und ich erst! Endlich raus hier. Ist Henni auch schon entlassen worden, weißt du das?"
„Nein ist sie nicht, aber sie kommt morgen raus."
„Warum war sie eigentlich hier?"
„Weil sie sich bei ihrem kleinen nächtlichen Ausflug zu Euch in den Garten den Fuß verdreht und sich ein paar Bänder lädiert hat. Sie konnte wohl nicht mehr laufen. War wohl nicht ohne. Konnte ja keiner ahnen, dass sie Euch in das gleiche Zimmer stecken."
„Und ich habe zu viel geschlafen, um das zu registrieren. Sie hat es bestimmt gemerkt."
„- Und vor lauter schlechtem Gewissen nichts gesagt."
„Meinst du? So böse wie die mich angestarrt haben, na ich weiß nicht."
„Ist doch jetzt auch egal. Heute kommst du nach Hause. Gleich holen wir Janine ab und im Auto habe ich auch noch eine Überraschung für Dich!" Bernhard strahlte.
„Eine Überraschung? Was denn für eine?"
„Wenn ich dir das jetzt sage, ist es ja keine Überraschung mehr."
„Och, komm schon. Bitte!", bettelte ich neugierig.
„Nur soviel: Du hast Post."
„Oha. Gute oder schlechte?" Ich war mit einem Mal gar nicht mehr so begeistert.
„Weiß ich nicht. Das musst du schon selbst rausfinden. Ich hab nur so eine Ahnung..."

Dieses scheinheilige Grinsen konnte ich noch nie bei ihm leiden. Er suhlte sich förmlich in meinem Unbehagen. Auch wenn das in der Regel positiv endete, jetzt war mir doch mulmig zumute. Überraschungen bereitete ich lieber anderen und war begeistert, wenn ich jemandem eine Freude machen konnte. Aber selber stand ich Überraschungen eher skeptisch gegenüber.

Ich versuchte mir das nicht anmerken zu lassen und lächelte meiner Bettnachbarin zu. Nadja und ich hatten vier klasse Tage gehabt. Wir hatten uns gut verstanden und am Ende sogar Handynummern ausgetauscht. Sie lag mit einem Kreuzbandriss im Krankenhaus, sollte eine Band-Prothese bekommen. Ich hatte ihr fest versprochen, sie einmal zu besuchen.

„Hey, Tini, mach's gut und meld' Dich mal, ja?"
„Klar doch. Gute Besserung weiterhin und toi toi toi für die Prothese. Im Herbst reiten wir dann mal zusammen aus, ja? Abgemacht ist abgemacht!"
„Sicher! Komm her und lass Dich zum Abschied drücken!"

Ich ging zu ihrem Bett, beugte mich zu meiner neuen Freundin herunter und wir umarmten uns. Fast unser ganzes Leben hatten wir uns in den paar Tagen erzählt. Es war so eine Vertrautheit da, die ich bisher selten bei anderen Menschen erlebt hatte. Ja, bei Regine, da war das auch so. - Mensch, die musste ich überhaupt noch mal anrufen, sie wusste ja von nichts, fiel mit da plötzlich ein. Ich löste mich von Nadja und ging zu Bernhard, der mit meiner Tasche und meiner Jacke in der Hand schon an der offenen Tür stand. Im Türrahmen drehte ich mich nochmal um und winkte Nadja zu. Dann schob Bernhard mich hinaus.

Arm in Arm schlenderten wir den Gang hinunter. Am Schwesternzimmer hielten wir kurz an und ich verabschiedete mich. Draußen sah ich mich nach Bernhards Auto um. Ich konnte seinen Suzuki nirgends sehen. Stattdessen glitt mein Blick über einige anthrazitfarbene, blaue, schwarze und silberne Autos. Auch ein rotes und zwei oder drei grüne sah ich. Aber Bernhards Auto tauchte einfach nicht in meinem Blickfeld auf. Stattdessen leuchtete ein gelbes Auto ganz am Ende des Parkplatzes. - Ich hatte ein gelbes Auto. Einen kleinen Kia. Und ich hatte Bernhard mehrfach gesagt, er solle ruhig mein Auto nehmen, wenn er für mich unterwegs war. Er musste ja nicht sein eigenes Benzin verfahren. Aber er hatte immer abgelehnt. Sollte er nun doch -. Wir kamen dem Auto näher, Bernhard lenkte mich zielstrebig in genau diese Richtung. Und ich konnte Bewegung im Wageninneren erkennen. Dann ein Bellen und in dem Moment wurde mir klar: Bernhard hatte die Hunde mitgebracht! Meine Hunde! Ich hatte sie so vermisst!

Ich sah Bernhard an, der grinste breit und drückte auf den Autoschlüssel. Klack, machte es und die Türen waren entriegelt. Ich strahlte meinen Freund an und wollte zum Auto rennen. Aber er griff mich am Arm, hielt mich zurück und mahnte:
„Schnell gehen können wir, aber gerannt wird nicht!"
„Oh Mann! Ich will zu ihnen! Ich hab sie so vermisst. Lass mich doch hin!"
„Nein, langsam. Schnell ist nicht gut mit dem Gips. Außerdem -"
„- hatte ich gerade einen Nervenzusammenbruch! Ich weiß, Herr Doktor. Aber ein bisschen schneller wird's ja wohl gehen, oder?!"

Ich zog Bernhard hinter mir her. Der gab sich Mühe zu trödeln, nur um mich zu foppen.

„Duhu! Mach hinne jetzt, sonst löse ich unsere Verlobung auf der Stelle auf!", frotzelte ich.
„Ist ja gut. Das Argument zieht."

Endlich waren wir beim Auto angekommen. Mir kam es wie eine Ewigkeit vor. Ich riss sofort die Tür auf und Joy sprang mir ausgelassen bellend entgegen. Ebby sprang um mich herum. Jetzt war ich glücklich, bückte mich nach den beiden, streichelte sie mit beiden Händen. Den Gips nahm ich gar nicht mehr wahr. Die Hunde fiepten vor Freude, wedelten wie verrückt mit ihren Schwänzen und ich war unwahrscheinlich glücklich, meine Hunde wiederzusehen. Gott, hatte ich die beiden vermisst! Mir liefen die Tränen übers Gesicht. Vor Rührung bekam ich keinen Ton mehr heraus. Ich stand gebückt zwischen meinen Tieren, streichelte sie und war einfach nur froh.

Bernhard guckte sich das Spektakel an und grinste breit.

„Das war aber nur ein Teil der Überraschung. Der zweite liegt auf dem Beifahrersitz."
„Du fährst?"
„Ja, du solltest noch nicht fahren. Heute bin ich mal dein Chauffeur."

Ich schickte die Hunde wieder ins Auto und öffnete die Beifahrertür. Dort lagen drei Briefe. Ich setzte mich ins Auto. Anschnallen gestaltete sich etwas schwierig mit dem Gips am linken Arm. Es ging dann aber doch. Bernhard stieg auch ein, wendete den Wagen und fuhr dann vom Krankenhausgelände herunter. Ich öffnete die Briefe. Erst den, der am unangenehmsten aussah: Ein Brief der Polizeibehörde.

Sehr geehrte Frau Brodersen,

... teilen wir Ihnen mit, dass die ... Ihrer tödlich verunglückten Eltern freigegeben wurden. Eine Beerdigung kann nunmehr jederzeit veranlasst werden.

...des Weiteren teilen wir Ihnen mit ... unsere Ermittlungen ergeben haben ... nach wie vor nicht ausgeschlossen werden kann, dass eine Manipulation an dem Kraftfahrzeug Ihrer Eltern zu dem tragischen Verkehrsunfall geführt hat. Der Verdacht, der vorerst auf Sie und Angehörige Ihrer Familie gefallen ist, erhärtete sich in der Folgezeit nicht. Sollten Sie über Kenntnis oder Verdachtsfälle verfügen, die zur Aufklärung des Verkehrsunfalles beitragen können, bitten wir Sie dringend um Mitteilung. Wir weisen in diesem Zusammenhang auch darauf hin, dass Sie zur Wahrheitsfindung zu dienen haben. Kommen Sie dieser Verpflichtung nicht nach, sind Sie gemäß §§...

Weiter las ich nicht. War ja sicher ein Formschreiben, wo solche Drohungen am Ende immer eingefügt waren. Das ließ ich gar nicht erst an mich heran. Ich registrierte aber, dass ich die Beerdigung ja immer noch nicht in die Wege geleitet hatte. Und mein Verdacht auf die Autowerkstatt, den hatte ich ja auch noch nicht weitergegeben. Warum schrieben die mich eigentlich von der Behörde an, warum nicht Karl? Über ihn lief doch alles.

Das Schreiben hatte mich mehr verwirrt, als voran gebracht. Ich faltete den Brief wieder zusammen und steckte ihn zurück in den Umschlag.

„Keine guten Nachrichten?"
„Doch schon, teilweise."
„Teilweise?"
„Ja, teilweise. Das ist die schriftliche Bestätigung, dass die – die – also meine Eltern – ihre Körper freigegeben worden sind und ich die Beerdigung einleiten kann. Aber der Unfall ist immer noch nicht geklärt. Ich bin zwar nicht mehr verdächtig, und auch kein 'weiteres Familienmitglied', aber ich soll unbedingt Bescheid geben, wenn ich was zum Unfallhergang beitragen kann. Und wenn es nur ein Verdacht ist. Und dann drohen die auch gleich mit irgendwelchen Paragraphen. Ich hab's nicht bis zum Schluss durchgelesen."
„Solltest du aber. Nachher steht am Ende noch was Wichtiges."
„Ja, mach ich zu Hause."
„Guck mal, da ist noch ein Brief vom Nachlassgericht. Das meinte ich eigentlich mit Überraschung."
„Oh. Ja, das könnte mit dem Erbe zusammenhängen. Aber woher wissen die denn von dem Unfall. Ich hab' ja noch nicht mal die Zeitungsanzeige geschaltet."
„Hm. Guck rein. Mutmaßen hat doch keinen Sinn!"
Ich riss den Brief auf und holte das Schreiben heraus. Eine Seite nur und nur zwei Absätze.

Sehr geehrte Frau Brodersen,

das Standesamt in Langensee hat uns über den Tod Ihrer Eltern informiert. Hierzu sprechen wir Ihnen unser aufrichtiges Beileid aus. Ihre Schwester Helena Hansen, geborene Brodersen, wohnhaft in Waldratshain, hat bereits zur Protokoll der Geschäftsstelle die Ausschlagung ihres Anteils am Nachlass Ihrer beider Eltern erklärt. Somit verbleiben Sie als Alleinerbin, sofern Sie nicht innerhalb einer Frist von sechs Wochen ab dem Tage der Eröffnung des Nachlasses ebenfalls die Erbschaft ausschlagen. Das Protokoll über die Nachasseröffnung wird Ihnen in Kürze mit gesonderter Post zugehen.

Wir teilen mit, dass im Nachlassgericht eine Nachlasspflegschaft zur Regelung der Erbsache Ihrer Eltern eingerichtet wurde. Die

Nachlasspflegschaft endet mit der Auffindung der gesetzlichen Erben. Da Ihre Schwester Helena Hansen und Sie, Frau Bettina Brodersen, die einzigen direkten Erben sind, sind diese somit gefunden. Die Nachlasspflegschaft endet ebenfalls mit der Zustellung des Eröffnungsprotokolls. Ab diesem Tage gehen alle Rechten und Pflichten aus dem Nachlass Ihrer Eltern auf die Erben - in diesem Fall also auf Sie - über.

Wir legen Ihnen nahe, sich über Ihre Rechte und Pflichten ab diesem Tage bei einem amtlich bestellten Notar zu informieren. ...

„Sind das jetzt gute Nachrichten?" Bernhard war richtig aufgeregt.
„Naja, ich weiß nicht. Wie lange sind meine Eltern jetzt tot? Eine Woche?"
„Ja, auf den Tag genau eine Woche."
„Na, da muss Henni ja schon am Montag beim Gericht gewesen sein um das Erbe auszuschlagen."
„Henni hat WAS?!"
„Ja, genau weiß ich das auch nicht. Das Nachlassgericht schreibt, dass sie das Erbe ausgeschlagen hat und er schreibt dann was von Testamentseröffnung und Erbschein und so. Ich verstehe das nicht. Ich hab doch noch nicht mal die Beerdigung in die Wege geleitet und ich weiß auch noch gar nicht, ob ich das Erbe haben will oder nicht. Was soll denn das jetzt mit der Testamentseröffnung?"
„Naja, was deine Schwester betrifft, da war die Gier wohl der Motor. Sag mal, hat Henni finanzielle Probleme?"
„Ich hab keine Ahnung. Eigentlich müssten die im Geld schwimmen. Sie arbeitet im Öffentlichen Dienst schon seit 20 Jahren und mein Schwager ist Maurer, der sollte ja wohl auch nicht schlecht verdienen. Im Gegenteil: Sie hat mir neulich erzählt, dass sie 37,00 € und er auch an die 40,00 € für die Gewerkschaft zahlen sollten. Laut Adam Riese und Eva Zwerg zahlt man ja 1% seines Gehaltes. Brutto oder netto weiß ich jetzt nicht. Demnach sollten sie eigentlich mehr als genug Geld haben. Dann zwei kleine Kinder, ein günstiges altes Häuschen. Zwei Autos sind auch vorhanden. Aber gejammert hat sie ja ständig. Immer kein Geld für nichts und niemanden...!"
„Hm. Klingt komisch."

„Ich weiß es nicht. Ist nicht meine Baustelle. Aber ich muss so langsam mal in die Pötte kommen. Als erstes mal die Beerdigung anschieben und die Zeitungsanzeige schalten und dann mal in die Bücher gucken. Puh! Das wird ein spannendes Wochenende! Hast du noch ein paar Tage Lust auf Familienleben?"
„Wie meinen, Gnädigste?"
„Äh anders: Bernhard? Ob du noch ein bisschen mit Janine rumkaspern magst und mit uns essen und so. Ich koche auch."
„Kochen? Mit Deinem Arm?"
„Naja, ich kann mich doch nicht endlos von dir bedienen lassen. Du hast schon so viel für mich getan." Ich schämte mich etwas, wurde rot und sah zu Boden.
„Du, wenn ich darf, tue ich das auch wirklich gern weiter", sagte Bernhard sanft und sah mir tief in die Augen.

Er bremste mein Autochen ab und fuhr rechts ran. Steuerte ausgerechnet die Einfahrt des kleinen Hauses im Nachbarort an, das mich schon vor dem Tod meiner Eltern interessiert hatte: Ein tolles kleines beiges Haus am Ortsrand gelegen, aber doch zentral genug und mit einem schönen großem Grundstück mit altem Baumbestand und uneinsehbar durch eine hohe Hecke. Mit einem raschen Seitenblick stellte ich fest: Das Schild 'Zu Verkaufen' stand auch noch da. Mein Herz tat einen kleinen Hüpfer. Schnell sah ich wieder Bernhard an, der gerade den Zündschlüssel drehte und den Motor verstummen ließ. Er sah mich mit einem einfühlsamen Blick an und sprach leise weiter:

„Im Ernst: Ich finde es schön, dir zu helfen und mich mit Janine zu beschäftigen. Wenn du magst und ich dir nicht auf die Nerven gehe, helfe ich dir gern weiter, wo ich kann."

„Bernhard, du kannst mir gar nicht auf die Nerven gehen. Du bist ein Schatz! Ich bin so froh, dass es Dich gibt!" Damit fiel ich ihm um den Hals.

Wir drückten uns aneinander, Sekunden länger als nötig. Ich roch seine Haut. Sie roch so gut. Sein Haar fühlte sich so gut an unter meinen Händen. Meine Hand begann unwillkürlich, sein Haar zu streicheln. Bernhard hob den Kopf, ging ein kleines bisschen auf Abstand. Nur soviel, dass er mir in die Augen sehen konnte. Ich guckte ihn an, glaubte, dass er meine Sehnsucht sehen konnte. Dann kam sein Gesicht dem meinen näher, bis seine Lippen meine berührten. Es war wie ein Stromschlag. Ein leichter, aber bebender Stromschlag. Mein Herz begann zu rasen. Ich wollte mehr. Ich küsste ihn wieder, leidenschaftlich, voller Energie. Er erwiderte die Leidenschaft. Ich fuhr ihm durch das Haar, er streichelte meinen Rücken, wollte meine Bluse hochheben - doch da wurde mir schlagartig unsere Umgebung gewahr: Wir standen an der Kreisstraße! Zur linken sausten die Autos an uns vorbei, rechts schlenderten die Fußgänger am Wagen vorbei.

„Komm, lass uns nach Hause fahren", flüsterte ich ihm ins Ohr.

Bernhard löste sich langsam von mir, holte tief Luft und strahlte mich an wie ein verliebter Teenager. Und ich strahlte zurück.

Kapitel 8 – Samstag

Am Samstagmorgen hatte es ein schönes Frühstück gegeben, wieder war Bernhard der König der Küche, meiner Küche. Aber in dem Raum gab ich meine Besitzansprüche gerne auf. Hausarbeit, und dazu zählte in meinen Augen auch Kochen, gehörte wirklich nicht zu meinen Lieblingsaufgaben. Im Gegenteil: Ich hasste das Putzen und Wischen und den ganzen Kram. Als Kinder wurden wir mit Staubwischen bestraft, wenn selbst die Schläge nicht mehr halfen. Und ich bin mir heute nicht mehr sicher, ob das Putzen nicht schlimmer war. Wir bekamen immer so kleine filigrane Holztierchen geschenkt - weil meine Mutter sie so toll fand. Und diese Teile mit einem groben Staubtuch zu putzen, war fast unmöglich. Immer brach etwas ab und schon gab es wieder mächtig Ärger. Dann mussten wir die Dinger auch noch mit Kleber reparieren. Eine Kette ohne Ende. Ich hasste Hausarbeit!

So war ich dann auch froh, mich mit einem fadenscheinigen „Ich geh' mal oben Blümchen gießen und nach Post sehen" aus dem Staub machen zu können. Bernhard und Janine spielten mit der Wii Tennis gegeneinander und schafften grade noch ein „Ja, bis dann", schon waren sie wieder in ihrem Element.

Ich nahm Ebby mit. Das war mir sicherer. Allein in der großen Wohnung meiner Eltern fühlte ich mich nicht wohl. Auch wenn sie in Urlaub waren und ich den Anrufbeantworter abhören sollte, nahm ich immer Ebby mit.

Der Gang die Treppe rauf war schon unheimlich. Es war so still im Haus. Ebby stand vor der Tür und wedelte wie verrückt. Sie freute sich immer sehr, wenn sie mit in die Wohnung meiner Eltern durfte. Sie mochte meinen Vater besonders, sprang immer gleich zu ihm auf den Sessel und drehte sich neben ihm auf dem Rücken, damit er ihr den Bauch kraulen konnte.

Ich kratzte das Siegel von dem Türschloss, steckte den Schlüssel rein und schloss auf. Ich öffnete die Tür einen Spalt weit und wollte den Schlüssel herausziehen. Ebby ging es nicht schnell genug - wie immer. Sie steckte seinen Kopf in den Spalt und drückte die Tür auf. Dann flitzte sie durch den gefliesten Flur, blieb vor der verschlossenen Wohnzimmertür stehen. Ich zog den Wohnungsschlüssel ab, ging hinein und verriegelte die Tür hinter mir. Den Schlüssel nahm ich mit. Ebby winselte schon schwanzwedelnd und tippelte hin und her. Dass ich so lange brauchte, verstand sie nicht. Und vor allem passte es ihr nicht. Sie bellte. Das Bellen hallte durch den langen Flur. Es war gespenstisch. Ich zuckte zusammen. Ergeben öffnete ich die Wohnzimmertür. Ein moderiger Geruch schlug mir entgegen. So roch es im ganzen Haus. Irgendwo war Schimmel drin und meine Eltern wurden dessen nicht Herr. Die ganzen Jahre, die ich in diesem Haus gewohnt hatte, haben sie den Schimmel nicht in den Griff bekommen. Aber in ihrer Wohnung wäre ja auch nie etwas gewesen, haben sie immer gesagt. Der Geruch, den ich jetzt einatmen musste, bedeutete mir aber etwas ganz anderes. Hier gab es mit Sicherheit auch Schimmel.

Ach was soll's! Dieses Haus würde ich ohnehin nicht haben wollen, schalt ich mich meiner eigenen Gedanken. Hier hatte ich zu viele schlechte Erfahrungen gemacht, die hingen in allen Ecken. Da half nicht mal Überstreichen oder Möbel wechseln. Die Erinnerungen blieben in jedem Raum kleben wie ein Kobold am Leim.

Ebby lief durch das Wohnzimmer, sauste ins Fernsehzimmer (ja, meine Eltern hatten tatsächlich einen Extraraum zum Fernsehen), sprang auf den Sessel meines Vaters und legte sich sofort platt hin. Nicht auf den Rücken, aber doch so demonstrativ, als hätte sie beschlossen, hier und jetzt genau dort auf meinen Vater zu warten.

Ich hatte einen Frosch im Hals, als ich das sah. So auf Schlag hatte sie sich immer auf den Sessel gelegt, wenn mein Vater kurz den Raum verließ. Wenn er dann zurückkam, hatten wir immer alle über den kleinen Sessel-Besetzer gelacht. - Ich hörte es. Ich hörte das Lachen meiner Eltern. Ich hörte meinen Vater lachen in seinem tiefen aber freundlichem Ton und das hohe Kichern meiner Mutter. Hätte ich die Augen geschlossen, wäre ich mir sicher, sie säßen dort. Alle beide. Als wäre nichts geschehen.

Tränen stiegen mir in die Augen. Ich musste schlucken. Ich musste hier raus! Ich ließ die Außenjalousie hoch und öffnete die

Balkontür. Dass man das in meiner Wohnung hören konnte, war mir in dem Moment egal. Ich musste an die frische Luft!

Auf der großen Terrasse ging es mir etwas besser. Ich holt tief Luft und breitete die Arme aus. Mit geschlossenen Augen nahm ich den Geruch der Sommerluft erst richtig wahr. Am liebsten hätte ich jetzt die Zeit angehalten. So war es doch schön. So und nicht anders. Ich wollte nicht zurück in die Realität. Ich wollte nicht in dieses Haus. Ich wollte nicht den Nachlass meiner Eltern regeln. Ich wollte die Augen vor der Welt verschließen.

Plötzlich trat mich etwas. Sanft, aber doch ein Tritt. Ein kleines Pfötchen tippte auf mein Bein. Ich öffnete die Augen und sah Ebby, wie sie auf zwei Beinen neben mir stand, ihre Vorderbeine an meine Beine gestützt. Diese süße Kleine! Sie spürte stets genau, wenn es mir nicht gut ging und kam dann zu mir. Ohne Bellen, ohne Jaulen, sie war einfach da. Einen besseren Freund gab es nicht, als einen Hund. Ich setzte mich auf den Boden der Terrasse im Schneidersitz hin und Ebby machte es sich auf meinen Beinen gemütlich. Den Kopf reckte sie aber hoch zu mir - und leckte mir die Tränen vom Gesicht, die dort mit einem Mal in Strömen herunter rannen.

Ich schluchzte bitterlich. Ich hockte da, den Kopf in dem Fell eines kleinen Terriers vergraben und heulte wie ein Schulkind, das eine Fünf geschrieben hatte. Alle Emotionen kamen heraus. Alle bösen und traurigen Gedanken suchten sich ihren Weg. Wie ein Regen in meinem Kopf kam alles aus mir heraus. So hatte ich seit dem Tod meiner Eltern noch nicht geweint. Ebby ließ mich gewähren. Der kleine Hund, der sonst immer knurrte, wenn man ihn am Bauch, am Hinterteil oder an den Beinen auch nur berührte, ließ mich ihn in meinen Armen vergraben und meinen Kopf stützen. Diesmal knurrte sie nicht.

Nach einer ganzen Weile, es kam mir wie eine Ewigkeit vor, rappelte ich mich langsam auf. Ich küsste meinen Hund auf den Kopf und der knurrte. Ich lächelte ihn an und stand mit ihm auf.

Dann gingen wir wieder ins Wohnzimmer und ich holte die Gießkanne für die Blumen.

Später saß ich am Schreibtisch meiner Eltern. Ich hatte mir einen großen neuen Block aus einem Regal genommen und machte mir Notizen aus allen vorhandenen Ordnern, die in den Regalen standen. Es war eine Regal-Wand. Mein Vater hatte ein Regalsystem angebracht und alle Ordner, darin aufgestellt. Da war wirklich alles drin. Jedes einzelne Haus, alle Schuldposten, ehemalige Mieter, zurück bis in einen Zeitraum von vor 30 Jahren! Mein Vater hatte alles aufgehoben. Wirklich alles! Eigentlich ja sehr lobenswert, nur blöd, wenn man was suchte. Da wäre es doch toll gewesen, alle wesentlichen Unterlagen zu einer bestimmten Immobilie auch in dem aktuellen Ordner zu haben. Stattdessen arbeitete ich mich nun schon zwei Stunden durch die Ordner. Schließlich hatte ich begonnen, auf dem Rückenschild des Aktendeckels eine kleine Ecke schwarz anzumalen, wenn ich den Ordner schon in den Fingern hatte.

Nach drei Stunden war ich mit dem Papierkram endlich soweit durch. Ausrechnen wollte ich alles in meiner eigenen Wohnung. Da fühlte ich mich doch deutlich sicherer, durfte ich doch eigentlich gar nicht in den Unterlagen rumwühlen. Aber ich war vorsichtig vorgegangen. Am Ende hatten alle Ordner eine schwarz angemalte Ecke, so konnte niemandem ein Unterschied auffallen - hoffte ich. Dann ging ich noch durch die Wohnung und öffnete alle Schranktüren auf der Suche nach Bargeld oder Wertgegenständen. Im Schlafzimmer fand ich auch Dinge, die ich gar nicht finden wollte und die mich darauf aufmerksam machten, dass auch meine Eltern bis zum Schluss offenbar noch ein erfülltes Liebesleben hatten... - und sich auch zu animieren wussten... Das war definitiv etwas, dass ich gern aus meinem Gedächtnis verbannt hätte! Ich wollte wirklich nichts über das Liebesleben meiner Eltern wissen! Eltern hatten kein Liebesleben! Eltern hatten einen irgendwann gezeugt, wie war egal!

Ich ging in die Küche, wo ich den Notgroschen meiner Mutter fand. Damit hätte man jemanden erschlagen können, Reichtümer verbarg sie nicht. Und an allen Ecken und Kanten Nippes. Jede Menge kleiner Porzellanfiguren, Weihnachtsglocken, Püppchen, Körbe, alles aus Porzellan. Und Geschirre. Das waren Service für 24 Personen und davon hatte sie bestimmt fünf Stück. Alle verschieden. Nicht, dass die jemals auf den Tisch gekommen waren. Wir kannten immer nur das eine. Das braune mit den Bäumen, Herbststimmung, keine Blätter an den Bäumen. Trotzdem schon schön und man will ja essen, was auf dem Teller liegt, nicht den Teller selbst, dennoch war das definitiv nicht mein Geschmack.

Ein silbernes Besteckset fand ich noch und alte Fotos. Ich war inzwischen im Wohnzimmer angekommen. Dort stand ein fünf Meter langer Wohnzimmerschrank und der war voll. Mir graute jetzt schon davor, das alles herausräumen zu müssen!

Ich schloss die letzte Tür, stemmte die Hände in die Hüften und drehte mich um. Ich holte einmal tief Luft und ließ den Blick über die anderen Möbel gleiten. Da war noch die kleine Kommode, oben wieder vollgepackt mit Nippes und Fotos, und daneben die Sitzecke. Mir stockte der Atem, als mein Blick das Sofa streifte. Aus der Perspektive, vom ganz anderen Ende des Wohnzimmers, kam mir das Sofa größer vor. Wie damals wirkte es, damals, als Onkel Petricz mich anfasste. Ich wollte das nicht, aber er hörte nicht auf.

...

Ich war 16, das weiß ich noch genau. Es war Sommer. Ein wunderschöner heißer Sommer. Ich war mitten in der Pubertät, nur leider nicht aufgeklärt. Ich wusste, dass ich mich gut entwickelt hatte, war stolz auf meine große Oberweite. Viele meiner Klassenkameradinnen beneideten mich darum. Einige Jungs hatten schon versucht, mit mir anzubandeln. Aber sie hatten sehr deutlich durchblicken lassen, dass meine Brüste mehr Anziehungskraft auf sie hatten, als mein Charakter. Zu der Zeit hatte ich noch keinen Freund gehabt, geschweige denn Sex.

Es war ein wirklich sehr heißer Sommer. Ich verbrachte die Ferien allen in unserem Haus an der Ostsee. Es war ein malerischer kleiner Ort mit ein bisschen Tourismus. Jeder zweite hatte mindestens eine Ferienwohnung im Haus. Wir auch, wir hatten 5! In diesem Sommer waren sie alle leer. Ich war allein in dem großen Haus. Erst fand ich das toll. Nur ich hatte einen Schlüssel dazu - dachte ich.

Ich ging zu meinen Nachbarn, die ich schon kannte, seitdem ich zwei Jahre alt war. Onkel Petricz war schon mindestens 80 Jahre alt. Er gab mir immer einen kleinen Klaps auf den Hintern, wenn ich dort war. Es hatte mich nie gestört. Ich ging gern zu ihm und seiner Frau. Nie war eine Situation verfänglich. Ich erzählte, was ich an dem Tag so gemacht hatte und war völlig unbedarft in meinen Aussagen. Irgendetwas muss Onkel Petricz aber wohl angemacht haben. An einem Nachmittag klingelte es an der Haustür.

Ich guckte durch die Seitenfenster und sah meinen lieben alten Nachbarn, Onkel Petricz. Fröhlich machte ich auf und ließ ihn herein. Er wollte sich nur mit mir unterhalten, sagte er. Ich dachte mir nichts dabei und bat ihn ins Wohnzimmer. Wir setzten uns auf das große Sofa. Er fragte mich, was ich denn heute so gemacht hatte. Und ich gab Antwort. Mit einem Mal nahm er mich in die Arme. Das verwirrte mich kurz, aber ich ließ es arglos zu. Ich versuchte, weiterzuerzählen, was ich gemacht hatte an dem Tag, da begann Onkel Petricz plötzlich, meinen Rücken zu streicheln.

Das war mir nun doch nicht so recht. Ich versuchte, ihn etwas von mir wegzudrücken, aber er hielt mich mit sanfter Gewalt fest. Fragte mich weiter aus. Was ich denn zu Mittag gegessen hätte, wollte er wissen.

„Würstchen", antwortete ich.

Da hatte er um seine Hände seitlich von meinem Rücken gleiten lassen und streichelte nun über meine Brüste.

„Würstchen hattest du?"
„Ja", antwortete ich verwirrt und unschlüssig, was das Ganze sollte.
„Du hast hier ja auch zwei sehr schöne Würstchen", erwiderte er und streichelte meine Brüste fester.

Ich versuchte, ihn wegzudrücken. Aber er griff meine Brüste noch fester, strich darüber, wollte mich offenbar nicht loslassen.

Ich bekam Angst, verstand das alles nicht, wollte nur raus aus dieser Situation. Ich sagte ihm, er solle mich loslassen, ich wolle das nicht. Doch er versuchte, mich weiter festzuhalten, griff in meine Brüste. Es tat weh. Ich hatte Angst. Ich hatte diesem Mann doch immer vertraut, er war alt, was wollte er von mir? Ich wollte das nicht. Er sollte gehen.

Ich wurde deutlicher, stieß ihn weg und sagte lauter, dass er das lassen solle! Doch er griff wieder nach meiner Brust. Ich wich von ihm zurück und sprang auf. Er blieb sitzen und meinte, ich solle mich wieder hinsetzen, er wolle sich noch weiter mit mir unterhalten.

Ich schrie ihn an, dass er jetzt gehen solle. Er wollte nicht, redete auf mich ein. Dann drohte ich mit der Polizei und schrie: „Raus hier!" Widerwillig stand er auf, versuchte mich im Gehen wieder zu greifen. Ich hatte solche Angst, mein Herz klopfte bis zum Hals. Ich fühlte mich wie ein Tier in der Falle. Ich schrie nur noch lauter. Welche Worte ich benutzte, weiß ich nicht mehr. Aber es funktionierte: Er ging. Widerwillig und offenbar unverständig, aber er ging.

Ich schloss die Tür hinter ihm und schloss ab. Den Schlüssel ließ ich stecken. Ich dachte, ich wäre ihn los. Da fiel mir siedend heiß die Tür zum Treppenhaus ein. Ich rannte durch den Flur, nahm den Schlüssel vom Haken und schloss ab. Auch diesen Schlüssel ließ ich stecken. Dann flüchtete ich wie ein gehetztes Reh an der Wand entlang ins Wohnzimmer und rutschte im Wohnzimmer in einer Ecke rücklings an der Wand herunter. Ich umklammerte meine angewinkelten Beine und legte die Stirn auf meine Knie. Meine Hände legte ich über Kreuz auf meinen Kopf. Und ich weinte. Und ich war allein. Niemand war da. Niemand half mir und ich war mir sicher: Niemand würde mir glauben! Es war doch der nette Onkel Petricz. Der war doch immer nett und hilfsbereit und er mochte alle Kinder. Er spielte mit ihnen und lachte mit ihnen. Jeder mochte Onkel Petricz. Sowas würde der nie tun!

Da hört ich jemanden schwer die Treppe im Haus heraufgehen. Ich schreckte hoch. Mir gefror das Blut in den Adern. Ich hatte riesige Angst! Ein Schlüssel wurde in das Schloss gesteckt. Dann hin und her geruckelt. Aber das Schloss war blockiert. Würde es standhalten? Würde es doch aufgehen? War ich sicher? Ich versteckte mich hinter einer Ecke im Wohnzimmer, lugte mit vor Angst weit aufgerissenen Augen und offenem Mund zu der Treppenhaustür. Ich gab keinen Laut von mir. Dann hörte ich Onkel Petricz. Er redete auf mich ein, ich solle doch die Tür aufmachen. Er wisse doch, dass ich dort sei. Er wolle sich nur ein bisschen mit mir unterhalten. Ich solle mich doch nicht so anstellen.

Ich schrie ihn an, dass er gehen solle, sonst würde ich die Polizei rufen. Er nahm mich nicht ernst, redete weiter, tat harmlos. Ich hatte nur noch Angst. Die Tränen standen in meinen Augen. Ich fühlte mich machtlos.

Endlich gab er auf. Es fühlte sich an, als hätte er stundenlang an der Tür gestanden. Ich hörte ihn die Treppe wieder heruntergehen. Erleichtert atmete ich auf. Mein Puls regulierte sich allmählich. Einmal zuckte ich noch zusammen, als er es nochmal an der Haustür versuchte. Doch auch dieses Schloss hielt stand und ich reagierte nicht auf die Wortsalven von dem alten Mann. Letztendlich ließ er auch von dieser Tür ab und ging endlich.

Ich sackte wie aus Gummi wieder in meiner Ecke zusammen - und ging eine Woche lang nicht vor die Tür.

....

Das Sofa würde ich sobald wie möglich rauswerfen, das war ganz sicher. Am liebsten sollte es verschrottet werden, um ganz sicher zu gehen. Mit einem Schaudern wandte ich den Blick von dem Möbel ab und er fiel auf die kleine Kommode mit dem Nippes drauf. Ich ging auf sie zu, kniete mich davor und öffnete die beiden Schubladen. Darin fand ich alte Postkarten, alte Briefe, ein Bündel sogar liebevoll mit einem Band zusammengebunden. Absender Jan Brodersen, Adressatin Gertrud Jessen... richtig, das war der Mädchenname meiner Mutter! Wow, er hat ihr Liebesbriefe geschrieben? Neugierig löste ich den alten Knoten des Bandes, offenbar das erste Mal seit vielen Jahren. Ich blätterte die Umschläge durch, es waren alles Briefe von meinen Eltern an meine Eltern, einige von meinem Vater, andere von meiner Mutter. Eine Anschrift in dem Sinne stand nur auf einigen von ihnen, also werden sie sich die restlichen anders als auf dem Postwege haben zukommen lassen. Vielleicht durch meine Tante, die die beiden damals verkuppelt hatte. Leichte Aufregung machte sich in mir breit. Ich setzte mich bequemer hin und las mir einen Brief nach dem anderen durch. Was ich dabei erfuhr, ließ die Ehe meiner Eltern in einem anderen Licht erscheinen. Sie waren offenbar nicht die ganze Zeit glücklich, haben sich nicht nur in der Zeit, als wir in der Stadt lebten, viel gestritten, auch schriftlich haben sie sich teilweise nichts geschenkt. Komisch, dass sie sich dennoch immer wieder zusammengerauft haben. Aber auch wir Kinder waren Thema in diesen Briefen. Meine Mutter fühlte sich überforderte, konnte und wollte uns nicht den ganzen Tag allein am Hals haben, wollte aber auch nicht die Mutter meines Vaters als Hilfe haben. Sie konnte die alte Dame nie leiden, es hatte Zeitlebens immer Streit zwischen den beiden Frauen gegeben. Mein Vater hingegen verstand den ganzen Ärger nicht, hielt er meiner Mutter doch finanziell den Rücken frei, so dass sie den ganzen Tag Zeit hatte für uns Kinder und den Haushalt. Die Feriengäste wollte sie doch gern um sich haben, das hatte sie doch so gewollt. Doch in den Briefen beschwerte meine Mutter sich auch darüber.

Je mehr ich las, desto klarer wurde mir, dass meine Eltern wirklich nur eine Zweckehe geführt hatten. Sie mussten heiraten, weil meine Mutter ja ungewollt schwanger wurde und scheiden lassen war ja ein Unding in der damaligen Zeit. Also hielten beide diese Ehe kreuzunglücklich aufrecht. Kein Wunder, dass meine Mutter oft in Wut ausbrach, auch wenn ich ihr die Ungerechtigkeiten gegenüber uns Kindern auch in diesem Moment keineswegs verzieh. Doch ein bisschen besser verstehen konnte ich sie – ein bisschen. Hätte sie geahnt, was sie mit ihrem Verhalten bei uns Kindern in der Seele zerstörte, hätte sie es vielleicht anders gemacht. Vielleicht auch nicht. Sich in andere hineinzuversetzen, war nie eine ihrer Stärken, schlimmer noch, sie wusste schlicht nicht, wie das ging, tat sie es ja nie.

Ich band die Briefe wieder zusammen, legte sie zurück und sah den Schrank weiter durch. Ich war wirklich erstaunt, was man alles in einen so kleinen Schrank hineinbekam. Bedienungsanleitungen von Geräten, die schon vor Jahren, teils vor Jahrzehnten entsorgt wurden, lagen hier herum – gut, da fand ich in meiner Wohnung sicherlich auch so einige, aber hier waren Anleitungen von Geräten (samt Quittungen) aus den 60er Jahren gestapelt! Unglaublich.

Weiter ging die Sightseeing-Tour im unteren Teil des Schränkchens: Deko in Körben, ein alter Anrufbeantworter neben einem alten Kassettenrecorder (mit ausgelaufener Batterie..!), alte Telefonbücher von 1983, 1984 und 1985 und daneben ein halber Meter hoch dunkle Holzschatullen. Ich dachte, das wären sicher noch mehr Besteckkästen von noch mehr unterschiedlichen Bestecksets und hatte den Schrank schon fast wieder geschlossen. Doch aus einem Gefühl heraus wollte ich zumindest hineinsehen, um mich zu vergewissern. Ich nahm das oberste Schächtelchen heraus und öffnete die kleinen Metallschließen.

Dann war ich doch verblüfft: Meine Mutter, die Herrscherin des Chaos höchstpersönlich, hatte hier fein säuberlich eine Münzsammlung archiviert. Münze für Münze in einzelnen kleinen Plastikkapseln, mit Zertifikat darunterliegend in einzelnen kleinen Mulden der Schatulle eingebettet. Wow! Soviel Ordnungssinn bewies sie sonst selten.

Fasziniert öffnete ich Schatulle um Schatulle. Am Ende lagen 52 Holzschächtelchen mit jeweils 20 kleinen goldenen Münzen um mich herum auf dem Teppichboden und glänzten um die Wette mit der hell ins Zimmer strahlenden Sonne. Auf den Münzen stand „Kruegerrand" und ein Springbock war abgebildet. Ich hatte schon mal von Krügerrandmünzen gehört, aber weiter keine Ahnung davon. Mist, wenn der Name falsch geschrieben war, waren die bestimmt nicht so viel wert, wie wenn es die richtigen Krügerrand-Münzen waren. Und noch etwas machte mich stutzig: Mir erschienen die Goldstücke sehr klein und leicht. Ich wagte zwar nicht, sie aus ihren Kapseln herauszunehmen, aber selbst mit der Plastikhülle wogen sie kaum mehr als eine Postkarte, hatte ich das Gefühl. Aber egal. Zur Not konnte man die Münzen sicherlich einschmelzen und sich ein schönes Schmuckstück davon anfertigen lassen.

Weiter hinten lag noch eine hellbraune Ledertasche, wie sie von Banken verwendet wird, mit Silbermünzen darin. Das waren lauter 10-DM-Gedenkmünzen. Ich kannte solche Geldstücke. Es waren Sonderprägungen, die jedes Jahr herausgegeben werden. Diese Münzen hatte meine Mutter bestimmt noch aus der Zeit im Kiosk aufbewahrt. Sie fand die damals ja schon sehr schön. Und wenn ein Kunde nicht zahlen konnte und mit einer solchen Münze ankam, hat meine Mutter die immer gerne angenommen und aus ihrer eigenen Tasche den Wert der Münze in die Kasse gelegt. Vielleicht waren die Münzen ja auch was wert. Die Tasche war jedenfalls ziemlich schwer. Ich sah auf das Pägedatum einiger der Silberlinge. Alle waren über 10 Jahre alt. Je älter, desto besser, dachte ich.

Ich schloss alle Schatullen wieder, stapelte sie übereinander und packte sie in eine blaue Klappkiste, die ich mir aus der Speisekammer holte. Dann verteilte ich die Bedienungsanleitungen und Telefonbücher und den ganzen anderen Kram so im Schränkchen, als ob es schon vorher so ausgesehen hätte und schloss den Schrank. In der Kiste verstaute ich auch meine Aufstellung über die Konten und Verbindlichkeiten meiner Eltern und rief dann Ebby, die gemütlich auf dem Sessel meines Vaters geschlafen hatte. Müde räkelte sie sich und sprang dann gekonnt langsam auf den Boden. Ich hätte es mir ja nochmal anders überlegen können. Abwarten war ihre Devise. Ich klopfte mit der Hand an meinen Oberschenkel, um Ebby zu mehr Tempo zu bewegen.

„Nun komm schon, du Faulpelz!"

Das ließ Ebby sich nicht zweimal sagen. Nun kam sie doch angelaufen und zusammen verließen wir die Wohnung.

Kapitel 9 – Samstag

Am Nachmittag trank ich Kaffee mit Janine und Bernhard. Zur Abwechslung mal in seinem Haus. Er hatte Kuchen gebacken - leider zählte das nicht zu seinen Stärken. Kochen konnte er definitiv besser. Janine sah mich flehend an, aber ich biss tapfer in mein bretthartes Kuchenstück und nickte ihr aufmunternd zu. 'Komm schon, er hat sich solche Mühe gegeben, telepatierte ich.' Und in dem Gesicht des Teenagers konnte ich ihre Antwort lesen 'Aber der Kuchen ist steinhart!' Ein wenig zog ich die Stirn in Falten, wobei ich sehr darauf achtete, dass Bernhard das nicht sehen konnte. 'Hab Dich nicht so und iss!'.

„Schmeckt's?", fragte Bernhard.
„Ja, sehr", log ich.
„Ja? Ich finde, er ist mir nicht sonderlich gelungen. Hart und trocken. - Will jemand Kekse?" und grinste uns breit an. Er hatte unser Minenspiel genau mitbekommen.
„Ja!" rief Janine begeistert.
„Mir auch, bitte. Nicht böse sein, aber den nächsten Kuchen backe ich, ok?"
„Gerne. Kuchen backen liegt mir irgendwie nicht", zwinkerte er mir zu. Ein breites Grinsen im Gesicht.

Schon stand mein Lieblingsnachbar auf und ging in die Küche. Janine und ich räumten den Kuchen und unsere angebissenen Stücke weg, direkt in den Mülleimer. Bernhard holte selbstgebackene Kekse - von mir gebacken - und neue Teller. Dann saßen wir gemütlich zusammen. Bernhard und ich tranken Kaffee, Janine Kakao. Ich war gegen Kuhmilch allergisch, so gab es bei uns immer nur Sojamilch. Bei Bernhard richtigen Kakao mit richtiger Milch zu trinken, war ein Genuss für meine Kleine und das sah man ihr an. Wo sie sonst so auf ihr Äußeres bedacht war, zierte nun ein schöner Kinder-Kakao-Bart ihr Gesicht. Und es schien sie nicht im Geringsten zu stören.

Nach einer Weile hatte Janine keine Lust mehr auf Erwachsene und hockte sich vor die Glotze. Bernhard und ich nahmen unsere Kaffeetassen und setzten uns nach draußen auf die Terrasse. Er hatte es schön hier: Der Garten war umsäumt von einer mannshohen Hecke, so dass er seine Nachbarn hören konnte aber nicht sehen musste, wenn er nicht wollte.

In der Hecke nisteten ein paar Vögel. Immer wieder sauste einer heraus und ein anderer hinein. Vielleicht war es auch der gleiche Vogel, das Geflattere war zu schnell für meine Augen. Es war auch nicht unbedingt der Mittelpunkt meines Interesses. Ich nahm es wahr und genoss es als etwas Beruhigendes. Etwas, dass immer schon so war. Natur eben.

Ich sah mich um: Vor der Hecke eine große Rasenfläche, um die Terrasse herum Beete mit Rosen, die üppig blühten in den unterschiedlichsten Farben. Mir war nie aufgefallen, wie schön die Pflanzen gewachsen waren. Bernhard hatte einen richtigen grünen Daumen, wie es schien. Weiter rechts ein großer Busch. Ob das wohl eine einzelne Pflanze war, oder mehrere, fragte ich mich. Was war das überhaupt? Ein Kirschlorbeer, glaubte ich. Dass die so groß werden konnten, wusste ich nicht. Ich kannte diese Pflanze mit den großen fleischigen Blättern nur als breite Hecke, aber dieser Busch war gut und gerne vier Meter hoch. Ich sah an ihm hinauf und wurde von der Sonne geblendet. Die Hand schützend vor den Augen, versuchte ich abzuschätzen, wie groß dieser Riese war.

„Gewaltig, das Teil, wie?"

Bernhard riss mich aus meiner Träumerei. Direkt gedankenverloren hatte ich den Garten bewundert und jede Pflanze, jedes Beet mit den Augen abgetastet. Ich hatte gar nicht bemerkt, wie leer mein Kopf dabei geworden war und wie ruhig ich wurde.

„Ja, wunderschön." Ich lächelte meinen Freund an.
„Hier ist noch Post für Dich. War heute im Kasten. Wieder was vom Gericht. Die sind aber kontaktfreudig im Moment."
„Oh, ich ahne was. Gib mal her, bitte."

Ich setzte mich unbewusst kerzengrade auf, als hätte mich jemand innerlich zur Ordnung gerufen, und nahm den Brief in die Hand. Ich riss den Umschlag auf und zog ein wichtig wirkendes

Dokument heraus. Ja, tatsächlich. Das war das Eröffnungsprotokoll über den Nachlass meiner Eltern. Ich musste schlucken, ließ kurz das Blatt sinken. Dann hob ich es wieder und las die Zeilen durch. Am Ende sah ich mich suchend auf dem Tisch um. Es waren noch mehr Briefe in der Post gewesen. Ich schob sie hin und her und da war tatsächlich noch ein weiterer vom Gericht. Auch diesen riss ich auf. Diesmal schielte ich vorsichtig in den Umschlag hinein. Das brachte mich aber nicht weiter, also doch raus mit dem Schreiben. Es war nur ein Anschreiben vom Gericht: „... in der Anlage den Letzten Willen Ihrer verstorbenen Eltern zu Ihren Händen und zum Verbleib bei Ihren Unterlagen...". Ich schluckte. Wasser trat in meine Augen. Das war das Testament meiner Eltern! Jetzt wurde es ernst.

Ich nahm einen Schluck Kaffee um mich zu sammeln, doch die Aufregung blieb. Mein Herz klopfte plötzlich bis zum Hals. Und dann las ich:

Unser Letzter Wille:

Liebe Bettina, liebe Helena,

hiermit erklären wir Euch unseren letzten Willen: Wir, Jan Brodersen, geboren am 02.06.1941, wohnhaft Süderholm 85 in Waltorf, und Gertrud Brodersen, geborene Jessen, geboren am 02.09.1943, wohnhaft Süderholm 85 in Waltorf, setzen uns gegenseitig zum Erben ein. Erst, wenn der letzte von uns beiden verstorben ist, erben unsere Kinder, Helena Hansen, geborene Brodersen, wohnhaft in Waldratshain, und Bettina Brodersen, wohnhaft in Waltorf, zu gleichen Teilen.
Weil wir ja aber wissen, dass Ihr zeitlebens Probleme hattet, zu teilen, vermachen wir dir, Helena, das Mehrfamilienhaus im Ostend, das Haus in der Hauptstraße 5 in Waltorf, das östliche der beiden Häuser in Glückstadt und das östliche der beiden Häuser in der Nordstadt.

Dir, Bettina vermachen wir die verbleibenden vier Häuser: Das Mehrfamilienhaus in der Westerstraße, das westliche der beiden Häuser in der Nordstadt, das westliche der beiden Häuser in

Glückstadt und Euer Elternhaus in Waltorf, Süderholm 85. Letzteres vor allem deshalb, weil du jetzt da wohnst und wir nicht möchten, dass Janine und du umziehen müsst.

Nun könnt Ihr alles verkaufen, wenn es das ist, was Ihr wollt. Wenn Ihr es nicht verkauft, würden wir uns freuen. Auch wenn das jetzt keiner mehr bemerken wird. Es wäre unser Wunsch, dass Ihr unser Vermächtnis weiterführt. Aber zwingen wollen wir Euch dazu nicht.

Bei dir, Helena, nehmen wir an, du hast die Erbschaft bereits ausgeschlagen. Bei dir, Bettina, gehen wir davon aus, dass du noch zweifelst. Lass uns dir einen Tipp geben: Du wolltest doch immer gern selbständig, dein eigener Boss sein. Nun, dies ist deine Gelegenheit. Ergreife sie. Aber bedenke: Alle Häuser sind leider in der Höhe ihres Wertes belastet. Es wird also kein Zuckerschlecken, die Häuser weiterzuführen. Du musst schon was dafür tun.

Wie auch immer Ihr Euch entscheidet oder bereits entschieden habt, wir haben Euch zeitlebens gern gehabt, auch wenn wir das nicht so zeigen konnten. Es war eben eine andere Zeit, in der wir groß geworden sind. Ihr versteht das sicher.

Letzte Grüße senden Euch Eure Eltern.

Im Vollbesitz unserer geistigen und körperlichen Kräfte unterzeichnen dies vor dem Notar Dr. Eulenburg, Jan und Gertrud Brodersen. Waltorf, den 25.04.2009.

Puh! Ich holte tief Luft. In meinem Kopf herrschte Durcheinander. Ich las die Urkunde noch einmal durch, um alles besser zu begreifen. Dann, mit dem Blatt in beiden Händen, starrte ich geradeaus. Ich war verwirrt. Irgendwie hatte ich mit genau alledem gerechnet und irgendwie auch überhaupt nicht. Klar wurden Henni und ich gleichermaßen bedacht. Ich hätte wetten können, dass alle Liegenschaften auch ähnlich viel wert sind, so dass wir wirklich gerecht geteilt hatten, bzw. unsere Eltern das für uns getan hatten.

Das war ihnen immer wichtig: Gerechtigkeit. Trotzdem gönnte keine von uns beiden der anderen auch nur einen Millimeter mehr.

Damals bekamen wir gerne von den Verwandten Schokolade geschenkt - EINE Tafel! Wir haben ernsthaft mit Lineal und Messer ausgemessen und die Tafel in zwei exakte Hälften auseinandergeschnitten, damit nur ja keine von uns beiden übervorteilt würde. Schlimmer war es nur, wenn es eine Tüte Gummibärchen oder so etwas gab. Wir haben dann ernsthaft jeden einzelnen Bär abgezählt... Das war furchtbar.

Das Datum des Testaments machte mich etwas stutzig. Das Testament war schon ein Jahr alt, und meine Eltern sagten dennoch im Detail vorher, was vermutlich nach ihrem Tode passieren würde. Wir waren so leicht zu durchschauen, Henni und ich. Wie ein offenes Buch.

Ein wenig hatten mich die Zeilen allerdings auch berührt. Soviel Gefühl wie auf diesem einen Blatt Papier hatte ich zeitlebens von meinen Eltern nicht erfahren. Das war sozusagen alles Gefühl der vierzig Jahre, die ich alt war, in einer DinA 4 Seite. Andererseits war ja klar, was ich schon geahnt hatte: Der Nachlass war überschuldet. Schulden auf jedem Haus im Wert des Hauses. Nur, bei dem Zustand, in dem die Häuser waren, war der Wert mit Sicherheit zu hoch angesetzt.

Arbeiten für das Erbe! Was denn noch?! Konnten sie einem nicht einmal nach ihrem Tod ein Geschenk einfach so machen, ohne dass Bedingungen dran geknüpft sind? Es waren von jeher Forderungen an Gaben meiner Eltern geknüpft. „Keine Leistung ohne Gegenleistung", hatte ich es irgendwann mal auf den Punkt gebracht.

Ich weiß noch, wie es war, als mein Vater mir zu meiner Wohnung, in der ja der Schimmel wütete, ein weiteres Zimmer aus einer Wohnung nebenan ausbaute. Ich wollte einfach nur ein Loch in die Wand, Tür rein, fertig. Mein Vater aber nicht. Wenn schon, denn schon. Er wollte ein richtiges Zimmer ausbauen. Mit

Fußbodenheizung, Laminat darauf, die Wände und Decke neu verputzen, neu tapezieren, neue Türen, alles neu, alles super. Ok, mit den Fliesen in der Türzarge musste er ein bisschen improvisieren, weil er die gleichen, wie in meinem Flur nicht mehr hatte. Außerdem ging es ein bisschen bergauf in das neue Zimmer hinein. Das Fliesenproblem löste er mit ein paar Fliesen, die farblich zu denen im Flur passten - also beinahe. „Da guckt doch ohnehin keiner hin", meinte er. Bergauf geht es immer noch. Klar, dachte ich mir. Pfusch, immer nur Pfusch. „Das geht schon erstmal." Erstmal, wie ich dieses 'Erstmal' hasste!

Und am Ende, als das Zimmer fertig war, kam der Preis. Ich war zu der Zeit arbeitslos, schon einige Monate lang. Das war meinen Eltern ein gewaltiger Dorn im Auge. Ich schrieb ja Bewerbungen, 70 Stück in dem Jahr. Aber es half nichts. Ich bekam einfach keinen Job.

Dann die Forderung meines Vaters bei Zimmerübergabe: „Aber dafür suchst du dir jetzt eine Arbeit, ja? Ich blamiere mich ja vor meinen Geschwistern. Du bist ja schon wie Walther!"

Boh, das saß! Mir verschlug es direkt die Sprache. Walther war mein Cousin - väterlicherseits. Der Sohn eines jüngeren Bruders meines Vaters und das schwarze Schaf der Familie, da mithin schon gut zwanzig Jahre arbeitslos. Dazu hatte er auch noch lange Haare und vom steten Rauchen knallgelbe Zähne und Finger. Mit ihm in einen Topf geworfen zu werden, war schon ein Hammer! Zumal ich mich ja nun wirklich reichlich bewarb. Ich bekam nicht mal mehr Stellenangebote vom Arbeitsamt zugeschickt, weil ich mich auf diese Angebote immer schon lange beworben hatte, noch ehe das Amt die Ausschreibungen auch nur bemerkt hatte.

„Stellenausschreibungen bekommen nur <u>die</u> Arbeitslosen, die von selbst eher untätig sind. Bei Ihnen ist das doch wie 'Perlen vor die Säue werfen', Frau Brodersen", hatte mir mein Sachbearbeiter mal gesagt. Das sollte wohl ein Lob sein, aber ich hatte mir vom Arbeitsamt doch irgendwie mehr Hilfe erwartet.

Dass mein Cousin im Übrigen Epileptiker war und das anscheinend ein solches Schreckgespenst für potentielle Arbeitgeber darstellte, dass man ihn nicht mal zu einem Vorstellungsgespräch einlud, interessierte im Übrigen natürlich meinen oberflächlichen Vater überhaupt nicht. Für ihn war klar: Walther wollte nicht arbeiten. Und ich war meinem Vater peinlich, weil Walther seinem Vater auch peinlich war! Arbeitslose Kinder sind peinlich, basta!

Damals ließ ich nach dem Ausspruch meines Vaters das Werkzeug, das ich eben noch in der Hand hielt, fallen und sagte ihm, dann dürfe er das Zimmer gern behalten, stand auf und wollte gehen. Mein Vater guckte mich verdutzt an. Ich erklärte ihm, dass ich mir eben auch keine Arbeit schnitzen könne. Wenn da nichts sei, könne ich auch 1000 Bewerbungen schreiben und würde keine Arbeit bekommen. Aber mich mit dem Zimmer erpressen zu wollen, fand ich mehr als daneben. Mein Vater antwortete wie erwartet lapidar mit: „Du weißt doch, was ich meine!"

Ja, klar. Ich wusste genau, was er meinte: Dass ich lieber putzen gehen sollte, als meinen Eltern weiterhin Schande dadurch bereiten, dass ich arbeitslos zu Hause saß. DAS meinte er!

...

Die Sonne blendete mich und hatte mich aufgeheizt. Oder waren es die Gedanken, die mich in Rage brachten? Unwillkürlich schüttelte ich den Kopf, wollte meine Gedanken wieder ordnen. Was sollte ich tun? Was bedeutete das Testament jetzt für mich? Wenn ich so durcheinander war, schrieb ich meine Gedanken und Überlegungen immer gern auf. Also bat ich Bernhard um Stift und Papier. Als ich beides vorliegen hatte, fasste ich zusammen:

- Henni hat das Erbe schon ausgeschlagen, sie ist also eigentlich raus aus der Sache.
- Ich kann das Erbe annehmen, oder einfach abwarten, dann

werde ich von allein Erbin, nach sechs Wochen. Das stand in dem anderen Brief vom Gericht.

- Meine Eltern haben in ihrem Testament versucht, die Häuser und ihre Werte gerecht auf uns Schwestern zu verteilen.
- Die mir zugeteilten Häuser habe ich also auf jeden Fall sicher, auch wenn Henni ihre Anfechtung vielleicht doch noch irgendwie zurücknehmen konnte oder wollte.
- Süderholm 85 war mir auch sicher. Das war wichtig. Wir waren auf keinen Fall gezwungen, hier wegzuziehen! Mein Kind und ich, meine Tiere, wir alle konnten hier bleiben - erstmal.
- Wovon ich leben sollte, musste ich noch klären. Was für Kosten anfallen und was für Gelder reinkommen.

Und, verdammt, ich musste endlich die Beerdigung in die Wege leiten! Ich schrieb in großen Lettern:

- BEERDIGUNG EINLEITEN
- KARL ANRUFEN WEGEN WERKSTATTVERDACHT
- KOSTEN/UNKOSTEN BERECHNEN.

Das war meine Aufgabe für den kommenden Montag. - Montag! Nun brach mir endgültig der Schweiß aus! Ich konnte Janine nicht ewig aus der Schule nehmen. Montag sollte sie wieder hingehen, schon wegen der Ablenkung. Und meine Arbeit? Und Bernhard?

„Musst du Montag wieder arbeiten?"
„Ja, leider", Bernhard verzog das Gesicht.
„Das ist doof", fuhr es mir heraus.
„Wieso? Schaffst du das hier überhaupt allein? Kann ich Dich alleinlassen? Ist ja erst eine Woche her, das mit - also der Unfall."
„Ich schaff' das schon. Meine Eltern haben mir einen Tipp gegeben."

Bernhard legte den Kopf schief.

„Du weißt doch: Keine Leistung ohne Gegenleistung."
„Versteh ich nicht."
„Macht nichts. Ich weiß jetzt jedenfalls, was ich zu tun habe, in der nächsten Zeit. Und morgen ist: Gar nichts - also fast gar nichts. Die Tiere versorgen, Essen für Janine und mich machen, aber sonst ist Ruhe angesagt."

Endlich Ruhe.

Ich lächelte halb traurig und halb beruhigt, lehnte mich zurück und schloss die Augen. Bernhard konnte mir nicht ganz folgen, das war offensichtlich. Aber ich reagierte nicht mehr. Ich wusste nun, was ich zu tun hatte. Ich hatte einen roten Faden, endlich!

Kapitel 10 – Sonntag

Der nächste Tag begann wunderbar. Ich machte Frühstück, was mit einem Arm nicht so ganz gut klappte, aber es ging. Ich war zäh. So leicht ließ ich mich nicht unterkriegen. Wäre doch gelacht, wenn ich nicht so ein paar kleine Brötchen aufbacken könnte! - Bumms, schon fiel mir eins vom Tablett! Macht nichts, dachte ich. Das esse ich dann eben. Die weiteren Vorbereitungen klappten unfallfrei. Ich kochte leckere Frühstückseier, deckte den Tisch nett und stellte die warmen, lecker duftenden Brötchen dazu. Dann pfiff ich leise nach den Hunden und ging mit ihnen in den Garten, um ein paar Blumen für den Frühstückstisch zu pflücken. Meine Mutter hatte immer schöne Blumen im Garten, irgendwo blühte immer was.

Es war ein herrlicher Tag. Die Sonne schien schon kräftig, die Vögel gaben ihr Konzert und meine Sittiche in der Außenvoliere stimmten kräftig mit ein.

Ich ging zur Voliere und sah hinein. Ein heiteres Treiben war in Gang. Hier stritten sich zwei um den letzten Rest Kolbenhirse, dort rannten zwei Wachteln einem Brummer hinterher, der sich in die Voliere verflogen hatte. Keine gute Idee, das kleine Insekt würde nicht mehr lange fliehen können. Ansonsten war alles in bester Ordnung, stellte ich fest und ließ den Blick über jedes einzelne Tier streifen.

Die meisten meiner Vögel hatten einen Partner. Sie trennten sich ein Leben lang nicht voneinander, was bei Wellensittichen im Schnitt 5 Jahre waren. Starb ein 'Ehe-Partner' trauerte der Hinterbliebene allerdings meist nicht lange. Selten länger als ein paar Tage. In dieser Zeit widersprach er heftig jeglichen Flirtversuchen anderer paarungswilliger Artgenossen. Doch nach der Trauerzeit ließ er das dann schon fast nervende Gebalze eines anderen Singles zu und ging eine neue Partnerschaft ein. Aber das war nie so intensiv, wie diese erste große Liebe. Alles, was danach kam, war und blieb nur 'billiger Ersatz'. Zum Brüten gut genug und auch mal zur gegenseitigen Gefiederpflege, aber es war nie so, wie mit dem ersten Lebenspartner. Fast wie bei den Menschen. Vielleicht besser, als bei den Menschen. Denn diese Ehe auf

Lebenszeit, bis dass der Tod uns scheidet, das kannte ich eigentlich ausschließlich aus der Tierwelt.

Gut, meine Wachteln waren da anders: Der Hahn hatte in guten Zeiten drei Hennen zu bedienen, was er auch zuverlässig tat. Und ich unterstellte ihm Freude an seinem Job. Jedes Jahr hatte ich etwa vier süße kleine Küken. Putzig, wenn so kleine Hummeln auf zwei Beinen mit Flügelstummelchen im Frischling-Look durch die Voliere düsen.

Bei dem Gedanken musste ich schmunzeln. Mir fielen immer schnell unzählige Geschichten von meinen Tieren ein. Es passierte auch ständig was: Beziehungsdramen, Eifersuchtsszenen, Kinder, die ins Flegelalter kamen und eben auch Beerdigungen. Liebe und Leid lagen oft dicht zusammen.

Eine meiner Wellensittichdamen hat mich besonders berührt: Greenie. Sie war die erste, die zu uns kam. Greenie und Blue. Janine hatte sie so genannt, klar, wegen ihres Aussehens. Greenie war grün, mit gelbem Kopf und Blue blau mit gelbem Kopf. Bei den beiden sprang der Funke nicht so recht über. Sie arrangierten sich mehr, als dass sie sich liebten. Dann flog uns eines Tages ein weißer Wellensittich vors Auto, als ich Janine zum Ballettunterricht brachte. Ich hielt an und fing den Vogel ein. Die Fahrt muss der Horror gewesen sein, für das arme Tier. Janine hielt ihn erst in der Hand, aber als sie aussteigen musste, musste ich ja übernehmen. Und danach? Mit Vogel in der Hand konnte ich ja nicht fahren, so ließ ich den Vogel frei im Auto umherfliegen und der arme Kerl suchte überall nach einem Ausweg. Ich war schon sehr froh, als ich zu Hause ankam, ohne das Tier während der Fahrt beim Bremsen oder Kuppeln mit dem Fuß getötet zu haben. Aber alles war gutgegangen.

Diese weiße Henne lebte noch fünf Jahre glücklich bei uns. In der Zwischenzeit kam ein weiterer Hahn dazu, und noch zwei Minipapageien und spätestens dann wurde es mächtig Zeit für eine Außenvoliere. Der Krach war in der Wohnung einfach nicht mehr auszuhalten. Schon erstaunlich, wie sich 20-Gramm-schwere Vögelchen mit im Verhältnis dazu bindfadendicken Stimmbändern es locker mit dem Geräuschpegel eines ständig lauter gestellten Fernsehgerätes (gut, ein Röhrenfernseher ist jetzt nicht so laut, wie diese Neuzeit-Teile) aufnehmen und dieses ungleichen Wetteifern spielend gewinnen..! Ergo gab ich auf und baute gemeinsam mit meinen Eltern eine Woche an dem neuen Welliheim im Garten. Dann endlich hatten meine Trommelfellquälgeister vier Quadratmeter plus Schleuse und ein kleines Eck wie einen Schrank zum Verkriechen bei Kälte oder in der Dunkelheit. Sie schienen zufrieden mit dem neuen Heim, zumindest hielt sich die Geräuschkulisse auf Schlag in Grenzen. Scheinheilig saßen meine Vögelchen auf den neuen Stangen in dem neuen Großkäfig und putzten sich im Sommerwind das Gefieder, als könnten sie kein Wässerchen trüben. Egal, ich war froh, den Vögeln eine artgerechte Haltung bieten zu können – und über die ohrenschonende Stille in meinem Wohnzimmer.

Fatalerweise dachte ich, nun kaum noch Arbeit mit den Tieren zu haben. Sie waren offensichtlich glücklich und verhielten sich gleich ganz anders, als in der verhältnismäßig kleinen Zimmervoliere. Es war toll zu beobachten, aber ein wenig vernachlässigte ich die Vögel auch, sorgte nur für frisches Wasser und immer ausreichend Futter und Grünzeug. Dass Greenie sich wohl erkältet hatte und so geschwächt von zwei jungen Hähnen gejagt wurde, entging mir. Sie rissen ihr an den Federn. Immer wieder. So zogen sie die Federn durch die Öffnung des Fußringes und schnürten das Blut im Beinchen ab. Beim Wasserwechseln flog Greenie mir dann an einem Tag schreiend vor die Füße. Bis dahin hatte ich noch nie das Schreien eines Vogels in Todesangst und vor offenbar unsäglichem Schmerz gehört. Es fuhr mir in Mark und Bein.

Greenie konnte gerettet werden, die untere Hälfte ihres Beines wurde amputiert. Die Tierärztin, die die Operation vornahm, meinte, wenn der Vogel noch eine Woche überleben würde, wäre das schon erstaunlich. - Greenie lebte noch volle zwei weitere Jahre! Ich hielt sie nun drinnen, besorgte ihr einen anderen Hahn und ahnte nicht, dass genau dieser dann ihre große Liebe war. War das süß, wie die zwei sich stützten und gegenseitig Halt boten. So was hatte ich bis dahin noch nie gesehen. Das war wirklich Liebe!

Mir stiegen Tränen in die Augen, wie ich so vor der Voliere stand und an Greenie dachte. Sie hatte am Ende auch ihren Traumpartner überlebt und einen Ersatzpartner angenommen, den sie aber mehr duldete, schon fast hinnahm. Dann entwickelte sie einen Tumor auf dem Flügel. Später muss er sie sehr gestört haben, sie biss ihn sich regelmäßig auf. Laut Tierarzt war an der Stelle eine Operation unmöglich. So war es eine Zeitfrage, bis ich mich von ihr würde trennen müssen. Ich wusste, dass ich auf keinen Fall wollte, dass eines meiner Tiere litt. Sofern sie mit ihren Behinderungen gut zurechtkommen und einen Partner haben, sollen sie bei mir 100 Jahre alt werden, wenn es geht. Aber leiden soll keines dieser mir anvertrauten Geschöpfe!

Als Greenie sich den Tumor zuletzt innerhalb einer Stunde zweimal aufbiss, beschloss ich, dass es Zeit war, den letzten Gang anzutreten. Schweren Herzens setzte ich die schwerkranke Wellensittichdame in den Transportkäfig, stellte ihn auf den Beifahrersitz meines Wagens und machte mich auf den Weg zum Tierarzt.

Unterwegs traf ich Janine. Ich informierte sie sachlich, was ich vorhatte. Sofort brach sie in Tränen aus, wollte mitfahren. Aber das ließ ich nicht zu. Es war auch so schon schlimm genug. Ich wollte meinem Kind das nicht antun. Selbst um Fassung bemüht, fuhr ich weiter. Beim Tierarzt kannte man ja Greenies Geschichte und hatte den kleinen lebensstarken Vogel auch mit einem Foto an der Bilderwand verewigt. Als ich mit Tränen in den Augen die Praxis betrat, brauchte es nicht mehr viele Worte. Ich brauchte auch nicht zu warten. Wir kamen gleich dran.

Es ging ganz schnell. Eine Spritze und ein paar freundliche Worte der Ärztin. Und dann war es vorbei. Mein Vogel war eingeschlafen. Dieser kleine Kämpfer hatte am Ende doch verloren.

Schluchzend wandte ich mich von der Voliere ab. Joy stand bei mir und stupste mich mit ihrer kalten Nase an. Sie fiepte und wedelte mit dem Schwanz, als ich sie ansah. Ich ging in die Hocke und umarmte meinen großen weißen Hund. Tränen liefen über mein Gesicht. Ich vergrub es in dem Fell meiner Hündin. Sie ließ mich gewähren, stand ganz still. Ich wusste in dem Moment nicht, ob ich ausschließlich wegen meines Vogels weinte. Aber es war auch egal, warum und weshalb. Es war ok.

Kapitel 11

Beim Frühstück saßen Janine und ich uns gegenüber. Sie plapperte munter, wie immer. Sie hatte mit ihrer besten Freundin telefoniert, wollte sich mit ihr treffen, wenn wir mit Essen fertig wären. Ich stimmte zu. Was für ein Glück, dass sie sich wieder soweit gefangen hatte. Und ihre Freundin würde sie sicherlich ablenken. Sie kannten sich, seit sie zwei Jahre alt waren. Denn Christins Mutter war Tagesmutter. Wir lernten uns im Wartezimmer der örtlichen Landarztpraxis kennen. Ich überlegte zu dem Zeitpunkt auch, als Tagesmutter zu arbeiten. Aber ehrlich gesagt, hätte ich sicher nicht die Nerven dazu gehabt. Ganz anders Corinna. Nicht nur, dass sie Nerven aus Drahtseilen hatte, sie war auch zu einem Tagesmutterkursus vom Jugendamt gegangen und hatte sich ausbilden lassen. Das imponierte mir.

Corinna hatte schon ein anderes Mädchen im gleichen Alter wie Christin zur Tagespflege, als ich sie bat, auch Janine aufzunehmen. Denn das Geld, das mein Ehemann nach Hause brachte, reichte vorn und hinten nicht, um unser Eigenheim zu finanzieren, zumal er auch noch mit wunderschöner Regelmäßigkeit alle 12 Monate den Arbeitsplatz wechselte. - Natürlich waren immer die anderen schuld! So fing er in jedem neuen Unternehmen wieder mit der untersten Gehaltsklasse an und mein Putzgeld füllte uns den Kühlschrank.

Die drei Tageskinder machten fortan Corinnas Minigarten unsicher. Sie verstanden sich wirklich gut, erstaunlich bei drei Mädels. Es war einfach ein tolles Gespann, von dem im Laufe der Jahre jedoch nur noch Christin und Janine übrig geblieben waren. Aber das war eine richtig gute Freundschaft. Christin hatte in der letzten Woche mehrmals täglich und dann stundenlang mit ihrer Freundin telefoniert. Sie war ihr eine große Stütze, das war klar. Vielleicht mehr, als ich es sein konnte. Aber das war in dem Alter eben so. War ich denn anders, mit 16? Nein, da waren mir meine Freunde auch wichtiger als meine Eltern. So gesehen, hatte ich ein wirklich gutes Verhältnis zu meiner pubertierenden Tochter. Und nicht nur „so gesehen".

Ganz in Gedanken lächelte ich ihr zu. Janine sah mich fragend an.

„Räumst du den Tisch jetzt ab, oder muss ich? - Mami?"
„Ja - nee, klar, das mach ich schon. Düs' los. Aber spätestens zum Abendbrot bist du wieder hier, ja? Und ruf an, wenn du in Langensee angekommen bist, ja?"
„Mami! Ich bin doch kein Baby mehr!"
„Ich weiß. Bitte meld' Dich trotzdem kurz. Vielleicht bin ich ja nachher nochmal weg. Gassi gehen oder so."
„Ok, ich ruf an. Oder ich schick dir 'ne SMS, ok?"
„Ja, ok. Danke, Mäuschen." Ich lächelte sie erleichtert an.

Auch wenn mir klar war, dass ich ein bisschen nervte, ich machte mir nunmal Sorgen. Wollte nicht auch noch mein Kind verlieren.

Ach Quatsch, schalt ich mich selbst. Sie ist die Strecke schon hundert Mal mit dem Rad gefahren. Was soll denn passieren?! Aber ich konnte nicht anders. Mir war wohler, wenn ich eine kurze Nachricht bekam. Und wenn es nur eine SMS war. Auch wenn man per SMS wirklich unschöne Dinge tun konnte: Eine Freundschaft beenden zum Beispiel. Oder, mir fiel meine Schwester ein, jemanden für tot erklären...

...

Vor einigen Jahren hatten meine Schwester Henni und ich mal wieder großen Krach. Ich tanzte Square Dance, wie meine Schwester auch. Für diesen amerikanischen Volkstanz braucht man mindestens acht Tänzer und einen Caller, der einem singend im Lied erzählt (eben "callt"), was man tun soll. Meine Schwester hatte mit ihrem Mann einen eigenen Square-Dance-Verein gegründet. Ein kleiner Verein war das. Oft genug hätten sie gar nicht tanzen können, wäre nicht ich, wie zu der Zeit normal, jeden Donnerstag zum Clubabend erschienen. Als Gast. Denn der Verein, in dem ich Mitglied war, war 5 Kilometer von Waltorf entfernt, der von meiner Schwester 40. Aber ich war eben gern dort, mochte die Leute, hatte dort immer eine Menge Spaß. Ich wollte sogar bei den „Gooddancer" eintreten, um den Verein mit meinem Mitgliedsbeitrag zu unterstützen, waren es doch nur halb so viele Clubmitglieder wie in meinem Verein. Die mündliche Zustimmung der dortigen Clubmitglieder hatte ich schon, die Waldratshainer hatten mich sogar selbst gefragt, ob ich nicht bei ihnen eintreten wollte und ich hatte gern zugestimmt. Sogar die Kündigung an meinen Verein war schon raus. Alles in trockenen Tüchern. Wir hatten zu der Zeit einen richtig guten Kontakt, meine Schwester und ich. Ich sagte damals oft, meine beste Freundin sei meine Schwester.

Nun damals, an einem dieser Clubabende hat mein kleiner Neffe Tommek, sieben Jahre alt, einen der männlichen Tänzer im Intimbereich angefasst und sich dafür direkt einen stimmgewaltigen Rüffel eingefangen. Als ich nachfragte, erklärte der Tänzer mir die Situation. Zu Hause erzählte ich das Janine. Die erwiderte trocken, dass Tommek sowas ähnliches auch schon mehrfach bei ihr gemacht habe. Ihr habe er an die Brust gefasst. Sie habe ihm dann gesagt, dass er das lassen solle, was auch eine Weile vorhielt, bis er ihr wieder an die Brust grabschte. Aber Kinder regelten sowas ja selbst. So hatte Janine sich ja auch bisher erfolgreich gewehrt. Anders bei Übergriffen auf Erwachsene.

Ich war der Meinung, meine Schwester sollte wissen, was ihr Sprössling da tut und rief sie an. Ich informierte sie und sie war auch mit mir einer Meinung, dass das nicht ginge und sie wollte Tommek dann eben zukünftig nicht mehr mit zum Tanzen nehmen. Ich fand das überzogen, sagte aber nichts weiter dazu, war ja nicht mein Sohn. Eine Weile redeten wir noch über das Thema und ich erklärte, dass ich Janine gesagt habe, sie dürfe Tommek auch gerne mal in aller Öffentlichkeit laut anschnauzen, wenn er das nochmal bei ihr täte. Aber an dem Punkt folgte mir meine Schwester dann nicht mehr. 'In aller Öffentlichkeit', das ginge ja auf keinen Fall! Das würde ich auch nicht wollen, dass sie so mit meiner Tochter verfahren würde und ich sollte doch auf jeden Fall erstmal mit meiner Schwester reden, ehe ich ihren Sohn vor allen Leuten ausschimpfen würde.

Ich stutzte, entgegnete, dass doch jeder weiß, dass Zurechtweisungen viel besser wirken, wenn sie sofort erfolgen. Ich kann doch nicht zusehen, wie mein Neffe meinem Kind an die Brust grabscht und dann erstmal im Vertrauen mit meiner Schwester reden. Nein, das bekommt der Knirps genau in dem Moment zu hören, in dem er was Falsches macht, sonst lernt er es

doch nicht. Aber damit biss ich bei meiner Schwester auf Granit.
Wir beendeten das unerfreuliche Gespräch und ich hörte eine
Woche lang gar nichts mehr von ihr.

Dann war ein neuer Tanzabend in Waldratshain. Meine Nachbarin
Elena und ich hatten uns dazu verabredet, so fuhren wir wie
gewohnt zum Tanzen hin. Meine Schwester und mein Schwager
waren aber sehr distanziert mit gegenüber. Mein Schwager schaffte
mit Ach und Krach ein Lächeln. Ganz offensichtlich waren sie
beleidigt. Ich suchte dann das Gespräch mit Manni, redete
oberflächlich über seinen neuen Haarschnitt, um ihn zu locken,
etwas zu sagen, sollte er ein Problem mit mir haben. Die Sache mit
meinem Neffen hatte ich eigentlich schon abgehakt. Aber er sagte
nichts, blieb weiter reserviert und kühl. Die angespannte
Stimmung ließ keinen Spaß beim Tanzen aufkommen. Schade um
den Clubabend. Elena und ich waren ein bisschen enttäuscht.

Am nächsten Tag waren wir zum Osteressen bei unseren Eltern
eingeladen. Manni würdigte mich keines Blickes. Ich war quasi
nicht existent. Meine Schwester lächelte wie immer zu allem und
jedem, tat, als wäre alles in bester Ordnung. Am Tisch flippte mein
Schwager dann schon aus, als es um die Verteilung des Buffets
ging. Seine Kinder würden nichts anderes essen als Geflügel und
Frikadellen, deshalb sollte der Teller mit diesen Dingen sofort
direkt seinen Kindern vor die Nase gestellt werden. Ich merkte an,
auch etwas davon haben zu wollen, da wurde Manni richtig laut.
Sie würden ja nichts von den anderen Sachen essen, sie könnten
nur das essen und es sei ja ohnehin schon nur ein Teller davon da.

Pikiert sahen meine Eltern sich an. Ich hatte sie über den Vorfall
vorher ja schon informiert, aber dass Manni jetzt wegen einer
solchen Kleinigkeit derart aufdrehen würde, damit hatte wohl
keiner von uns gerechnet.

Der Rest des Vormittages verlief dann ruhig aber angespannt.
Keiner wusste so recht, was er sagen sollte, Manni schnitt mich,
Henni ignorierte mich, soweit sie konnte. Ich spielte heile Welt mit
Nadine und Janine, machte gute Miene zum bösen Spiel.
Insgeheim schüttelte ich verständnislos immer wieder den Kopf.
War mir noch nicht ganz sicher, ob Manni nur mal wieder

schlechte Laune hatte, oder ob sein Ausbruch tatsächlich mit dem Telefonat zwischen Henni und mir von vor einer Woche zu tun hatte.

Am Nachmittag gab es noch Kaffee und Kuchen im Haus meiner Eltern. Da fragte meine kleine Nichte ihre Mutter dann, ob sie und Tommek nicht bei Oma und Opa bleiben könnten, schließlich waren Ferien. Meine Mutter willigte ein und so blieben die beiden dann drei Tage hier. Bevor Henni und Manni losfuhren, um die Sachen für die Kinder zu holen, hatte meine Schwester ihnen allerdings noch auf den Weg gegeben, sich nur ja nicht mit Janine abzugeben. Das erzählte Sanna dann kess Janine und die sagte es mir. Ich wiegelte ab, konnte mir das eigentlich nicht von Henni vorstellen.

Es ließ mir aber keine Ruhe. Und so schickte ich meiner Schwester am Abend eine SMS mit der Frage, ob das stimmen würde, was Sanna gesagt hätte. Erst Stunden später bekam ich eine Antwort:

„Ja. - Wenn du der Meinung bist, dass du Dich in meine Erziehung einmischen willst, indem DU Tommek 'vor versammelter Mannschaft' bloßstellen willst, dann halte ich es für besser, dass meine Kinder Janine links liegen lassen, damit nicht noch weitere Anschuldigungen „DIESER ART" von Janine gemacht werden. LG, Henni."

Da war ich erstmal baff. Dann schickte ich ihr meine Antwort per SMS: „Aha. Dann werde ich meine Konsequenzen daraus ziehen. Ich denke es ist sinnvoller, wenn ich unter diesen Umständen NICHT in Waldratshain eintreten werde, denn ich bin und bleibe nunmal kein Ja-Sager. Kritikfähig ist Familie Hansen ja leider nicht. Schade, dass bei Euch alle nur austeilen können...Schade."

Dann gingen noch ein paar böse SMS hin und her, bis ich Henni bat, mir zu ersparen, weitere dieser SMS von ihr lesen zu müssen.

Da war ich schon ganz schön verärgert. Wo war er hin, der gute Kontakt, den wir die letzten Jahre lang hatten? Ja, Henni war mir ein guter Ratgeber, hat mir in der schweren Zeit nach der Trennung von meinem Ex-Mann geholfen, war für mich da, wenn ich mal wieder Ärger mit unseren Eltern hatte. Da war sie mein Halt, meine Hilfe, mein Ratgeber. Nie war ich in dieser Position gewesen. Nie hatte ich ihr einen Rat gegeben. Also keinen, den sie befolgt hätte. Jedoch übte ich nie Kritik an ihr. Was ich wohl hin und wieder vorsichtig versuchte, aber jedes Mal mit Argumenten erschlagen wurde, so dass ich aufgab und nur „Hm" sagte, statt meine Meinung kundzutun.

Im Gegenzug war sie stets bemüht, mir einzureden, dass ich dringend aus meiner Wohnung ausziehen musste. Nicht nur wegen des Schimmels, sondern vor allem, um mein Kind aus dem Dunstkreis ihrer Oma herauszubekommen. Sie würde ja total verwöhnt werden und auf diese Weise nie lernen, auf eigenen Füßen zu stehen, war ihre Oma doch immer da, wenn sie sie brauchte. Soll heißen: Ohne mit der Wimper zu zucken mischte Henni sich in meine Erziehung ein. Tat ich dasselbe, gab es großen Krach. Was meine Gengleiche jedoch keineswegs davon abhielt, bei nächster Gelegenheit wieder mit zweifelhaften Erziehungstipps für (oder gegen) mein Kind aufzuwarten, ob ich wollte oder nicht.

Ich war hin- und hergerissen. Ja, ich war schon auch sauer auf Henni, besonders, weil sie Janine unterstellte zu lügen. „Weitere Anschuldigungen dieser Art", damit spielte sie auf zwei weitere Vorfälle an, in denen sie mein Kind auch schon des Lügens bezichtigt hatte. Janine haben den Kleinen eingeredet, dass es ja gar keinen Weihnachtsmann und auch keinen Gott gäbe. Bitterböse SMS bekam ich darauf hin von Henni. Mit vielen Großbuchstaben, „schriftlich geschrien" hat sie, so nannte ich das. Janine schüttelte entschieden den Kopf. „Sowas würde ich doch nie tun!" Und das glaubte ich meinem Kind unbesehen. Gerade in der Hinsicht war Janine sehr vorsichtig und nahm viel Rücksicht. Außerdem mochte sie ihre kleinen Cousine und ihren kleinen Cousin wirklich gern. Warum hätte sie ihnen wehtun sollen? Das war nicht Janines Art.

Jedesmal konnte ich meine Schwester davon überzeugen, dass Janine das garantiert nicht gesagt hat. Immerhin gingen die Kinder zu der Zeit in Kindergarten und Schule, auch da kann ein wacher Geist solche Geschichten auffangen. Und dumm waren Sanna und Tommek wirklich nicht, eher schon sehr geschickt. Natürlich nahmen sie Janine gern als Sündenbock, die wehrte sich schließlich nicht. Denn solche Sachen überbewertete meine Kleine schon als Kind nicht. Das nahm sie gar nicht ernst. Und somit: Ein 1A Sündenbock für kleine schlaue Kinder. Und meine Schwester tobte auf Knopfdruck...

Doch diese Geschichte war noch nicht zu Ende: Einige Tage später schickte ich ein paar E-Mails an ein paar der Tänzer des Waldratshainer Square-Dance-Clubs, zu denen ich eine Freundschaft aufgebaut hatte, und informierte sie kurz und sachlich, was vorgefallen war, nannte nicht einmal genau das Thema. Ich wollte nur, dass sie von <u>mir</u> erfuhren, warum ich nicht mehr zum Tanzen komme und nicht von meiner Schwester.

Am nächsten Clubabend wurde Henni offenbar direkt auf diese E-Mails angesprochen. Sie brach spontan in Tränen aus und fuhr nach Hause. Dort rief sie sofort unseren Vater an und klagte ihm schluchzend ihr Leid. Sie wäre ja so enttäuscht von mir, das ginge doch keinen was an und so weiter und so fort. Mein Vater kam umgehen zu mir und wollte mir wohl die Leviten lesen. Er legte die Stirn in Falten und redete auf mich ein. Was mir einfiele? Das sei schließlich eine Familienangelegenheit, das ginge keinen was an.

Ich fragte trocken: „Papa, sie hat Dich allen Ernstes angerufen und sich bei dir ausgeheult?!"
„Ja", entgegnete er aufgebracht, „das geht ja wohl auch nicht. Das kannst du doch nicht machen. Das geht keinen was an!"
„Papa! Die Frau ist 47 Jahre alt und ruft Dich an, um zu petzen?!"

Wieder eine neutrale Frage.

„Was heißt denn hier Petzen? Das geht ja wohl auch nicht!" Mein Vater regte sich auf.

Und er setzte sein 'Ich-dulde-keinen-Widerspruch-Gesicht' auf. Aber ich blockte ab.

„Papa. Die Kinder haben die Sache schon lange geklärt. Die haben

hier fein drei Tage zusammengehockt. Dagegen konnte Henni auch mit ihrer Anweisung, dass ihre Kinder mein Kind ignorieren sollten, nichts ändern. Und jetzt, wo Henni ein Problem mit MIR hat, sollst DU das klären?! Die kleinen Kinder regeln es allein und bei den großen Kindern sollen die Eltern regeln? Ich bitte Dich!"
„Nee, also Bettina. Wie kannst du auch solche E-Mails verschicken? Das macht man nicht. Das geht keinen was an."

Hatte ich etwas gesagt? Hatte er mich gehört? Hatte ich zu leise gesprochen? Ein bisschen schwerhörig war er ja, seit er in die Jahre gekommen war. Aber nein, er wollte nicht hören, was ich sagte. Also setzte ich nochmal an:

„Papa: Wenn Henni ein Problem mit mir hat, darf sie es bitteschön auch mit mir regeln."
„Hat sie ja vielleicht versucht. Vielleicht hat sie ja angerufen."
„Nein, hat sie nicht. Das hätte mein Telefon angezeigt. Sie hat mir auch keine SMS geschickt, keine E-Mail, kein Fax und hier war sie auch nicht. Sie hat direkt Dich angerufen, damit du genau das tust, was sie erwartet: Zu mir gehen, und mit mir schimpfen. Hat ja auch prima funktioniert. Du bist hier und schimpfst mit mir. Aber tu mit bitte einen Gefallen: Wenn Henni Dich wieder wegen sowas anruft, sag ihr bitte, sie soll sich an mich wenden. Wir sind erwachsen, glaube ich und können das ohne elterliche Hilfe regeln!"

Ein paar Mal musste ich das noch wiederholen, nahezu wörtlich, als hätte ich einen Sprung in der Platte, doch dann endlich verließ mein Vater meine Wohnung, wenn auch ärgerlich über mein uneinsichtiges Verhalten. Aber immerhin schrie er schon mal nicht herum beim Gehen. Das war wenigstens ein kleines Anzeichen dafür, dass einige meiner Worte zu ihm durchgedrungen waren. Was schwierig war, denn ich hatte zwei schwere Gegenspieler dafür, dass meine Eltern mich ernst nahmen: Erstens war ich eine Frau und zweitens das Kind meiner Eltern. Und somit hatte ich automatisch keine Ahnung. Von was auch immer. Ich hatte zu tun, was meine Eltern mir sagten, egal ob ich etwas besser wusste oder nicht. Ich war und blieb Kind. So war ich schon fast stolz, dass ich es geschafft hatte, dass mein Vater nicht schrie. Kaum zu glauben, aber aus meiner Sicht schon ein gewaltiger Fortschritt.

Als ich hinter ihm die Tür geschlossen hatte, schnappte ich mir mein Handy und schrieb Henni eine SMS: „Wenn DU ein Problem mit MIR hast, dann regel' es bitte auch mit MIR, statt Dich bei Mami und Papi über mich zu beschweren! Wie alt bist du eigentlich?!"

Die Antwort kam prompt: „Du bist für mich T O T !!!"

Ich traute meinen Augen nicht. Tot, wegen sowas? Wegen so einer Kleinigkeit? Nur weil ich dachte, meine Schwester sollte wissen, dass ihr Sohn über die Stränge geschlagen hat? Nur wegen einer Info bin ich jetzt tot für sie? Was ist denn da los in ihrem Kopf?! Ok, ich wusste ja, dass sie ein mangelndes Selbstbewusstsein hatte und unter Depressionen litt. Aber dennoch fand ich diese Reaktion mehr als überzogen. Ich antwortete knapp: „Auch gut."

Am nächsten Tag erhielt ich eine SMS von meiner großen Nichte Nadine. Darin lud sie mich für das jährliche Vereinsfest, das Special der Waldratshainer aus. Es wäre besser, ich würde dort nicht erscheinen, mutmaßte die junge Erwachsene. Das fand ich nun doch unverschämt. Ich wäre ohnehin nicht gekommen. Das Special war drei Wochen nach unserem Streit, keine gute Basis für ein ausgelassenes Tanzvergnügen.

Seither hatten meine Schwester und ich keinen Kontakt mehr. Ja, bis zu dem Tag vor einer Woche. Als sie mich anrief, um mir zu erzählen, dass sie von der Polizei erfahren hatte, dass unsere Eltern tot sein. Ein Jahr lang hatte ich nichts von ihr gehört. Als sie vor neun Tagen anrief, war es, als sei nie etwas gewesen. Kein Wort über unseren Streit. War ich wohl doch nicht so tot für sie.

...

Ich schüttelte den Kopf und sah auf. Da klingelte mein Handy kurz, eine SMS war eingegangen:

„Bin jetzt bei Chris, bis nachher, HDL, Janine."
Ich antwortete: „Alles klar, viel Spaß, kiss, mum."

Plötzlich Hufgetrappel. Ich sah auf, öffnete das Fenster zum Hof, das Getrappel wurde lauter. Und dann kamen zwei Pferde auf den Hofplatz! Ich traute meinen Augen kaum! Zwei wunderschöne große schlanke Pferde kamen daher. Auf dem einen saß Bernhard, das andere, ein stolzer Rappe, führte er am Zügel. Ich zog die Gardine zur Seite. Da sah mein Freund mich und grinste breit.

„Na, hast du Lust?"
„Bernhard! Was machst du denn hier? Und woher hast du die Pferde? Gott, sind die schön!"
„Och, ich war grad in der Gegend und da dachte ich, ich komm mal vorbei."
Ich strahlte über das ganze Gesicht.
„Warte, ich komme raus. Aber - ich muss den Tisch noch abräumen"
„Das kann warten. Na los, komm schon. Zieh dir ne alte Jeans an und lass uns los!"

Ich nickte, rannte aufgeregt hin und her, schlug schnell die Fenster zu, so dass die Pferde kurz erschreckt die Köpfe hochrissen. Dann eine andere Hose an, Stiefel an die Füße, die Hunde gestreichelt, den Schlüssel geschnappt und eine Jacke und schon war ich draußen.

Einen Moment lang genoss ich den Anblick und den Geruch, der von den großen Tieren ausging. Ich schloss kurz die Augen und sog ich diesen Duft tief ein. Als ich die Augen wieder öffnete, taxierte ich die Pferde mit einem bisschen von dem alten Pferdeverstand, den ich mal hatte: Der Braune hatte eine weiße Blesse auf der Stirn, die sich von der Mitte der Augen wie ein Fragezeichen leicht gewellt bis zwischen die Nüstern zog und unten in einem langen dünnen Strich zum Boden zeigend endete. Drei Füße hatten weiße Abzeichen und auf der Brust hatte er einen weißen Fleck wie einen Farbkleks. Der Rappe war bis auf einen kleinen weißen Stern in der Mitte des Nasenrückens genau zwischen den Augen, kreisrund und wie von einem Künstler in ein Gemälde gesetzt, pechschwarz. Sein Fell glänzte in der Sonne, die Augen waren wach und der Kopf stolz erhoben. Er sah mich elegant aber freundlich an. Ich klopfte ihm den Hals, ging an seine linke Seite und griff die Zügel.

Als ich in den Sattel glitt, war ich nur noch glücklich. Ich liebte es so sehr, auf dem Pferderücken zu sitzen. Bernhard hatte mir immer versprochen, mal mit mir auszureiten und immer hatten wir es vergessen, oder es kam etwas dazwischen. Und nun hier mit ihm durch die Natur zu reiten, das war wie Schweben.

Auf einem Feldweg galoppierten wir dahin, meine Haare wurden vom Wind zerzaust, ich hatte vor Begeisterung den Mund offen. - Da flog eine dicke Fliege herein und ich verschluckte mich furchtbar. Fast wäre ich vom Pferd gefallen. Angewidert spuckte ich das Insekt aus und schüttelte mich. Bernhard bog sich vor Lachen, gab mir dann endlich eine Trinkflasche, die er ganz selbstverständlich hervorholte. Dieser Mann dachte einfach an alles.

Nach ein paar Kilometern lenkte er sein Pferd auf eine Wiese und stieg ab. Ich glitt aus dem Sattel wir gingen zu einem Baum, der dort stand. Um den Baumstamm war ein Tau gebunden. Bernhard band die Pferde daran an. Dann kam er zu mir, nahm meine beiden Hände in seine und sah mir tief in die Augen.

„Tini, wir haben uns doch sehr gut verstanden in der letzten Zeit, nicht wahr`"
„In der letzten Woche, ja, das haben wir. Du warst mir die größte Hilfe, ich möchte dir gerne dafür danken."
„Das ist doch nicht der Rede wert. Ich würde dir gern auch weiterhin helfen. dir zur Seite stehen und für Dich da sein."
„Aber das bist du doch. Du bist mir der beste Freund - und mein Lieblingsnachbar, das weißt du doch."
„Ja, das weiß ich. Ich wäre aber gern mehr als das."
„Mehr?"

Ich bekam so eine Ahnung, was das hier werden sollte.

„Ja, Tini, wollen wir es nicht noch einmal miteinander versuchen?"
„Ähm."
„Eine zweite Chance, warum nicht? Wir kommen doch supergut miteinander aus. Und unsere gemeinsame Nacht vorgestern, das war doch -"
„Bernhard", unterbrach ich ihn. „Ich mag Dich wirklich sehr. Mehr

als nur einen Nachbarn. Aber ich glaube, es würde nicht gutgehen mit uns."

Er wich einen winzigen Schritt von mir zurück.

„Warum nicht? Was macht Dich da so sicher?"
„Weil wir schon eine zweite Chance hatten. Das wäre jetzt die dritte. Ich glaube, aufgewärmter Kaffee schmeckt nicht."
„Aber ich - ich liebe Dich, Tini!"
„Oh Bernhard. Das tut mir leid. Für mich bist du mein bester Freund, mein Vertrauter und der, der immer für mich da ist, wenn ich ihn brauche. Aber mehr - leider nicht. Bitte entschuldige."

Traurig ließ er den Kopf sinken. Auch seine Hände ließen meine fallen. Er wandte sich von mir ab und ging zu seinem Pferd. Wortlos band er es ab, saß auf und ritt davon.

Mit offenem Mund sah ich ihm nach. Sogleich fiel mir die Fliege wieder ein und ich klappte schlagartig den Unterkiefer hoch. Mein Rappe wurde unruhig, alleingelassen mit einem für ihn fremden Menschen. Und ich war mit meinem Gipsarm nun doch recht unsicher.

Ich kletterte in den Sattel, ganz ohne die eben noch da gewesene Eleganz. Ich griff mir die Zügel, erst dann lehnte ich mich nach vorn und löste den Führstrick. Und wie erwartet, drehte mein Schwarzer auf den Hinterbeinen um und jagte seinem Kumpan hinterher. Ich krallte mich mit meiner gesunden Hand am Sattel fest, lehnte mich leicht nach vorn und versuchte angestrengt, nicht herunterzufallen. Das Pferd schoss dahin wie ein Pfeil.

Wow, in all meiner Anspannung war ich dennoch sehr begeistert von seinem Temperament. Mit den Zügeln zwischen den Fingern, die aus dem Gipsarm lugten, hielt ich Verbindung zum Pferdemaul, meine Hand bewegte sich im Gleichtakt mit dem Kopf des Schwarzen. Wir waren wie eine Einheit, jagten über den Feldweg, legten uns in die Kurven. Mir kam es wie eine Ewigkeit vor, ich flehte zum Himmel, dass jetzt bloß kein Trecker von vorne käme oder schlimmer noch: Fußgänger. Denn ich glaubte nicht, dass ich diese Urgewalt hätte zum Stehen bekommen können. Da tauchte in einer Kurve Bernhard mit seinem Braunen auf. Gott sei

Dank, entfuhr es mir in Gedanken. Sein Pferd und er ließen die Köpfe hängen und schlenderten unglaublich langsam den Weg entlang. Wir schlossen auf, die Pferde begrüßten sich mit einem kurzen Schnauben und mein Schwarzer stemmte die Hufe in den Boden, dass ich fürchtete, nun doch noch vom Pferd zu fliegen. Sofort lehnte ich mich zurück und streckte die Beine nach vorn, um mein Gewicht nach hinten zu verlagern und mich im Sattel zu halten. Insgeheim freute ich mich ein bisschen, dass ich in all den Jahren offenbar doch nichts verlernt hatte. Dann fielen meine Mundwinkel wieder ab, als ich in Bernhards Gesicht sah. Er war so traurig, so hatte ich ihn noch nie gesehen. Oder hatte ich das nur nicht wahrgenommen? Wie war es denn, als wir uns die ersten beiden Male getrennt hatten? Ja, da war er auch traurig, aber nicht so wie jetzt, hatte ich das Gefühl.

Er tat mir unsagbar leid. Aber ich konnte jetzt ohnehin nichts mehr ändern. Jedes Wort wäre in diesem Augenblick doch eh zu viel gewesen. Also schwieg ich. Wortlos ritten wir zurück zu mir nach Hause. Ich stieg ab, klopfte noch schnell 'meinem' Pferd den Hals zum Dank, da hatte Bernhard es schon am Zügel gegriffen und von mir weg gezerrt. Eine Weile sah ich diesem Gespann noch nach, wie es die Straße entlang trottete. „Trauerzug", dachte ich und ging ins Haus. Drinnen überkam mich der Rausch des Glücks, das ich auf den letzten Metern neben dem traurigen Bernhard unterdrückt hatte. Zu mir selbst sagte ich:

„Ich muss unbedingt wieder regelmäßig aufs Pferd, das ist mal klar. Gott, war das schön, und war der schnell! Wahnsinn!"

Ich lächelte und war in dem Augenblick wahnsinnig glücklich. Auch wenn ich es vielleicht gar nicht sein durfte. Eigentlich musste ich doch ein schlechtes Gewissen haben. Aber hätte ich lügen sollen und dann später Schluss machen oder schlimmstenfalls noch Bernhard irgendwann merken lassen, dass ich ihn eben nicht liebe? Das wäre doch noch schlimmer gewesen. Dann lieber ehrlich sein.

Kapitel 12

Am Abend, als Janine schon schlief, ging ich in meine Muckibude und setzte mich aufs Fahrrad. Ich wusste nicht, ob ich das durfte oder nicht, aber ich brauchte dringend etwas Bewegung. Außerdem half mir das Sporteln immer, den Kopf frei zu bekommen. Nur diesmal klappte es nicht so recht. Im Gegenteil: Jede Menge Erinnerungen belagerten mein Gehirn abwechselnd. Ich wollte nach Lösungen suchen, stattdessen schlug mir die Vergangenheit regelrechte Watschen ins Gesicht. Eine nach der nächsten.

Ich sah mich um, doch jedes Stück, auf das mein Blick fiel, erzählte mir seine Geschichte - im Zeitraffer! Es war ja nicht wirklich eine Muckibude, also ein Fitnessraum, das Zimmer hier. Es war eine Rumpelkammer. Eine Abstellkammer mit allem, was man so brauchte oder auch nicht brauchte. Alles wurde hier gelagert. Der Raum maß von der Grundfläche bestimmt 20 Quadratmeter. Aber er war fast vollständig zugestellt. Ringsherum alte Schränke, Regale, eine Schrankwand sogar, die um die Ecke herumging – mit Bar! In einer Ecke vier Nachttische, je zwei aufeinander. Dann noch der Stapel mit dem fein säuberlich aufeinander geschichteten Laminat, das hier gelagert wurde, weil es an allen anderen lagerähnlichen Orten in diesem Haus ja feucht war...

Hier und dort noch altes Spielzeug von Janine, das „die Kleinen", also meine Nichte und mein Neffe, ja noch bekommen könnten, ein Sessel von meiner Sitzgarnitur, den meine Eltern hier lagerten, zum Wegwerfen ja viel zu schade. Nein, dann schon lieber zehn Jahre aufbewahren.

Auf den Schränken auch noch jede Menge Zeug, alte Bilder, so richtige, gemalt von einem Künstler oder jemandem, der es mal werden wollte, in tollen Rahmen, nur eben total ungepflegt, vergilbt, teils beschädigt. Die Bilder selber auch vergilbt. Restbestände aus irgendwelchen Wohnungen und/oder Materialien aus der Zeit, da meine Mutter noch im Kiosk stand. Der eine oder andere Obdachlose tauschte dann schon mal ein altes Bild gegen neues Bier. Das Restaurieren der „Kunstwerke" wäre vermutlich der deutlich größere Aufriss, als sie einfach in den Müll zu werfen.

Außerdem standen hier noch Unmengen von alten Büchern von uns Kindern herum. Ja echt, dreißig Jahre alte Schulbücher! Meine Mutter hatte damals eine regelrechte Marotte, die aktuellen Schulbücher nachzukaufen, damit meine Schwester und ich in den Sommerferien lernen konnten. Was wir natürlich nie taten. Aber das kam bei meiner Mutter nicht an. SIE hatte uns zumindest die Gelegenheit gegeben. IHR konnte keiner was nachsagen. - Dass ihr nur ja keiner was nachsagen konnte, war immer schon das Wichtigste überhaupt.

Ich saß auf meinem Trimmrad und strampelte mäßig schnell vor mich hin. Zehn Minuten waren vergangen und ich hatte nicht eine Schweißperle auf der Stirn. Stattdessen waren meine Beine bleischwer und ich hatte das Gefühl, mich irrsinnig anzustrengen für meine Radlerei. Eine Ecke von geschätzten vier Quadratmetern hatte ich für meine drei Fitnessgeräte: Ein Trimmrad, das ich günstig von einem Freund bekommen hatte, ein Crosswalker, der aus einer Wohnungsauflösung eines Mieters stammte, der fortan hinter schwedischen Gardinen weilte, und einen Heimtrainer, um meine Muskeln aufzubauen und zu erhalten, damit mich mein Rücken nicht so quälte. Letzteren hatte ich von einem ehemaligen Arbeitskollegen gekauft, der sich wohl einen tolleren Apparat zugelegt hatte. Alle meine Geräte hätten vor keinem Fitnessstudio-Betreiber dieser Welt Gnade gefunden. Aber ich hatte mit meinen drei alten Geräten in elf Monaten 22 Kilo abgenommen. Das allein rechtfertigte ihr Dasein.

Nun waren schon zwanzig Minuten rum, noch immer kein Schweiß. Aber so langsam begann es, in meinem Gips zu pochen. Ich sollte aufhören, dachte ich. Aber meine Beine hatten sich anscheinend so an die gleichmäßigen Bewegungen gewöhnt, dass sie wie selbständig weitertraten. Gut, dachte ich mir, warum nicht. Ich verlangsamte mein Tempo weiter. Das Pochen wurde weniger.

Zukunft! Ich brauchte einen Plan für die Zukunft!, versuchte ich, meine Gedanken zu sammeln. Wie sollte es weitergehen? Was sollte ich als nächstes tun? Was sollte ich morgen machen? Ja, Janine sollte zur Schule. Sie wollte mit dem Bus fahren, hatte sie mir noch vorm Zubettgehen gesagt. Dann segelte sie auch schon in ihre Traumwelt ab. Eine Weile hatte ich noch an ihrem Bett gesessen und ihr über Gesicht und Haar gestreichelt. Sie sah so selig aus, fast glücklich. Ihre Mundwinkel zuckten und die Augäpfel bewegten sich unter den geschlossenen Lidern. Ich war froh, dass sie offenbar ganz gut mit ihrer Trauer umgehen konnte. Chris tat ihr gut und half ihr mehr, als ich es konnte. Das tat mir nicht weh oder so. Ich war im Gegenteil dankbar, dass Janine für sich einen Weg gefunden hatte, mit dem Verlust der Großeltern umzugehen. Bei mir - ja, wie war es eigentlich bei mir? Irgendwie hatte ich immer noch das Gefühl, in Watte zu greifen, wenn ich an meine Eltern dachte und sogleich wie ein Spürhund nach Gefühlen in mir fahndete.

Es wollte keine Trauer aufkommen. Es war mehr Erleichterung. Und Ruhe. Endlich Ruhe. Ich hatte so oft regelrecht nach Ruhe gegiert. Wie ein Süchtiger nach der nächsten Zigarette. Und nun war sie da, die Ruhe. Kein Geräusch aus dem Haus, wenn wir es nicht verursachten.

Ich musste tonlos auflachen. Ein kurzes, fast schon hämisches Lächeln huschte über mein Gesicht. Wäre ein Spiegel vorhanden gewesen und mein Blick zufällig hineingefallen, ich wäre mit Sicherheit rot geworden vor Scham. Ich darf doch nicht lachen! Ich muss jetzt traurig sein! Ich muss jetzt um meine Eltern trauern! Was sollen denn die Leute denken? Die Leute - pah! Die waren mir schon immer egal. Aber jetzt ärgerte mich mein Gewissen. Es stichelte regelrecht. Mir graute vor jeder einzelnen Gassitour hier im Dorf. Ich fürchtete die Blicke der Nachbarn. Die meisten hatten von unserem ewigen Familienzwist gewusst. Zeitweise hatte ich auch keinen Hehl daraus gemacht, dass wir es eigentlich alle nur miteinander „aushielten", eine Zweckgemeinschaft auf allen Seiten. Ich konnte hier nicht weg, weil ich mit den vielen Tieren keine andere Wohnung finden würde, also blieben wir. Und meine Eltern hätten es nie gewagt, uns vor die Tür zu setzen, egal, wie groß der Krach gerade mal wieder war. Was hätten dann denn die Leute gesagt?!...

Ich habe das so sehr gehasst. Diese heile Welt - heilige Scheinwelt! Als wir Kinder früher regelmäßig verprügelt wurden, haben sie alle weggeguckt, die lieben Nachbarn. Warum zum Teufel sollte ich für diese Menschen heile Welt spielen? Warum?! Ich war so hilflos damals. Rebellisch nur im Stillen. Denn alle sahen weg. Sicher sahen sie Hennis und meine Not, aber eingreifen wollten sie nicht. Nicht einer! Wir waren allein! Allein mit dieser Mutter! <u>Ich</u> war allein.

Kapitel 13 – Montag

Montagmorgen, 11:00 Uhr. Ich saß in der Cafeteria des Flensburger Krankenhauses, in dem ich vor einer Woche meinen Gips bekommen hatte, und wartete auf Nadja. Ich hatte sie angerufen, dass ich dort wäre und einen Kaffee bräuchte.

„Und wenn's geht, auch noch nette Gesellschaft!", forderte ich in gekünstelt scharfem Tonfall.
„Oh, das könnte schwierig werden...", unkte sie.
„Wieso, hast du schon was vor?" Ich kicherte ins Telefon.
„Nee, bin in einer Viertelstunde unten. Bis gleiheich", flötete sie und legte auf.

Ich sah aus dem Fenster auf die Straße. Autos rauschten vorbei. In allen Farben. Einige schnell, andere hatten die Ruhe weg. Eine Ampel war auch noch da. Ich bekam vielleicht fünf Rotphasen bewusst mit, dann war es nur noch eine einzige Gleichmäßigkeit. Es hatte etwas beruhigendes, schon fast ermüdendes. Monoton folgten meine Augen den Autos. Dann plötzlich ein Kichern. Komisch, dachte ich, durch die dicken Scheiben konnte ich doch gar nichts von draußen hören.

Das Kichern blieb und wurde lauter. Verstohlen sah ich mich um. Wollte wissen, wer da so doof lacht. Nadja stand im Türbogen zur Cafeteria, mich genau im Blick. So wie sie da stand, hatte sie mich schon länger beobachtet. Nun kicherte sie vor sich hin, sichtlich bemüht es zu vermeiden, laut loszulachen, und kam auf Krücken auf mich zu.

Eine Träne lief ihr über die Wangen, das Gesicht rötete sich allmählich. Sie kicherte immer noch. Einige Gäste guckten schon. Mir wurde das Ganze langsam peinlich. Ich sah sie mit einem versucht bösen Blick an, bedeutete ihr, sich zusammenzureißen. Nadja versuchte, sich zusammenzureißen, aber es gelang ihr nicht. Dabei achtete sie nicht darauf, wo sie mit ihren vier Beinen hintrat. Fast wäre sie noch mit ihren Krücken längs hingeschlagen, blieb an einem Stuhlbein hängen.

Ich erschrak, atmete laut hörbar ein. Da hatte sie sich aber schon wieder gefangen.

Im Hintergrund sah ich plötzlich eine Gestalt zusammenzucken. Eine vertraute Gestalt. Unwillkürlich sah ich hin: Es war Henni. Offenbar auf dem Weg nach draußen. Henni! Was machte die denn hier?! Manni neben ihr mit einer großen Reisetasche in der Hand. Henni hatte sich die Hand vor den Mund gehalten. Es sah wirklich so aus, als hätte sie sich auch erschreckt, als Nadja ins Straucheln gekommen war.

Plötzlich sah meine Schwester mich. Eine Sekunde trafen sich unsere Blicke. Meiner versteinerte sich sofort. Henni sah weg, so schnell sie konnte. War wohl zu schnell. Ich sah noch, wie sie mit der rechten Hand an ihren Nacken griff und sich ihr Gesicht vom Schmerz schlagartig verzerrte. Unwillkürlich musste ich gehässig grinsen. Dann wieder ein Seitenblick zu mir, diesmal betont langsam. Mit der Hand im Nacken und um Fassade bemühtem Blick humpelte sie dann zügig aus dem Gebäude.

Ich war etwas verwirrt. Wieso hatte Henni sich erschrocken? Die ist doch sonst nicht so emotional mit Fremden. Mit Bekannten und Freunden ja, aber wenn sie einen nicht kannte, regte sich in ihr für gewöhnlich gar nichts. Komisch.

Dann war Nadja bei mir am Tisch angekommen und nahm mich überschwänglich in den Arm.

„Schön, Dich zu sehen. Wie geht's dir denn? Alles soweit verarbeitet? Und wie geht's Deiner Kleinen? Hat sie alles gut überstanden? - Hey! Hallo!"
„Was? Oh, ja sorry. Ich war nur grade verwirrt. Da war meine Schwester."
„Ach, ist die schon raus?"
„Ja, eben grade, wie es scheint."
„Aha. Ich denke, Ihr habt keinen Kontakt mehr."
„Naja, so halb und halb. Seit dem Tod unserer Eltern haben wir sogar ungewohnt viel Kontakt. Hatte ich dir doch erzählt. Erst bin ich monatelang für sie tot und dann ruft sie mich täglich an und kommt sogar zum Mopsen zu mir."
„Erkläre bitte 'Mopsen'."
„Oh, äh, klauen, stehlen, umgangssprachlich."

„Ach so, verzeih einer armen Hessin."
„Von wegen arm! Du!"

Wir lachten herzhaft. Dann schluderten wir über Ärzte und Schwestern und erzählten uns gegenseitig von der letzten Woche. Nadja war inzwischen operiert worden und nun nahtlos in die Rehabilitations-Station im gleichen Krankenhaus gewechselt. Nun hieß es täglich Krankengymnastik, Schwimmen durfte sie auch, Massagen, all solche mehr oder minder netten Dinge.

„Nun ja, es zahlt sich eben doch aus, privat versichert zu sein."
„Ach was, da ist gar kein Unterschied. Das sagen die gesetzlich Versicherten immer bloß."
„Alles klar. Erzähl das jemandem, der nicht bei einem Arzt arbeitet - und der keinen privatversicherten Vater hat-", ich stockte, „- hatte."

Nadja fing meine Emotionen mit ihren feinen Antennen auf.

„Na, nun geht's dir doch nah, wie?"
„Ich weiß nicht recht. Mal ja, mal nein. In meinem Kopf herrscht regelmäßig Jahrmarkt."
„Kommt schon noch. Ihr hattet eben nicht das beste Verhältnis. Du hattest nicht die tollste Kindheit, wie soll man da jetzt aus vollem Herzen trauern?!"
„Ja, du hast wohl Recht. Ist alles noch ein bisschen chaotisch. Aber immerhin habe ich jetzt zumindest schon mal die wichtigen Dinge angestoßen."
„Als da wären?"
„Als erstes war ich heute Morgen bei meinem Hausarzt und hab mir eine AU für drei Wochen abgeholt."
„AU?"
„Arbeitsunfähigkeitsbescheinigung, sorry."
„Tu mir den Gefallen und sprich mit mir Deutsch und nicht Arzt-Deutsch, bitte."
„Ok, versprochen. Der hat jedenfalls gelacht, als ich um acht Uhr in der Praxis erschien. Ich sagte, ich bräuchte eine AU - einen gelben Schein für noch ein paar Tage, weil ich mir das Arbeiten nicht zutrauen würde. Und mein Chef würde mich eher zum Akten wegsortieren und Kaffee kochen einteilen, als mich freiwillig

krankzuschreiben. Mein Hausarzt kriegte sich kaum wieder ein. Wie ich denn bitte arbeiten wolle - mit einer Hand, als Schreibkraft, hat der mich aufgezogen."
„Hat er ja auch Recht."
„Ja, stimmt. Ich sag ja: Ist noch Jahrmarkt in meinem Kopf. Jedenfalls hat er dann meinen Arm geröntgt und gesagt, ich soll in zwei Wochen wiederkommen zur nächsten Kontrolle, und mich für drei Wochen aus dem Verkehr gezogen. Danach war ich auf Arbeit und hab meinen gelben Schein abgegeben. Sandra war nicht so begeistert, weil sie jetzt die Diktate schreiben muss, aber das ist - das klingt jetzt gemein - ist aber trotzdem nicht mein Problem. Ich kann doch nichts für den gebrochenen Arm!"
„Gute Einstellung. Du musst jetzt erst mal wieder fit werden. Und es ist ja auch nicht das schlechteste, dass du jetzt erst mal für ein paar Wochen raus bist. Dann kannst du jedenfalls in Ruhe alles regeln. Wann würdest du das sonst machen wollen? Zwischen Arbeit und Fahrt zum Ballett? Oder zwischen Ballett und Schlafen? - Oh nein, da kommt ja Gassi gehen, Abendbrot essen, Haushalt machen, Vögel versorgen und vielleicht mal Sport für Dich..."
„Oh, Sport habe ich gestern erst gemacht, sag mal nichts!"
„Sport?! Mit einem Gipsarm?!"
„Naja, also ein bisschen. Radfahren, also Trimmrad. Gemütlich. Sehr gemütlich. Ein bisschen Bewegung eben."

Nadja zog die Brauen hoch.

„Mann, ich muss mich bewegen! Kann nicht immer nur rumsitzen! Da krieg ich noch einen Koller!" Ich zog die Stirn in Falten.
„Ich denke, du warst Reiten mit Bernhard."
„Reiten ist gut, war ja mehr jagen..."
„Oki. Aber über mangelnde action kannst du Dich doch echt nicht beklagen. Lass das mit dem Sport nach. Hat dein Doc doch sicher auch gesagt oder?"
„Sag mal, kennst du ihn?"
„Nee, aber ich habe einen Onkel, der ist Professor der Augenheilkunde. Da kriegt man schon mal was mit."
„Na super! Und damit kommst du mal so eben nebenbei raus! Also ehrlich!"

Ich kniff sie in die Hand, die auf dem Tisch lag.

„Au!"

„Oh, entschuldige bitte. Ich will's auch nieeee wieder tun." Mit einem Dackel-Augenaufschlag und Schmolllippe sah ich meine Freundin an. Ein paar Mal noch Plinkern mit den Augen und wir lachten beide aus vollem Halse.

Nach einer Weile ein böser Blick der Tresenkraft, wir bissen uns auf die Lippen und verkniffen uns weitere Gluckser. Auch wenns schwerfiel, wirklich schwerfiel. Nadja war mir so lieb wie eine uralte Freundin. Eine Sandkastenfreundin. Wir verstanden uns super, obwohl wir uns kaum kannten. Zu ihr hatte ich Vertrauen.

Dann erzählte ich davon, wie ich den Bestatter beauftragt hatte, nachdem mein Chef mir erst eine Gardinenpredigt gehalten und dann doch gute Besserung gewünscht und mir die Tür aufgehalten, was er selten tat, mich also quasi rausgeschmissen hatte. Der Gedanke, dass er die Gelegenheit nutzen könnte, mich zu feuern, beschlich mich und kroch mir wie ein Gespenst den Rücken hoch. Es schüttelte mich und meine Gedanken klammerten sich an einer unglücklichen Situation an meinem Arbeitsplatz fest.

Mein Chef, Dr. med. Christian Gadner, war ein Kapitel für sich. Als ich dort anfing, dachte ich, ich hätte den Himmel auf Erden gefunden. Der Doktor war lustig, konnte auch ein Kontra ab und es wurde viel gelacht. Aber innerhalb der nächsten Monate wurde er immer launischer. Jede schlechte Laune von ihm bekamen wir ab. Dann redete er ohne Unterlass auf uns ein, machte uns sogar vor den Patienten nieder. Und das immer wieder. Mich hatte er besonders auf dem Kieker. Ich hatte mich schnell an die medizinische Nomenklatur gewöhnt und wurde immer schneller, schaffte Seine Diktate bald jede Woche früher und verlangte ironisch nach mehr Bändern. So kam mein Chef auf den Gedanken, er könnte mir leicht noch andere Aufgabenbereiche aufbürden. Ich versuchte, mich zu wehren, weil ich realistisch meinte, es komme wieder ein Zeitpunkt, an dem ich es eben nicht schaffen würde, weil vielleicht Ferien waren und andere Orthopäden ihre Praxis schlossen. Dann brummte es bei uns erfahrungsgemäß und ich geriet schnell im Hintertreffen.

„Ach, das holen Sie doch leicht auf. Sie sind doch so schnell."
„Mag sein, aber ich habe auch mal einen schlechten Tag und dann?"
„Also Frau Brodersen!" sagte er in einen Tonfall, der keinen Widerspruch zuließ. „Der Herr Siedenhoch vom Kreis hat mir damals bei Ihrer Einstellung gesagt, dass Sie ein plietsches Kerlchen sind. Deshalb habe ich ja auch nicht so viel Fördergelder bekommen, weil Sie sich ratz fatz einarbeiten. Nun enttäuschen Sie mich doch nicht!"

Ich rollte dann immer innerlich mit den Augen und musste aufpassen, nicht wie beim Playback mitzusprechen, denn die Worte reihte er wie auf einer Perlenkette jedesmal in exakt der gleichen Reihenfolge aneinander, wenn ich ihm widersprach. Ich hasste diesen Herrn Siedenhoch vom Kreis so dermaßen für diese blöde Äußerung - aber viel mehr hasste ich diese Argumentation von meinem Arbeitgeber.

Es half nichts. Ich bekam immer mehr Aufgabenbereiche aufgedruckt. In der Folge kam ich nun natürlich meiner Schreibarbeit nicht mehr nach, schob Überstunden. Irgendwann begannen meine Unterarme bei der Arbeit zu schmerzen. Ich erschrak, denn ich kannte diese Symptome: Mein Tennisellenbogen - blöde Bezeichnung, das Gegenstück ist der Golferarm...! - meldete sich zurück. Ich war damals so froh, als ich ihn erfolgreich vertrieben hatte. Damals hatte ich 9 Monate gut davon. Konnte keinen Stuhl mehr über den Boden ziehen, mir keine Socke mehr anziehen. Alles fiel mir aus der Hand und ich hatte ständig Schmerzen. Und nun ging das wieder von vorne los.

Ich tat alles, was ich konnte, um dagegen anzukämpfen: Ich machte Dehnübungen, massierte mit Eiswürfeln, trug meine Bandagen - bald an beiden Armen. Es half nichts. Es wurde immer schlimmer. Schließlich ging ich zu meinem Hausarzt und der schrieb mich ohne zu zögern krank. Drei Wochen war ich am Ende weg aus der Praxis, dümpelte zu Hause herum, konnte nichts tun. Ich las Hörbücher und sah fern. Zwischendurch mal eine halbe Stunde Trimmrad fahren, da brauchte ich meine Arme ja nicht, das war's an Bewegung. Ich nahm 3 Kilo zu und war kreuzunglücklich.

Und dann durfte ich mir auch noch einmal pro Woche eine Meckersalve von meinem Chef abholen. Denn jeder musste sich bei ihm ja persönlich krankmelden. Und er wollte partout, dass ich mich von ihm behandeln lasse. Was exakt das war, was ich auf gar keinen Fall wollte. Einmal sollte ich unbedingt zum Neurologen, um eine Nervenschädigung auszuschließen, einmal wollte er mich unbedingt in der Praxis sehen, um mich selbst weiter zu behandeln. Und immer alles mit diesem „Frau Brodersen! So geht das doch nicht! Sie sind doch schon über 40! Das müssen Sie doch wissen!" Ich konnte es nicht mehr hören!

Der Mann war gerade mal anderthalb Jahre älter als ich und führte sich auf, als hätte er die Weisheit mit Löffeln gefressen. Dabei war er andererseits quengelig wie ein Kind und wollte partout seinen Willen durchbekommen! Ich konnte ihn nicht händeln.

Gern fragte er in solchen Gesprächen, ob ich denn überhaupt noch für ihn arbeiten wolle. Ich log „Ja", denn ich hatte schon nach einem halben Jahr keinen Spaß mehr an meiner Arbeit. Den hatte er mir gründlich verdorben. Bald schon hasste ich ihn und schrieb Bewerbungen über Bewerbungen, um endlich aus diesem Job fliehen zu können. Nur fand ich nichts. So saß ich jetzt immer noch mit diesem Miesepeter als Chef da. Noch!

Mir wurde die Gegenwart wieder bewusst und mein Gipsarm. Ein Gefühl der Freude schlich sich leise in mein Gemüt. Nein, ich war nicht undankbar über meinen Gips. Aber der behandelnde Arzt blieb auf jeden Fall mein Hausarzt. Das war mal sicher! Mein Chef würde glattweg die Krankschreibung seines Kollegen aufheben und mich zu Hilfsarbeiten in die Praxis holen. Der schreckte vor nichts zurück. Ich traute ihm so einiges zu!

Innerlich schüttelte ich die üblen Gedanken von der Arbeit ab und lenkte sie auf das Gespräch mit dem Bestatter. Das war im Vergleich direkt angenehm. Er war hilfsbereit, wollte alles regeln, sagte er. Ich wollte nur ein einfaches Grab, also zwei. Für beide nebeneinander. Ein Familiengrab in dem Sinne nicht. Nur für meine Eltern. Der Gedanke, im Tode selber wieder neben meinen Eltern liegen zu müssen, behagte mir gar nicht. Also durfte es gern eine Lücke sein, zwischen vielen anderen Gräbern. Und schlicht bitte. Ein Stein für beide war ok, fand ich. Größer dann, ja ok. Aber ich wusste ja auch noch gar nicht, wovon ich die Beerdigung im Einzelnen bezahlen sollte. Ich hatte ja nur das Testament gelesen, aber nicht genau die Konten überprüft. Und wenn alles überschuldet war? Wie sollte ich dann auch noch eine pompöse Beerdigung finanzieren? Nein, lieber einfach und schlicht.

Zu Lebzeiten hatte meine Mutter oft gesagt, auf ein Niemandsgrab zu wollen. Aber den Gefallen tat ich ihr nicht. Nein, ich wollte schon einen Platz haben, zu dem ich gehen konnte, wenn ich tatsächlich mal das Bedürfnis haben sollte – oder jemand anders. Ja, für andere war es gut, wenn meine Eltern einen Platz auf einem Friedhof hatten. Andere würden da vielleicht auch öfter mal hingehen. Wo doch die anderen immer so wichtig im Leben meiner Eltern waren, da waren sie es doch für die anderen mit Sicherheit auch... – ich bemerkte meinen Zynismus und tadelte mich innerlich.

- Vielleicht wollte ich auch nur die Gewissheit haben, sie beide dort, an genau diesem Platz zu wissen. Ein Platz, an dem sie sein müssen, wo sie nicht weg können, um mich auszulachen, mich zu verhöhnen oder mich zu schlagen. Es war ein sicherer Ort und am liebsten hätte ich feste dicke Granitplatten als Bedeckung darauflegen lassen, damit diese Toten auf gar keinen Fall dort wieder heraus können.

Angst kroch in mir hoch, bei dem Gedanken. Eine Gänsehaut zog sich über meine Arme. Als ich es sah, strich ich mit der Hand darüber und rieb mir die Haut.

„Ist dir kalt?"
„Was? Äh, nein. Es ist nur - doch. Mir ist kalt."
„Das ist die Erinnerung."
„Was ist?"
„Die Erinnerung an deine Eltern. Sie gehen jetzt von der Gegenwart in die Vergangenheit über. Dein Kopf beginnt zu begreifen, dass deine Eltern jetzt ein Teil der Vergangenheit sind. Und davor graut Deinem Körper."
„Ah - ja..." Ich zog die Augenbrauen hoch und sah Nadja

zweifelnd an.
„Doch ist echt so. Glaub mir."
„Hast du gelesen."
„Ja."
„Im Ärzteblatt."
„Nein, in so einer Zeitschrift."
„Eine Fachzeitschrift für Ärzte, die einer der Docters bei der Visite bei dir hat liegenlassen."
„Nö. Nicht direkt."
„Hast du die etwa geklaut?!" Ich versuchte, entsetzt zu klingen.
„Nein! Es war keine Fachzeitschrift. Mehr so ein - Blättchen..."
„Also nun hör aber auf! Du glaubst doch nicht, was in der Regenbogenpresse steht!"
„Das klang total glaubhaft, ehrlich."
„Dass DU sowas glaubst, also echt!"
„Naja..."
„Komm, Themawechsel. Erzähl mal: Wie ist er denn so, dein Krankengymnast?"

Ein Funkeln erschien in Nadjas Augen und plötzlich lächelte sie sehr verklärt.

„Thomas. Hach..."

Kapitel 14

Nadja musste zu einer Untersuchung und humpelte davon. Ich blieb noch ein bisschen sitzen und sah aus dem Fenster. Inzwischen war Mittagszeit und viele Leute kamen in die Cafeteria. Bisher hatte ich Glück und niemand hatte nach einem Platz an meinem Tisch gefragt. Bisher.

„Ist hier noch frei?"
„Eigentlich nicht. Aber ich wollte sowieso gleich gehen."

Ich griff nach rechts zu meiner Tasche, um mein Portemonnaie hervorzuholen.

„Frau Brodersen?"

Auch das noch, dachte ich. Jetzt kennt mich der Typ auch noch! Lächelnd drehte ich mich herum und sah in das Gesicht eines Mannes. Eines äußerst attraktiven Mannes.

„Ja, bitte?"
„Wir kennen uns."
„Ehrlich? Woher?"
„Aus dem Wald."

Ich zog die Brauen hoch. Etwas wie leichtes Entsetzen spiegelte sich kurz in meinem Gesicht wieder. Dann erkannte ich den Mann.

„Ja, klar, Sie sind doch mein Lebensretter", ich strahlte ihn an und mein Herz begann zu hüpfen.
„Naja, Lebensretter", er winkte ab.
„Das ist dann schon eher Ihre Nachbarin gewesen, die uns per Handy angerufen hat. Die Frau, wie hieß sie noch? - Darf ich?" Er deutete auf den Stuhl mir gegenüber. Ich nickte.
„Frau Svenson."
„Genau, die mit dem Hund."
„Ach herrje. Bei der habe ich mich noch gar nicht bedankt", fiel es mir siedend heiß ein. „Das muss ich unbedingt noch nachholen. - Und bei Ihnen auch. Darf ich Sie auf einen Kaffee einladen?"
„Nee, lassen Sie mal. Mir genügt schon Ihre Gesellschaft. Wenn Sie davon etwas übrig hätten?"

Er lächelte mich unglaublich charmant an. Ich hätte dahinschmelzen können. Jetzt hatte ich Schmetterlinge im Bauch. So ein toller Mann! Groß, attraktiv, von Beruf Lebensretter... hach.

Irgendwann am Nachmittag stand ich bei Frau Svenson und übergab ihr eine Flasche Wein und einen Blumenstrauß. Vorher war ich mit den Hunden Gassi, brachte sie aber erst nach Hause, um dann zu Fuß zu meiner Nachbarin zu laufen.

„Das wäre doch nicht nötig gewesen, Frau Brodersen. Das ist doch selbstverständlich. Wie Sie da so lagen, im Wald und die Hunde sprangen um sie herum. Der kleine wollte mich erst gar nicht an Sie heranlassen und hat mich angeknurrt. Ja, der hat Sie richtig bewacht."

„Ehrlich? Meine kleine Ebby. Ist ja ein richtiger Held", freute ich mich über meinen mutigen 26-cm-Hund. Mein Löwenherz.

„Ja, das war schon was. Ich habe dann aber doch Ihren Puls fühlen können und Ihnen einmal die Wange tätscheln. Mehr ließ mich Ebby nicht machen. Aber da war klar, dass Sie nur bewusstlos waren, nichts Schlimmeres. - Das mit Ihren Eltern, das tut mir leid", wechselte sie abrupt das Thema.

„Danke. Nett von Ihnen. Sie kannten sie gar nicht, oder?"

„Nur Ihre Mutter, als die noch hin und wieder mit den Hunden ging. Aber wir haben uns nicht sehr oft gesehen."

In dem Moment fuhr ein Wohnmobil die Hauptstraße entlang. Ich guckte nur aus Neugier kurz hin, wand mich dann wieder meiner Nachbarin zu. In der Sekunde wurde mir klar, dass ich das Wohnmobil kenne: Das Schlachtschiff meiner Eltern!

Als ich das realisierte, fuhr ich mit dem Kopf erneut Richtung Straße herum und sah, wie mein Schwager Manni breit grinsend und eine Arm lässig aus dem Fenster baumeln lassend hinter dem Wohnmobil hertuckerte!

Ich riss die Augen auf, wurde hektisch. Was sollte ich nun

machen? Bis ich bei meinem Auto war, waren die über alle Berge. Einzige Chance: Meine Nachbarin!

„Frau Svenson! Bitte, ich brauche Ihre Hilfe - jetzt!"
„Ja gern, aber was -"
„Das da war das Wohnmobil meiner Eltern! Meine Eltern sind tot! Die fahren nicht mehr damit. Ich nehme an, dass meine Schwester gerade das Teil stiehlt. Ich muss da hinterher. Leihen Sie mir Ihren Wagen?" Ich sah sie mit weit aufgerissenen Augen an.

Frau Svenson, sonst eine sehr ruhige gemütliche Person, wurde sofort ernst, sah mich an, dann meinen Gipsarm und konterte:

„Wie wollen Sie denn fahren, mit dem Gips?! Ich fahre Sie, schnell, steigen Sie ein." Sie griff hinter sich in eine Schale auf ihrer Kommode im Hausflur die Schlüssel, rief ihrem Hund ein strenges „Sitz" zu und schon schlug sie die Tür hinter sich zu. Wir rannten zu ihrem Wagen, noch im Laufen drückte sie auf den Autoschlüssel, es machte 'Klack' zwei Sekunden bevor ich die Beifahrertür erreichte. Immer wieder sah ich dem Wohnmobil und dem kleinen verbeulten Auto meines Schwagers nach, verlor sie aber bald aus den Augen. Durch ein Heckloch konnte ich es dann noch einmal kurz sehen.

„Sie sind nach links abgebogen!", rief ich meiner Nachbarin zu. Schon saßen wir im Auto und rasten hinterher. Auf der Kreisstraße sahen wir sie noch am Horizont. Da hätte es auch noch jedes andere Wohnmobil sein können - „Verdammt, von hinten sehen die Dinger alle gleich aus", ärgerte ich mich. Aber wir kamen schnell näher heran. Frau Svenson überholte gekonnt ein Auto nach dem nächsten. Ich war total überrascht von meiner an sich sehr ruhigen Nachbarin. Eine Schwedin, die mit ihrem Mann ihren Lebensabend in Deutschland verbringen wollte. Alles, was sie tat, tat sie langsam: Gehen, Sprechen, Autofahren. Aber nun hatte sie Blut geleckt, schien mir. Sie wollte diesen Fahrzeugen hinterher, koste es was es wolle.

Ich sah immer wieder ungläubig zu ihr rüber, wie sie mit 120 Sachen durch die 70-Zone raste. Kurz vor Langensee hatten wir das Gespann dann endlich erreicht. Frau Svenson bremste auf brave 50 km/h ab und zuckelte in gebührendem Abstand hinter

Manni und dem Wohnmobil her. Ich konnte immer noch nicht erkennen, ob es Henni war, die am Steuer saß. Zugetraut hätte ich ihr das nicht unbedingt. Ich mir selber nicht, überhaupt so ein Geschoss zu fahren.

Auf der Bundesstraße bogen wir alle drei nach rechts ab, Richtung Flensburg! Da holte ich mein Handy aus der Tasche und rief bei der Polizei an.

„Vor mir fährt ein Wohnmobil, das offensichtlich gestohlen wurde."
„Aha und wieso erschleicht sich Ihnen dieser grausige Verdacht?" Der Polizist nahm mich nicht ernst.
„Weil das Wohnmobil meinen Eltern gehört. Die sind vor anderthalb Wochen verstorben. Ich bin die Alleinerbin und ich sitze nicht in dem Wohnmobil!"

Meine Nachbarin warf mir einen kurzen Seitenblick zu. Ich sah sie ernst an, meinte damit aber den Polizisten, der sich nun räusperte.

„Ähm, ach so. Können Sie an dem Wohnmobil dranbleiben, bis wir vor Ort sind?"

„Ja, kann ich. Meine Nachbarin fährt, ich sitze auf dem Beifahrersitz, nicht dass Sie meinen, ich telefoniere während der Fahrt. Getrunken habe ich im Übrigen auch nicht."

„Das habe ich auch nicht vermutet, Frau - wie war der Name?"
„Brodersen."
„Haben Sie noch mehr für mich? Kennzeichen des Wohnmobils, möglicher Fahrer und so weiter?"

Ich gab das Kennzeichen des Wohnmobils und von Manni's Auto durch, Farbe, Fabrikat und etwaiges Alter. Dann führte ich weiter aus, was ich wusste:

„Ich gehe davon aus, dass meine Schwester Henni Hansen am Steuer sitzt. Denn ihr Mann Manfred fährt mit dem Familien-PKW direkt hinter ihr."
„Aber Frau Brodersen! Ihre Schwester wird doch ebenfalls Erbin sein. Dann brauchen wir ja gar nicht eingreifen! So geht das nicht!"

„Guter Mann. Meine Schwester hat das Erbe ausgeschlagen. Das habe ich sogar schriftlich. Vom Gericht. Ich BIN Alleinerbin und vermutlich bestiehlt mich meine eigene Schwester genau in diesem Moment, während wir beide hier nett plaudern. Denn ob ich sie in der Stadt noch verfolgen kann, weiß ich leider nicht. Vielleicht könnten Sie sich ja doch noch auf den Weg machen um mir zu helfen? Können Sie das einrichten, ja?"

Ich war sehr bemüht, höflich zu bleiben. Aber so langsam ging mir die Geduld aus. Am liebsten hätte ich nach Betram Stiebl gefragt, meinem alten Freund, seines Zeichens auch Polizist, aber das Verbinden zu ihm hätte ja noch länger gedauert.

„Ach so, warum haben Sie das denn nicht gleich gesagt? Wo sagten Sie, sind Sie jetzt? Wir kommen da so schnell wie möglich hin. Bitte bleiben Sie in der Leitung, bis wir vor Ort sind. Danke - und, äh, mein aufrichtiges Beileid zum Tod Ihrer Eltern."

„Danke" hauchte ich tonlos ins Telefon.

Ich hielt den Hörer ans Ohr, fast krampfhaft, es tat schon weh. Am liebsten hätte ich jetzt losgeheult. Ich war so dermaßen angespannt und dann musste ich auch noch diesem lernresistenten Beamten die Sachlage erklären und der tat nichts! Der kam erst aus dem Quark, als wir schon fast in Flensburg angekommen waren. Das war zu viel für mich. Meine Kräfte schwanden. Ich fühlte mich nicht gut. Mir wurde mit einem Mal schwindelig. Mein Kopf fiel nach hinten an die Lehne, verkrampft klammerten sich meine Finger um das Handy an meinem Ohr. Die Hand begann zu zittern und ich konnte nichts dagegen tun.

Meine Nachbarin legte ihre Hand kurz auf meinen Unterarm.

„Ich mach das schon. Ruhen Sie sich aus. Ich verliere Ihre Schwester nicht."

Ich nickte erleichtert, Schweißperlen auf der Stirn. Aber eines wollte ich noch wissen:

„Sagen Sie mal, Frau Svenson, was haben Sie in Schweden eigentlich beruflich gemacht?"

„Ich war dort bei der Kriminalpolizei", erwiderte sie, als wäre es das Normalste von der Welt.
„30 Jahre lang."

Ich musste lachen. Matt lachen. Ich lehnte mich hinten an und lachte.

Kapitel 15

Henni wurde gestellt. Mit vorgehaltener Waffe forderten sie zwei Polizisten unmissverständlich auf, das Wohnmobil zu verlassen. Frau Svenson konnte gerade noch rechtzeitig bremsen und ausweichen. Sie brachte ihren Wagen dicht neben Manni's Auto zum Stehen. So dicht daneben, dass er seine Tür nicht mehr aufbekam. Er öffnete die Tür und sie knallte gegen meine. Ich sah zu ihm herüber, fixierte ihn, so gut ich noch konnte. Er riss die Augen auf, stierte mich entsetzt an und machte doch tatsächlich noch einen verzweifelten Fluchtversuch. Angst lag in seinem Blick. Er legte den Rückwärtsgang ein und - krachte in den dritten Polizeiwagen am Tatort. Noch eine Beule. Das war schon fast kein Auto mehr. Arme Blechbüchse.

Manni gab auf, hob die Hände in die Luft und Frau Svenson fuhr ein Stück vor, damit der dicke Mann aus seinem Gefängnis heraus konnte. Der Polizist, der mit vorgestreckter Pistole in Stellung gegangen war, war überzeugend genug.

Ich sah noch, wie Henni wie eine Schwerverbrecherin mit gespreizten Beinen und Armen ans Wohnmobil gedrückt und abgetastet wurde, kein Vergnügen für den attraktiven jungen Beamten, eine stark übergewichtige Verdächtige abtasten zu müssen bis in jede Falte hinein - und sie hatte eine Menge Falten. Der junge tat mir direkt leid, als ich das Schauspiel beobachtete und in sein leicht angewidertes Gesicht blickte. Ein bewaffneter Polizist zielte breitbeinig und mit vorgestreckter Waffe in sicherer Entfernung auf Henni. Es war wie fernsehen. Aber irgendwer drehte zusehends den Ton leiser. Ich versuchte, die Augen aufzubehalten und die Situation weiter zu verfolgen. Aber es gelang mir nicht. Dann sackte ich in meinem Sitz zusammen.

Als ich wach wurde, sah ich in zwei wunderschöne dunkle Augen und eine merkwürdig vertraute Stimme fragte mich:

„Sagen Sie, Frau Brodersen, machen Sie das absichtlich?"
„Waff demm?", fragte ich benommen.
„Also ich hätte Sie auch so gern wiedergesehen, also außerdienstlich" und lächelte mich zuckersüß an.

„Fie fimd daff."
„Ja, nicht gut?"
„Doch", grinste ich benommen. „Fogar - sogar sehr gut", ich grinste benommen - und dämmerte weg.

Im Krankenhaus kam ich dann wieder zu mir. Wieder wollten sie mich lieber da behalten. Besonders ungeschickt war wohl, dass ich angab, in den vergangenen 43 Jahren noch nie umgekippt zu sein und nun gleich zweimal in zwei Wochen. Damit hatte ich das Übernachtungsticket mal wieder gewonnen. Man wollte mich partout nicht gehen lassen. Verdammt!

„Hallo meine Verlobte, mal wieder hier? Hat es dir hier so gut gefallen, dass du nochmal herkommen wolltest?"
„Och Mann! Mir passt das sogar überhaupt nicht, hier zu sein. Nun brauche ich doch wieder Hilfe.
„Oh, wenn du mich damit meinst, ich helfe dir gern." Bernhard strahlte mich an. Grinste wie ein Honigkuchenpferd.
„Bernhard. Das gestern, beim Ausritt. Ich wollte dir nicht wehtun. Aber versteh mich bitte, ich -"
„Pssst. Lass gut sein. Vermutlich hast du Recht. Es tut auch nur noch ein kleines bisschen weh. Geht schon."

Ich sah ihn mitfühlend an. Da klopfte es an der Tür, die Sekunden später aufgerissen wurde. Janine rauschte herein, stürmte zu mir und umarmte mich überschwänglich.

„Dir geht's doch gut, oder?" Was eigentlich keine Frage war.
„Ja, es geht mir gut. War nur wieder -"
„Ok. Dann ist ja gut. Böse, wenn ich wieder düse? Bernhard ist ja da."
„Ähm..."
„Ist doch was? Was Schlimmes?" Kurz wirkte sie verunsichert.
„Nee, alles ok. Ich dachte nur: Ist da was, was ich wissen sollte?"
„Nö, wieso?" Janine tat scheinheilig.
„Nur so, weißt du."
„Nee, alles bestens. Dann bis morgen. Morgen bist du doch wieder zu Hause, oder?"
„Ich hoffe."

„Ok, hab dich liehieb, mum", flötete sie - und verschwand wie sie gekommen war.

Ich sah Bernhard fragend an.

„Tom - Pfleger Tom. Der hat wohl gerade Schicht." Er nickte sich selbst zustimmend.
„Tom...?"
„Ja, Tom."
„Alles klar. Tom. "
„Nee, Bernhard. "
„WAS?!"
„Also ich. Ich Bernhard. Du Jane - äh, Tini."

Wir fingen beide an zu prusten. War das herrlich. Bernhard war herrlich. Mein bester Freund. - Aber eben nicht wie Piet. Hach, Piet....

Kapitel 16 – Dienstag

Tag der Entlassung. Bernhard wollte mich eigentlich abholen, verspätete sich aber offensichtlich. Dann ging die Tür auf. Ich sah vom Kofferpacken gar nicht auf, das konnte ja nur Bernhard sein, und nestelte weiter an meinen Sachen herum.

„Na endlich, mein Ver-lob-ter, das konnte aber auch mal Zeit werden."

„Ver-lob-ter?" kam es zögerlich von der Tür.

Upps, das war nicht Bernhards Stimme.

„Ja, Ver-lob-ter!" tönte es plötzlich laut dahinter. DAS war Bernhards Stimme.

Ich sah auf. In der Tür stand Piet Callsen, der Rhythmus meines Herzens, mit einer roten Rose in der Hand, dahinter drängelte sich Bernhard durch die Tür. Als Piet ihn sah, nahm er schnell die Rose herunter und verbarg sie hinter seinem Rücken. Bernhard warf Piet einen kurzen vernichtenden Blick zu. Piet war sichtlich verwirrt.

Bernhard stürmte zu mir und nahm mich überschwänglich in den Arm und drückte mich und drückte und drückte. Er ließ mich einfach nicht los, wendete mich so, dass ich nicht mehr zur Tür sehen konnte. Ich versuchte, mich zu befreien, wollte doch unbedingt noch etwas zu Piet sagen, mich erklären, doch der verschwand, ehe ich mich von Bernhard befreien konnte. Letztlich strampelte ich mich doch los und schnauzte Bernhard wütend an:

„Was soll denn das?!"
„Was soll was? Wer war denn das?" Bernhard schnappte sich meinen Koffer und wuchtete ihn hoch, ohne mich anzusehen.
„Das war Piet, mein Notarzt."
„Dein Notarzt? Hast du jetzt schon einen eigenen?" frotzelte er.
„Bernhard! Das war jetzt echt blöd von dir. Nu isser weg!"
„Hoppla", kam es scheinheilig.
„Gib's zu, das hast du mit Absicht gemacht!" Ich war sauer.
„Was willst du denn mit dem? So'n Studierter. Ja, bin ich eben nicht. Willst du deshalb keinen zweiten Versuch?! Weil ich nicht

studiert habe?" Bernhard sah mich trotzig an.

„Es tut mir leid, aber ich suche mir nicht aus, für wen mein Herz schlägt. Und ob er studiert hat oder nicht, ist mir - mit Verlaub - schnurzegal!"

„Ach so! So ist das! Na dann ist ja alles klar!"

Mit lautem Krach ließ er meinen Koffer auf den Boden fallen und stürmte wütend aus dem Zimmer.

Ich guckte ihm mit offenstehendem Mund nach. Dann ließ ich mich matt auf das Bett sinken. Und nun? Wie sollte ich nach Hause kommen? Bernhard tat mir ja leid. Es ist schon mies, wenn in einer Beziehung einer mehr liebt als der andere, bzw. wenn vor einer Beziehung einer liebt, der andere aber nicht, der dann aber neu zu lieben beginnt. Oder so. Oder anders? Was für ein Durcheinander. Ich wollte ihn nicht, das wusste ich. Nur als Freund, als wirklich guten Freund, aber nicht als Partner. Aber Bernhard hatte wohl noch nicht so ganz aufgegeben. Vielleicht witterte er seine Chance, als ich nun wieder auf seine Hilfe angewiesen war. Was? Nein, das war ja schon wie bei meinen Eltern: Schön, dass du so hilflos bist. Ich helfe dir, aber dafür tust du, was ich von dir verlange.

„Nein, auf keinen Fall, Mama!" sagte ich laut. Zu laut.

„Mama?" kam es vom Flur.

Gott war mir das jetzt peinlich. Hatte doch jemand meinen Dialog mit mir selbst mitbekommen. Ich wurde rot, mein Herz schlug schneller, war mir das unangenehm. Dennoch wollte ich wissen, wer da mitgehört hatte.

Ich fragte verunsichert: „Hallo?"

Da schob sich wie von Geisterhand eine dunkelrote Rose um die Türzarge. Ich lächelte. Piet, dachte ich. In dem Moment gab die Zimmertür nach und schloss sich selbsttätig leise und sacht - und brach der schönen Rose den Kopf ab...

Piet drückte die Tür wieder auf, hielt den Stängeltest ohne Kopf vor sich in der Hand, aufrecht wie eine Kerze, kam zu mir und übergab ihn mir feierlich.

„Hallo meine Dame. Hier, eine schöne Blume für Sie. Leider hat sie den Kopf verloren. Doch das kann ich ihr nachfühlen. Geht es mir doch gerade ganz genauso."

Ich lachte ihn an und er strahlte über das ganze Gesicht.

„Werter Herr, hätten Sie die gnädigste aller Güten, sich einmal zu mir herunter zu neigen?"
„Aber gern doch, meine Studierte oder Nicht-Studierte, wie immer es beliebt."

Da wusste ich, er hatte alles gehört. Ich brauchte ihm gar nichts zu erklären.

Piet beugte sich zu mir runter, ich nahm sein Gesicht in meine halb gesunden, halb geschienten Hände und gab ihm zärtlich einen Kuss.

Kapitel 17

Den Rest des Tages verbrachten Piet und ich gemeinsam. Wir setzten uns in ein kleines Café, ich gönnte mir seit Langem mal wieder eine Cola und Piet schlürfte gemütlich seinen Milchcafé. Und ich erzählte ihm alles: Vom Unfall meiner Eltern, von meiner Kindheit, von Bernhard, von Janine, von meiner Schwester, alles. Hinterher fühlte ich mich, als hätte ich ihm alle meine Probleme und Sorgen aufgebürdet. Und plötzlich fühlte ich mich leicht, wohl, richtig erholt, wie nach 12 Stunden Schlaf.

Klar, ich hatte auch mit Bernhard über all das gesprochen und ich war ihm ehrlich dankbar für seine Zeit und sein Zuhören. Aber das war was anderes. Bernhard war ein Freund für mich. Zumal ich immer ein bisschen aufpassen musste, was ich ihm erzählte, um ihm nicht über Gebühr Hoffnung zu machen. Und das wollte ich auf keinen Fall.

Ja, wir hatten auch eine sehr schöne Nacht. Nur waren das für mich eben nur die Hormone. Für ihn war es offenbar mehr. Der Start eines weiteren Versuches. Aber aufgewärmter Kaffee schmeckte mir noch nie. Auch in Bernhards Fall konnte und wollte ich es nicht noch einmal probieren. Dafür war mir auch seine Freundschaft einfach zu wichtig. Das wollte ich auf keinen Fall zerstören.

Piet hörte mir die ganze Zeit aufmerksam zu. Machte mal „Hm" hier und „Aha" dort. „Ui" und „Uff" sagte er aber öfter. Er sog die ganze Geschichte in sich auf, als würde er in mir lesen.

„Und das alles ist in den vergangenen anderthalb Wochen passiert? Kein Wunder, dass du zusammengeklappt bist. Das war ja ein Marathon für Deinen Körper."

„Meinst du? Ich weiß nicht. Bin ja sonst auch nicht so diejenige, die gerne stundenlang auf dem Sofa liegen kann. Ich brauche action, Bewegung, es muss was los sein. Schlafen kann ich noch, wenn ich tot bin. Das hat schon mein Vater immer gesagt."

In dem Moment spürte ich einen Kloß in meinem Hals, der immer dicker wurde. Mein Vater... - Mein Vater hatte manchmal so einen Sinn dafür, im passenden Moment genau das Richtige zu sagen. Sowas, das einen direkt ins Herz trifft. Dabei war er gar nicht so der sentimentale Mensch. Witzig, ja, ruhig und fröhlich. Auch wenn sich das in den letzten Jahren sehr ins Ruhige gewandelt hatte. Aber als Kind habe ich ihn immer fröhlich erlebt. Immer zu einem Scherz aufgelegt, einen immer ein bisschen auf den Arm nehmend.

Ich weiß noch, als ich als Kind vor meinem Vater stand und ihm in aller Ausführlichkeit erklärte, was ich mal werden wollte, wenn ich groß wäre. Ich wollte ins Gestüt! Mit Pferden arbeiten und leben. Pferde, Pferde, wohin das Auge blickt. Für mich gab es nichts Schöneres, als von Pferden umgeben zu sein.

So stand ich da, mit meinen vielleicht 5 Jahren und schwärmte und redete auf meinen Vater ein. Meine Augen leuchteten, ich wollte am liebsten sofort ein eigenes Pferd. Hier, in unserem Garten. Der war doch groß genug für ein Pferd. Ein Pony vielleicht, aber groß genug, dass es mich ein paar Jahre tragen konnte. - Eigentlich wollte ich natürlich nur, dass mein Vater mir ein Pferd kaufte.

Aber statt dass er endlich sagte, dass er das natürlich super gern für seine liebste Lieblingstochter tun würde, sah er von seiner Arbeit auf, mich direkt an und sagte:

„Du musst nur fest daran glauben, dann wird es auch wahr, was du dir wünschst."

Eine zweite ähnlich intensive Situation gab es, als wir alle in Flensburg wohnten, auf engstem Raum. Ich glaube, es waren 40qm, aufgeteilt in zwei Zimmer plus Bad mit Wanne und Küche. Dort lebten wir zu viert. Meine Mutter stand von morgens bis abends im Kiosk, der neben diesem Wohnhaus stand. Und sie ließ es uns immer deutlich spüren, dass ihr dieser Umstand von vorne bis hinten nicht passte. Sie deklarierte meinen Vater als Schuldigen für diese Situation und stellte sich selbst als Märtyrerin dar, die ja alles täte, damit es uns vielleicht bald wieder besser ginge. Dafür stand sie sieben Tage die Woche, 12 Stunden am Stück im Kiosk und musste sich mit Pennern abgeben – sie tat sich wirklich leid.

Dabei war sie doch diejenige, die jahrelang das Geld, das mein Vater verdiente, mit vollen Händen ausgegeben hatte: Wir Kinder gingen jeden Tag zum Reiten, sonntags zwei Stunden Ausritt. Hochgerechnet allein in einem Monat Ausgaben von umgerechnet 320,00 €. Plus die Einkaufstouren, plus Geld fürs Kino, plus ihre eigenen regelmäßigen Fahrten nach Dithmarschen zu ihrer heißgeliebten Mutter, die sie mindestens einmal pro Monat besuchen musste, heimlich natürlich. Hin und zurück auch 200 Kilometer. Und Sprit kostete auch vor 30 Jahren schon Geld. Geschenkt gab es nichts. Aber meine Mutter scheute keine Ausgaben. Ihr Mann war schließlich wer. Die Haare machte auch ausschließlich der Friseur - es hat Jahre gedauert, bis ich bemerkte, dass meine Mutter ihre Haare nicht mal selber wusch! Sie lief eine Woche lang mit ungewaschenen Haaren herum um dann zum Friseur zu gehen und richtig Geld für eine Haarwäsche und das Stylen auszugeben! Mal abgesehen davon, dass das total unhygienisch war, bedeutete es auch eine horrende Geldverschwendung, 240,00 € im Monat für den Frisör auszugeben!

Mein Vater suchte in dieser schlimmen Zeit Trost im Alkohol, war bald jeden Abend benebelt. Mal mehr, mal weniger stark. Oft genug brachte ich ihn dann zu Bett. Mit meinen 14/15 Jahren half ich ihm beim Ausziehen, hörte mir sein Gelalle an, zeigte Mitgefühl und schob ihn in Richtung Bett. Er tat mir auch wirklich leid. Nur als es jeden Abend das gleiche Procedere war, so langsam nicht mehr.

Anschließend räumte ich noch auf, packte meine Tasche für die Schule und ging dann zu meiner Mutter in den Kiosk herunter, um abends um 22:00 Uhr mit ihr zusammen das Geschäft zu schließen.

Manchmal hatte ich dabei eine Heidenangst, denn die Nordstadt in Flensburg war keine besonders gute Gegend. Da liefen jede Menge Gestalten herum, die man sich nicht so unbedingt vor der Haustür wünscht. Aber ich markierte die starke Selbstbewusste, denn meine Mutter sollte nichts merken. Ich wollte keine Angst, keine Blöße zeigen. Alles nur das nicht. Nicht meiner Mutter gegenüber. Diejenige, die zu der Zeit kein gutes Haar an meinem Vater ließ und auch gegenüber ihrer Stammkunden, also der trinkfesten Gesellschaft, kein Blatt vor den Mund nahm. Jeder im Umkreis wusste von unseren Sorgen und von der kriselnden Ehe meiner Eltern. Ja, ein Diplomat ist meine Mutter zu Lebzeiten leider nie gewesen.

Wenn der Kiosk geschlossen war, gingen auch meine Mutter und ich zu Bett. Und ich konnte sicher sein, dass mir am nächsten Tag der gleiche abendliche Ablauf bevorstünde.

In dieser Zeit entwickelte ich eine extreme Abneigung gegen den Atemgeruch nach Bier. Wenn jemand mir später gegenübertrat, der aus dem Mund nach Bier roch, wendete ich mich angewidert ab. Schlagartig war die Emotion wieder da. War die Stimmung wieder da, war alles wieder da.

Einmal, irgendwann im Herbst, sah einer unserer Kiosk-Stammkunden einen Mann an einer Bushaltestelle auf dem Boden liegen. Dieser Stammkunde hatte sich seinen Verstand dermaßen erfolgreich versoffen, dass er gleichzeitig in drei Sprachen sprach: Englisch, Deutsch und Dänisch, jedes Wort in einem Satz in einer anderen Sprache. Eine Deutung seiner Aussagen war jedesmal eine einzige Knobelei. Er deutete in Richtung des auf dem Boden liegenden, vielleicht 150 Meter von uns entfernt, und versuchte mir klarzumachen, dass er gesehen hatte, wie der Mann umgefallen war. Ich verstand nach einer Weile und lief dann zu dem Mann, der sich nicht mehr rührte. Als ich ihn erreicht hatte, kniete ich mich neben ihn und berührte seine Wange, um die

Körpertemperatur zu erfühlen. Da öffnete er matt die Augen, wendete den Kopf in meine Richtung und sah mich an. Seine Blicke waren voller Hoffnungslosigkeit und klammerten sich meine. Er bewegte sich nicht, sah mich nur an.

Ein Bus hielt, der Fahrer rief mir zu, dass der Notarzt schon alarmiert sei und fragte mich, ob ich bei dem Mann bleiben könne, bis der Rettungswagen käme. Ich nickte dem Fahrer zu, den ich ebenfalls als Stammkunden meiner Mutter kannte. Alle Busfahrer waren ihre Stammkunden. Hatte meine Mutter sich doch von allen die üblichen Bestellungen gemerkt und die Fahrzeiten im Kopf, so dass sie immer schon die Nascherei und Zigaretten, oder was immer gewünscht wurde, parat liegen hatte, noch ehe der Busfahrer bei ihr hielt, heraussprang und abgezähltes Geld gegen Ware tauschte. Die Busfahrer schätzten meine Mutter sehr.

Ich kniete weiterhin bei dem Mann, der mich nicht aus den Augen ließ. Mit einem Mal griff er nach meiner Hand und hielt sie fest. Ich erwiderte den Händedruck leicht, wollte ihm Zuversicht geben, ein wenig Sicherheit. Das waren sehr bewegende Minuten für mich. Und als der Notarztwagen eintraf und man den Mann versorgte, auf eine Liege bettete und angurtete, während der ganzen Zeit hielt der Mann meine Hand fest. Ich musste ihm gut zureden, loszulassen, damit er in den Notarztwagen verbracht werden konnte. Dann schlossen sich die Türen hinter ihm und der Rettungswagen fuhr mit lautem Martinshorn davon, so dass ich mir die Ohren zuhielt.

Eine ganze Weile sah ich dem blau-blinkenden Licht noch nach, dann ging ich langsam zum Kiosk meiner Mutter zurück. Erst da bemerkte ich, dass ich die Bierfahne des Mannes noch in der Nase hatte. Der Geruch widerte mich an und doch wurde ich ihn noch Stunden später nicht wieder los. Aber dieser Blick, dieser hilflose Gesichtsausdruck und das sich an meine Hand klammern dieses völlig fremden Mannes hatten mich sehr berührt.

Dennoch war das mit ein Grund, warum ich später den Geruch von Bier aus dem Mund eines Menschen nicht ertrug: Weil er mich immer an Alkohol und an Menschen in Situationen erinnerte, die nicht mehr weiter wussten, als ihren Kummer zu ertränken.

Jahrelang trank ich überhaupt keinen Alkohol.

Es war eine schlimme Zeit für uns alle. Meine Schwester suchte ja sehr schnell das Weite, zog aus, als sie volljährig war. Was nach etwa einem Jahr in dieser Sardinenbüchse der Fall war. Ich war aber noch zu jung. Musste meine Mutter aushalten, diese Situation ebenso und mit ansehen, wie mein Vater zusehends dem Alkohol verfiel. Und ich konnte nichts tun. Natürlich hörte keiner auf mich. Sie hatten existenzielle Sorgen, von denen ich damals nicht viel wusste. Weil ich natürlich auch nicht informiert wurde. Vermutlich wurde von mir erwartet, es zu ahnen. Aber wie denn, als selbst schwerst Pubertierende?

Zu der Zeit entwickelte ich meine erste Depression. Später erkannte ich das und ordnete es als eben solche ein. Damals war ich einfach nur melancholisch, wollte nichts. Nicht essen, nicht zur Schule gehen, nicht leben. Ich war unendlich traurig und hilflos. Dieser Zustand besserte sich immer von Zeit zu Zeit, verschlechterte sich aber in den gleichen Intervallen auch wieder.

Irgendwann kam der Punkt, an dem ich keinen Ausweg mehr sah und ich versuchte, mir das Leben zu nehmen. Mit meinem Taschenmesser hinter dem Sofa wollte ich mir die Pulsadern aufschneiden. Aber es gelangt nicht. Ich blieb am Leben und meine Depression leistete mir weiter ungewollt Gesellschaft.

Erstaunlich, dass ich später trotzdem einen Partner fand. Immer wieder sogar. Das war mein Ausweg, mein Ventil. Ich versuchte den Zustand aufrecht zu erhalten, einen Freund zu haben. Das stärkte mein Selbstwertgefühl. Ich konnte doch was, wenigstens etwas: Einen Freund haben.

Meine Depression blieb, jahrelang. Einmal war es ein Selbstmordversuch, ein anderes Mal wollte ich weglaufen, später verweigerte ich die Nahrungsaufnahme. Mir war nicht nach essen. Ich hatte weder Hunger noch Appetit Nun war ich damals schon sehr schlank mit meinen 60 Kilo bei 1,75m Größe. Als ich nun nicht mehr essen wollte, reagierte mein Vater erstaunlich schnell. Im Gegensatz zu der Situation mit dem Messer hinter dem Sofa bekam er meine Appetitlosigkeit ja aber auch direkt mit. Ich kochte sein Essen, deckte ihm den Tisch, aß aber selbst nicht mit.

Von Stund' an musste ich morgens mit meinem Vater frühstücken, mittags aß ich mit meiner Mutter zusammen im Kiosk und abends stand mein damaliger Freund neben mir und ließ mich nicht eher aufstehen, bis ich genug gegessen hatte. Und das war eine echte Quälerei für mich. Ich wollte nicht essen. Am liebsten hätte ich mich sofort übergeben, als ich das Essen nur sah. Aber meine Familie und mein Freund passten auf mich auf wie Wärter im Gefängnis. Gaben keinen Deut nach.

Im Nachhinein war ich dafür natürlich sehr dankbar. Denn eigentlich liebte ich das Leben doch sehr. Umso schlimmer war die Situation damals für mich auszuhalten.

An einem Abend sagte mein Vater dann betrunken zu mir:

„Solange wir uns haben, kann alles nicht so schlimm sein", lächelte mich mit glasigen Augen an und kippte ins Bett.

Auch dieser Satz ist mir in Erinnerung geblieben.

Eine Hand legte sich sachte unter mein Kinn und hob zart meinen Kopf an.

„Tini? Alles klar?" Ich sah direkt in Piets wunderbare braune Augen.
„Was denn?"

Piet hatte mich aus meinen Gedanken gerissen und lächelte mich verständnisvoll an.

„Komm, wir gehen ein Stück spazieren?"

Ich nickte stumm. Meine Gedanken kreisten noch um die vergangene Zeit. In meinen Augen wollten sich Tränen sammeln,

Wasser stieg in ihnen hoch. Ich plinkerte und sah weg. Ich wollte nicht vor Piet weinen. Nicht vor ihm. Er sollte nicht denken, ich wäre eine Heulsuse. Stark wollte ich sein. Stark und selbstbewusst! Das schaff ich schon, redete ich tonlos auf mich ein. Das wäre doch gelacht!

Kapitel 18

Wir gingen durch den nahegelegenen Wald. Es war eigentlich kein schöner Tag zum Spazierengehen: Windig, bewölkt und es sah schwer nach Regen aus. Ich schlug meinen Jackenkragen hoch und drückte mich an meinen neuen Freund. Piet legte wie selbstverständlich den Arm um mich. Ein Lächeln huschte dabei über sein Gesicht. Ich sah es und es tat mir gut. Ich fühlte mich so wohl in seiner Nähe.

Eine Weile gingen wir schweigend nebeneinander her. Ich nahm Geräusche wahr, die sich in letzter Zeit nur durch eine Nebelwand Zugang zu meinem Bewusstsein hatten verschaffen können. In meinem Kopf war die ganze Zeit Jahrmarkt. Nur, wenn ich schlief - oder gerade mal wieder umgekippt war - trat Ruhe ein.

Anders jetzt. In Piets Arm war der Nebel weg. Ich hörte die Vögel zwitschern, erkannte sogar Unterschiede in ihren Lauten. Was früher für mich selbstverständlich war, kehrte jetzt mit Macht zu mir zurück. Ich konnte wieder Meisen und Amseln am Gesang unterscheiden. Eigentlich zwei sehr verschiedene Gesänge. Neulich hatte ich mich sehr erschreckt, als ich feststellte, mich dabei dennoch vertan zu haben. Schon als Kind erkannte ich die Vögel an ihrem unterschiedlichen Gesang, hatte damit gerne meine Mitmenschen verblüfft. Und darauf war ich stolz. Eines der wenigen Dinge, die meine Mutter und mich verband. Oft saßen wir zusammen am Küchenfenster, das Vogelkundebuch auf dem Tisch und wetteiferten darin, wer als erstes den richtigen Namen eines neu hinzugeflogenen Wildvogels an unserem Vogelhäuschen nennen konnte. In der Zeit lernte ich auch ihre unterschiedlichen Lieder kennen und auseinanderhalten. Und nun war mir diese Fähigkeit verloren gegangen, dachte ich.

Umso größer meine Freude, als ich feststellte, dass ich es nun offenbar wieder konnte. Lächelnd sah ich in die Bäume hinauf, erkannte ein Eichhörnchen und lauschte seinem Klopfen auf den Baumstamm und seinen schnalzenden Lauten.

„Na, besser?", fragte Piet, der meine Freude bemerkte.
„Ja, deutlich. Es wird endlich ruhiger in meinem Kopf."

Ich lächelte ihn selig an, schmiegte mich an seine Seite.

„Bei dem Pensum, das du in den letzten zwei Wochen durchgezogen hast, wundert es mich eigentlich, dass dein Körper das überhaupt so lange mitgemacht hat. Schon mal an 'ne Pause gedacht?!"
„Pausenlos an Pause gedacht. Aber wann denn? Und damit wird es auch erstmal nichts. Ein Termin jagt den nächsten: Als nächstes steht die Beerdigung an, davor graut mir noch am meisten. Dann müssen die Häuser soweit flott gemacht und verkauft werden. Das ist das Mammutprojekt. Und dann, ja dann kann ich mich mal um mich selbst kümmern. - Vielleicht."
„Ok. Steht dir jedenfalls jemand zur Seite? Hast du Hilfe?"
„Tja, die größte Stütze der letzten Wochen habe ich mir wohl heute Morgen selbst verjagt. Jetzt wird's schwierig. Für'n Rest habe ich als konstante Komponente mehr eine Widersacherin als einen wirklich Helfenden."
„Denk mal nicht an deine Schwester. Ich nehme an, die meinst du."

Ich nickte stumm.

„Also so wie ich Dich verstanden habe, regelt die Beerdigung ein Bestattungsunternehmer, richtig."
„Ja."
„Gut, abgehakt. Der wird das schon machen. Die Sorge bist du zumindest organisatorisch los. Was ist mit den Häusern? Machst du das auch selbst?"
„Nein, leider bin ich handwerklich nicht wirklich begabt. Aber mein Vater hatte bei ziemlich jedem Haus einen Hausmeister abgestellt. Die werde ich mir schnappen und sie gegen Entgelt bitten, die Häuser auf Vordermann zu bringen - naja, also zumindest soweit wie möglich herzurichten. Richtig gut in Schuss ist kein einziges, glaube ich."
„Aber, da hast du Hilfe. Das ist doch schon mal was. Was ist mit dem Teil des Erbes Deiner Schwester? Kann sie die Erbschaftsausschlagung noch zurücknehmen und dir noch

dazwischenfunken?"

„Ja, leider. Vier Wochen noch. Danach ist die Frist rum."

„Also noch keine Ruhe. Aber keine wirkliche Gefahr. Weißt du, ich habe einen Vorschlag: Was ihr ja anscheinend so wichtig ist, ist doch das Wohnmobil. Du willst es selbst nicht haben, ihr aber auch nicht schenken. Richtig?"

„Richtig."

„Verkauf das Ding doch am besten. Und den verbeulten Mercedes auch. Vielleicht ist dann erstmal Ruhe."

„Ja, du könntest Recht haben. Ich glaub, das ist eine gute Idee. Aber ich habe leider keine Ahnung was sowas wert ist. Über den Tisch ziehen lassen will ich mich ja auch nicht."

„Ich kenne mich da rein zufällig ein bisschen aus."

„Ach ja?" Skeptisch legte ich den Kopf schief.

„Ja, mein Vater ist Autohändler."

„Autohändler?!"

- „Super!", dachte ich. „Ist sich eben doch jeder selbst der Nächste!" Ich war schon fast enttäuscht.-

„Ja, und ein echt guter."

„Ach da gibt's auch gute? Ich kenne leider nur die andere Variante. Die, die sich vor allem freuen, wenn eine Frau zur Tür reinkommt."

Zynismus schwang in meiner Stimme mit. Mit meinem letzten Auto sollte ich auch betrogen werden. Klappte am Ende aber nur bedingt. Doch dann war mir die Streiterei einfach meine Zeit nicht wert und ich nahm, was ich hatte. Eine positive Erfahrung mit einem Autohändler konnte ich nicht vorweisen. So konnte ich mir auch nicht vorstellen, dass Piet nun tatsächlich ein weißes Schaf unter etlichen schwarzen herauszaubern wollte.

„Klar, wer kennt die nicht. Ich glaube, das sind 90% der Autohändler. Aber lass dir gesagt sein: Es gibt auch weiße Schafe."

Skeptisch sah ich Piet schräg von der Seite an. Hatte er meine Gedanken gelesen? Noch dazu wortwörtlich?

„Vereinzelt. Also selten, hier und da", stotterte er. Dann aber mit Nachdruck: „Also ich kenn eines."
„Ein Schaf?"
„Ja! - Äh nein. Einen Autohändler, der nicht bescheißt: Meinen Vater. Ich halte viel von ihm und würde vorschlagen, ich bitte ihn mal her. Er soll dir ein Angebot machen. Und du suchst die Unterlagen raus, was die Fahrzeuge neu gekostet haben und wann das war."
„Gut. Aber wenn du nichts dagegen hast, frage ich auch noch Gregor. Das ist mein Schrauber. Er soll mir seine Meinung sagen. Er ist ja neutral, denke ich. Und ich vertraue ihm - soweit jedenfalls."
„Klar, mach das. Wann soll mein Vater herkommen?"
„Morgen Vormittag?"
„Ja gut. Ich sag ihm Bescheid. Und Deinen Gregor rufst du gleich auf dem Handy an? Dann hast du das auch raus aus dem Kopf."

In dem Moment klingelte mein Handy. Ein Blick auf das Display ließ mich blass werden.

„Der Bestatter!"

Mein Herz begann zu rasen, meine Hände zitterten. Ich hätte nie gedacht, dass eine Körperreaktion derart schnell erfolgen kann. Das Handy klingelte weiter. Piet bedeutete mir, endlich abzuheben.

„Ja, Brodersen. - Aha. - Ja. - Gut. - Ich komme dann morgen um 08:00 Uhr zu Ihnen. - Ja, abgemacht. - Danke."

Piet sah mich sorgenvoll an.

„Die Beerdigung. Sie ist schon Freitag. Das - das ist - in drei Tagen."

Ich stand da wie ein Häufchen Elend. Meine Arme hingen runter, die Augen weit offen, glasig ins Nichts starrend. Mein Unterkiefer hing herunter wie bei einem alten Gaul. Das Handy hielt ich noch in der Hand. Aus dem Lautsprecher kam leise ein monotones Tuten: Ich hatte nicht mal aufgelegt.

Piet schloss mich in seine Arme und drückte mich sanft an sich. Meine Beine wollten nicht mehr standhalten, sackten mir weg. Piet fing mich auf, stellte mich wieder auf die Füße. Mir zitterten die Knie. Am liebsten wäre ich weggelaufen, aber ich hätte keine zwei Meter geschafft.

„Du schaffst das!", feuerte Piet mich liebevoll und ganz leise an. „Nun mach mal nicht schlapp. Bisher warst du stark für zwei, da schaffst du den Rest auch noch! Ich bring Dich jetzt zum Auto und fahre Dich heim, ok?"

„Piet, ich bin so platt. Ich will nicht schon wieder zusammenklappen. Vielleicht ein Glas Wasser? Hast du was mit? Ich sollte wohl immer Wasser dabei haben, wie? Wie unvernünftig von mir."

Ich faselte vor mich hin. Die Worte fielen mir so aus dem Mund und ich kam mir nicht mal dumm dabei vor. Piet schleppte mich aus dem Wald und ich hing neben ihm wie ein kleiner Regenwurm. Die Augen starr geradeaus gerichtet, ohne irgendwas zu sehen. Ich wollte nur auf keinen Fall schon wieder zusammenbrechen. Ich wehrte sich wie verrückt, wollte wach bleiben, die Augen mussten auf bleiben. Nur nicht nachgeben, dachte ich. Ich schaff' das! Nicht schon wieder zusammenklappen! Diesmal nicht!

Als ich im Auto saß, ging es mir etwas besser. Piet holte aus dem Kofferraum eine kleine Wasserflasche und ich trank in hastigen Zügen. So langsam wurde es klarer in meinem Kopf. Mittlerweile fuhr der Wagen und ich saß wehrlos auf dem Beifahrersitz. Ein bisschen mulmig wurde mir nun. Wie lange kannte ich den Mann da am Steuer? Ein paar Tage. Und das eigentlich hauptsächlich benommen oder im Wegtreten begriffen. Es war ein Flirt. Ein schöner Flirt. Aber war es wirklich mehr? Konnte ich ihm vertrauen? Was war mit meinem Kind? Musste ich Angst um sie haben, wenn ich Piet mit nach Hause brachte? War Janine sicher? Ich hätte in meinem desolaten Zustand nicht mal eingreifen können, wenn was passieren sollte. Konnte ich Vertrauen habe? Durfte ich Vertrauen haben? War ich nicht blind? Verliebt blind?

In mir machte sich Angst breit. Ich wurde hektisch. Mein Puls kaum auf Touren, mein Gesicht bekam wieder Farbe. Da sah Piet zu mir rüber, er lächelte mir aufmunternd zu. Und es war, als hätte er einen Knopf gedrückt. Ich sah in seine ruhigen braunen Augen und da war sie weg, die Angst. Ja, ich konnte ihm vertrauen. Natürlich konnte ich das!

Ich erwiderte sein Lächeln, fühlte mich auf einmal wieder warm und wohlig. Dennoch: So hilflos wollte ich ihm nicht nochmal gegenüber stehen. Ich musste dringend was tun. Was auch immer, meinen Kreislauf in Schwung bringen. Kaffee trinken und Vitamine nehmen.

Ja, das war es: Ich hatte mich ja total vernachlässigt, hatte nur noch funktioniert. Mein Körper forderte seinen Tribut. Und zwar ziemlich deutlich! Wenn ich die nächsten Wochen durchhalten wollte, musste ich dringend etwas tun. Das wurde mir jetzt klar.

Zu Hause bat ich Piet herein. Allerdings trat ich wider Erwarten nun sehr fest und bestimmt auf. Meine Sinne waren wieder da. Ich hatte mich wieder - fast - im Griff.

Ich bot meinem Freund einen Kaffee an und machte mir auch eine Tasse. Dann aß ich eine Banane und nahm ein paar Vitamintabletten. Außerdem nahm ich mir vor, heute unbedingt früh zu Bett zu gehen. Das war jetzt wichtig, war mir nun klar. Es wurde auch Zeit. Ich konnte ja nicht endlos Raubbau an meinem Körper betreiben. Bisher hatte ich immer Bernhard als Stütze. Das war nun Vergangenheit. Ich musste auf meinen eigenen Beinen stehen - und zwar ab sofort!

Piet freute sich über meine unerwartete Standfestigkeit, war aber sichtlich überrascht.

„Na, du hast Dich ja schnell erholt."
„Ja, hilft ja nichts. Die letzten Wochen war ich ja nicht nur in einer Achterbahn der Gefühle, ich hatte auch noch etliche Dinge zu regeln, von denen ich bis dahin gar keine Ahnung hatte. Musste mich informieren, entscheiden, handeln. Dann auch noch der Verdacht der Polizei gegen mich und meine liebreizende Schwester. Das war alles ein bisschen viel. Wenn ich jetzt nicht wieder umkippen will, muss ich dringend was ändern. Das ist mir

da draußen im Wald klar geworden."

„Gut. Und was willst du nun tun?"

„Als erstes, mein Lieber, werde ich Dich leider für heute verabschieden müssen. Ich habe noch meine Vögel zu versorgen, offenbar muss ich Janine noch bei ihrer Freundin abholen, sie hat einen Zettel an den Kühlschrank geklebt. Dann müssen die Hunde noch raus und ich brauche eine To-Do-Liste. Ich muss mir einfach mal einen Zettel machen, was ich wann erledigen muss. Dieses planlose 'Vor-mich-hin-Dümpeln' geht ja gar nicht mehr!"

„Wow! Sehr gut. Aber bitte, tu mir einen Gefallen, ja?"

„Welchen denn?"

„Mach regelmäßig Pausen und trink genug. Und Schlafen, also nachts, das ist auch total gut für den Körper. Entspannt ungemein - und man kann Kräfte tanken, das glaubt man kaum..."

Piet zwinkerte mich an. Ich legte den Kopf schief - und kniff ihn in die Seite. Piet, kitzelig wie ein Teenager, quietschte auf und kniff zurück. Dummerweise war ich ähnlich kitzelig. So kugelten wir uns wie die Kinder und lachten und quietschten abwechselnd.

„- Hallo?", kam es plötzlich aus Richtung Flur. Ich schreckte hoch, wie beim Fummeln mit meinem ersten Freund überrascht. Nein, wie peinlich mir das jetzt war! Vor meinem Kind, und ich benehme mich wie -.

„Upps, Janine, schon da?"

Überrascht versuchte ich, mich zu sammeln, strich mir die Haare aus dem Gesicht und rückte meine Kleider zurecht. Piet machte nichts dergleichen, grinste nur breit. Während ich noch hektisch an mir herumzupfte und mich um Fassung bemühte, stand er auf, ließ Hemd und Hose unordentlich wie sie waren, ging drei Schritte auf Janine zu, hielt ihr die Hand hin und sagte cool:

„Hi, ich bin Piet" und grinste sie breit an.

Janine sah ihn erst fragend an, schlug dann aber herzhaft ein, grinste ebenso breit und antwortete genauso cool:

„Alles klar Piet. Ich bin Janine. Möchtest du ein Stück Kuchen?

Ich hab' gebacken."

Verblüfft ließ ich von meinen Kleidern ab und guckte ich meine Tochter an.

„Du – hast – gebacken?!"
„Ja. Apfelkuchen. Auch was?" und verschwand völlig selbstverständlich in die Küche.

Janine zwinkerte Piet im Türrahmen über die Schulter zu und er zwinkerte zurück. Ich sah von einem zum anderen, blieb dann mit prüfendem Blick an Piets Augen hängen und stemmte die Fäuste in die Hüften.

„Kennt Ihr Euch?"
„Och, nö, eigentlich, nee, kennen kann man das nicht nennen", versuchte Piet sich rauszureden.
„So, kann man nicht? Wie denn dann?"
„Ach weißt du..."
„Na, was denn? Du, ich kann die Wahrheit ab, bin gar nicht so empfindlich. Man ruhig raus mit der Sprache!", ermutigte ich ihn mit einem leichten ironischen Unterton, die Fäuste nach wie vor in den Hüften.
„Ich habe Janine im Krankenhaus auf dem Flur kennengelernt."

Aus der Küche meldete sich die Kuchenbäckerin zu Wort:

„Ich bin mit der Blumenvase in ihn reingerannt."
„Ja, naja. Wir kamen ins Plaudern -"
Wieder aus der Küche:

„Und dann hat er mich gefragt, ob du in festen Händen bist!"

Piet leicht verlegen mit einem bösen Blick in Richtung Küche:

„Naja, hätte ja sein können. - Wir haben also die Scherben aufgesammelt ..." mit einem leicht provokanten Tonfall und einem erneuten Seitenblick zur Küchentür, aber von Janine keine Spur, „und da haben wir uns dann ein bisschen unterhalten..."

Aus der Küche:

„Über Bernhard -"

Piet unterbrach in Sekundenschnelle:

„Und über Tom..."

In dem Moment kam Janine mit einem Tablett mit drei Tellern Apfelkuchen darauf ins Wohnzimmer.

„Ja, genau", mischte ich breit grinsend mich ein, „das wollte ich sowieso noch wissen: Was ist eigentlich mit diesem Tom? Erzähl doch mal, Janinilein? Toller Typ? Groß, dunkelhaarig, muskulös?", frotzelte ich.

„Ach Mami, lass mal. Eins nach dem anderen. Du musst Dich doch noch schonen."

Ich riss die Augen auf. Leichtes Entsetzen machte sich in mir breit.

„Wie, so schlimm?!"

Janine lachte.

„Oh, Mami! Nee, nee, alles ok. Alles bestens. Hier Kuchen für Dich."

Ich sah sie skeptisch an, versuchte einen strafenden Blick. Es gelang mir aber nicht. Ich musste grinsen, ob ich wollte oder nicht. Meine Mundwinkel zuckten, ich kniff meinem Kind in die Seite. Die quiekte wie ein Meerschweinchen, drehte sich blitzschnell um und zwickte mich in meine Seite. Nun mussten wir alle drei herzhaft lachen.

Der Kuchen war übrigens auch sehr lecker. Meine Kleine mauserte sich zur Großen. In dem Moment war ich mal wieder unglaublich froh, dass ich sie hatte. Wie langweilig wäre das Leben ohne sie. Überhaupt das Leben, das Leben war schon schön. War es. Das Leben.

Kapitel 19

Am Abend saß ich auf dem Sofa und hörte meine Lieblings-CD. Das hatte ich ewig nicht mehr gemacht. Die Musik berieselte mich wie ein leichter Sommerschauer. Ich fühlte mich wohlig und warm. Auf meinem Schoß lag ein DinA-4-Block. Darauf schrieb ich, was ich alles noch so zu erledigen hatte. Ganz oben stand „Regine anrufen!!!" Ich hatte sie sträflich vernachlässigt, das wurde mir allmählich klar. Dabei war sie mir doch die liebste Freundin.

Eine richtige Busenfreundin hatte ich in dem Sinne nicht. Aber Regine war da, wenn ich sie brauchte und umgekehrt. Wir kannten uns schon zwanzig Jahre lang. Manchmal hörten wir Monate nichts voneinander, dann wieder telefonierten wir beinahe täglich. Aber keine nahm der anderen je krumm, wenn die mal wieder eine Pause einlegte. Wir hatten schließlich auch noch jede ein eigenes Leben.

Ich nahm mein Telefon in die Hand und wählte Regines Nummer.

„Aust?"
„Hi Regine, Tini hier."
„Hi Tini", sofort senkte sich ihr Tonfall, Mitgefühl schwappte herüber. „Wie geht's dir denn, du Arme? Alles soweit im grünen Bereich? Und - mein herzliches Beileid. Brauchst du mich? Soll ich vorbeikommen?"
„Nee, Süße. Alles bestens soweit. Das größte Chaos hab ich hinter mir. Jetzt geht's schön der Reihe nach weiter - hoffe ich."

Und dann erzählte ich ihr alles, was passiert war. Es brach förmlich aus mir heraus. Ich redete und redete, erzählte von allem was mir auf der Seele lag, von meinen Gefühlen, von allem. Mir kam es wie eine Ewigkeit vor. Aber es tat so unendlich gut, alles zu erzählen. Jemandem, der mich wie sich selbst kannte und Verständnis hatte.

Regine hörte aufmerksam zu. Sie unterbrach mich nicht, ließ mich einfach reden. Dafür mochte ich sie so ungemein. Sie konnte zuhören wie sonst niemand, den ich kannte. Sie erfasste genau meine Not und war einfach für mich da.

Zwischendurch kamen ihre Kinder an und wollten, was Kinder eben so wollen. Vor allem Aufmerksamkeit. Auch und vor allem, wenn es einmal so rein gar nicht passte. Regine rief feldmarschallmäßig Steffen, ihren Mann und wies ihn an, die Kinder zu Bett zu bringen, sie könne jetzt nicht. Das war deutlich. Aber Steffen kannte uns „Mädels" und wusste sicher auch um meine Situation. Sonst stänkerte er mal rum, sie solle nicht so lange das Telefon blockieren, was aber immer nur Spaß war. Heute bestellte er nur kurz und leise Beileidswünsche, die Regine mir weitergab. Dann hörte ich ihn mit den Kindern nur noch leiser werdend diskutieren. Ich musste ein wenig lächeln, erinnerte mich das alles doch sehr an meine Kleine. Aber ich war auch dankbar. Dankbar für das Mitgefühl, für das Verständnis und dafür, dass diese beiden Freunde einfach für mich da waren, jeder auf seine Weise.

Wir telefonierten mehr als zwei Stunden, redeten über meine Eltern, meine Schwester, über Piet und auch über Bernhard, über Janine natürlich, über die bevorstehende Beerdigung und den Verkauf der beiden Autos. Zwischendurch schluchzte ich in den Hörer und Regine mühte sich, mich wieder aufzurichten. Sie war die Beste. Ihr konnte ich alles sagen, sie verstand mich auch ohne ein einziges Wort. Ja, wir konnten sogar miteinander schweigen und das hieß schon was.

Als ich ihr von Nadja erzählte, wie gut wir uns verstanden hatten, hörte meine Freundin mir nur am Anfang zu, schien zu überlegen. Den Namen Nadja Keller hätte sie schon mal gehört, sagte sie dann. Und irgendwie stünde er in enger Verbindung mit meiner Schwester, aber sie bekam nicht mehr zusammen, in welcher Form. Die beiden kannten sich, da war sich Regine sicher.

Ich widersprach heftig. Wenn die sich kennen würden, hätte Nadja mir das doch sicher erzählt, entgegnete ich aufgebracht, wollte das nicht hören, allerdings passte dazu, dass Henni sich offensichtlich erschreckt hatte, als Nadja bei meinem letzten Besuch im Krankenhaus zu stürzen schien, fiel mir ein. Ich schüttelte den Zweifel ab, vermutete ein kleines bisschen Eifersucht bei Regines Reaktion.

„Quatsch mit Soße! Du kannst befreundet sein mit wem du willst, das ist mir doch egal! Ich wollte Dich nur an dem teilhaben lassen, was ich weiß. Mehr nicht. Tut mir leid, wenn du das in den falschen Hals bekommen hast!" Regine schmollte ein bisschen. Das klang deutlich heraus.

Ich lenkte ein: „Entschuldige. War ja nicht so gemeint. Ich kann das nur nicht deuten. Wir haben uns so gut verstanden, uns alles erzählt. Warum sollte sie mir gerade sowas verschweigen?"
„Was hat sie dir denn so von sich erzählt?"
„Na, dass sie geschieden ist und sie sich um das gemeinsame Haus gestritten und regelrecht bekämpft haben."
„Wo steht denn das Haus?"
„Äh, keine Ahnung. Das hat sie nicht gesagt." Zweifel stiegen in mir auf.
„Hm. Kommt mir komisch vor. Vielleicht ist sie ja dein Maulwurf. Der Informant, der alles brühwarm Henni erzählt. - Aber ist ja egal. Alles nur spekulativ. Vielleicht fällt's mir ja wieder ein, woher ich den Namen kenne. Dann sag ich dir Bescheid. Machen wir's so?"
„Ja, gut."

„Oder-" Regine sprach langsam, Wort für Wort: „Oder – du – machst – einen – Test."
„Einen Test? Zum Beispiel?"
„Du hast doch morgen den Autohändler da, wegen dem Wohnmobil."
„Ja, und ?"
„Na, das Ding will deine Schwester doch unbedingt haben."
„J-a-a-a?"
„Dann erzähl das doch mal Nadja. Und vielleicht erlebst du dann eine Überraschung. Zumindest hättest du dann Gewissheit."
„Hm. Ich weiß nicht. Nur wegen eines Verdachtes?"

„Nenn es einen Zweifel. Aber willst du Henni Trümpfe in die Hand spielen oder willst du deine Ruhe vor ihr?"
„Naja."
„Du musst ja nicht. Ist ja nur so eine Idee. Vielleicht liege ich auch total falsch, ist doch alles möglich." Regine wiegelte ab.
„Ja, aber jetzt hast du mich doch ins Grübeln gebracht. Weißt du was? Ich mach's! Ich ruf Nadja an und dann gucken wir mal, was morgen, oder heute Nacht noch passiert. Könntest du dann morgen vielleicht herkommen? So als seelische Unterstützung?"
„Auch als körperliche, wenn du willst. Du weißt doch: 1,53m Jiu-Jitsu-Kampf-Bonsai!"

Regine lachte über ihren eigenen Witz. Ich stimmte in ihr Lachen ein, etwas zurückhaltender aber. Ich war mir nicht sicher mit dem Test, konnte und wollte nicht glauben, dass ich Nadja nicht vertrauen konnte. Was hatte ich ihr nicht alles erzählt?! Alles hatte ich ihr erzählt.

Ich wollte das Telefonat am liebsten gleich beenden, wollte mir nochmal in Ruhe Gedanken machen. Gedanken über den Vorwurf. Was konnte Nadja mit Henni zu tun haben? War sie am Ende tatsächlich der „Maulwurf", der mich meiner Schwester auslieferte?

Ich kam mir ein bisschen blöd vor bei dem Gedanken. Viel zu misstrauisch kam ich mir vor. Die ewige Zweiflerin. Aber ich wollte eben auch nicht gern auf's Kreuz gelegt werden.

Was hatte ich schon zu verlieren? Entweder Nadja steckte mit Henni unter einer Decke, dann würde Henni hier morgen bestimmt aufkreuzen, wenn das Wohnmobil verkauft werden sollte. Hatten die beiden nichts miteinander zu tun, würde Henni eben nicht herkommen. Eigentlich ganz einfach. Und wenn Regine da war, brauchte ich mir auch keine Sorgen machen, dass Henni - in welcher Form auch immer - verrücktspielen würde. Die hatte schon lange einen gehörigen Respekt vor dieser kleinen drahtigen Blondine. - Komisch, ich wusste eigentlich gar nicht, warum. Aber damals, als wir noch fast Kinder waren, hatte Henni erst immer über Regine gelästert, sie sogar geschubst und angepöbelt. Von einem Tag auf den anderen war das vorbei. Dann war Henni mit einem Mal sehr zurückhaltend Regine gegenüber. Ich habe aber nie hinterfragt, warum. Hm.

„Morgen um acht?", riss Regine mich aus meinen Gedanken.
„Acht? Nee, da sitze ich beim Bestatter. Sagen wir um neun, ja?"
„Gut, bis morgen dann. Tschauieee", flötete sie ins Telefon.
„Ja, tschüss, Süße. Grüß Steffen und die Kinder."
„Gemacht."

Eine Weile saß ich noch da mit dem Hörer in der Hand, hing meinen Gedanken nach. Nadja als Spitzel von meiner Schwester? Konnte das sein? Naja, wenn ich so überlegte, ich wusste wirklich nicht viel von ihr. Sie hingegen eine Menge von mir. Das war mir bislang gar nicht so aufgefallen. Nun fiel es mir auf. Nadja hatte mich wie ein Reporter ausgefragt. Über Henni, über das Erbe, über meine Eltern, über Janine. Sie wollte wissen, was ich als nächstes vorhatte, gab mir stets Ratschläge.

Sie war nicht eingeschnappt, wenn ich diese nicht befolgen wollte, dennoch bekam ich ständig neue. Das störte mich nicht übermäßig. Eigentlich war ich schon sehr froh, jemandem mein Herz auszuschütten. Dass alle Infos, die ich Nadja gab, auf den fruchtbaren Boden meiner Schwester gefallen sein könnten, der Zweifel kam mir bislang nicht. Dafür nagte er jetzt umso mehr an mir.

Da fiel mir ein, dass ich Nadja auch erzählt hatte, dass ich gestern zu meiner Nachbarin wollte, ihr Blumen bringen für die Hilfe, als ich im Wald lag. Das war meine Antwort auf eine SMS von ihr, nachdem mir im Gespräch mit Piet eingefallen war, dass ich Frau Svenson noch besuchen wollte. Nadja fragte mich, ob ich am Nachmittag zu Hause wäre, sie wollte mit mir auf dem Festnetz klönen, hatte ja eine Flatrate von ihrem Handy aus, das wusste ich. Ich antwortete mit Zeitangabe, wann ich zu Hause sein würde, weil ich ja noch zu meiner Nachbarin wollte. So wusste Nadja also, dass ich am Nachmittag nicht zu Hause sein würde - zu der Zeit, als Henni das Wohnmobil stahl...!

Ein ungutes Gefühl machte sich in mir breit. Dann ein vertrauter

Klingelton: Eine SMS war auf meinen Handy eingegangen, von Regine: „Ha, bin doch noch nicht verkalkt: Henni hat mir Nadja Keller vor drei Wochen beim Einkaufen als ihre beste Freundin vorgestellt. Sie sagte, sie kennen sich seit 15 Jahren! Also doch! Bis morgen, ich geh noch ein bisschen trainieren...LG, Regine."

Kaum, dass ich die SMS gelesen hatte und mit offenem Mund aufsah, klingelte mein Festnetzanschluss. Ich hob das Funktelefon hoch, im Display stand: „Nadja Keller"!

Kapitel 20

Einen Moment lang überlegte ich, nicht abzuheben. Doch dann holte ich einmal tief Luft und griff energisch zum Telefon.

„Hallo Nadja, gerade wollte ich Dich anrufen. Wie geht's dir?"
„Hi Tini, endlich erwische ich Dich mal! Du bist ja wohl nur noch unterwegs, wie?!"
„Naja, ich hatte eine Menge zu tun. Du glaubst gar nicht, was hier in der Zwischenzeit passiert ist!"
„Na, was denn?"

„Stell dir vor: Meine Schwester hat das Wohnmobil geklaut!"
„Na."

Euphorie war was anderes.

„Ja, und Manni war auch dabei!"
„Aha."

Wieder kaum eine Emotion herauszuhören.

„Ich bin mit einer Nachbarin hinterher gerast und wir konnten sie stellen. Die Polizei hat die beiden dann festgenommen! Ist das nicht der Hammer?! Dass es soweit kommen musste!"
„Ja, das ist ja krass." Nadja klang gelangweilt. „Aber war das nun nötig, das mit der Polizei?"
„Äh, ja, das war nötig! Und wie das nötig war! Die plündert hier noch das ganze Haus, wenn ich nicht eingreife. Und es kann ja wohl nicht sein, dass sie sich immer die Sahnestücke heraussucht und ich bleibe auf dem Müll sitzen! Außerdem hat sie die Erbschaft ja wohl ausgeschlagen, oder?! Also!"
„Trotzdem. Ich hätte meiner Schwester nicht die Polizei hinterher gejagt. Wie fühlt die sich denn dabei. Und so kommt Ihr beide bestimmt auf keinen grünen Zweig mehr miteinander!"

Ich stutzte. Nadja ergriff ja direkt Partei für Henni. Ich merkte, wie ich nicht nur das Gespräch mit Nadja führte, sondern gleichzeitig ihre Reaktionen beobachtete. Ich sondierte, tastete förmlich jede Regung, jedes Wort von ihr wie mit einem Radar ab. Und ich nahm Dinge wahr, die mir vorher nicht aufgefallen waren: Nadja war von der Information über den Diebstahl und die Sache mit der Polizei keineswegs überrascht. So wie sie sich verhielt, wusste sie das alles schon. Im Gegenteil: Sie versuchte mich davon zu überzeugen, dass ich mich falsch verhalten hatte.

Das passte sehr viel mehr zu Henni, als zu Nadja. Das wurde mir jetzt deutlich bewusst. Der anfänglich zarte Verdacht, das leise Zweifeln verhärtete sich: Es musste Henni dahinter stecken!

Und Regine hatte Recht! Ich konnte es kaum fassen. In meinem Kopf überschlugen sich die Ereignisse. Die Gedanken schlugen Purzelbäume, alles kreiste - ich musste mich hinsetzen! Vorher war ich in meiner Erregung im Wohnzimmer um den Esstisch marschiert. Jetzt wollte ich meine schwindenden Sinne schonen und meinen ohnehin schon strapazierten Körper auch. ‚Reiß Dich zusammen, es ist alles in Ordnung. Die Lawine rollt und diesmal bestimmst du die Richtung!'

In meinem Kopf dirigierte ein kleiner Feldmarschall. Und er duldete keinen Widerspruch.

„Tini? Ich hab Dich was gefragt!"
„Was? Oh, sorry, ich war kurz mit den Gedanken woanders."
„Ja, das habe ich gemerkt. Wo warst du denn? Hast du im Geiste deine Schwester im Knast besucht, ab jetzt jedes Weihnachten einmal?!"

Der Ton war gereizt, Nadjas Stimmung offenbar auch. Ich stutzte, hielt einen Moment inne.

„Äh - sag mal, hab ich dir irgendwas getan, Nadja?"

Wieder war es still in der Leitung. Wenn ich Nadja jetzt persönlich getroffen hatte oder sie wirklich böse auf mich war, hatte sie nun die Möglichkeit, mich anzuschreien oder laut drauflos zu meckern. War sie aber tatsächlich in Hennis Auftrag unterwegs, würde sie mich jetzt beschwichtigen und fragen, was ich als Nächstes vorhatte. Ich wartete gespannt ab. Sekundenlang hörte ich nur leises gleichmäßiges Atmen und leichtes Rascheln, als würde jemand gestikulieren. Dann plötzlich:

„Nein, Mann! Aber ich - ich fühle mich zurückgesetzt!"

Das kam leise trotzig von ihr - beschwichtigend.

„Als du noch im Krankenhaus warst, da haben wir uns endlos lange unterhalten, du konntest mit allem zu mir kommen, hast mir dein Herz ausgeschüttet. Da war ich gut genug. Doch kaum bist du wieder zu Hause, bin ich ebenso weit weg, wie ich vorher an dir dran war. Ich höre nichts mehr von dir, du meldest Dich nicht, und wenn ich Dich mal erreiche, erzählst du mir, wie toll du andere ans Messer geliefert hast. Da kommt doch wohl jeder ins Grübeln!"

„Du hast Recht. Es tut mir leid. Hier stürzten die Ereignisse auf mich ein, ich hatte keine Wahl. Ich musste handeln. Und wenn ich dann mal Ruhe hatte, war ich so k.o., dass ich sofort eingepennt bin. Es tut mir ehrlich leid, Nadja."

Ich hatte meine Stimme gesenkt und leise mit ihr gesprochen. Die Worte fielen mir leicht, doch sie kamen nicht aus meinem Herzen. Längst hatte sich mein Verdacht bestätigt. Ich hatte einen Maulwurf im System - und der hing gerade am anderen Ende der Leitung!

„Gut, Schwamm drüber. Und, was hast du als Nächstes vor?"

Warum überraschte mich die Frage nicht?!

Kapitel 21

Abends schnappte ich mir meinen Collageblock und schrieb:

„Gerade habe ich mit Nadja telefoniert. Ich fasse es nicht! Die hat mich die ganze Zeit benutzt! Jede Info, die sie von mir bekommen hat, hat sie brühwarm an Henni weitergegeben! Ich fühle mich so verkohlt, das ist kaum zu glauben. Wie konnte ich nur so blöd sein?! Hätte Regine mich nicht vorher ins Grübeln gebracht - mit ihr habe ich davor telefoniert -, ich wäre Nadja heute wieder auf den Leim gegangen.

Ich fühle mich so unglaublich schlecht! Mies! Hintergangen! Für dumm verkauft! Und es hat ja auch geklappt. Ich war so herrlich blöd, dass es schon gestunken haben muss!!!

Ich könnte durchdrehen vor Wut. Nur blöd, dass mir das auch nicht weiterhilft! Aber ich weiß jetzt, was ich tun muss: Ich werde mich wieder auf meine alten Freunde besinnen. Auf Regine nämlich. Die kommt morgen auch, wenn ich den Dings da habe wegen dem Mercedes und dem Wohnmobil. Gregor kommt vorher, aber der will nur noch einen Blick unter die Motorhaube werfen. An sich kennt er die Fahrzeuge ja schon, hat mir auch schon einen Tipp gegeben, was ich verlangen kann. Aber sicherheitshalber will er noch mal drauf gucken.

Und wenn morgen Henni bei mir aufschlägt, dann weiß ich, wem ich das zu verdanken habe. Dann bin ich zu 100% sicher! - Ja, ich geb's ja zu: Im Moment nagen denn doch noch kleine Zweifel an mir. Oder ist es vielleicht nur, weil ich unheimlich gern den Triumph hätte, dass ich doch Menschenkenntnis besitze, dass ich doch nicht reingelegt worden bin, dass Nadja doch ein feiner Kerl ist? Ach, das wär' schon schön, ja. Aber - hm, ich weiß nicht. Ich werde mich überraschen lassen und gucken, was morgen passiert. Jetzt muss ich erstmal schlafen. Schau 'n wir mal, ob das was wird. Ich bin noch viel zu wach. Hilft aber nichts. Also: Ab zu Bett!"

„Jawohl, Herr General!", sagte ich zu mir selbst und stand auf.

Albern, dass eine Frau von 43 Jahren noch Tagebuch führt. Ein bisschen schalt ich mit mir selbst. Aber noch alberner ist, mit sich selbst zu sprechen, dachte ich bei mir. Nee, am schlimmsten ist es wohl, Streitgespräche mit sich selbst zu führen. Dann wird's langsam kriminell.

Ich musste grinsen über meine Wortspielerei. Mein Kopf wollte einfach keine Ruhe geben. Gerade im Schlafzimmer angekommen, drehte ich um und ging zurück in die Küche. Aus dem Küchenschrank nahm ich mir die Flasche mit dem Beruhigungsmittel und zählte 20 Tropfen in mein Glas mit Wasser. Mit einem tiefen Schluck leerte ich das Glas, schüttelte mich von dem unangenehmen Geschmack und spülte das Glas noch kurz ab.

Dann ging ich zu Janine ins Zimmer. Meine Kleine schlief ruhig und selig. Gut sah sie aus, schon fast wieder wie immer. Dass die Beerdigung bevorstand, hatte ich ihr noch nicht erzählt. Ich wollte das so spät wie möglich tun, um sie nicht aus der Bahn zu werfen. Ein Tag vorher reichte, fand ich. Es würde auch so schlimm genug für sie werden.

Leise setzte ich mich auf den Stuhl an Janines Bett. Gedankenverloren strich ich ihr über das Haar und sah sie an. Ich hörte ihrem Atem zu. Das gleichmäßige Pusten ins Kopfkissen beruhigte ungemein. Vielleicht sollte ich hier schlafen, in Janines Zimmer, nahe bei meinem Kind. Hier auf dem Boden vor ihrem Bett, der große Läufer war einladend dick. Eine Wolldecke noch und fertig. Aber was, wenn sie nachts wach werden würde und über mich stolperte? Sie würde sich um mich sorgen, ich würde ihr die Sicherheit nehmen, die ich in den letzten Wochen krampfhaft zu vermitteln versuchte. Schlimmstenfalls würde ich Janine in ihren Grundfesten erschüttern.

Nein, das ging auf keinen Fall. Wenn ich eine Schulter zum Anlehnen bräuchte, dann hatte ich ja nun Piet. Er schrieb liebe SMS jeden Tag und wir telefonierten. „Jeden Tag" war schon eine Regel für mich, dabei hatten wir einander doch gerade mal einen Tag. Keine 24 Stunden waren wir zusammen.

Bei dem Gedanken an ihn huschte ein Lächeln über mein Gesicht und blieb dort.

Hach, Piet!

Lächelnd stand ich auf, streichelte Janine noch einmal über die Wange. Dann schnappte ich mir die Haustürschlüssel und verließ mit den Hunden die Wohnung zum letzten Gartengang. Einmal nach dem Rechten sehen - wie jeden Abend. Die Hunde lösten sich auf der Wiese und ich sah in den Sternenhimmel. Die Medizin begann zu wirken. Ich wurde ungewohnt schnell müde! Es wurde Zeit, dass ich ins Bett kam. So ging ich noch einmal kurz zur Voliere und leuchtete mit der Taschenlampe hinein. Leises verwirrtes Piepsen kam mir entgegen. Die meisten Vögel schliefen schon und wurden nun von dem Lichtstrahl meiner Lampe geblendet. Nymphensittich Hugo fing an zu schnalzen. Sein klassisches Erkennungsmerkmal. Immer, wenn ich im Dunkeln an die Voliere herantrat, schnalzte er. Üblicherweise schnalzte ich zurück. Dann er wieder, dann ich nochmal. Und dann blieb er bei. Er leierte dieses Geräusch im Sekundentakt herunter, wollte mich damit wohl vertreiben.

Ich mochte unser allabendliches Spielchen und ging dann auch. War ja ein gut erzogenes Vogelfrauchen...

„Gute Nacht, Hugo. Schlaf schön", sagte ich noch und pfiff dann nach den Hunden - wie jeden Abend...

Kapitel 22 – Mittwoch

Am nächsten Morgen brachte ich Janine mit dem Auto zur Schule. Einige der anderen Eltern, die ihre Kinder ebenfalls hinbrachten, nickten mir zu und Janines Klassenlehrerin ging ein paar Schritte auf mich zu, ihr Gesicht eben noch breit am Grinsen, in dem Moment als sie mich sah zu einer Trauermine verwandelt. Offenbar wollte sie mir ihr Mitgefühl aussprechen. Aber das wollte ich auf keinen Fall. Ich war noch nicht so weit, in einem Kreis von Bekannten über das Geschehene zu sprechen. Janine war ausgestiegen, schlug die Tür zu und schon trat ich aufs Gaspedal. Ich rauschte davon, vor jedem mitfühlenden Wort auf der Flucht.

Im Rückspiegel sah ich, wie meine Kleine zu ihrer Lehrerin ging und die sie zart in den Arm nahm. Da überkam mich das schlechte Gewissen. Musste mein Kind nun die Stärke und Tapferkeit beweisen, die ich nicht aufzubringen in der Lage war? Das war auch nicht in Ordnung. Ich würde mich dieser Situation stellen müssen.

Beim Bestatter ging alles recht sachlich ab. Er erklärte mir den zeitlichen Ablauf und die Gepflogenheiten, wann wer wohin Kränze oder Blumen ablegen dürfe. Wir einigten uns darauf, dass jeder seine Gaben vor dem eigentlichen Gottesdienst ablegen sollte, der Bestatter selbst würde anwesend sein, und die Dinge sorgsam und passend verteilen. Dann sollte eine Trauerrede gehalten werden, dies würde unser alter Pastor Mittmer tun. Den neuen Pastor Grundmann mochten meine Eltern nicht. Er konnte ja nichts für seine hohe Stimme, aber so war er auf einer Beerdigung schwer ernst zu nehmen. Zumal er sich auf der letzten Bestattung, die ich mitbekam, auch noch mit dem Vornamen des Toten vertan hatte und die ganze Zeit von einem Hans statt dem verstorbenen Walter sprach. Nein, dann doch lieber Pastor Mittmer. Das war besser.

Die Trauerrede sollte von einigen Liedern untermalt werden. Ich wählte von zwei Tenören zwei kirchliche Lieder aus, die die in ihr eigenes Repertoire übernommen hatten. Das klang schön, kirchlich eben und ein bisschen melancholisch. Dann noch ein Gebet und der Abgang. Ich vorweg mit Janine, dann Henni mit Familie und dann der Rest. Sofern meine Schwester sich überhaupt dazu herablassen würde, zur Beerdigung zu erscheinen, dachte ich bei mir. Im Grunde war es mir aber egal.

Die Zeitungsannoncen waren geschaltet. Sie waren heute in der örtlichen Presse erschienen. Ich hatte lange keine Zeitung gelesen, daher waren sie mir entgangen. Kein Problem, meinte der Bestatter und reichte mir seine Zeitung aufgeschlagen herüber.

„Plötzlich und unerwartet wurden uns unsere lieben Eltern, Schwiegereltern und Großeltern fortgerissen. Wir danken ihnen für die wunderbare Zeit, die wir mit ihnen teilen durften."

Das stand da.

Hatte ich das veranlasst?

Es passte ja von vorn bis hinten nicht?

Welche wunderbare Zeit denn?

Und danken? Wieso denn danken? Wofür denn bitte? Für eine verdorbene Kindheit? Für ein Leben voller Prügel, Strafe, Respektlosigkeit, Zwang, Rücksichtslosigkeit, Gefühlskälte und Unverständnis? Dafür auch noch danken?

Dankbar war ich allenfalls für meine Existenz. Und die wunderbare Zeit, die wir mit ihnen teilen durften, konnte ich auf insgesamt zwei Wochen runterreduzieren. - Aber gut, dafür war ich dann schon dankbar. Wollte ja nicht undankbar sein.

Unten drunter standen dann alle Namen, auch die von meiner liebreizenden Schwester samt Anhang. An der Stelle fragte ich dann doch einmal nach:

„Habe ich das veranlasst? Das mit den Namen meiner Schwester und so da unten?"
„Ja, das heißt nein. Also ich habe das selbst gemacht. Das wäre doch nicht schön gewesen, wenn Sie dort allein mit ihrem Kind

gestanden hätten. Außerdem habe ich einen Anruf erhalten."
„Einen Anruf?! Von wem?"
„Ihre Schwester - also, Ihre Schwester rief mich an und fragte, ob ich die Formalitäten erledigen würde. Und sie bat darum, dass sie und ihre Familie ebenfalls namentlich erwähnt werden sollten. Der Einheit wegen. Man wolle ja keinen Anlass für Gerede geben."
„Gerede?!"
„Ja, es geht ja wohl offenbar um nicht ganz wenig Geld bei Ihrem Erbe - so Ihre Schwester."

Ihm war das sichtlich unangenehm. In mir kroch Wut hoch. Aber nun war das Kind ja schon in den Brunnen gefallen. Ich hätte früher reagieren müssen. Hätte ich denn eine Ahnung gehabt.

„Herr Dunckel! Es wäre schön gewesen, Sie hätten mich informiert. Denn, da ich ja nicht zuletzt auch für Ihre Kosten aufkomme, hätte ich auch gern entschieden, wer in der von mir finanzierten Zeitungsannonce benannt wird! Und meine Schwester hätte ich darin nun wirklich nicht haben wollen. Die kann selbst eine Annonce schalten, wenn sie plötzlich ach wie traurig über den Verlust ihrer Eltern ist! Ich finde das unglaublich, dass Sie das hinter meinem Rücken getan haben!"

„Es tut mir leid, Frau Brodersen. Äh, apropos Rechnung: Hier bitte, meine bisherigen Auslagen. Wenn Sie das bitte noch vor dem Bestattungstermin begleichen könnten, wäre ich Ihnen sehr dankbar."

Mir entgleisten sämtliche Gesichtszüge. Doch statt auszurasten und herumzuschreien, fragte ich sanft:

„Sagen Sie, Herr Dunckel, ist es möglich, jetzt noch die Bestattung durch einen Ihrer Konkurrenten durchführen zu lassen?!"
„Äh, wie meinen?"
„Ich meine, dass mir so viel Unverfrorenheit noch selten begegnet ist! Sie sind wohl der Meinung, mit Trauernden alles machen zu können, wie?! Aber es tut mir schrecklich leid, dass ich immer noch Herr meiner Sinne bin und Sie können sicher sein, dass ich sowohl diese Auslagenberechnung als auch Ihre Endabrechnung aber genauestens prüfen und überprüfen lassen werde! Das ist ja wohl der Gipfel der Unverschämtheit!"

Damit rauschte ich heraus aus dem Büro von diesem unangenehmen Herrn Dunckel. Ich war sicher, dass das noch nicht das letzte Wort war, das ich mit ihm gewechselt haben würde. Ich war richtig in Rage und musste mich erstmal beruhigen, ehe ich mich hinters Steuer setzen konnte. So aufgebracht hätte ich womöglich noch einen Unfall gebaut.

In der Straße, in der ich mein Auto geparkt hatte, gab es außer einigen kleinen Ladengeschäften nur noch Einfamilienhäuser. Die Lage war gut, ruhig, kaum Durchgangsverkehr. Ich stopfte die Auslagenberechnung des dubiosen Herrn Dunckel in meine Jackentasche und marschierte wütend den Bürgersteig entlang, bis ich nach einer Weile zu schnaufen und der Puls in meinem Gips zu pochen begann. Dann bemühte ich mich, mein Tempo zu reduzieren.

Das Gespräch ging mir nicht aus dem Kopf. Woher wusste Henni überhaupt, welchen Bestatter ich beauftragt hatte? Und wieso war die überhaupt schon wieder in Freiheit? Naja, die größte kriminelle Handlung war es sicher nicht, ein Wohnmobil zu stehlen. Dann war schon eher Manni dran, weil er Staatseigentum demoliert und einen Fluchtversuch unternommen hatte. Aber beide waren nicht vorbestraft, glaubte ich, also gab es sicher nur irgendwann ein Gerichtsverfahren, aber keinen Anlass die beiden in Haft zu belassen. Obwohl - die Annonce war ja sicher schon vor dem Diebstahl in Auftrag gegeben worden. Also noch bevor die beiden Kontakt mit der Polizei hatten. Dann passte der Zeitablauf.

Dennoch: Woher wusste Henni, welchen Bestatter ich beauftragt hatte? Hatte ich Nadja davon erzählt? Hatte ich auch den Namen genannt? Ja, fiel es mir ein. Hatte ich. Ich hatte mich noch über die Sinnmäßigkeit amüsiert, ein Bestatter mit Namen Dunckel. Er hatte ja kaum einen anderen Beruf ergreifen können. Stimmt, nun fiel es mir wieder ein. Henni gegenüber hatte ich die Beerdigung mit keinem Wort erwähnt. Wir hatten ja auch nicht viele Worte gewechselt, seit ihrem ersten Diebstahlsversuch.

Ich wollte es genau wissen und rief Herrn Dunckel an. Ich konnte förmlich sehen, wie er zusammenzuckte, als ich meinen Namen nannte.

„Herr Dunckel, eine Frage noch: Hat meine Schwester erwähnt, woher sie weiß, dass Sie die Bestattung unserer Eltern regeln?"
„Ja, sie hat gesagt, Sie hätten es ihr erzählt."
„Das war gelogen. Gab es irgendeinen Hinweis dafür, dass sie mehrere Bestatter abgeklappert hat, ehe sie bei Ihnen anrief?"
„Nein. Wenn ich es recht bedenke, waren Ihre Worte: 'Meine Schwester hat mir gesagt, dass Sie die Bestattung meiner lieben verblichenen Eltern übernommen haben'."
Ich stöhnte bei der geschilderten Heuchelei leise auf.

„Danke Herr Dunckel, bis übermorgen!"

Er erwiderte irgendwas, aber ich legte ohne eine weitere Regung auf. Vielleicht sollte ich doch noch schnell den Bestatter wechseln. Aber war das sinnvoll? Ich überlegte kurz, verwarf den Gedanken dann aber wieder. Das war doch Unsinn. Der war schon eingeschüchtert genug, durch meinen Ausbruch, da war ich mir sicher. Seine Rechnung würde er sicherlich noch überarbeiten.

Ich fingerte das zerknüllte Blatt Papier aus meiner Tasche. Kurz überflog ich die Zeilen, blieb mit dem Blick an der voraussichtlichen Gesamtsumme hängen: 40.000,00 Euro wollte der Unmensch haben! Das war genau der Betrag, den Gregor mir schon mal vorab für die beiden Fahrzeuge genannt hatte. Oh jeh, das könnte eng werden. Nun bloß nicht die Nerven verlieren, dachte ich und atmete tief durch. Ich drehte um und ging den gleichen Weg zurück. Währenddessen nahm ich mir vor, unbedingt nochmal die Unterlagen meiner Eltern durchzusehen und nach den Bankkarten zu suchen. Ich brauchte einen Überblick über die Kontostände. Musste etwaige Guthaben ausfindig machen. Mit Chance würde das Geld, das ich für die Fahrzeuge bekäme, ja genau für die Beerdigung reichen. Wenn aber nicht, bräuchte ich ein Konto, von dem ich das Ganze zahlen könnte.

Das nahm ich mir als Aufgabe für den Nachmittag vor. Nun wurde es Zeit, dass ich nach Hause käme. Gregor sollte gleich kommen und Regine würde auch bald eintrudeln. - Und vielleicht noch der eine oder andere ungebetene Gast... Ich war auf alles vorbereitet! Sollte sie nur ruhig kommen, meine liebreizende Schwester! Im Geiste schob ich mir kampfbereit die Ärmel hoch und schlug mit der Faust der einen in die Fläche der andere Hand. Sollte sie nur kommen!

Kapitel 23

Zu Hause stand Gregor schon vor der Tür und lehnte eine Zigarette rauchend an der Hauswand. Ich fuhr an ihm vorbei nach unten auf den Hofplatz und gab ihm ein Zeichen, mir zu folgen. Unten parkte ich mein Auto so nah es ging am Gebüsch, um möglichst viel Platz für das Wohnmobil zu lassen. Als ich aus dem Wagen stieg, kam mir mein Freund schon entgegen.

„Na, nun wird's aber Zeit, meine Liebe. Wie geht's dir? Komm, lass Dich mal drücken. Bist bestimmt noch ziemlich durch den Wind, oder?"
„Geht schon. Ich hatte ja bisher noch kaum Zeit zum traurig sein."

Ich sank in seine Umarmung, machte mich aber bald wieder los und ging in Richtung Carport.

„Hier überschlagen sich die Ereignisse und ich muss so dermaßen viel regeln. Ich hatte ja nie eine Ahnung, was in so einer Situation auf einen einstürzt."
„Echt? Aber du bist ja nicht allein. Du hast ja noch eine Schwester."
„Hör mir bloß auf mit der!"
„Oh, wieso, irgendwas nicht in Ordnung?"
„Ihretwegen veranstalte ich den ganzen Zirkus hier. Madame hat lange Finger bekommen..."
„Was?!"
„Sie hat zweimal versucht, das Wohnmobil zu klauen! Hammer, oder?!"
„Das hätte ich nicht gedacht. Das hat die doch gar nicht nötig."
„Tja, man kann eben jedem nur vor den Kopf gucken, hat schon -", ich stockte, „hat mein Vater schon gesagt." Wortlose Traurigkeit überkam mich wie eine Welle und zog mich mit sich.

Gregor legte mir die Hand auf die Schulter.

„Ist schon gut, meine Kleine. Ist alles nicht so einfach im Moment, wie?"

Ich nickte stumm. Gregor nahm mir den Schlüssel aus der Hand, fragte kurz „darf ich?", wartete mein Nicken ab und schloss das Carport auf. Ich sammelte mich, schüttelte mich wie nach einem Glas Korn und mühte mich, jedenfalls wach zu gucken.

Gregor zog das Tor zur Seite und schloss das Wohnmobil auf. Hinter ihm kletterte ich hinein und setzte mich auf den Beifahrersitz. Als hätte er nie etwas anderes getan, fuhr mein Kfz-Mechaniker das Gefährt auf den Hof und wendete es dann auf dem Hofplatz. Ich sah mit großen Augen zu.

„Das hat mein Vater nie hinbekommen. Der ist immer rückwärts die Auffahrt raufgefahren."
„Tja, entweder man kann's oder man kann's eben nicht..."
Stolz hob Gregor den Kopf. Nicht, dass er meine Anerkennung nötig gehabt hätte, aber er genoss sie dennoch.
„Wir wollen das gute Stück doch richtig präsentieren, nicht wahr?"

Dann verstummte der Motor, Gregor zog die Handbremse, betätigte einen Hebel, der die Motorhaube ein Stück aufspringen ließ und reichte mir die Schlüssel. Wie ein artiges Kind folgte ich ihm aus dem Fahrzeug und tippelte hinter ihm her zur Vorderseite des Wohnmobils. Gregor öffnete die Motorhaube, hakte sie ein und trat einen kleinen Schritt zurück. Die Hände in die Hüften gestemmt ließ er seinen Blick über die dunklen Innereien gleiten, stoppte mal hier und mal da. Dann beugte er sich vor und rüttelte mal leicht an dem einen Schlauch, mal an dem anderen. Er las den Ölstand ab und prüfte das Kühlwasser. Er öffnete Fächer, von denen ich nicht mal ahnte, dass man sie öffnen konnte. Für mich war so ein Auto-Innenleben ein Buch mit sieben Siegeln. Und wenn man von was keine Ahnung hat, lässt man ja in der Regel am liebsten alles unberührt. So hielt ich mich zwar neben Gregor auf, wich aber bei jedem Näherkommen von ihm zurück, um den Fachmann nicht bei seiner Arbeit zu stören.

Ich hasste dieses Ehrfürchtige an mir. Es war wie Duckmäusern, plötzlich wurde ich ganz klein, zog den Kopf zwischen die Schultern und war auf einmal unsicher wie ein Schulkind. Das war das Verhalten, das meine Mutter mir beigebracht hatte: Nur ja nie im Vordergrund stehen. Sich immer schnell zurückziehen, wenn jemand erscheint, der wichtiger war als man selbst. Wichtigere Menschen sind solche, die studiert haben. Ich hatte oft Sorge, meine Mutter würde sich noch vor Ehrfurcht vor einem ihrer Meinung nach wichtigen Menschen in die Hose machen, so sehr übertrieben verhielt sie sich. Und ich hatte oft Gelegenheit, das zu beobachten, wohnte doch jahrzehntelang ein Kinderarzt im Haus neben uns. Meine Mutter suchte gleichzeitig den Kontakt zu ihm, um durch ihn für andere wichtiger zu erscheinen, während sie sich in seiner Gegenwart klein machte und wie ein junger Hund unterwarf. Eine mehr als merkwürdige Anziehung war das.

Darüber hinaus machte sie sehr deutlich, dass ein Studierter in ihren Augen mehr wert war als jeder Normalo, auch und insbesondere als ihre eigenen Kinder. Ich bin mir sicher, hätten wir in einer Schlange irgendwo angestanden und unser Nachbar hätte sich hinter uns angestellt, meine Mutter hätte mich auf der Stelle zur Seite gerissen und Dr. Reib vorgelassen. Ohne auch nur einen Moment an mich zu denken. Ich wäre im Weg gewesen und sie hätte die Macht gehabt, mich aus dem Weg zu schaffen. Also hätte sie es getan – ohne mit der Wimper zu zucken!

Das war furchtbar damals. Es war ja nicht die einzige Demütigung dieser oder ähnlicher Art, die meine Schwester und ich als Kinder erfuhren. Regelmäßig fiel sie uns ins Wort, wenn wir Kinder versuchten, einem Erwachsenen etwas zu erzählen. Das war völlig normal für sie. Bis kurz vor ihrem Tod hörte sie mir nicht zu. Ich konnte beim Sprechen direkt sehen, wie sie in ihrem Kopf nach dem nächsten Thema für diese Unterhaltung suchte, um nicht auf mein nächstes Argument eingehen zu müssen. Sie hatte meine Worte dann auch offensichtlich gar nicht gehört, wartete nur, bis ich zu Ende gesprochen hatte, um dann mit einem völlig anderen Thema aufzuwarten.

Gregor legte sich unter das Wohnmobil und schob sich mal nach links und mal nach rechts. Ich sah ihm zu, doch schon schweiften meine Gedanken wieder ab. Ob ich wohl die Beerdigung finanzieren konnte? Ob meine Eltern was gespart hatten? Ich hatte darüber ja keine Informationen. Meine Eltern hatten über sowas nicht mit mir gesprochen. Mein Sparbuch fiel mir ein. Mein Sparbuch, auf das ich mein Geld von meiner Konfirmation eingezahlt hatte. Wut kam in mir hoch. Dieses Sparbuch hatte meine Mutter verwahrt - ja, und wie sie es verwahrt hat! Wie über ihr eigenes Geld hat sie darüber verfügt!

Damals war ich 13. Ich wurde konfirmiert, nachdem meine Mutter mir ein Jahr lang den Besuch unseres Reitstalls verboten hatte. Ich sollte ja unbedingt besonders gut sein im Konfirmandenunterricht und mich voll darauf konzentrieren. Ich hätte beides geschafft, da war ich mir sicher. Aber für meine Mutter war es eine willkommene Gelegenheit, mich zu quälen und zu unterdrücken. Anders war diese Gemeinheit nicht zu erklären. Sie nahm mir alles, was ich liebte: Die Pferde, meine Fluchtmöglichkeit, mein eigentliches Leben - Mein „Auf-Leben". Ich wurde melancholisch, unendlich traurig. Das alles war meiner Mutter egal. Ich wurde konfirmiert und sie war in ihrem Element: Sie hatte mich ja soweit unter Kontrolle bekommen, dass ich tun musste, was sie sagte und mich in ihrer hochheiligen Kirche vorne hinstellen musste, dass jeder mich sehen konnte. Meine Mutter musste geplatzt sein vor Stolz. „Seht her! Das ist mein Kind! Das habe ich geschafft!" Ich konnte ihre Gedanken nicht nachvollziehen, zu verworren waren sie für mein Begreifen.

Eines hat sie aber gut gemacht: Es kamen viele Leute zu meiner Konfirmation, so bekam ich auch recht viel Geld zusammen: 1.100,00 DM waren es damals. Ich freute mich und legte es an, damit ich mit 18 was davon hätte (nämlich so schnell wie möglich ausziehen, dass brannte sich damals schon in mein Gehirn). Dann kam der Umzug in die Stadt, Hals über Kopf, in einer Nacht- und Nebel-Aktion. Die Zeit danach war schrecklich. Ein Selbstmordversuch, einmal weggelaufen, Melancholie, Depression. Ich war fertig mit der Welt. An mein Sparbuch dachte ich wirklich nicht mehr. Ganz im Gegensatz zu meiner Mutter...

Mit 19 wollte ich endlich ausziehen. Da fiel mir mein „Konfer-

Geld" wieder ein und ich fragte meine Mutter nach dem Sparbuch. Sie antwortete, sie wisse nicht, wo es sei. Ich müsse es verlegt haben.

Mir kam das schon komisch vor. Ich war mir doch sicher, dass ich das Sparbuch nicht aufgelöst hatte, also musste es auch noch irgendwo existieren. Ich fragte bei der Bank nach. Die sagten mir, sie könnten mir eine Zweitschrift ausfertigen. Also quasi eine exakte Kopie, in der auch sämtliche Zahlungsein- und -ausgänge aufgeführt waren. Dies war mir im Prinzip ja egal. Ich wollte ja nur das Geld haben.

Die Kopie, die ich dann bekam, war mehr als aufschlussreich. Dann war ich doch froh, dass die ganzen Kontoaktivitäten der vergangenen Jahre aufgeführt waren. Denn von diesem Konto war immer fleißig Geld abgehoben worden und nach einiger Zeit die gleiche Summe wieder eingezahlt worden. So waren mit natürlich sämtliche Zinsen verloren gegangen, aber immerhin war die eingezahlte Summe die gleiche. Ich frage bei der Bankangestellten nach, wer denn da Geld abgehoben haben konnte, es stand ja mein Name als Kontoinhaber da. Die junge Dame erklärte mir, dass ein Sparbuch ein Inhaberpapier sei, genau wie ein Lottoschein. Wer es in Händen hält, kann darüber verfügen.

Alles klar. Also konnte es nur meine Mutter gewesen sein. Maßlos enttäuscht ließ ich mir das ganze Geld auszahlen und das Konto löschen. Ich zahlte das Geld auf mein Girokonto ein und ging mit dem als ungültig gekennzeichneten Sparbuch zu meiner Mutter.

„Mein Gott, das war 'ne harte Zeit damals. Ich brauchte das Geld!"
„Der Gedanke, mich mal zu fragen, ist dir aber nicht gekommen, wie?"
„Nun mach aber mal 'nen Punkt. Wem hast du das Geld denn zu verdanken? Das war ja wohl ich, oder was?! Und wenn uns dann das Wasser bis zum Hals steht, kann ich ja wohl mal da bei gehen. Ich hab schließlich alles wieder eingezahlt!"
„Super, Mama. Nur die Zinsen, die sind mir dabei leider flöten gegangen. Vielen Dank!"
„Die paar Mark. Das hätte sich ohnehin nicht gelohnt. Sei doch

froh, dass das Geld noch da ist, was ich eingezahlt habe. Das ist doch wohl auch nicht wenig. Und jetzt lass mich in Ruhe, ich habe zu arbeiten!"

So wurde ich damals abgecancelt. Richtig dumm stehen gelassen. Ich sollte doch froh sein! Das war so eine Gemeinheit. Ich war unglaublich enttäuscht. Bestohlen von der eigenen Mutter. Das glaubt einem doch keiner. Naja, außer Regine. Die glaubte mir. Mann, war ich froh, dass es sie gab. Damals wie heute.

Unwillkürlich musste ich lächeln, den Blick gedankenverloren auf Gregors wackelnde Füße gerichtet.

„Nee, alles bestens, Tini. Den kannst du mit gutem Gewissen verkaufen. Ist wie neu."

Gregor kam unter dem Wohnmobil hervor, rieb sich die schmutzigen Hände an seiner Arbeitshose ab und klappte die Motorhaube herunter.

„Dein Käufer kann kommen."
„Schon da", kam es von der Auffahrt herunter.

Piet in Begleitung eines älteren Herrn bog um die Ecke und kam auf uns zu. Beim Anblick meines Freundes strahlte ich. Alle Erinnerungen und bösen Gedanken verflogen und mein Herz begann, laut zu pochen.

Hach Piet!

Kapitel 24

„Bin ich zu spät?", kam es rufend von der Auffahrt herunter.

Piet und sein Vater fuhren herum. Im ersten Moment erschrak ich, doch dann erkannte ich die Stimme: Es war Regine! Schnaufend lief sie zu uns, rief Hallo in die Runde und flitzte dann zu mir. Wir umarmten uns und für einen Moment kamen mir die Tränen. Ich holte tief Luft und machte mich von meiner Freundin los. Lächelnd stellte ich sie den anderen vor. Piet stellte seinen Vater vor als Reimund Callsen.

„Reimund und du ist in Ordnung, wenn ich die anderen auch duzen darf."

Einstimmiges Nicken in der ganzen Runde. Reimund hatte ein unwahrscheinlich gewinnendes Lächeln. Ich fand ihn auf Anhieb sympathisch. Piet kam zu mir und legte seinen Arm um meine Hüfte. Ich drehte mich zu ihm hin und gab ihm einen Kuss. Nicht flüchtig, aber auch nicht intensiv. Mehr wäre mir in Gegenwart der anderen und vor allem vor dem Vater meines Angebeteten unangenehm gewesen. So war es ein „Wir-sind-schon-20-Jahre-verheiratet-Kuss". Piet lächelte mich verständnisvoll an und ich erwiderte sein Lächeln. Ich liebte dieses Mit-Blicken-Verstehen zwischen uns.

Zusammen gingen wir zu dem Wohnmobil. Gregor übernahm ganz selbstverständlich die Verkaufsverhandlungen. Die beiden Männer fachsimpelten und wurden zwischendurch direkt laut. Ich bekam ein bisschen Angst, dass alles aus dem Ruder liefe. Piet sah mein sorgenvolles Gesicht, bedeutete mir aber, abzuwarten und cool zu bleiben.

„Also gut, du Halsabschneider. Ist ja für die junge Dame da. Dir hätte ich für das Ding nicht halb so viel gegeben!"
„Sabbel' nicht. 55.000 haben wir gesagt?"
„Was?! 50.000 und ich nehme den Mercedes auch mit. Sonst kannst du dir das Teil an die Wand hängen und 'nen Rahmen drum machen!"

„Also 55.000 und den Unfaller mit dabei, habe ich doch richtig verstanden, oder? Habt Ihr doch auch gehört, oder?" Gregor fragte in die Richtung von uns beiden nicht annähernd fachkundigen Frauen und den Sohn seines Verkaufspartners wie in die Runde von Profiautoverkäufern. Wir Laien und Befangene nickten bestimmt lächelnd zurück.

„Also gut!", stöhnte Reimund. „Ich nehme sie alle beide für 55.000!"

Theatralisch ließ er den Kopf hängen, zückte das Scheckbuch und schrieb einen Scheck aus. Den gab er mir und ich guckte prüfend drauf: 55.555,55 Euro stand da! Ich stutzte und sah Reimund mit offenem Mund an.

„Das ist die Provision für Deinen Händler. Da habt Ihr ein gutes Geschäft gemacht, jetzt bin ich pleite. Piet, kannst du mich nach Hause fahren? Ich habe keinen müden Taler mehr für den Sprit!"

Gregor grinste und flüsterte mir zu. „Gib mir 20,00 € für den Sprit, dann sind wir quitt."

Dann grinste er breit und klopfte Reimund auf die Schultern.

„Komm, mein Freund, wir fahren deine beiden neuen Errungenschaften nach Hause. Wollen wir das junge Glück mal nicht stören."
„Und wer holt dein Auto, Gregor?"
„Das kann Mischa nachher machen. Kein Problem."

Am Ende fuhr Piet mit seinem Wagen nach Hause, Gregor nahm den Mercedes auf seinen Abschleppwagen und Reimund zuckelte mit dem Wohnmobil hinterher.

„Sag mal: Das ist ja glattgelaufen, ganz ohne unangenehme Störungen. Hast du dir das mit dem „Test" doch anders überlegt?", fragte mich Regine, als wir dann auf meiner Terrasse saßen, Kaffee tranken und uns die Sonne ins Gesicht scheinen ließen.

Es war ein herrliches Fleckchen Erde, dass mein Vater mir da vor Jahren angelegt hatte. Ich hatte einen wunderbaren Blick über die Ostsee hinweg bis nach Dänemark. Dennoch war die Terrasse von außen fast uneinsehbar. Große Büsche und Rosen rankten sich um den hölzernen Windschutz herum und gaben einen wunderbar duftenden und dichten Sichtschutz. Ich liebte diesen Platz. Im Sommer war ich mit Janine täglich hier. Wir aßen dort zu Mittag, ließen die Hunde im Garten spielen, ich saß auf der Gartenbank und las oder naschte Erdbeeren aus dem Beet rings um die Terrassenplatten herum. Das war mein zweites Wohnzimmer.

Mit geschlossenen Augen antwortete ich: „Nee, wieso, wie spät ist es denn?"

„10:50 Uhr."
„Ja, dann sollten sie bald kommen."
„Und wieso bist du dann so relaxed?"

Ich richtete mich auf und blinzelte, von der Sonne geblendet, meine Freundin spitzbübisch an.

„Na, ich habe Nadja, die natürlich rein zufällig gestern Abend noch anrief, gesagt, dass ich den Käufer um 11:00 Uhr hier haben werde."
„11:00 Uhr – Ihr wart doch für 10:00 Uhr verabredet?"
„Na hoppla. Kleiner Versprecher. Aber nee, ich wollte sie wirklich nicht hier haben, wenn der Verkauf über die Bühne gehen soll. So kann ich in Ruhe abwarten, ob sie hier auftaucht. Dann habe ich meine Bestätigung, aber stressfreier."
„Und dadurch, dass du die Hunde in der Wohnung gelassen hast, hörst du auch gleich am Gebell, wenn sie kommen, richtig?"
„Ja, genau. Außerdem hat Henni nach dem letzten Vorfall sicher eine Heiden-Angst vor meinen kleinen Hündchen...", ich grinste breit.

Regine und ich lachten herzhaft und lehnten uns wieder zurück. Maisonne war doch die schönste Sonne von allen...

Dann plötzlich lautes Bellen aus meiner Wohnung. Wir schraken hoch, versteckten uns aber sofort wieder hinter den Rosen. Eine Weile geschah gar nichts. Das Bellen nahm ab. Regine und ich sahen uns fragend an. Dann schwoll das Hundegebell wieder an und Henni marschierte donnernd die Auffahrt herunter. Noch ehe sie um die Ecke zum Hofplatz herum war, begann sie laut loszupoltern:

„Das kommt ja wohl gar nicht in Frage, dass hier die Fahrzeuge verkauft werden, ohne dass ich-"

Dann bemerkte sie, dass sie allein war. Auch der leere Hofplatz fiel ihr auf. Ihr Blick fiel auf meinen Kleinwagen, der am Gebüsch geparkt war. Regine und ich wagten kaum zu atmen. Henni ging sichtlich verwirrt über den Hofplatz, zielstrebig zum Carport. Sie zog das Tor auf, ich hatte es nicht verriegelt. Das schwere Holztor rollte von allein weiter auf, als Henni dies wohl geplant hatte. Das Geräusch war das einzige, was zu hören war. Nicht mal meine Vögel in der Voliere nebenan, rührten sich mehr. Henni war ganz offensichtlich mehr als überrascht. Dann zog sie ihr Handy aus der Brusttasche und wählte.

„Komm runter, hier ist keiner. Weiß der Geier, wo die sind. Die Köter sind da aber die Autos nicht!"

Regine sah mich an. Ich konnte förmlich ihre Gedanken lesen: 'Jetzt kommt Nadja um die Ecke, wetten?' Ein wenig zweifelte ich noch, wirkte nicht ganz so überzeugt, wie Regine. Doch dann hörte ich Schritte. Mir sackte das Herz in die Hose.

„Wie keiner da?"

Es war tatsächlich Nadja!

„Ja, oder siehst du hier jemanden?!"

Nadja sah sich um. Regine und ich duckten uns.

„Nee. Ist ja aber auch egal. Aber wo ist das Wohnmobil? Und der Mercedes war oben auch nicht an seinem Platz."

„Das frage ich Dich, meine Liebe! Wer hatte denn die tolle Information mit dem Verkauf heute?!"

„Ich hab das eins zu eins wiedergegeben. Um 11:00 Uhr wird verkauft, hat Tini gesagt. Also entweder kommen die später oder alles ist schon gelaufen."

„Nee, wie schlau! Später? Wozu denn? Ist ja kein Auto mehr da. Mensch, die haben alles schon abgewickelt und Dich dumm sterben lassen. Seid wohl doch keine so dicken Freunde, meine kleine Schnorrer-Schwester und du, wie? Ausgebotet hat sie Dich! Ist wieder dicke mit ihren alten Freunden. Naja, Dich kann man ja auch schnell ersetzen!"

„Hey, nun mach aber mal 'nen Punkt! Wer hat Dich denn die ganze Zeit mit Informationen gefüttert? Wenn ich so einfach zu ersetzen bin, kannste dir ja einen neuen Spitzel suchen. Mir ist das sowieso zu wenig, 50.000,00 Euro, für die ganze Arbeit und das ganze Geheuchel! Such dir doch 'ne andere Blöde! - Was ist überhaupt mit dem Geld? Bekomme ich das auch irgendwann mal oder ist das auch nur heiße Luft gewesen?!"

Henni überlegte kurz, dann dieser gerissene Blick in ihren Augen, den ich schon als Kind gehasst habe. Den setzte sie immer auf, wenn sie eine Strafe von sich abwenden wollte, indem sie mich als Prügelknabe hinstellte. Ich erkannte den Blick genau. Als Kind zuckte ich davor zusammen. Jetzt keimte Wut in mir auf und ich wollte schon aus meinem Versteck hervortreten um meiner Schwester die Meinung zu sagen. Doch Regine packte mich am Arm und zog mich wieder zu sich herunter. Sie bedeutete mir unmissverständlich, still und vor allem hier zu bleiben.

„Nimm doch den Gelben da mit. Der ist 10.000 wert. Auf bekommst du ihn ja wohl, oder?!"

Nadja fuhr herum, taxierte mein Auto. Sie ging drei Schritte darauf zu. Mein Herz begann zu pochen. So viel kriminelle Energie hatte ich weder Henni noch Nadja zugetraut. Jetzt war ich nicht mehr so sicher. Hätte ich nur Piet nicht weggeschickt. Allein mit Regine gegen zwei Autodiebinnen, wenn auch die eine nur bedingt erfolgreich war? Allein gegen miese Intriganten und Kriminelle?

„Quatsch, der ist keine 10.000 wert. Der ist ja nicht mehr neu. Der bringt keine 5.000 mehr. Vergiss es, ich will Kohle sehen! Wie du das machst, ist mir egal. In einer Woche habe ich mein Geld, sonst bist du geliefert!"

Nadja machte auf dem Absatz kehrt und stampfte wütend die Auffahrt hinauf. Henni blieb allein zurück. Zwar auch wütend, aber deutlich weniger impulsiv. Mehr hilflos, richtig entmutigt sah sie aus. Sie zog das Tor vom Carport wieder zu und sah sich dann auf dem Hof um. Sie ging auf meine Vögel zu, die verschreckt in den hinteren Teil der Voliere flogen und in ihrem Versteck verschwanden. Henni zog leicht an dem Vorhängeschloss. Mir gefror das Herz. Aber offenbar hatte ich wie immer abgeschlossen. Ich wusste nicht, zu was meine Schwester jetzt fähig war, geschweige denn, was sie vorhaben könnte.

Dann wandte sie sich von den Tieren ab und ging langsam auf mein Auto zu. Sie fuhr mit den Fingern sacht über den Lack, zog an dem Griff der Fahrertür, auch verriegelt. Dann ging sie einen Schritt zurück, zog ihren eigenen Schlüsselbund aus der Hosentasche und sortierte sich einen Schlüssel ohne hinzusehen in die Hand. Sie hielt ihn wie ein Messer und ging, den Schlüssel vor sich haltend, auf mein Auto zu. Sie streckte die Hand nach vorn, wollte gerade den Schlüssel auf den Lack aufsetzen, als Regine wie aus dem Nichts laut und betont deutlich Wort für Wort sagte:

„Na, das würde ich aber mal lassen!"

Henni zuckte zusammen und fuhr herum. Sie suchte die Stelle, wo die ihr allzu bekannte Stimme herkam. Regine bedeutete mir, in meinem Versteck zu bleiben und mich nicht zu rühren. Scheinbar gelassen mit den Händen in den Hosentaschen schlenderte die kleine zierliche Person um die Büsche herum und kam auf die sie um mindestens einen Kopf und locker das Dreifache an Gewicht überragende Henni zu. Sie mit dem Blick taxierend und Schritt für Schritt weiter auf sie zugehend redete sie ruhig weiter.

„Weißt du noch? Damals? Als wir alle noch Kinder waren?"

Henni nickte schwitzend und steckte hastig die Schlüssel in ihre Hosentasche. Sie wollte weglaufen, aber Regine war schneller, trat ihr mit raschen Schritten in den Weg und blockierte den einzigen Ausweg.

„Da hattest du ein Problem mit mir. Weißt du noch? Wir haben das dann ausdiskutiert, du und ich. Kannst du Dich erinnern? Ja, das kannst du, nicht wahr? Aber hilf mir mal: Zu welchem Ergebnis waren wir dabei doch gleich noch gekommen?"

„Äh, dass ich dir aus dem Weg gehen werde, wann immer ich Dich sehe?" stammelte Henni.

Ich beobachtete die Situation gespannt und hatte in dem Augenblick tatsächlich Sorge, sie würde sich gleich in die Hosen machen vor Angst. Und ein bisschen belustigte mich das Ganze auch.

„Ja, das war das eine. Und das andere, was war das noch?" Regine begann, in Boxermanier ihre Ärmel hochzukrempeln.

„Das - das war, dass - dass ich Tini in Ruhe lassen würde."

„Ah, ja, genau." Regine lächelte oberlehrermäßig. „Und hatten wir dafür eine zeitliche Begrenzung gesetzt?"

„Nein, Regine, hatten wir nicht. Hatten wir nicht." Henni lief der Schweiß die Stirn herunter - in ihrer Nähe stehen wollte ich nun nicht. Denn ich wusste, mit dem Schwitzen kam bei ihr der Geruch. Das ging immer Hand in Hand...

Der Hofplatz war rundherum bewachsen, so war es wie ein Tal, das sämtliche Geräusche verstärkte, deshalb konnte ich trotz mehrerer Meter Entfernung jedes Wort verstehen. Früher habe ich das gehasst, dass ich immer mithören musste, wenn jemand sich auf dem Hof unterhielt, auch wenn es die Nachbarn auf ihrem Hof waren. Aber in diesem Moment war ich dankbar dafür, denn ich hörte alles, obgleich Regine und Henni nicht besonders laut redeten. Wobei „Reden" eine nicht ganz treffende Beschreibung war. Mehr war es ein Maßregeln von Regine. Die mit Henni wie mit einem kleinen Kind sprach. Ich amüsierte mich und lauschte weiter. War das schön, einmal Mäuschen spielen zu können und so langsam wurde mir auch klar, warum meine Schwester damals plötzlich so nett zu Regine war. So von einem Tag auf den anderen.

„Dann, liebe Henni, weiß ich wirklich nicht -" Regine stoppte kurz und sah in meine Richtung, nickte und ich stand auf. Henni fuhr herum, erblickte mich und war sichtlich entsetzt. Sie guckte ängstlich von einer zur anderen.

„Dann weiß ich wirklich nicht, was zum Teufel du hier noch machst!!"

Henni sah angsterfüllt auf die kleine zarte Regine herunter. Die Schweißperlen rannen ihr über das Gesicht, auf ihrem Rücken hatte sich ein großer nasser Fleck gebildet, die Haare klebten an ihrem Nacken und sie zitterte. Ja, sie zitterte. Die große starke Henni zitterte vor meiner kleinen Jiu-Jitsu-Kampf-Bonsai-Freundin! Das allein war schon ein innerer Reichsparteitag für mich.

„Hau ab! Und lass Dich ja nicht mehr hier blicken!", schrie Regine sie unvermittelt laut an.

Und Henni rannte wie ein Wiesel, ein dickes Wiesel, aber sie rannte so schnell sie eben konnte, die Auffahrt hinauf. Ich kam aus meinem Versteck hervor und fiel meiner Freundin um den Hals. Freudentränen rannen mir über die Wangen. Erleichterung breitete sich in mir aus. Ich lächelte, als meine Freundin mich auf Abstand brachte und sagte:

„Die bist du los - erstmal!"

Fröhlich singend gingen wir Arm in Arm ins Haus und holten die Hunde heraus. Wir spielten mit ihnen und es war, als wäre nichts gewesen, als wäre alles wie immer. Später spielten wir Boule und aßen Grillfleisch und Salat mit Janine, als sie aus der Schule kam. Mein Tsatsiki, das es zum Grillen immer gab, war weltberühmt. So konnte uns zwar keiner mehr riechen, aber an diesem Tag war mir das schnuppe. Ich war einfach nur froh und erleichtert. Alles war gut gegangen. Mehr Geld als erwartet hatte ich für die Autos bekommen und meine Schwester war auch vorläufig kuriert. Nadja war aufgeflogen, ich hatte den Maulwurf aus meinem System verbannt. Sie wusste es nur noch nicht. Aber sie konnte keinen Schaden mehr anrichten.

Jetzt konnte ich nach vorne sehen und mich auch so zwischendurch mal um mich selber kümmern. - Und um meine Freunde und mein Kind. Ein herrliches Gefühl.

Kapitel 25

Abends telefonierte ich mit Piet und erzählte ihm alles. Er ging mit jeder Neuigkeit emotional mit und fragte, ob er noch vorbeikommen sollte. Ich lehnte traurig ab, aber ich wollte früh zu Bett und am nächsten Morgen nochmal in die Wohnung meiner Eltern, um mir einen Überblick über die Bankkonten und die jeweiligen Haben- oder Soll-Kontostände zu verschaffen. Eigentlich hätte ich auch gern ein Bad genommen, wie ich es hin und wieder tat, wenn meine Eltern verreist waren. Sie hatten eine XXL-Badewanne, in der auch vier Personen gleichzeitig baden konnten – meine Schwester hatte es in ihrer Pubertät mal ausprobiert, dummerweise wurde sie von unseren Eltern erwischt und die waren wirklich „not amused". Ich habe einen solchen Versuch dann lieber nicht unternommen, genoss es aber hin und wieder, allein in der Wanne im heißen Wasser zu liegen und zu relaxen. In meiner Wohnung war nur eine Dusche, keine Wanne. Aber unter den jetzigen Umständen hatte ich nicht die Hoffnung, mich in der Wanne meiner Eltern erholen zu können. Dann schon lieber früh zu Bett. Für den nächsten Tag hatte ich mir einiges vorgenommen.

So verabschiedete ich meinen Freund mit zärtlichen Worten und gehauchten Küssen am Telefon und ging in die Küche, um meine Beruhigungstropfen zu nehmen. Denn ohne diese würde ich sicher nicht in den Schlaf finden. Anschließend ließ ich nochmal die Hunde in den Garten, sah nach den Vögeln und hörte den Grillen bei ihrem Mehrstimmenkonzert zu. Über meinen Kopf sausten die Fledermäuse und der Mond war auch schon zu sehen. Wie lauter alte Bekannte hatten sie eine beruhigende Wirkung auf mich. Ich pfiff die Hunde heran und wir gingen wieder hinein. Drinnen nahm ich meinen lieben Vierbeinern die Halsbänder ab und streichelte jedem liebevoll über den Kopf. Ebby knurrte, weil sie eben immer knurrte, ob sie spielen wollte oder schlafen, in Ruhe gelassen oder gestreichelt werden. Joy drückte ihren Kopf in meine offene Hand und leckte mir über die Handfläche.

Dann ging ich zu Janine ins Zimmer. Sie schlief, atmete in

regelmäßigen Zügen, wirkte zufrieden. Alles wie immer. Ich durfte nicht an die traurige Situation denken, in der wir gerade waren, denn dann wären mir die Tränen gekommen. Stattdessen schnappte ich mich innerlich selbst am Schlafittchen und schob mich aus dem Kinderzimmer heraus.

Ich machte in der Wohnung das Licht aus und ging zu Bett. Nach einer halben Stunde Hin- und Herdrehens schlief ich schließlich ein. Doch überkam mich kein schöner Traum. Ich träumte von Janine. Sie hatte ein wunderschönes schwarzes Kleid an, schulterfrei, mit einer Rosenborte von der einen Schulter am Dekolleté entlang bis zur Mitte der Brust reichend, jedoch ohne aufreizend zu wirken, eher ein wenig bieder. Das Kleid endete über den Knien und gab den Blick auf ihre hübschen, leicht gebräunten, schlanken Beine frei. Dazu trug sie schwarze schlichte Pumps mit nicht allzu hohen Hacken.

Es war Janines Konfirmationskleid und ich stand mit einigen anderen Müttern auf dem Friedhof vor dem Eingang zu unserer Kirche, wo zwei Bänke aufgebaut waren. Die Konfirmanden hatten sich vor und auf den Bänken hingesetzt und hingestellt, genau nach Anweisung der Fotografin. Der eine noch weiter nach hinten, ‚das zweite Mädchen von rechts etwas freundlicher bitte. Nein, nicht die in blau, sondern die in Schwarz' – fragende Gesichter, fast alle Mädchen hatten schwarze Kleider an. ‚Die mit der Rosenborte bitte, nun lächele doch mal!'. Das war für Janine. Sie guckte traurig, wie auf einer Trauerfeier und nicht wie beim Fototermin ihrer Konfirmandengruppe. Sie sah mich starr an und blickte dann abrupt nach rechts. Ich sah in die Richtung, in die sie guckte und erblickte einen schweren großen schwarz glänzenden Marmorstein mit einem geschwungenen oberen Ende, auf dessen unterem Schwung ein kleiner dicker Messingvogel saß. In den Stein gemeißelt waren die Namen meiner Eltern.

Ich schreckte schweißgebadet hoch. Mit einem Griff nach links schaltete ich das Licht auf meinem Nachttisch an und setzte mich auf. Mein Herz klopfte bis zum Hals. Ich versuchte, die Augen wieder zu schließen, doch jedesmal erschien mir sofort wieder der

Grabstein.

Es war sinnlos zu glauben, ich könnte weiterschlafen. So stand ich benommen auf und ging in die Küche. Ohne Licht zu machen, öffnete ich die Kühlschranktür, nahm die Milchtüte heraus und füllte mir eine Tasse halb voll mit der Flüssigkeit, die mein Stoffwechsel nicht vertrug, meine Seele jetzt aber brauchte. Ich stellte die Tasse in die Mikrowelle und stellte sie auf 45 Sekunden. Monotones Summen erklang und die Tasse begann, sich in dem Gerät zu drehen. Ich lehnte mich an die Küchenwand, drehte den Kopf zum Fenster und sah hinaus in die Dunkelheit.

Gedankenverloren träumte ich mich weg. Was für ein Chaos! Die Konfirmation! Ja, das war eine Aktion, die ich meiner Mutter lange nicht vergessen konnte. Ein halbes Jahr wechselten wir kaum ein Wort miteinander. Leiser Groll kroch in mir hoch.

Das Piepsen der Mikrowelle riss mich aus meinen Gedanken. Ich nahm die Tasse heraus und trank langsam den ersten Schluck. Es schmeckte nicht. Irgendwas fehlte. Mir fiel ein, dass meine Mutter damals immer Honig in unsere Milch getan hatte. Ich liebte diesen Geschmack. So nahm ich den Honig aus dem Regal, füllte etwas davon in die Milch und rührte mit einem Teelöffel um. Wieder nahm ich einen Schluck und der Geschmack brachte mich in Gedanken sofort zurück in meine Kindheit. Denn wenn ich krank war und nicht schlafen konnte, brachte meine Mutter mir manchmal so eine heiße Milch mit Honig. Dann saß sie an meinem Bett und wartete geduldig, bis ich ausgetrunken hatte. Sie zog mir ein paar Norwegersocken an die Füße und deckte mich mit der Bettdecke bis an die Ohren zu. Dann noch eine Wolldecke oben drüber und ein paar liebe Worte. Das war so selten, aber in meiner Erinnerung waren das die wenigen schönen Momente zwischen meiner Mutter und mir. Dann war sie nett zu mir, fürsorglich, direkt besorgt. Und sie nahm sich Zeit für mich, was ich sonst nie erleben durfte. Als ich das als Kind realisierte, wollte ich täglich krank sein, aber das durchschaute meine Mutter natürlich sofort und war wieder gleichermaßen eiskalt, wie ich sie zeitlebens kannte. Aber wenn ich dann später mal wirklich krank war, also erkältet oder einmal als ich mir den Fuß verstaucht hatte, da war sie dann richtig liebevoll zu mir. - Nur hätte ich mich niemals auf dieses Gefühl verlassen, traute mich kaum, es zu genießen, zu oft hatte sie mich schon enttäuscht und vor anderen bloßgestellt.

Mein Gesicht, auf dem eben noch ein Lächeln lag, verhärtete sich bei dem letzten Gedanken wieder. Dann wurde mir wieder bewusst, dass dieses Auf und Ab der Gefühle vorbei war, ein für alle Mal. Meine Eltern waren tot! Nie wieder würden sie mit mir herumspringen können, wie es ihnen gerade passte. Nie wieder würden sie das tun können. Mich nie wieder verletzen. Es würde sicher noch eine ganze Weile dauern, bis ich dies so verinnerlicht hätte, dass ich den Zustand wirklich aushalten und auch leben können würde. Jetzt war ich noch genauso verunsichert wie eh und jeh. Meine Eltern hätten jederzeit um die Ecke kommen können und „April-April" sagen, ich hätte es geglaubt.

Es schüttelte mich bei dem Gedanken. Schluck für Schluck trank meine Milch. Mit dem heißen Becher in der Hand durchquerte ich das dunkle Wohnzimmer und setzte mich in meinen alten Schaukelstuhl. Das Wippen darin hatte eine angenehm beruhigende Wirkung und die brauchte ich jetzt. Wieder spukte mir der Traum von gerade eben durch den Kopf und erinnerte mich an die unangenehmen Umstände, die vor fast genau drei Jahren Janines Konfirmationsfeier umgaben. Die Zeit davor, währenddessen und danach, das alles blieb ein dunkler Fleck in meiner Erinnerung an meine Mutter. Vor allem an meine Mutter.

Als ich seinerzeit konfirmiert werden sollte, hatte meine Mutter mich dazu noch zwingen können. Mit Janine ließ ich das nicht geschehen. Bis zum letzten Tag ließ ich meiner 13-jährigen die Entscheidung offen, ob sie diese kirchliche Prozedur mitmachen wollte oder eben nicht. Wie zu erwarten, versuchte meine Mutter, auch mein Kind zur Konfirmation zu zwingen. Doch ich stellte mich ihr in den Weg.

„Ob Janine das macht oder nicht, das ist ganz allein ihre

Entscheidung!"

„Das kann das Kind doch noch gar nicht entscheiden, mit 13!"

„Oh doch, das kann sie sehr wohl und sie wird es auch. Und du hältst Dich da raus!"

„Tja, dann muss sie aber auch auf das Geld verzichten, das sie von mir bekommt!", trotze meine Mutter.

„Keine Sorge, sie wird es überleben. Halt Dich da raus, Mama!"

„Natürlich, Bettina. Sonst noch was?!"

„Ja: Ich nehme es dir heute noch übel, dass du mich dazu gezwungen hast, mich konfirmieren zu lassen, das ist dir ja wohl klar!"

„Na und? Freiwillig hättest du das doch nicht gemacht."

„Eben! Denk mal drüber nach! Und jetzt ist das Thema beendet!"

„Das werden wir ja noch sehen!", drehte sich um und ging ab.

Ja, ein Abgang war das. Dieser Diskussion folgten noch viele und immer wieder der Versuch, Janine zu beeinflussen. Und mal wollte sie sich auch konfirmieren lassen, dann wieder nicht, am Ende dann doch. Des Geldes wegen und weil sie ja einmal kirchlich heiraten wolle und das gehe ja nur, wenn man konfirmiert sei. Mir war es von Anfang an egal, so trug ich auch ihre Entscheidung mit, meldete sie an, sah mir mit ihr gemeinsam einen Gottesdienst von den jetzigen Konfirmanden ausgerichtet an und fuhr sie auch in der Folge zum Unterricht. Meine Mutter war zufrieden, hatte sie doch ihrer Meinung nach ihr Ziel erreicht und belohnte mein Kind mit Geldgeschenken und Shoppingtouren. Ich zuckte mit den Schultern. Ich fand es nicht schlimm, dass mein Kind das mitnahm. Warum hätte sie sich sträuben sollen? Die Entscheidung hatte meine Pubertierende ja schlussendlich selbst getroffen, sollte meine Mutter ruhig in dem Glauben bleiben, sie hätte es bewirkt und ihre Enkelin beschenken. Janine und ich wussten ja, wie es wirklich war. Alles andere war unwichtig.

Henni hätte Janine sicher für geldgierig und berechnend gehalten, hätte sie das gewusst. Doch dass sie das nicht erfuhr, dafür sorgte meine Mutter schon mit ihrem ewigen ‚aber nichts Deiner Tante sagen', das sie Janine nach den gemeinsamen Fahrten stets mit auf den Weg gab. Janine beteuerte natürlich, dem brav Folge zu leisten. Und wenn sie mir dann davon erzählte, mussten wir beide über meine Mutter lächeln. Ich wusste ja, sie meinte es nur gut, aber ihre Mittel waren eben nicht immer astrein.

Die Milch war ausgetrunken, die nötige Bettschwere stellte sich allmählich ein. Ich stand auf und spülte in der Küche meine Tasse ab. Dann ging ich wieder zu Bett. Ungewohnt schnell schlief ich ein, doch schon war ich wieder bei der Konfirmation – und was komisch war, dass der Traum fast genau der Wirklichkeit entsprach. Das Kleid, der Fototermin, alles hatte so stattgefunden. – In meinem Traum trug Janine wieder dieses Kleid. Und auch ich hatte mich schick gemacht, hatte einen bunten weiten knielangen Rock und eine enge weiße Bluse an. Es war der Tag der Konfirmation. Zusammen mit Janines Patenonkel aus Berlin und dessen Tochter Sally fuhren wir zur Kirche. Dort war mächtig was los: Autos ohne Ende und jede Menge elegant gekleidete große und kleine Menschen. Einige kannte ich, andere nicht. Wir schoben uns durch die Menge, Janine bog mit einem Mal nach links ab zum Nebeneingang der Kirche. Sie sah sich nochmal um, ihr Patenonkel Ingolf machte ein Foto, Janine sah ihn gekünstelt böse an, warf mir eine Kusshand und ein Lächeln zu, dann flitzte sie zu ihren Freunden aus der Konfergruppe. Ingolf, Sally und ich gingen in die Kirche und erklommen gleich die Galerie. Ganz nach vorn setzten wir uns, damit wir auch was sehen konnten. Auf dem allervordersten Platz lag ein Zettel im DinA-4-Format: „Bitte diesen Platz freihalten", stand drauf. Wir drei setzten uns also daneben, witzelten ein bisschen herum, als eine Frau hinzukam, den Zettel hochnahm und sich ganz selbstverständlich dort niederließ.

„Da dürfen Sie nicht sitzen", sagte Ingolf freundlich aber bestimmt.

„Nein nein, das ist für mich freigehalten, ich bin die Mutter von dem Trompeter dort", und deutete rüber auf die Galerie auf die rechte Seite neben der Orgel, wo uns ein Junge mit einer Trompete in der Hand zuwinkte. Ich kannte den Knirps. Ja klar, ich hatte ihn schon im Fernsehen gesehen. Weiter zu grübeln brauche ich nicht, denn meine Sitznachbarin begann gleich stolz von ihrem Jungen zu erzählen. Dass er ja der berühmte Nachwuchsstar sei, schon mit Karl Meiersperger aufgetreten war und erst glücklich sei, wenn möglichst viele Menschen ihm zuhörten. Eine eher kleine Gesellschaft wie eine volle Dorfkirche wäre schon fast zu wenig für ihn.

Ihre Ausführungen waren ja recht interessant, trotzdem fühlte ich mich unwohl, wollte mich meinem Besuch aus Berlin gewidmet. Doch das war einfacher als gedacht. Schließlich kam noch eine Freundin zu uns auf die Galerie, die Gelegenheit, mich endlich von der Trompetermutter abwenden zu können.

Es folgte eine wunderschön anrührige Konfirmationsfeier, die die Konfirmanden annähernd selbst ausgedacht und choreografiert hatten, wie unser Pastor mit der stimmbruchverschonten hohen Stimme stolz ausführte. Janine sah einige Male zu mir hoch, nachdem sie eingangs direkt mit Blicken nach mir gefahndet hatte. Hin und wieder rollte sie mit den Augen, aber meist war sie bei der Sache und machte ihre sehr gut, fand ich. Ich war gerührt bis in die Haarspitzen.

Auch meine Schwester und unsere Eltern waren in der Kirche, letztere lächelten mir freundlich zu. Ich lächelte zurück, kein Gefühl der Verwirrtheit. In meinem Traum war das alles ganz normal. Im Schlaf wand ich mich hin und her, zerwühlte mein Laken.

Nach der Konfirmation in der Kirche ging es nach Hause. Wir hatten das Wohnzimmer meiner Eltern anteilig aus- und neu eingeräumt. Drei Esstische standen jetzt darin, festlich gedeckt mit Tischdecken und dem üblichen „guten" Geschirr. Meine Mutter war Herrscherin der Reusen und kommandierte alle helfenden Hände so freundlich sie konnte herum. Nur mich schnauzte sie immer wieder unverblümt an. Der Caterer brachte das Essen, trug es hinein und forderte dann das vereinbarte Entgelt. Ich sagte meiner Mutter Bescheid. Die Antwort kam prompt: „Kannst du ja auch bezahlen, oder?!"

Ich, der Meckerei dieses Tages bereits überdrüssig, fauchte zurück: „Wer wollte denn eine große Feier, ich oder du?"

Wortlos ging meine Mutter an mir vorbei, sah mich nicht an und verließ die Küche. Draußen hörte ich ihr übertriebenes Lachen, als sie mit Martin, dem Caterer, über die viele Arbeit scherzte, die sie an einem solchen Tag ja hätte. Ja, sie ganz allein, ihre Kinder würden ja nicht helfen, da müssten schon die Geschwister mit anpacken, die, die alle schon im Rentenalter wären. Hahaha, nein wie lustig. Ich ballte die Fäuste hinter meinem Rücken, dass meine Fingernägel sich in die Handflächen bohrten. Schmerzen breiteten sich aus. Zu gern hätte ich das ganze richtig gestellt, nämlich, dass sie sich ja nicht helfen ließ, sondern alles an sich riss. Aber wozu hätte ich das versuchen sollen? Sie hätte das Argument ja doch bloß albern weggelacht!

Ich schluckte meinen Ärger herunter und trug weiter mit das Essen auf. Fleisch, Gemüse, Kartoffeln, Soße, alles, nur nicht Janines vegetarische Variante, nämlich die Gemüsebratlinge. Die hielt meine Mutter zurück. Immer wieder fragte ich danach, doch meine Mutter ließ kein Wort an sich herankommen – also keines von mir. Nachdem nun alle ihren Kassler im Blätterteig samt Beilagen auf dem Tisch hatten, ja bereits zu essen begannen, die Hauptperson des Tages ihr Gericht aber immer noch nicht vor der Nase hatte, wurde ich allmählich ungehalten.

„Wie wäre es, wenn die Konfirmandin jetzt auch mal ihr Essen bekäme, MAMA?!"

„Ja, kommt ja jetzt, das wäre doch sonst schon lange kalt geworden", und gab mir endlich ein kleines Tablett mit den Bratlingen für mein Kind.

Als ob gerade meine Mutter Ahnung von Gemüsebratlingen hätte, die hatte es bei ihr ja noch nie gegeben. Ich sagte noch einmal deutlich, dass Janine ja wohl die Hauptperson des Tages sei und nicht die Geschwister meiner Eltern, dann rauschte ich mit dem

Tablett in der Hand ab.

Janine war schon leicht gereizt, zumal auch noch ihr Vater bei ihr am Tisch saß. Aber eben auch ein junger, sehr attraktiver Mann, mit dem meine Kleine unter dem Tisch Händchen hielt. Ich sah beide an und freute mich an ihrem offensichtlichen Glück. Man gut, sie hatte zumindest ihren Freund dabei, dachte ich. Sonst wäre sie sicher laut geworden – mit Recht. Es wurden ja schon wieder alle ihr vorgezogen, genau wie zeitlebens bei Henni und mir.

Nun half ich auch nicht mehr weiter in der Küche. Erstens war fast das ganze Essen in der Stube auf den Tischen angekommen, zweitens war ich einfach sauer auf meine direkte Verwandte, die sich anscheinend für diejenige hielt, die an genau diesem Tag noch einmal beweisen musste, dass ohne sie nichts ginge. Ich setzte mich, füllte meinen Teller und begann zu essen. Nach einer Weile kam meine Mutter von hinten dazu und stütze sich auf meiner Stuhllehne auf. Sie sah mich nicht an, nahm mich offenbar gar nicht wahr, nur meine Tante, die mir gegenüber saß. Bei ihr beklagte sie sich ironisch lachend, dass ja alle anderen in der Küche helfen müssten, nur ihre eigenen Kinder säßen gemütlich am Tisch und äßen. Was die Tante bemüht Lustiges antwortete, habe ich vergessen, nur die Erwiderung meiner Mutter darauf brannte sich in mein Hirn, die lachend sagte, dass es manchmal besser sei, man habe gar keine Kinder!

Mir blieb kurz der Mund offen stehen. Ich war fassungslos! Wie konnte meine eigene Mutter auf der Feier meiner Tochter so etwas sagen?! Meine Schwester saß zwei Plätze neben mir und wusste anscheinend genauso wenig wie ich, was sie sagen sollte. Verlegen lächelte sie, genau wie ich. Aber dieser Satz stach wie ein Dorn tief in mein Herz. Am Tisch herrschte einen Moment lang betretenes Schweigen, keiner wusste darauf noch ein Wort oder eine witzige Antwort, um die Situation zu retten. Dann ging meine Mutter zum nächsten, weiß der Geier, was sie dort zum Besten gab. Ich machte weiterhin gute Miene zum bösen Spiel und ließ meine Erzeugerin sich weiter in ihrem Element austoben: Leute bewirten und ihnen zeigen, wie schön sie lebt, wie toll sie eingerichtet ist, was sie sich alles leisten kann, wie toll ihre Kinder sind. Beide haben Arbeit, beide haben ein oder mehrere Kinder, nur die Tini, die kriegt keinen Mann ab, aber das kommt schon noch. Aber Henni, die hat ja seit 20 Jahren eine Stellung im öffentlichen Dienst. DAS ist ja mal was, das soll ihr mal einer nachmachen. Und verheiratet ist sie auch und ihr Mann hat auch Arbeit und sie hat drei Kinder und die älteste davon hat auch Arbeit, die studiert sogar. DAS ist doch mal was!! Ich schüttelte mich und betete, dass dieser Tag endlich enden möge.

Dann, Stunden später, der letzte Kraftakt des Tages: Janine und ich saßen (zusammen mit meinen Eltern) an den leeren Tischen, auf denen die Reste des Essens und des Nachtisches noch zu sehen waren, einige Flaschen und halbleer getrunkene Gläser standen. Der eine oder andere Fleck, teils halbherzig mit Servietten bedeckt. Doch das alles interessierte nicht. Jetzt war Zahltag! Der ganze Ärger dieses Tages, das Kopfschütteln und immer wieder sich selbst um Toleranz bemühen, davon sollte zumindest mein Kind was haben: Konfirmationsgeld. Janine öffnete Umschlag für Umschlag und ich schrieb auf einen großen Block die Namen der Schenkenden und die Summe bzw. das Geschenk, dass sie gegeben hatten. Am Ende zählten wir das Geld zusammen und kamen auf einen vierstelligen Betrag!

Janine sprang vor Freude auf und hüpfte herum. „Ja, ich kriege einen Laptop! - Dafür reicht das Geld doch, oder Mami?"

„Klar reicht das, sogar für zwei!"

„Nee, dann will ich lieber noch einen Fernseher und Klamotten und einen IPod und neue Schuhe..."

Im Schlaf lächelte ich glücklich. Ruhig lag ich in den Kissen und ließ einen Fuß heraushängen. Dann bemerkte ich die Kälte und zog das Bein unter die Decke. Mein Traum setzte sich fort, als hätte die am Fuß gefühlte Kälte dazugehört. Ich phantasierte, dass ich mir Socken an die Füße zog und dann leichte Schuhe. Ich trug eine

Stoffhose und eine dünne Bluse, das Wetter war gut. Dann rief ich meine Tochter, sie sollte sich beeilen, ich wollte los.

„Die Dankkarten verteilen sich nicht von allein, mach schon!"

„Ja doch, bin ja schon da!", murrte sie. Hetzen konnte sie nicht gut leiden.

Dann sausten wir mit dem Tretroller durchs Dorf und verteilten die Karten zum Dank für die lieben Worte und Geldgeschenke zu Janines Konfirmation. An jedem Haus, wo wir jemanden antrafen, sagte sie artig danke und erklärte, was sie sich von dem Geld gekauft hatte. Dann kamen die dran, die weiter weg wohnten, diese fuhren wir mit dem Auto ab.

Als letzte auf meiner Liste war die Caterin dran, die uns das leckere Essen geliefert hatte: Eve aus Munderat. Sie war verheiratet mit Janines ehemaligem Schulbusfahrer. Er hörte mit diesem Job auf, als der Cateringbetrieb seiner Frau derart gut in Fahrt kam, dass er dort mehr gebraucht wurde und der Laden das abwarf. Beide blühten auf in ihrer Arbeit, auch wenn der Tag oft genug 12 Stunden und mehr hatte. Aber es war genau das, was sie immer tun wollten: Lecker Essen machen und selbstständig sein. Vielleicht brummte das Geschäft deswegen so sehr, weil diese beiden mit ganzem Herzen bei der Sache waren, und das merkte man.

Angefangen hatten sie mit einem Kiosk in Waltorf. Dort hatten sie die Idee mit dem Catering auch schon. Das Haus, in dem sich der Kiosk befand, wollten die beiden kaufen. Unter dieser Prämisse hatten sie den Mietvertrag unterschrieben. Sie holten nach und nach alles Ersparte heraus und steckten es in das Haus – leider vor Abschluss des Kaufvertrages. Ein Fehler, wie sich später herausstellte. Denn die Eigentümer sahen diese Wertsteigerung mit großem Interesse. Als Eve und Martin dann das Thema Kaufvertrag aufwarfen, meinten die Eigentümer, dass das Haus jetzt ja viel mehr wert sei und sie es nicht zu dem ursprünglich vereinbarten Preis abgeben könnten!

Das war eine Menge Lehrgeld, die das sympathische Ehepaar da zahlen musste. Sie zogen aus dem Haus aus, kündigten den Mietvertrag für Haus und Kiosk und zogen nach Munderat. Dort starteten sie gleich mit Kiosk und Catering und hatten Erfolg auf der ganzen Linie.

Janine und ich bogen in den kleinen Ort an der Hauptverkehrsstraße ein, noch zweimal rechts ab und dann fuhren wir in die Auffahrt neben dem kleinen Kiosk. Es war ein hübsches weiß verputztes Haus, zwei Etagen, oben ein Dach mit grauem Schiefer bedeckt. Unten ein Fenster und daneben eine dunkelbraune Holztür. Im Fenster ein bisschen Deko, jedes Stück mit einem kleinen Preisschild versehen. An der Tür mit eingelassener Glasfensterscheibe eine Tafel aus Schiefer, wie eine alte Schultafel, auf der mit Kreide etwas geschrieben stand.

Ein kleiner Weg führte vom Bürgersteig vor dem Haus zu der Tür. Links und rechts von üppig blühenden Blumen eingerahmt. Die Sonne schien auf die weiß verputze Hauswand und blendete Janine und mich, als wir zum Lädchen gingen. Wir setzten die Sonnenbrillen auf und steuerten die Tür an. Ich drückte die Klinke, doch die Tür blieb verschlossen. Mein Blick fiel auf die Schiefertafel. Ich las: ‚Mittagspause'

„Mist, Mittagspause!" Janine stemmte die Fäuste in die Hüften. „Und was jetzt?"

Ich zuckte die Schultern und sagte beim Umdrehen: „Hinten rum gehen!"

„Was? Das geht doch nicht. Mami!"

Aber ich war schon wieder auf der Auffahrt und steuerte den Hof hinter dem Haus an. Dort hörte ich Teller- und Töpfegeklapper. Ich ging zu der Tür, an der das Geräusch am lautesten war – was nicht so einfach war, weil es nicht sonderlich laut war. Auf Verdacht klingelte ich. Eine Weile passierte gar nichts. Das Klappern ging unvermindert weiter. Ich klingelte nochmal. Janine wollte schon wieder gehen. Aber dann zahlte sich meine Hartnäckigkeit aus. Die Tür ging auf und eine verschwitzte Eve öffnete mir.

Mit Schürze um den Bauch, Urspungsfarbe weiß, jetzt aber mit jeder Menge bunter Flecken darauf, und ähnlich getöntem ehemals vermutlich weißem T-Shirt stand sie vor mir. Wir hatten uns Jahre nicht gesehen. Das Essen hatte Martin zu uns gebracht. Umso größer jetzt die Freude.

„Mensch, Tini! Ewig nicht gesehen. Wie geht's dir denn?", Eve strahlte mich an.

„Ganz gut. Und dir?"

„Na, du siehst ja: `Ne Menge Arbeit. War alles in Ordnung mit dem Konferessen?" Sie streckte Janine die Hand hin, deutete einen Knicks an und sagte: „Alles Gute nochmal zu Deiner Konfirmation. Hattest du ein schönes Fest?"

Das klang so ehrlich und unverblümt, dass es aus Janine und mir nur so heraussprudelte. Der ganze Ärger im Vorfeld und dann hinter den Kulissen bei der Konfirmation selbst, wir erzählten im Zeitraffer von all den unangenehmen Dingen. Wie meine Mutter unbedingt eine große Feier durchdrücken wollte, obwohl ich mit meinem mageren Budget gerne im Zelt im Garten gefeiert hätte. Wie meine Mutter die Gästeliste beeinflusst hatte, weil sie unbedingt die Geschwister meines Vaters dabei haben wollte, obwohl Janine und ich lieber im kleinen Kreis, dafür aber mit einigen lieben Nachbarn feiern wollten, und und und. Eve hörte uns zu und schien überhaupt nicht verwundert.

„Sowas hatte ich mir schon gedacht. Weißt du, als deine Mutter mich anrief und wollte, dass ich doch ein anderes Essen liefere, da hab ich nicht mitgemacht."

Mir stand einen Moment lang der Mund offen. Hatte ich richtig gehört? Essen umbestellen? Davon wusste ich ja gar nichts.

„Meine Mutter hat was?"

„Also hat sie es dir nicht gesagt. Tztz." Eve schüttelte den Kopf. „Nun, es war so: Du und ich, wir hatten ja das Essen besprochen: Kassler im Blätterteig, dazu Salzkartoffeln, Kroketten, Erbsen und Soße. Eine Woche vor dem Konfirmationstermin rief deine Mutter bei mir an und wollte umbestellen auf Rinderbraten, gleiche

Beilagen. Und ich sollte dir nur ja nichts davon sagen. Du würdest es schon nicht merken."

„Als ob ich den Unterschied zwischen Schwein und Rind nicht sehen würde!", protestierte ich!

„Das hab ich Deiner Mutter auch gesagt. Und dass ich dabei nicht mitmache. Sie sollte das mit dir besprechen und Ihr beiden solltet Euch da einigen. ‚Aber mich haltet da bitte raus', hab ich ihr gesagt."

„Danke Eve. Das hätte mich auch gewundert, wenn du sowas gemacht hättest."

„Nee, kommt ja gar nicht in Frage. Auftraggeberin warst du, nicht deine Mutter. Auch wenn sie bezahlt hat, das hat sie jedenfalls gesagt."

„Ja, bezahlt hat sie. Und sie meinte wohl, sie kauft sich damit Rechte oder so. Aber so hatten wir nicht gewettet."

Eine Weile redeten wir noch über das unmögliche Verhalten meiner Mutter, Eve erzählte von ihrer Mutter und wir stellten fest, dass die 'ältere Generation' es vermutlich als nicht so tragisch empfinde, sich einfach so in die Angelegenheiten ihrer Kinder einzumischen und über deren Ansichten hinwegzusetzen. Ein Trost war das nicht. Ich war richtig sauer, wollte es aber vor Janine nicht zeigen. Aber mit meiner Mutter musste ich dringend reden, das war mir klar.

Während der Rückfahrt sagte Janine kein Wort. Mir war auch nicht nach Reden zumute. So schwiegen wir die 10 Kilometer. Zu Hause verzog sie sich sofort in ihr Zimmer. Ich hörte sie leise schluchzen. Traurig ging ich in die Küche. Ich machte mir eine Tasse Kaffee und setzte mich dann mit dem heißen Becher in meinen Schaukelstuhl. Außer dem leisen Knirschen des Holzstuhls war in der ganzen Wohnung kein Geräusch zu hören.

Nach einigen Minuten ging Janines Zimmertür auf und sie lief auf mich zu. Sie fiel mir in die Arme und weinte ungehemmt.

„Wieso tut sie das? Wieso muss sie sich in alles einmischen? Kann sie uns nicht einfach in Ruhe lassen?! Mami, können wir nicht einfach hier wegziehen?! Ich will hier weg!"

Ihr Kopf plumpste in meinen Schoß, die Tränen versickerten im Stoff meiner Hose. In meinem Hals ein dicker Knoten. Die Tränen standen auch mir in den Augen. Ich war hin- und hergerissen zwischen Wut, Enttäuschung und dem Mitgefühl für mein Kind. Sie tat mir bei der ganzen Sache am meisten leid. Das Schlimme war ja, dass meine Mutter sich mit Sicherheit dessen gar nicht bewusst war, was sie da getan hatte. Es war Janines Feier! Ihr Fest, nicht das meiner Mutter. Schon ätzend genug, dass die Geschwister von Janines Oma und Opa mit eingeladen wurden. Aber musste sie dann auch noch alle Planung und Organisation an sich reißen? Und dann auch noch versuchen, das bestellte Essen umzuändern? Hinter unserem Rücken?! Das war doch echt der Gipfel.

„Ich rede mit ihr", sagte ich.

Janine hob den Kopf.

„Und was willst du ihr sagen?"

„Dass sie zu weit gegangen ist."

Ich machte mich von Janine los und stand auf.

Ich öffnete die Wohnungstür und traf meine Mutter im Treppenhaus.

„Schöne Grüße von Eve", sagte ich mit provokantem Unterton.

„Danke, wo hast du sie denn gesehen?"

„Och, Janine und ich waren grade dort und haben die Dankeskarte von der Konfirmation übergeben", tat ich scheinheilig.

„Na, das ist doch nett. Und, hat sie sich gefreut?"

„Ja, Mama, das hat sie. Und wir haben uns auch richtig nett

unterhalten." Ich immer noch gekünstelt fröhlich.

„Ja?" Meine Mutter emotionslos wie immer.

„Ja, und sie hat mir Sachen erzählt, die hätte ich sonst nicht geglaubt!"

„Aha", fragend drehte meine Mutter sich nun doch minimal interessiert zu mir um.

„Ja, Mama, stell dir vor. Sie hat mir erzählt, dass du sie angerufen hast und das Essen umbestellen wolltest. Auf Rinderbraten! Obwohl ich genau das nicht wollte. Ist das nicht 'n Ding?!"

Ich stemmte die Fäuste in die Hüften und sah sie aus vor Wut funkelnden Augen an.

„Na und? Was ist denn dabei?", sie drehte sich wieder weg und wand sich ihrer Arbeit zu.

„Was denn dabei ist?! Das fragst du ernsthaft?! Du versuchst, hinter meinem Rücken das Essen umzubestellen und schärfst Eve auch noch ein, sie solle mir nur ja nichts davon sagen! Ja meinst du denn ernsthaft, ich hätte den Unterschied zwischen Kassler im Blätterteig und Rinderbraten nicht erkannt?"

„Rinderbraten hätten die Leute viel lieber gegessen als deine Gemüsebratlinge!"

„Die Gemüsebratlinge waren gerade mal für Jana und mich, weil wir kein Fleisch essen wollten. Und das weißt du genau! Und die Kasslerstücke im Blätterteig wurden von allen gern gegessen. Das haben sie alle gesagt! Es hat allen supergut geschmeckt."

„Rinderbraten wäre trotzdem besser gewesen!"

„Mama! Es geht nicht darum, was du für besser gehalten hättest. Es geht darum, dass du HINTER MEINEM RÜCKEN das Essen umbestellen wolltest! Und nur, weil Eve das nicht mitgemacht hat, habe ich das Essen bekommen, das ich bestellt habe! Das kann's ja wohl nicht sein!"

„Ich habe das schließlich auch bezahlt."

„Worum Dich keiner gebeten hat. Ich hätte das auch allein

gewuppt. Du wolltest das ja unbedingt bezahlen."

„Und dann kann ich auch bestimmen, was es gibt!"

„Nein, das kannst du nicht. Es war Janines Feier, nicht deine. Schlimm genug, dass meine Onkel und Tanten eingeladen werden mussten. Jeder Nachbar, der da war, hat mehr Bezug zu meinem Kind, als auch nur eine Tante von mir!"

„Ach, hätten wir lieber die halbe Nachbarschaft da haben sollen, als die Geschwister von Deinen Eltern, oder was? Das wäre ja wohl noch schöner!"

„Mama, es reicht! Diesmal bist du entschieden zu weit gegangen! Und ich sag dir was: Das war das letzte Mal, dass du Dich in der Weise eingemischt hast! Kommt das noch ein einziges Mal vor, werde ich alle Nachbarn hier im Dorf mal über Dich informieren! Dann werden alle zu hören bekommen, wie du bist und was du so tust. Und ich bin mir sicher, das wird sie alle brennend interessieren! Noch ein Mal, und dann ist Schluss mit lustig! Ich hoffe, das hast du jetzt verstanden!"

„Was ist denn hier los?!", fragte mein Vater laut dazwischen. Er hatte den Streit gehört und war die Treppe hinunter gekommen. Meine Mutter ging ihm entgegen, an ihm vorbei und mit leisem trotzigem Gemurmel die Treppe rauf. - Sie zog sich einfach aus der Affäre! Ohne ein Wort, ohne eine Entschuldigung. Und ich stand da mit meinem Vater und versuchte, ihm meinen Standpunkt darzulegen. Ich erklärte ihm, was Eve mir von meiner Mutter erzählt hatte und dass das definitiv zu viel war.

„Jetzt ist Mama zu weit gegangen. Und sag ihr, dass sie sich nie wieder in meine Angelegenheiten zu mischen hat! Das war das letzte Mal!"

„Nun reg Dich mal nicht so auf, ja! Immerhin haben wir die Feier auch bezahlt!", sagte mein Vater, während auch er mir den Rücken zudrehte und die Treppe hinaufging. Ich blieb enttäuscht im Treppenhaus zurück. Vor Wut kamen mir die Tränen. Doch ich konnte nichts mehr machen. Sie hatten mich einfach stehen lassen.

Oben war die Tür ins Schloss gefallen. Keiner von beiden hatte auf meine Argumente gehört, geschweige denn mich überhaupt ernstgenommen.

Ich war unglaublich unglücklich in dem Moment. War ich denn nicht existent für meine Eltern? Leise schlich ich in meine Wohnung zurück, legte mich ins Bett und weinte. Ich wäre so gern auf der Stelle ausgezogen, aber wovon denn und wie denn, mit all den Tieren? Mit so vielen Vögeln würde ich doch nie eine Wohnung finden. Und wenn doch und ich mich nach dem Umzug mit dem neuen Vermieter in die Wolle bekäme, dann wieder bei meinen Eltern zu Kreuze kriechen? Nee, dann lieber hier noch die letzten Jahre aushalten. Die Vögel würden ja irgendwann von alleine weniger werden und meine Hunde auch. Und dann, ja, dann könnte ich ausziehen. Aber in diesem Moment, wo ich mich so hilflos und ausgeliefert fühlte, da wollte ich nur noch weg.

Ich schreckte aus dem Schlaf hoch. Mein Gesicht war feucht, ich hatte im Traum geweint. Ich schluchzte sogar noch leicht, als ich mich aufsetzte und den Kopf in meine Hände sinken ließ. Ich schloss die Augen und die Tränen rannen mir erneut über die Wangen. Prompt war ich wieder in der Situation von damals. Es war eine solche Kälte in diesem Haus. Nicht nur, weil mal wieder die Heizung versagte, besonders zwischen uns Verwandten herrschte Eiszeit.

In den nächsten Monaten sprach ich kein Wort mit meiner Mutter. Und sie auch nicht mit mir. Ich machte mir nichts daraus. Das kannte ich ja schon. Sie war einige Wochen eingeschnappt, dann kam sie in der Regel wieder angekrochen. Für gewöhnlich gab sie Janine dann Geld für irgendwas. Das war eben die Art meiner Mutter, 'Entschuldigung' zu sagen. Das Wort brächte sie eben nicht über die Lippen. Janine sollte einfach das Geld nehmen und auf den Kopf hauen.

Aber meine Mutter kam nicht angekrochen. Stattdessen kam mein Vater eines Tages zu mir und wollte reden. Das allein ließ mich mit den Zähnen knirschen. Ich zog genervt eine Augenbraue hoch, als ich artig hinter ihm herging. Wusste ich doch genau, was nun kommen würde: Eine Moralpredigt, an deren Ende ich bitte in mich kehren und Reue zeigen sollte. Aber ich wollte das nicht. Dieses Mal nicht!

Wir setzten uns an <u>meinen</u> Esstisch - im Geiste hatte ich schon lange meine Möbel von denen meiner Eltern getrennt und der Esstisch gehörte <u>mir</u>, wenngleich nur zwei der vier Stühle, die daran standen meine waren. Mein Vater setzte sich auf einen meiner Stühle und ich mich auf einen seiner. Kurz kam mir der Gedanke, ob er überhaupt noch wüsste, dass zwei der Stühle seine waren. Ich verwarf die Überlegung schnell wieder und hörte meinem Vater zu. Er redete lange und mit in Falten gezogener Stirn. Erzählte von meiner Mutter, dass sie sich kaum noch mit ihm unterhalten würde. Sie sei in sich gekehrt, der Streit mit mir hätte ihr sehr zugesetzt. Sie hätte meinem Vater gesagt, er müsse sich entscheiden: Entweder würden Janine und ich hier wohnen bleiben oder sie. Zusammen ginge es nicht.

Mein Vater sagte, dass seine Ehe kurz davor sei, in die Brüche zu gehen. Und er ließ keinen Zweifel daran, dass ich die Schuld daran trüge. Ich solle mich so schnell wie möglich bei ihr entschuldigen.

Ich sah ihn verblüfft an. Das war ja wohl nicht sein Ernst, oder?

„Wie bitte? Sie macht Mist und ich soll mich dafür entschuldigen, dass ich mir das nicht gefallen lassen möchte? Eine verkehrtere Welt gibt es wohl nicht!"

„Nun stell Dich doch nicht so an. Oder willst du etwa, dass meine Ehe kaputtgeht?"

„Papa! Wenn Eure Ehe kaputt geht, dann weil sie kaputt ist, aber doch nicht meinetwegen! Das glaubst du ja wohl nicht ernsthaft! Mama spielt ein Machtspielchen mit dir. Sie oder ich. Das ist ihre Strategie. Und du gehst ihr grade voll auf den Leim!"

„Nun mach da doch nicht so ein Drama draus, nur weil sie Eure Feier besonders schön haben wollte. Was ist denn schon dabei, wenn du Dich entschuldigst?"

„Sag mal, hörst du mir zu? Deine Ehefrau botet Dich gerade aus.

Sie verlangt, dass du mich rausschmeißt, damit sie Dich nicht verlässt. Kommt das bei dir an?"

Ich konnte sagen, was ich wollte, mein Vater hörte es nicht. Vermutlich wollte er es nicht hören. Er wartete einfach, bis ich mit Reden fertig war und sprach dann einfach weiter. Nicht eines meiner Worte, geschweige denn meiner Argumente kam bei ihm an. Irgendwann brach ich das Gespräch ab. Dass das keinen Wert hätte, sagte ich. Das sagte er dann auch und verließ kopfschüttelnd über die ungehorsame Tochter meine Wohnung.

Ich schloss die Tür hinter ihm und ging stumm zurück ins Wohnzimmer. Ich sah mich in dem Raum um. Mein Blick fiel auf die beiden großen Schimmelstellen, ich nahm den feucht-moderigen Geruch wahr, an den ich mich schon so gewöhnt hatte. Dann taxierte ich die Möbel, zählte durch, welche mir gehörten und welche meinen Eltern, welches Teil welche Geschichte hatte. Als mein Blick auf den Läufer auf dem Boden fiel, stiegen mir Tränen der Fassungslosigkeit in die Augen. Dieser Läufer hatte meiner Oma gehört, der Mutter meines Vaters. Sie war tot. Konnten meine Eltern nicht auch tot sein? Es wäre so vieles einfacher.

Ich musste wieder eingeschlafen sein. Nun schreckte ich schweißgebadet hoch. Es war 4:12 Uhr. Mein Herz klopfte bis zum Hals. Es war nur ein Traum, redete ich mir ein. Nur ein Traum. Ok, es war mehr wie ein Video, denn das alles hatte ich doch schon erlebt. Die Konfirmation meiner Tochter. Es sollte ihr vorläufig schönster Tag im Leben werden. Mit meiner Mutter an Bord kein leichtes Unterfangen, das war mir klar. Aber es musste doch möglich sein, Janine trotzdem einen schönen Tag zu bereiten, sie von all der Aggression und dem Streit zwischen meiner Mutter und mir (der ja zu erwarten war und auch so eintrat) fernzuhalten. Es war so real, dies alles noch einmal im Traum zu sehen, oder hatte ich es doch nicht geträumt? Was war Erinnerung, was Traum? Es war alles so echt, so real. Ich bekam Angst. War ich nicht einmal im Traum frei von dieser bösen Realität? Konnte ich nicht mal im

Traum abschalten und Kraft schöpfen? Was war los mit mir, dass ich die Gedanken nicht aus dem Kopf bekam? War das meine Art der Trauerbewältigung? Der letzte Satz in meinem Hirn ‚konnten meine Eltern nicht auch tot sein', wurde mir bewusst. Hatte ich mir den Tod meiner Eltern herbeigewünscht? War ich Schuld an ihrem Ableben?!

Nein, nein nein! Das konnte nicht sein! Das war Unfug, ein Hirngespinst. Die Übermüdung der letzten Wochen. Ich war nicht schuld an dem Tod meiner Eltern! Es war ein Unfall!

Die Konfirmation war vor drei Jahren gewesen. Wenn Wünsche so lange brauchen würden, das wäre doch – nein, das war unmöglich. Quatsch mit Soße, sowas passiert nur im Film.

Krampfhaft versuchte ich, an etwas anderes zu denken. An meine tolle Tochter, die in diesem Jahr ihren Schulabschluss machen würde. Die Zeichen standen gut, dass sie mit einem sehr guten Zeugnis herausgehen würde. Was würde sie dann anziehen wollen? Das Konfirmationskleid wollte sie nicht noch einmal tragen, was ich ihr nicht verdenken konnte – Schwupps war ich wieder bei diesem vermaledeiten Thema. Es wollte mich nicht loslassen. Ich ärgerte mich, dass ich wieder darauf gekommen war, bemühte mich wieder um andere, neutrale Gedanken. Wie das Wetter wohl morgen werden würde? – ‚So ein Blödsinn', schalt ich mich. Das Wetter hatte mich noch nie interessiert. Janines Vater ja, der machte seine Tagesstimmung vom Wetter abhängig. Aber gab es noch mehr so verrückte Menschen? Es gab kein schlechtes Wetter, nur schlechte Kleidung. Das hatte ich schon als Kind gelernt.

Ich holte tief Luft, dachte einen Moment an Janines Vater und dessen hagere Figur. Ich hatte ihn beim Schwimmen kennengelernt und er war der mit Abstand unattraktivste junge Mann in unserer Gruppe. Dennoch verliebte ich mich in ihn, oder empfand das, was ich für Verliebtheit hielt. Damals hielt ich es nie lange mit einem Mann aus, beendete Beziehungen schnell und fand ebenso schnell einen neuen Freund. Steven war immer für mich da, wenn ich mich mal wieder getrennt hatte. Dankbar sank ich in seine Arme, ließ mich trösten und war somit mehrmals mit Abständen mit ihm zusammen. Für ihn war es die große Liebe, für mich leider nie.

Der Gedanke an Steven in Badehose kam mir in den Sinn. Unwillkürlich musste ich schmunzeln. Nein, er war nicht der schönste Mann, den ich jeh hatte. Charakterstark, ehrgeizig und zielstrebig, das ja, aber schön? Oder gar attraktiv? Nein, leider nicht. Aber das war mir auch nicht das wichtigste an meinem Partner. Steven war immer für mich da, ich konnte mich immer auf ihn verlassen – damals jedenfalls.

Nun dachte ich, damit könnte es klappen. Bei der Vorstellung von Männern in Badehosen, Badehöschen und an Sommerbikins und wer so drin steckte, könnte ich auf andere, fröhlichere Gedanken kommen und versuchte erneut, in den Schlaf zu finden. Ich machte es mir in meinem Bett gemütlich und schloss die Augen. Aber auch die Vorstellung von Tennissocken in Sandalen und bierbäuchigen Mallorcaurlaubern lenkten mich nur kurz von der Konfirmationsfeier ab. Vor meinem geistigen Auge wechselten sich das freundliche Gesicht von Eve, das meines Vaters mit seinen zusammengekniffenen Lippen und der in Falten gelegten Stirn, der Miene, die keinen Widerspruch duldete, ab. Dazu noch das kindisch schmollende trotzige Antlitz meiner Mutter, ich war einfach unendlich traurig in diesem Moment.

Ich gab auf, verließ mein Bett und streifte durch meine fast dunkle Wohnung. Ein kleines Nachtlicht im Flur leuchtete schwach. Doch für meine schlaftrunkenen Augen war auch das beinahe zu hell. Ich öffnete die Wohnzimmertür. Der Lichtschein gab den Blick auf den Esstisch frei. Den Tisch und die beiden Stühle aus meinem Traum, aus dieser Situation. Die Traurigkeit ließ mich nicht los. Ich wendete den Blick ruckartig ab und ging in die Küche. In der Speisekammer machte ich Licht, schloss die Tür aber gleich wieder fast, so dass nur ein bisschen Licht die Küche erhellte. Ich öffnete einen der Hängeschränke und nahm meinen Medikamentenkarton heraus. Ich nahm den Karton, auf dem krakelig stand: ‚Erkältung, Durchfall, Beruhigung, Pflaster'. Den Karton stellte ich auf die kalte Herdplatte und nahm die

Beruhigungstropfen heraus. In einen Porzellaneierbecher zählte ich 17 Tropfen und füllte mit einem bisschen Leitungswasser auf. Ich schluckte die Mischung und stellte anschließend alles wieder zurück. Dann löschte ich das Licht in der Speisekammer und wollte wieder aus der Küche herausgehen. Doch ich besann mich anders, ging auf das Küchenfenster zu, lehnte mich an die Fensterlaibung und sah hinaus in die Nacht.

Offenbar war Vollmond, denn der Hofplatz und die Pflanzen rundherum erschienen in einem helleren Licht als sonst. Alles wirkte weiß-grau. Die grau-schwarzen Pflastersteine genauso wie die mannshohen rot- und weißblühenden Rhododendronbüsche. Alles weiß-grau, nur unterschiedlich hell. Den Wald konnte ich nicht erkennen. Ein schwarzes Band zog sich hinter den Büschen und an der Rasenfläche entlang, dessen oberes Ende gewellt verlief. Darüber der dunkelblaue Himmel, voll von Sternen, die teils weniger, teils stark leuchteten.

Einer dieser Sterne war jetzt mein Vater und einer meine Mutter, dachte ich. Vielleicht schmorten sie auch in der Hölle, aber die Vorstellung, dass sie zu Sternen geworden waren, gefiel mir irgendwie besser. Weit weg, aber doch nicht aus der Erinnerung. So hätte ich meine Eltern zu Lebzeiten manchmal gern gehabt. Manchmal? Nein, oft. Wir gerieten ständig aneinander, hatten sinnlosen Streit, der immer bloß damit endete, dass man das Streitthema totschwieg, aber zu einer Lösung kamen wir selten. Bis auf in diesem einen Fall: Der Konfirmationsstreit. Ich weiß noch, wie mein Vater einige Tage nach seiner 'Moralpredigt' wieder zu mir kam und verkündete, dass er mit meiner Mutter übereingekommen war, dass sie und ich uns aus dem Weg gehen sollten. Das wäre das Beste, denn wir müssten es ja wohl (oder übel, das sagte er aber nicht) noch eine Weile miteinander aushalten.

Ich nahm seine Worte hin. Nicht wirklich glaubte ich an eine Wesensumkehr meiner Mutter oder gar eine Entschuldigung. Sie würde wie üblich zur Tagesordnung übergehen und sich langsam wieder auf ein neutrales Niveau einpendeln. Als sei nichts gewesen. Doch dieses Mal war unser Verhältnis kühler als sonst. Ich gab kaum mehr etwas von mir preis und war lediglich freundlich und höflich. So hielt ich meine Mutter auf Abstand. Sie war es, die nach und nach begann, wieder redseliger zu werden. Es dauerte etwa ein halbes Jahr und es war fast wieder wie vorher.

Ich blickte noch eine Weile in das Dunkel und versuchte, auf andere Gedanken zu kommen. Da sah ich plötzlich ein reflektierendes Augenpaar über den Hof gleiten. Ich erschrak. Der Distanz zum Hofplatzpflaster nach konnte es eine Katze oder ein Fuchs sein. Ich sah nur die Augen. Doch da, ein dunkler Schatten ließ sich ausmachen. Dann stoppte die Bewegung des Punktepaares. Was auch immer es war, es sah jetzt direkt in meine Richtung, mir vielleicht direkt in die Augen. Konnte es mich sehen? Mein Herz begann vor Aufregung in meinem Hals zu klopfen. Einen Moment lang waren die Punkte weg. Dann waren sie wieder da, noch immer genau auf mich gerichtet. Kein Zweifel, das Tier sah mich an. Für meine Begriffe zu lange. Ich wusste nicht, ob ich Angst haben oder fasziniert sein sollte. Konnte es sein, dass das Tier mich in dem dunklen Raum tatsächlich sah? Das konnte doch nicht sein. Für ein Lebewesen, egal ob Mensch oder Tier, das auf dem Hofplatz stand, musste das Haus doch komplett dunkel erscheinen, mit dunklen viereckigen Höhlen als Fenstern. Doch je länger unser Blickkontakt dauerte, desto sicherer wurde ich mir, dass mich das Tier genau sah. Warum nur? Wollte es mir etwas sagen?

Ich rief mich innerlich zur Ordnung. „So ein Quatsch! Es sieht Dich nicht und es will dir auch nichts sagen! Tini reiß Dich mal zusammen!" Und genau in dem Moment rutschte das Augenpaar draußen in der Dunkelheit weiter zusammen, das Tier hatte den Kopf abgewandt, und glitt weiter über den Hofplatz. Ich war seltsam berührt, aber auch erleichtert, dass die Situation vorbei war, als ich an der Hecke zum Nachbarn links noch einmal kurz die reflektierenden Punkte sah. Er schien mir zu sagen: „Nun verschwinde endlich. Die Nacht ist meine Zeit, nicht deine."

'Ich geh ja schon', dachte ich, lächelte und schüttelte den Kopf als ich die Küche verließ.

Kapitel 26 – Donnerstag

Um 6:00 Uhr klingelte der Wecker. Ich hatte das Gefühl, nicht eine Minute geschlafen zu haben. Verkatert rappelte ich mich auf und schaltete den Wecker aus. Ich rieb mir die Augen und streckte die Arme aus. Dann die Brille auf die Nase und mit einem Ruck raus aus dem Bett. Im nächsten Moment hielt ich mich am Kleiderschrank fest, denn um mich herum drehte sich mein Schlafzimmer wie ein Kinderkarussell. Als die Möbel angehalten hatten, ließ ich den Schrank los, schüttelte leicht den Kopf und ging erstmal zur Toilette. Danach der übliche Gang zur Waage und ein kleiner Schreck: In den letzten zwei Wochen hatte ich 5 Kilo abgenommen! Auch eine Form von Diät. Aber vielleicht nicht so toll auf die Dauer, war mein Gedanke. 'Es wird Zeit, dass der Spuk aufhört!', sagte ich zu mir selbst.

Dann fiel mir wieder ein, dass am nächsten Tag die Beerdigung stattfinden sollte. Ich würde heute mit Janine Trauerkleidung einkaufen müssen. Aber das wollte ich ihr erst nach der Schule sagen. Das war noch früh genug. Für morgen würde ich sie dann entschuldigen. Aber erstmal alles fast wie immer: Kind wecken, Frühstück machen, Waschen, Anziehen, ab zum Bus. - Und so tun, als ob nichts wäre…!

Als ich Janine in der Nähe der Haltestelle abgeliefert hatte, schickte sie mich wie üblich weg, sowie der erste Bekannte von ihr auftauchte. Das Abschieds-Küsschen war ihr schon beinahe peinlich. Und ich machte mir einen Jux daraus, ihr doch einen aufzudrücken, allerdings mehr gehaucht. Sie schimpfte gekünstelt böse und winkte dann mit halbhoher Hand. Im Weggehen rief ich ihr noch zu, dass ich sie abholen würde. Sie fragte nach dem Grund, doch den behielt ich für mich. Ich tat so, als hätte ich sie nicht gehört und lächelte nur zum Abschied. Dann drehte ich mich schnell weg, damit sie nicht an meinem Gesicht erkennen würde, dass das keine Frauen-Shoppingtour werden würde, wie wir sie sonst gerne mal abhielten und einen Laden nach dem anderen abklapperten. Nein, diesmal leider nicht.

Ich lief meine Runde mit den Hunden, atmete die angenehm kühle Morgenluft ein und genoss die noch nicht so starke Sonne. Der Tag versprach wunderschön zu werden. Für andere Leute sicher ein toller Tag. Aber über mir hing die dunkle Wolke der bevorstehenden Beerdigung. Ärger stieg wieder in mir hoch, weil meine Schwester sich in die Zeitungsannonce geschlichen hatte. Am liebsten hätte ich eine zweite Anzeige geschaltet, um das richtigzustellen. Aber wozu? Hätte mir das irgendwas gebracht? Nein. Im Gegenteil: Ich hätte als Zicke dagestanden und jeder hätte meine 'arme' Schwester bedauert. Also beschloss ich, über den Dingen zu stehen. Sie konnte mich nicht verletzen, auch wenn sie sich noch so bemühte.

Zu Hause angekommen, schrieb ich eine Entschuldigung für Janine für Freitag. ‚Aufgrund der heute stattfindenden Beerdigung der Großeltern von Janine, befreie ich meine Tochter für Freitag, den 20. Mai. Unterschrift Bettina Brodersen.' Ich faltete den Zettel zusammen und steckte ihn in einen Umschlag. Darauf schrieb ich den Namen der Schule und den der Klassenlehrerin von Janine. Dann verstaute ich ihn in meiner Handtasche. Eigentlich war das gar keine Handtasche, schon mehr so ein Rucksack mit Griff oben. Und ebenso viel war auch darin. Ausweis, Lottoschein, Portemonnaie und Fotos meiner Lieben. Auch ein USB-Stick mit meinen wichtigen Daten. Falls mir mal was passiert, würde der clevere Krankenpfleger dort alle Daten über mich finden können.

In meinem Portemonnaie war auch mein Organspenderausweis. Ob meine Eltern so was gehabt hatten? Im Krankenhaus hat mich niemand danach gefragt. Also würden sie vielleicht tatsächlich einen gehabt haben. Oder aber gerade nicht. Ich erinnerte mich, dass meine Eltern erst vor einigen Wochen eine Patientenverfügung aufgesetzt hatte. Henni und auch ich mussten diese unterschreiben. In meinem Fall natürlich ohne mir zu erklären, was darin stand. Nur der kurze Abriss, dass sie nicht lange künstlich am Leben erhalten werden wollen. Aber lesen durfte ich die Verfügung nicht, schnell hatte meine Mutter das Papier wieder zusammengefaltet und weggepackt. Vermutlich hatten sie dort auch hinterlegt, dass ihre Organe nicht gespendet werden sollten. Meine Eltern waren in der Hinsicht komisch. - Nicht nur in der Hinsicht, klar, aber in dieser eben besonders. Über das Thema hatten wir mal gesprochen und ich hatte eine ganz andere Einstellung.

Ich wollte nach meinem Tod noch anderen Menschen mit meinen Organen helfen, sofern das möglich war. Von mir aus konnten sich mich komplett aushöhlen, wenn damit noch ein oder mehrere andere Leben gerettet werden könnten. Umso weniger hätten die Maden zu tun. Nein, das nicht! Aber ich fand es unwichtig, ob ich komplett oder halb leer im Sarg läge. Ich wollte einfach helfen. Das wollte ich schon zu Lebzeiten immer gern. Helfen, schenken, andere fröhlich machen. Das hatte ich immer gern getan.

Was habe ich mir teilweise für eine Mühe mit Geburtstagsgeschenken gemacht. Habe gebastelt und gemalt, nur in der Hoffnung, dass sich der Beschenkte darüber freuen würde. Die meisten haben sich auch sehr gefreut. Die meisten, also alle bis auf meine Eltern, denn die, die mir eigentlich am nahesten stehen sollten, konnten meine Mühe nicht würdigen. Einmal habe ich ihnen zu einem ganz normalen Hochzeitstag ein Weidenkörbchen mit Frühlingsblühern bepflanzt, Weidenzweige dazwischen gesteckt, kleine Porzellanfiguren darin drapiert und Marienkäfer aus Holz, habe kleine weiße Steine vom Strand gesammelt und in dem Korb dekoriert, dann noch einen Gutschein von einem Restaurant geholt und dazwischen gesteckt. Mehrere Stunden Arbeit waren das. Dann haben Janine und ich stolz das Körbchen mit ein paar netten Worten an meine Eltern übergeben. Und was war die Reaktion? Ein kurzer Blick, ein ebenso kurzes 'Danke' und das Körbchen zur Seite gestellt. Dann haben sie weiter von ihrer Reise erzählt, von der sie gerade wiedergekommen waren. Logisch, das war natürlich wichtiger, wie konnte ich mein Geschenk nur so überbewerten?!

Nein, für Jan und Gertrud Brodersen zählte ausschließlich Mammon. Je mehr desto besser. Henni hatte das gut drauf. Sie ließ ihre Kinder ein Bild malen und kam selbst mit irgend so einem Staubfänger daher, Hauptsache es war deutlich erkennbar, dass es sich um kein Schnäppchen handelte. Was es war, war fast egal.

Eine Zeitlang hat sie immer Fotos ihrer Kinder gerahmt und verschenkt. Das war billig, sah aber nach viel aus und ihre Eltern waren quasi verpflichtet, diese Bilder auch aufzuhängen und der lieben Verwandtschaft zu präsentieren. Was sie natürlich auch brav taten. Zumal Henni ja immer die Gute und Fleißige war. Ich war ja immer mal wieder arbeitslos und gerade zuletzt war ich ja 'nur' Schreibkraft bei einem Arzt. Der war auch noch in einer festen Beziehung, also war auch der Gedanke, ich könnte einen Arzt mit in die Familie bringen, weit weg. Wieder nichts zum Angeben. Dann doch besser der fette Schwiegersohn von meiner fetten Schwester! Immerhin was. Die arbeiten zumindest beide – meistens. Mein Schwager war ja jeden Winter entweder arbeitslos oder krankgeschrieben. Er arbeitete nicht so gern. Aber was er machte, machte er gründlich. Arbeiten genauso wie krankspielen.

Ich wurde in Gedanken langsam gehässig. Dabei ignorierte ich das Knurren meines Magens. Bei dem Gedanken an Essen wurde mir schon schlecht. Bloß gut, dass Bernhard gerade schmollte. Sonst hätte er mich sicher zum Essen genötigt. So machte ich mir zu Hause nur eine weitere Tasse Kaffee und wollte mich gerade auf dem Sofa niederlassen, um weiter meinen bösen Gedanken nachzuhängen, da klingelte das Telefon. Widerwillig stand ich auf und holte mir das Funktelefon.

„Brodersen", meldete ich mich.

„Hallo Frau Brodersen, na, wie geht es Ihnen? Wieder soweit fit? War die Beerdigung schon?"

Es war mein Chef. Ich kannte seinen fordernden Tonfall nur zu gut. Es hatte lange gedauert, bis ich gelernt hatte, ihn charakterlich richtig einzuordnen. Er war Arzt mit Leib und Seele und genau das erwartete er auch von seinen Angestellten. Umso irritierter war er, dass wir Helferinnen und ich Schreibkraft die Arbeit bei ihm nur als Arbeit sahen und nicht als unser 'Baby'.

In den nun folgenden 15 Minuten klagte mir Dr. Gadner sein Leid. In der Praxis ginge es drüber und drunter, die Kolleginnen müssten meine Arbeit mit machen, müssten endlos Überstunden ziehen. Das könne man ihnen kaum zumuten, aber die Arbeit müsse ja gemacht werden. Schlussendlich wollte er wissen, wann ich denn wieder arbeiten könne. Er bot mir auch großzügig an, mich wieder gesundzuschreiben. Das könne er als Arzt ja machen. Und ob ich denn nicht zumindest Kaffee kochen und Röntgenbilder wegsortieren könne. Dass das Schreiben mit einem Gipsarm nicht gehe, könne er ja einsehen, aber aushelfen müsste doch gehen. Die anderen wären ja auch mit einer Schiene am Bein oder am Arm zur Arbeit gekommen.

Ich hörte höflich zu und schüttelte den Kopf. Dass sich ein studierter Mann zu so einem Verhalten hinreißen ließ, das konnte ich einfach nicht nachvollziehen. Fast schlich sich tatsächlich ein schlechtes Gewissen in meinen Kopf und ich hätte am liebsten nachgegeben, nur, um meine Ruhe zu haben und weil ich ja nun auch nicht das Sandkorn im Getriebe dieser Arztpraxis sein wollte. Aber ich war ja nicht umsonst krankgeschrieben. Ich ließ mich nicht erweichen. Ich machte mir bewusst, dass ich für die Arbeit jetzt unmöglich den Kopf frei haben würde, zumal am nächsten Tag die Beerdigung anstand.

Da holte Dr. Gadner zum endgültigen Schlag aus: Ob ich kein schlechtes Gewissen dabei hätte, meine Kollegen so im Stich zu lassen, wollte er wissen! Da war ich dann doch ein bisschen platt.

Sich der Gewichtung seiner Worte nicht oder gerade sehr genau bewusst, das konnte ich nicht einschätzen, wies er noch ganz nebenbei darauf hin, dass meine Krankschreibung ja morgen enden würde und er nun wissen müsse, ob er Ersatz für mich einstellen müsse, oder ob ich am Montag wieder auf der Matte stünde.

Einen Moment lang hatte es mir wirklich die Sprache verschlagen. Doch dass ich vorläufig nicht auf Arbeit gehen konnte und auch nicht wollte, so angeschlagen, wie ich derzeit war, das war mir sonnenklar. Ich holte tief Luft und stand vom Sofa auf. Vor dem Fenster baute ich mich auf, als stünde mein Chef mir gegenüber. Den geschienten Arm vor der Brust verschränkt, mit der anderen das Telefon haltend, antwortete ich ruhig aber bestimmt:

„Dr. Gadner, ich komme wieder, wenn ich wieder gesund bin!"

„Ja, aber das kann noch Wochen dauern!"

„Stimmt!"

„Was mit Ihren Kolleginnen ist, ist Ihnen wohl völlig egal? Haben Sie etwa schon eine andere Arbeit gefunden und wollen gar nicht wiederkommen? So allmählich müsste doch auch das Geld knapp werden, oder? Sie haben doch auch eine bestimmt eine Menge zu regeln wegen dem Tod Ihrer Eltern. Bekommen Sie das denn hin mit einem Arm?!"

„Ich habe Leute, die mir helfen. Allein schaffe ich das natürlich nicht. Ich bin ja krankgeschrieben!"

Ein bisschen wunderte ich mich über meine eigene Courage. Aber das wollte ich jetzt durchziehen. Sonst würde Dr. Gadner mich wieder kleinreden. Das wollte ich mir aber nicht gefallen lassen. Diesmal nicht.

„Ja, hier würden wir Sie ja auch unterstützen. Das ist doch klar. Aber Sie müssen verstehen, dass wir Ihre Hilfe auch brauchen. Ich würde mich so ungern nach jemand anderem umsehen. Sie sind doch so schnell und ich habe doch noch so viel mit Ihnen vor, Frau Brodersen. Kommen Sie schon. Das packen Sie doch mit links!"

„Es tut mir leid, Dr. Gadner. Wenn Sie nicht warten können, bis ich wieder auf dem Posten bin, dann müssen Sie eben jemand anderen einstellen. Das kann ich dann auch nicht ändern. Aber im Moment wäre ich Ihnen weder in meinem gesundheitlichen noch in meinem psychischen Zustand eine Hilfe."

„Wieso, sind Sie jetzt etwa auch noch depressiv geworden?!"

Er zog sowas gern ins Lächerliche, das kannte ich schon bei ihm und missbilligte es, auch deutlich ihm gegenüber. Damit war er schon einige Male bei mir angeeckt. Mir jetzt dasselbe an den

Kopf zu werfen, fand ich frech. Ich wusste ja, dass mein Chef mit psychischen Problemen nicht viel anfangen konnte, stand er doch selbst wie ein Fels seinen Mann. Schwäche zeigen gab es für ihn nicht. Vielleicht hatte er sich auch deswegen so ein Heimchen am Herd als Lebensgefährtin zugelegt. Die rief jeden Tag an und wenn ich mitbekam, was er ihr so riet und wie er sie bevormundete, dann wurde mir ganz anders. ‚Emanzipation ade', dachte ich dann immer und rollte mit den Augen.

„Dr. Gadner! Meine Eltern sind gestorben! Ich habe einen Unfall erlitten, weil ich mit einem Schwächeanfall im Krankenhaus war und da aus dem Bett gefallen bin! Meinen Sie wirklich, dass ich gerade einen guten Job bei Ihnen machen könnte? Denken Sie doch auch mal an Ihre Patienten!"

„Ach was. Das sind doch alles Ausflüchte. Sie wollen gar nicht mehr zu mir zurückkommen, das glaube ich."

„Also entschuldigen Sie bitte, aber was Sie glauben, ist derzeit nicht gerade mein Interessenschwerpunkt. Ich komme wieder zur Arbeit, wenn ich gesund bin. Guten Tag!"

Ohne eine Antwort abzuwarten, drückte ich den roten Knopf auf meinem Telefon. Die Stimme von Dr. Gadner erstarb mitten im Wort. Es war mir ein bisschen unangenehm, aber wirklich nur ein bisschen. Ich zitterte vor Aufregung, der Schweiß war mir ausgebrochen, innerlich kochte ich vor Wut über diesen Menschen am anderen Ende der Leitung, und damit meinte ich nicht nur die Telefonleitung. Dieser Mann war am anderen Ende einer jeglichen Leitung, hatte ich den Verdacht. Und gelegentlich stand er auch mit seinem kompletten ach wie sportlich durchtrainierten Körper und seiner nicht mal 1,70 m Körpergröße auf der Leitung. Aber sowas von!

Dass ich zitterte, ärgerte mich. Auch, dass mir die Tränen gekommen waren, passte mir ganz und gar nicht. Ich brachte es einfach nicht über die Lippen, wenn ich wütend wurde, dass ich wütend wurde. Stattdessen kamen mir die Tränen. Aber immer noch war ich um Höflichkeit und Respekt dem anderen gegenüber bemüht – was für ein elendiger Mist!

Jaja, immer höflich und freundlich und zu Rücksichtnahme und Respekt verpflichtet. So hat meine Mutter mich erzogen. Alle anderen sind wichtiger als ich, alle anderen muss ich respektieren, ohne dasselbe für mich zu erwarten zu dürfen. Und besonders vor Studierten hatte man einen gehörigen Respekt zu haben, hatte sie schließlich auch. Ich selbst war es nicht wert, respektiert zu werden. Was konnte ich schon?! Musste immer alles zweimal machen, die Führerscheinprüfung sogar dreimal. Meine Mutter hatte weiß Gott keinen Anlass, stolz auf ihre Zweitgeborene zu sein. Den Reiterpass brach ich ab, in der Schule drehte ich zwei Ehrenrunden. Alles, was ich konnte, war träumen. Den ganzen Tag konnte ich auf der Wiese liegen, auf einem Grashalm kauen und den Wolken zusehen. Meine Mutter rastete schier aus, wenn sie sah, wie ich ihrer Meinung nach die Zeit verschwendete. Dann rief sie mich zu sich und ich musste irgendwas im Haushalt tun. „Wer keine Arbeit hat, sucht sich welche", war ihr Leitspruch. Und Arbeit gab es immer. Also träumte ich fortan dort, wo meine Mutter mich nicht im Blick hatte: Der Wald war mein Rückzugsort. Ich setzte mich ins Moos, lehnte an einen Baum und ließ meinen Gedanken freien Lauf. Von einem schönen Zuhause träumte ich dann gern, in dem die Mutter ihre Kinder liebte, sie in die Arme nahm, sie tröstete, wenn sie sich die Knie aufgeschlagen hatten oder den Knöchel verknackst. Eine Mutter, die liebevoll war, die mit ihren Kindern scherzte und auch richtig lachen konnte. Und vor allem eine, die ihre Kinder nie, nie im Leben schlug.

Aber diese Unterwürfigkeit anderen gegenüber, vor allem jenen Zeitgenossen, die ein Studium absolviert hatte, diese Unterwürfigkeit war so sehr in mir drin, dass ich sie nicht ablegen konnte. Nie hätte ich Dr. Gadner gesagt, was ich wirklich von ihm hielt. Nicht ihm und keinem anderen Vorgesetzten, den ich vor ihm hatte. Damals in der Lehre hatte ich einen sehr unangenehmen Chef. Er war erst später in die Kanzlei gekommen, in meinem Lehrvertrag stand er nicht. Also hatte er mir genau genommen, gar nichts zu sagen. Aber ich war natürlich nicht in der Lage, ihm das an den Kopf zu knallen, so sehr er mich auch trietzte. Er mochte mich nicht – was sich auch vollends auf Gegenseitigkeit beruhte. Er war ein sehr großer, stark untersetzter Mann, der stinkende Zigarren rauchte und die Nase stets sehr hoch trug. Er machte große Schritte, wirkte durch seine Körperform dabei aber wie eine schlecht geführte Marionette: Große Füße, lange dünne Beine endeten oben in einem Bauch, der wie ein aufgeblasener Luftballon aussah, einfach eine große runde Masse. Oben gingen links und rechts davon zwei lange schlaksige Arme ab, die meist herunterbaumelten, in der einen Hand stets der stinkende Stumpen. Dann kam ein ausgeprägtes Doppelkinn, darauf thronte der bis auf einen Haarkranz und eine Handvoll über die Glatze gekämmter grauer Strähnen fast nackte Kopf. Brille auf der Nase mit dicken Gläsern und stets dieser überhebliche Blick. Ich nahm an, dass er die Nase nur deswegen so hoch reckte, damit der das Gleichgewicht halten konnte, weil ihn sein dicker Bauch sonst hätte vorn überkippen lassen. Meine Kollegin lachte verhalten, als ich ihr meinen Verdacht hinter vorgehaltener Hand leise zuflüsterte.

Keiner mochte ihn. Er war neu in der Kanzlei, die es damals schon über 20 Jahre gab, und führte sich auf, als hätte er den Laden gegründet. Wie anders war unser eigentlicher Chef, Frieder Bolte. Der war lustig, für jeden Quatsch zu haben und konnte auch mal ein deutliches oder genervtes Wort seiner Angestellten und Auszubildenden vertragen. Er gab auch mal Kontra, war noch dazu sehr attraktiv und charmant bis in die Haarwurzeln. Auch er hatte ein Problem mit seinem neuen Kompagnon, das spürten wir. Aber er hätte sich eher die Zunge abgebissen, als das zuzugeben. Das verbat ihm seine gute Erziehung, die noch deutlich spießiger als die meine gewesen sein musste.

Einmal hatte jemand aus der Kanzlei Geburtstag. Üblicherweise gab man dann Frühstück für alle aus, inklusive Chefs und Putzfrau! Wir saßen dann im Konferenzzimmer und futterten lecker belegte Brötchen, es gab Kaffee oder wahlweise auch Cola und lustige Geschichten, die sich erzählt wurden. Unser neuer Chef freute sich sichtlich über das gemeinsame Beisammensein, was wir ihm gar nicht zugetraut hatten. Er wurde direkt locker und plauderte über dies und das und gab Geschichten zum Besten, die ihn fast menschlich wirken ließen. Als ihm Kaffee angeboten wurde, lehnte er ab, denn er wollte heute lieber Cola trinken. So viele Gläser hatten wir natürlich nicht auf den Tisch gestellt, „macht nichts, ich trinke aus meiner Kaffeetasse", sagte er und ließ sich einschenken. Meine Kollegin und ich stießen uns mit den Ellenbogen an, hatten die Hoffnung auf einen kleinen Faux pas unseres unbeliebten Chefs. Und tatsächlich: Er war so vertieft in seine Erzählungen und die Geschichten der anderen, dass er vergaß, welche Geschmacksrichtung und Temperatur das schwarze Getränk in seiner Kaffeetasse vermuten ließ. Mit der Zeit hatte er es wohl gänzlich vergessen, hielt es für Kaffee und schenkte sich großzügig Milch dazu ein. Und merkwürdigerweise – wies ihn niemand darauf hin. Alle warteten ab, was nun passieren würde. Niemand, nicht mal unser netter Chef, sagte etwas. Alle warteten gebannt ab. Dann nahm er die Tasse in die Hand, noch immer lustig plaudernd, führte sie an den Mund – wir hielten die Luft an – und nahm einen tiefen Schluck!

Sogleich bemerkte er die Mischung, die er da zu sich genommen hatte, zog die Schultern hoch, machte einen Laut, der wie „Mmmm" klang, aber offenbar kein Wohlbefinden ausdrücken sollte, schluckt dann aber tapfer runter und schüttelte sich dann. „Huch, das war ja Cola!" Er sah böse in die Runde, erst natürlich uns ‚Stifte' fixierend, dann streng nach Rangordnung die Sekretärin und dann die Prokuristin an. Als sein Blick auf seinen Kompagnon fiel, der genau wie wir, schon deutlich mit den Mundwinkeln zuckte und das Lachen kaum noch unterdrücken konnte, begann er wie auf Knopfdruck und sehr übertrieben und laut zu lachen. Wir lachten dann alle über die komische Situation und im Stillen auch über diesen kleinen Denkzettel, den unser ungeliebter Chef damit bekommen hatte. Insgeheim waren wir uns alle einig: Das geschah ihm recht!

Ich musste schmunzeln, als ich an diese Situation dachte. Doch gleich fiel mir wieder Dr. Gadner ein. Wie ein Schreckgespenst ließ er sich nicht aus meinem Kopf vertreiben. Sogleich spürte ich wieder Wut in mir aufkeimen. Das Telefonat zuckte in Fetzen wieder durch meine Sinne, mein Blut begann zu kochen und ich zu zittern. Respekt? Respekt, nur weil einer studiert hat? Respekt muss man sich erstmal verdienen. Dr. Gadner hatte keinen Respekt verdient. Er zollte einem auch keinen. Ich kann nur den respektieren, der Respekt verdient. Aber bestimmt nicht jemandem, der mich wie einen Leibeigenen betrachtet und behandelt. Nun war endgültig Schluss mit Höflichkeit. Ich hatte so dermaßen die Nase voll von diesem Menschen, der sich selbst für einen guten Chef hielt. Das war so infam!

Sollte er sich doch jemand anderen suchen, dann war ich ihn jedenfalls endlich los! Ich hatte es satt, einfach satt. Dass er sich überhaupt traute, mich mit wunderschöner Regelmäßigkeit einmal pro Woche anzurufen, um mich klein zu machen, fand ich schon frech. Das war richtiger Psychoterror. Und er fiel bei mir leider auf fruchtbaren Boden. Von meiner Depression wusste mein Chef ja glücklicherweise nichts. Sonst hätte er sich mit Sicherheit schon über mich lustig gemacht. Menschen mit Depressionen, das waren doch nur Schwächlinge in seinen Augen. Leute, die ihr Leben nicht im Griff hatten, labile Personen eben. Niemand, der etwas geschafft oder geschaffen hatte, wurde depressiv. Das war die neue Modekrankheit derer, die sich eine Auszeit gönnen wollten und das vorzugsweise auf anderer Leute Kosten. Erstmal ein bisschen krankfeiern, weil es einem ja ach so schlecht ging! Dr. Gadner war der intoleranteste Mensch, den ich diesbezüglich kannte. Er meinte, mit Sport könne man alles in den Griff bekommen. Man müsse sich nur zusammenreißen und immer schön den Körper stählen, dann hätte man auch keine psychischen Probleme – was für ein Ignorant! Dermaßen selbstgefällig und arrogant, dass es schon wehtat.

Nein! So konnte das nicht weitergehen. Ich merkte meine Unruhe, meine Hände zitterten. Das Gespräch hatte mich sehr aufgeregt. Am liebsten wollte ich jetzt Schokolade in mich hineinschaufeln, um den Frust abzustellen, doch das war nicht richtig, das wusste ich. In mir entbrannte ein Kampf. Ein Teil von mir wollte Schoki, der andere wollte genau das verhindern. Mir wurde heiß und kalt gleichzeitig, ich war unglaublich nervös. Als hätte ich eine Kanne

Kaffee komplett hinuntergestürzt, so fühlte ich mich. Ich ging in die Küche zum Naschischrank und öffnete die Tür. Ich wollte die Schokolade haben. Dann schalt ich mich innerlich, dass ich das nicht nötig hätte und Dr. Gadner nicht der Grund sein dürfte, wieder in alte Muster zurückzufallen. Nach scheinbar endlosen Minuten knallte ich die Schranktür zu und wollte aus der Küche stürmen. Noch in der Zimmertür drehte ich mich plötzlich hektisch um und warf schnelle Blicke auf die Schranktür – war sie wirklich zu? Dann auf das Küchenfenster – war der Griff wirklich heruntergedreht? Dann schnell noch den Herd kontrollieren. Alles zu, alles aus, alles zu, alles aus, alles zu, alles aus, nochmal und nochmal sagte ich mir das innerlich. Ich verließ die Küche, noch immer aufgebracht und mit klopfendem Herzen. Doch die Tür schloss ich nur beinahe, dann riss ich sie wieder auf, lugte in den kleinen Raum, kontrollierte erneut mit Blicken die Schranktür, das Küchenfenster, den Herd. Alles zu, alles aus, alles zu, alles aus, alles zu, alles aus. Dann wieder die Tür schließen, und wieder öffnete ich sie. Blick auf den Schrank, den Fenstergriff, die Herdknöpfe. Alles zu, alles aus, alles zu, alles aus. Tür zu, Tür wieder auf. Blick wieder auf den Schrank, den Fenstergriff, den Herd. Ich wollte hineingehen, alles nochmal angreifen, die Knöpfe der Herdplatten befühlen, ob er wirklich aus war. Ich konnte mich doch getäuscht haben, oder eine der kleinen Lämpchen war kaputt. ‚Geh hin, guck nach, mach schon. Am Ende brennt das Haus ab, was wird dann mit Deinen Tieren, die holst du so schnell nicht hieraus. Und Janina? Los, geh hin, kontrolliere die Griffe und den Herd, mach schon, los, geh hin!!!' Eine innere Stimme redete auf mich ein, befahl mir, dem Wunsch nachzugeben und zu kontrollieren.

In dem Moment wurde mir klar, was ich da tat: Mein Kontrollzwang hatte mich wieder zu packen! Die Zwangshandlung, die ich vor Jahren erfolgreich bewältigt hatte - dachte ich. Doch nun war er wieder da, der Zwang. Meine Therapeutin hatte damals immer gesagt: ‚Es ist nur der Zwang. Sie müssen das Fenster nicht kontrollieren. Das verlangt nur der Zwang von Ihnen'.

‚Es ist nur der Zwang', schoss es mir durch den Kopf, immer und immer wieder. Dann brach ich in Tränen aus und rutsche rücklings an der nun leise ins Schloss fallenden Küchentür hinunter. Ich ließ den Kopf auf die Knie sinken, umschlang ihn mit meinen Armen und heulte kraftlos. Ich wollte das alles nicht. Ich wollte mein Leben im Griff haben, alles regeln, alles hinbekommen. Ich wollte nicht schwach sein und nichts mehr schaffen, mich von einem simplen Telefonat so sehr ins Bockshorn jagen lassen, dass der Zwang sofort wieder seine gierigen langen Finger nach mir ausstreckte und ich sie schon angewidert auf meiner Haut spürte. Ich innerliche Kämpfe ausfocht, um vor mir selbst zu bestehen. Hin und her, schaffe ich es, oder bin ich zu schwach. Kann ich es, oder versage ich wieder einmal.

Ich wollte das alles nicht mehr! Ich wollte doch nur meine Ruhe haben. Keinen Stress, keinen Ärger, keinen Menschen um mich, der mich zu manipulieren und verletzen sucht und dem es nur dann gut ging, wenn er andere fertig machen konnte, sich selbst profilieren, auf Kosten der schwächeren und der Untergebenen. Derer, die auf ihre Arbeitsstelle angewiesen sind und dafür sogar einen niederträchtigen Arbeitgeber hinnehmen müssen. Diese Arbeit würde mich krank machen, das wurde mir jetzt klar. Ich musste aus diesem Job raus, weg von diesem sogenannten Vorgesetzten, jedenfalls für eine gewisse Zeit. So konnte es nicht weitergehen. Gerade jetzt nicht, wo ich so viele Dinge zu regeln hatte. Morgen sollte die Beerdigung sein. Da musste ich doch stark sein, auf dem Posten und meinem Kind eine Stütze. Würde ich Schwäche zeigen, würde ich doch meinem Kind den Halt rauben. Doch ich schaffte das jetzt nicht allein, das hatte mir das vermaledeite Telefonat und der ‚Besuch' meines Zwangs deutlich gemacht. Nur mit Beruhigungstropfen würde ich das auch nicht mehr durchstehen. Ich brauchte Hilfe, ärztlichen Hilfe, und zwar dringend! Mein Doktor würde mir helfen, da war ich mir sicher!

Ich sah auf die Uhr: Das passte, es war kurz vor Mittag, noch hatte die Praxis meines Hausarztes geöffnet. Ich packte meine Tasche, schnappte mir den Autoschlüssel und fuhr zum Arzt. Den Drang, die Haustür zu kontrollieren, unterdrückte ich mit aller Macht.

Beim Arzt angekommen, schilderte ich mein Problem und meine Angst, dass die Depression wieder da wäre. Ich musste mich sehr zusammenreißen, nicht zu weinen. Wie aufgebracht ich war, hatten die Helferinnen aber offenbar gleich gemerkt. Ich kam unerwartet schnell dran, obwohl ich natürlich keinen Termin hatte. Aber das kannte ich schon von meinem Doc. Wenn man wirklich was hatte, war man auch ratz fatz an der Reihe. Mit einem schnöden Schnupfen konnte man schon mal länger warten.

Mein Hausarzt kannte mich seit Jahren, hatte mir auch in der schweren Zeit der Depression zur Seite gestanden und war wenn's drauf ankam, jederzeit für mich zu sprechen. Nun saß er mir gegenüber und fragte mit einem durchdringenden Blick, wie es mir gehe. Ich wusste nicht warum, aber sofort sprudelte alles aus mir heraus: Die Auseinandersetzungen mit meiner Schwester, die bevorstehende Beerdigung, die Häuser, die ich verkaufen musste, Nadine, das ausgeschlagene Testament und nun auch noch mein widerwärtiger Chef.

„Ich hatte doch schon eine Depression. Ich kann doch jetzt keine neue gebrauchen!", raunte ich unter Tränen.

„Gebrauchen kann die keiner, Frau Brodersen. Aber ich will genauso wenig wie Sie, dass das alles von vorn losgeht. Wie geht es Ihnen denn jetzt im Moment?"

„Ich glaub, ich halte einfach nur noch durch und hoffe, dass das alles bald vorbei ist. Ich weiß nur nicht, wie lange ich noch durchhalte. Letzte Nacht und die davor habe ich kaum ein Auge zu bekommen und muss schon wieder Beruhigungsmittel nehmen, um wenigstens zwei Stunden am Stück zu schlafen. Ich bin alle, fix und fertig!"

Kurzerhand bekam ich irgendwelche 'Power-Pillen' verschrieben, die mich in den nächsten 1-2 Wochen stabil halten sollten und mir die Kraft geben, die mir momentan fehlte.

„Aber", schärfte mein Doktor mir ein, „das ist auf gar keinen Fall eine Dauerlösung, verstanden?! Und in exakt zwei Wochen sehen wir uns wieder. Sie können sich vorn direkt einen neuen Termin geben lassen und dann sehen wir weiter. Alles klar?!"

Und dann füllte er noch diesen kleinen gelben Zettel aus, der mich sofort ruhiger atmen ließ: Eine Arbeitsunfähigkeitsbescheinigung für meinen Arbeitgeber! Zwei Wochen war ich auf jeden Fall noch außer Gefecht gesetzt.

Puh! Draußen fiel mir ganze Bataillon Steine vom Herzen. Ich fühlte mich, als hätte ich gerade einen Marathon gelaufen. Nun erst wurde mir bewusst, wie sehr mich die allein der Gedanke an meine Arbeitsstelle unter Druck gesetzt hatte. Die Arbeit selbst eigentlich nicht, korrigierte ich mich. Sie machte mir sogar Spaß. Aber mein Chef. Der machte alles andere als Spaß! Ich musste mich unbedingt nach einem anderen Job umsehen. Aber später. Jetzt waren andere Dinge dran und zwei Wochen hatte ich ja nun erstmal Galgenfrist.

Im Kosmetikspiegel meines Autos betrachtete ich meine verweinten Augen und übte Schadensbegrenzung. Mein Gesicht war noch rot von den Emotionen, die Schminke leicht verwischt. Ich fuhr mit den Fingern die Konturen nach, wischte die Verfärbungen weg, die da nicht hingehörten. Einigermaßen zufrieden mit dem Resultat startete ich den Motor und fuhr zu Janines Schule. Vor dem Gebäude fand ich einen guten Parkplatz, stieg aus und ging ins Sekretariat. Dort gab ich die Entschuldigung für den nächsten Tag für Janine ab und verabschiedete mich, bevor die Sekretärin noch ihre beileidsbekundenden Worte ausschmücken konnte. Ich müsse weg, gab ich an und huschte aus dem Raum. Die Schulglocke läutete und prompt pochte mein Herz laut bis in meinen Kopf. Ich hatte das Gefühl, hochrot im Gesicht zu sein. Es pochte und klopfte, mein Blut rauschte in einer Achterbahnfahrt durch meine Arterien. Mit Mühe beruhigte ich mich, atmete tief durch, fächelte mir mit der Parkscheibe Luft zu.

Da kam Janine um die Ecke und ich zwang mir ein Lächeln auf. Sie lief auf mich zu und erfasste die Situation sofort. Einen

Moment zögerte sie, dann lief sie zu mir und nahm mich in ihre schmalen Arme. Kurz kamen die Tränen wieder hoch. Ich blinzelte ein paar Mal, dann schob ich mein Kind ein bisschen von mir weg. Sie sah mich fragend an.

„Was machst du denn hier?"

„Dich abholen." Zusammen gingen wir zum Auto. „Wir gehen shoppen."

„Echt?", zweifelnd legte sie den Kopf schief.

„Ja, leider."

„Leider?"

Wir waren beim Auto angekommen, ich entriegelte die Türen, stieg auf meiner Seite ein und sagte, als wir unsere Plätze eingenommen und beide Türen geschlossen hatten:

„Wir müssen Trauerkleidung kaufen. Morgen ist die Beerdigung."

In die Augen sehen konnte ich ihr bei diesen Worten nicht, ihre plötzliche Traurigkeit spürte ich auch so sofort. Es tat mir so leid, aber ich konnte ihr doch nicht helfen. Dabei hätte ich ihr gern die ganze Trauer abgenommen. Wie gern hätte ich ihr das alles erspart, diese Gefühle und die Beerdigung, wo alles noch einmal hochkommen würde. Ich hatte ihr angeboten, nicht zur Beerdigung zu gehen. Aber sie bestand darauf. ‚Das bin ich Omi und Opi schuldig', hatte sie mit fester Stimme gesagt.

„Du kannst immer noch zu Hause bleiben, du musst da nicht mit, wenn du nicht willst, mein Schatz."

„Irrtum Mami! Ich muss da mit, das ist das mindeste, was ich tun kann, nach allem, was sie für mich getan haben."

Liebevoll sah ich kurz zu ihr herüber und strich ich ihr über den Handrücken. Ohne eine Regung ließ sie es geschehen. In dem Moment kam es mir so falsch vor, dass ich meine Hand wieder zurückzog.

Kapitel 27

Janine hatte auf der Rückfahrt still im Wagen gesessen und starr geradeaus geschaut. Wir waren in einem Geschäft mit günstiger Kleidung, in dem wir normalerweise gern und ausgiebig shoppten. Aber uns war beiden nicht nach Begeisterung. Wir holten uns schwarze Hosen, schwarze Blusen, mir noch eine schwarze Haarspange und für Janine einen schwarzen Schal. Im Geschäft nebenan kauften wir je ein Paar pechschwarze Pumps und schwarze Nylonstrumpfhosen. Fertig. Jacken würden wir vermutlich nicht brauchen. Es war für den nächsten Tag bestes Wetter angesagt. An der Kasse lagen Sonnenbrillen. Ich wollte der Verkäuferin schon meine Bankkarte zum Bezahlen reichen, als mein Blick auf die Brillen fiel. Ich sah kurz meine Tochter an. Fast erschrak ich, als ich erkannte, wie blass sie war. Sie sah nur geradeaus. Ich griff in die Schachtel mit den Sonnenbrillen und nahm zwei mit großen Gläsern heraus.

Die Verkäuferin schien anhand der Farben unserer ausgewählten Stücke und vermutlich auch an unseren düsteren Minen erkannt zu haben, dass wir nicht zu unserem Spaß in ihrem Laden waren und verkniff sich jedes überflüssige Wort. Sie nannte den Betrag, ich gab ihr meine Karte, tippte meine Geheimzahl in den kleinen Apparat und nahm die Karte nach der Freigabe wieder an mich. Die Verkäuferin sah mir kurz und ernst in die Augen und ich hatte das Gefühl, als würde sie darin lesen. Für einen Moment sammelten sich Tränen in meinem unteren Lid. Doch ich blinzelte sie schnell weg, lächelte der Verkäuferin noch einmal kurz zu und schnappte mir dann die Tasche mit unseren Sachen. Mit der anderen Hand schob ich Janine aus dem Laden hinaus.

Es war so ein trauriger Moment, als wir draußen standen, in der Tüte die Sachen, die ich kaum zu berühren wagte. Als wären sie schuld an der Situation. Als hätten diese Sachen meine Eltern getötet und mein Kind dermaßen traurig gemacht. Diese Kleider waren schuld. Ich wollte mir nicht vorstellen, sie anziehen zu müssen. Ich hatte fast Angst vor den Stoffen. Angst, die Bluse würde mir die Luft zum Atmen nehmen, wenn ich sie anzöge.

Wir standen vor dem Laden, die Sonne schien uns ins Gesicht. Janine bewegte sich nicht. Ihre Haut war aschfahl, sie sah krank aus. Auf einmal sagte sie monoton:

„Mami, ich kann die schwarzen Sachen morgen nicht anziehen. Das kommt mir so falsch vor. Als ob ich damit Oma und Opa endgültig umbringe."

„Aber Mäuschen. Du bringst doch niemanden um! Das mit den schwarzen Sachen muss so sein, leider. Und du kennst doch Oma – kanntest... Sie hätte großen Wert darauf gelegt, dass alles so abläuft, wie es sich gehört."

Keine Antwort.

„Mich macht der Gedanke an die schwarzen Sachen auch fertig, ich kann Dich so sehr verstehen."

„Dann müssen wir sie nicht anziehen?" Noch immer sah sie starr geradeaus.

„Doch, das müssen wir. Das hätte sich auch deine Oma so gewünscht."

Ich wusste nicht, was ich noch sagen konnte. Dann plötzlich hatte ich eine Idee. Vielleicht war sie makaber, aber möglicherweise war es auch das einzige, was mein Kind und mich in diese schwarzen Kleider bekommen würde.

„Janine, ich hab da eine Idee. Klingt vielleicht blöde, aber vielleicht ist es auch genial. Damit uns die schwarzen Sachen nicht komplett runterziehen, werden wir morgen strahlend weiße Unterwäsche darunter tragen. Was hältst du davon? Dann kann das Schwarz uns nicht in seinen Bann ziehen."

Ich sah sie fragend unsicher an. Langsam wand Janine ihr Gesicht zu mir, guckte mich mit versteinerter Miene an und dann, ganz langsam, nickte sie. Und ein Lächeln huschte über ihr Gesicht.

Erleichtert legte ich meinen Arm um ihre Taille und ging mit meinem Kind zu meinem Auto. Mag sein, dass diese Idee mit der weißen Unterwäsche völliger Quatsch war und erzählen sollte ich das sicherlich niemandem. Aber es hatte funktioniert. Janine war wieder etwas aufgelockerter und nicht mehr in so einer Schockstarre, wie in dem Laden, als sie vor den schwarzen Sachen stand.

Kapitel 28 – Freitag, Tag der Beerdigung

Um 6:00 Uhr stand ich auf. Völlig gerädert rieb ich mir den Schlaf aus den Augen. Ich hatte vielleicht 3 Stunden geschlafen. Mitten in der Nacht lief ich ruhelos durch meine Wohnung, sah alle 5 Minuten nach Janine, die sich wild im Bett hin- und herwarf. Sie rief abwechselnd nach mir und nach ihrer Oma. Dann schluchzte sie laut und zog sich die Decke über den Kopf.

Ich wollte sie in den Arm nehmen und trösten. Doch kaum war ich bei ihr, drehte sie sich zur Wand und vergrub ihr Gesicht in der Bettdecke. Hätte ich sie in der Situation geweckt, hätte sie sicher furchtbar angefangen zu weinen. Während ich noch einen Moment zögerte, begann sie schon wieder ruhiger und bald gleichmäßig zu atmen.

Ich blieb vor ihrem Bett stehen und sah mein Kind an. Janines Atem beruhigte sich zusehends, dann huschte im Traum sogar ein Lächeln über ihr Gesicht.

So ging es die halbe Nacht. Mal war sie am Wühlen, dann wieder völlig ruhig und entspannt. Sie tat mir so leid. Aber ich wollte auch nicht in ihr Träumen eingreifen. Sie verarbeitete den vergangenen Tag, der wirklich nicht toll war, und bereitete sich unterbewusst auf den morgigen vor. Nur mir drehte sich der Magen und meine Gedanken kreisten wie Düsenjäger in meinem Kopf und ließen mich nicht zur Ruhe kommen. Auch nach drei kleinen Baldriantabletten, die ich gern als mal als Einschlafhilfe nahm, wurde ich nicht ruhiger. Am liebsten hätte ich mich auf mein Trimmrad gesetzt und wäre eine Stunde geradelt.
Stattdessen zog ich mich an, schnappte mir die Hunde und eine Taschenlampe und lief um zwei Uhr nachts durch die stockfinstere Nacht.

Zunächst ging ich zügig, fast schon eilig die Straßen entlang. Ich lief in dem Tempo, in dem die Gedanken in meinen Kopf eintraten und ihn wieder verließen. Ob ich das alles schaffen würde, fragte ich mich unruhig. Wie es denn werden würde nach der Beerdigung. Und die Beerdigung selbst morgen, was würde passieren. Wie würde Henni sich verhalten. Nach den Ereignissen der letzten zwei Wochen traute ich ihr alles zu. Sogar das, was ich ihr in den Jahren zuvor nicht zugetraut hatte. Ja, sie war immer schon raffgierig und hatte eine riesengroße Angst, zu kurz zu kommen. Besonders, was mich anbetraf. Aber dass sie stehlen würde, mich hintergehen, Intrigen schmieden und sogar eine vermeintliche Freundin auf mich hetzen würde, ihr Geld bieten, damit sie mich ausspionierte, das alles war mir neu. Soviel kriminelle Energie hätte ich bei meiner sonst eher schüchternen und im Geheimen keifenden Schwester bis vor ein paar Wochen nicht vermutet. Bis vor diesem Unfall.

Diesem verdammten Unfall!! Wäre er doch bloß nicht passiert. Was gäbe ich darum, wenn noch alles beim Alten wäre. Meine Eltern, die mich ab und zu fürchterlich nervten, mir aber alles in allem eine Hilfe waren, noch am Leben waren. Nicht zuletzt wegen Janine. Wir hatten eine Art gefunden, wie wir vier miteinander auskamen. Wir liebten uns nicht, aber ergänzten uns und halfen einander. Das war weit mehr, als mich mit meiner vier Jahre älteren Schwester verband. Von ihr hatte ich mich nach dem letzten Zwischenfall, nach dem sie mich „für tot erklärt" hatte, stark distanziert. Sogar beim Tanzen ging ich ihr aus dem Weg, was manchmal nicht leicht war.
Sie hingegen tat genau das Gegenteil. Sie suchte förmlich die Orte, an denen ich mit Sicherheit auch zu finden war. Rannte sich auf einem Tanzfest die Hacken ab, um ja in einem Square, also einem Tanzquadrat, zusammen mit mir zu stehen. Und wenn nicht sie, dann eine/einer aus ihrer liebreizenden Familie!
Das nervte mich so sehr, dass ich solche Veranstaltungen bald mied. Was muss das für ein Triumph für sie gewesen sein! Für mich aber nicht nur demütigend, sondern auch nicht nachvollziehbar.

Und nun stand morgen die Beerdigung unserer beider Eltern bevor. Ein Ereignis, an dem besonders wir Schwestern von allen sicherlich genau beäugt werden würden. Wie würden die zänkischen Schwestern diesen Tag begehen? In eitler Eintracht oder streitend wie immer? Würde es etwas zu sehen geben? Einen Eklat? Etwas, worüber sich „die Anderen" das Maul zerreißen konnten?

- Jetzt dachte ich schon wie meine Mutter, schalt ich mich selbst. Dabei waren mir 'die Anderen' doch wirklich herzlich egal. Aber das Aufeinandertreffen mit Henni bereitete mir Bauchschmerzen. Ich wollte ihr am liebsten gar nicht begegnen, doch ich hätte wetten können, dass, je mehr ich mich morgen zurückziehen würde, sie das Ruder an sich reißen würde. Sie würde sich in den Vordergrund drängen und als diejenige hinstellen, die nach dem plötzlichen Tod unserer Eltern alles geregelt hätte und auch in Zukunft die Geschäfte unserer Eltern weiterführen würde. Selbstverständlich würde sie das tun. - Das genauso, wie zu lügen, nur um gut dazustehen! Frust kroch in mir hoch.

Mit einem Mal war es still in meinem Kopf. Ich fühlte nur noch Melancholie und Leere. Ich war ausgebrannt. Ich konnte nicht mehr. In dem Moment hätte man mich entführen können oder ausrauben. Ich war nicht in der Lage, mich zu wehren. Ich war einfach nur fertig.

Vor einer Bank war ich stehengeblieben. Ich ließ mich darauf nieder, lehnte mich schwer an die Rückenlehne und blickte in den Himmel. Es war erstaunlich warm, windstill und der Mond schien voll und rund. Ich konnte die Sterne zählen und fand das einzige Sternbild, das ich kannte: Den großen Wagen. Es war eine wunderbare Ruhe um mich herum. In meinem Kopf war Ruhe und alles was ich tat, war zu atmen. Es gab wenige Tage im Jahr, an denen ich die nahe Ostsee riechen konnte. Das Salzwasser, den Seetang, der am Strand lag und auf seine ganz eigene Weise duftete. Es war keinesfalls Gestank, es war ein Duft. In dieser Nacht konnte ich ihn riechen.

Und mit einem Mal fühlte ich mich nicht mehr allein. Ich sah in die Nacht und auf einmal hörte die Stimme meiner Mutter. Sie sprach mit mir, wie sie noch nie mit mir gesprochen hatte:

„Bettina, meine Kleine, du schaffst das. Du bist stark, das weiß ich. Ich hab dir das nie gesagt, das ist nicht meine Art, das weißt du ja. Aber eines sollst du wissen: Ich bin sehr stolz auf Dich. Was du geschafft hast, hätte ich in Deinem Alter nicht geschafft. Und ich bin mir sicher, dass du auch weiter Deinen Weg gehen wirst. Wenn überhaupt jemand, dann du! Halt durch, ja? Tu es für Janine. Sie braucht Dich jetzt. Viel mehr als du glaubst."

Mir schossen die Tränen in die Augen. Es war völlig abstrakt, dass meine Mutter so etwas sagen würde – mal davon abgesehen, dass sie tot war. Aber es war ihre Stimme und vermutlich war es genau das, was ich immer von ihr hatte hören wollen, was sie aber nie zur mir gesagt hatte.

Vielleicht war es das, was sie immer sagen wollte, aber nicht konnte. Vielleicht war es aber auch nur Einbildung in dieser durchwachten Nacht. Was auch immer, es traf genau in mein Herz. Warme salzige Tränen liefen über meine Wangen, tropften auf meinen Hals. Ich sah das Gesicht meiner Mutter und hörte ihre Stimme, als wollte mein Unterbewusstsein mich daran hindern, sie zu vergessen.

Dann kamen mir die Worte meines Vaters in den Sinn, der einmal zu mir gesagt hatte: „Du kannst alles schaffen, du musst nur fest genug daran glauben!" Ernst und wahrhaftig hatte er das gesagt, als ich noch ein Kind war und vor Eifer überquoll. In dieser Nacht sah ich auch sein Gesicht. Er blickte mich freundlich an und umarmte dabei meine Mutter von der Seite. Sie lehnten die Köpfe aneinander und lächelten mir zu. In meinem Kopf hallte es wieder: „Du kannst das. Du schaffst das. Ich bin stolz auf Dich."

Ich war auf der Bank zusammengesunken und hatte mein Gesicht in die Hände vergraben. Tränen über Tränen rannen aus meinen Augen und ich schluchzte in die Stille der Nacht. So gern hätte ich diese Worte einmal von meinen Eltern zu Lebzeiten gehört. Ein bisschen Anerkennung, ein kleines Lob. Nicht immer nur Tadel und Schläge und Strafe. Wie hatte ich mich nach Liebe gesehnt und mich verzweifelt bemüht, nicht verbittert zu werden, wie meine Schwester! Ich wollte das Leben lieben und ich liebte es auch. Ich hatte oft genug Grund gehabt, das Leben zu hassen. Und auch meine Eltern zu hassen, lernte ich mit der Zeit. Irgendwann jedoch schwang der Hass in Mitleid um. Sie taten mir eigentlich nur noch leid. Leid, dass sie so ein jämmerliches Leben führten, nur funktionieren, nur dem schönen Schein gerecht werden mussten. Während ich mein Ding machte. Ein Kind bekam, auch ohne Partner an meiner Seite, meinen Ehemann zum Teufel jagte, weil er glaubte, mit mir eine gute Partie gemacht zu haben und sich fortan nur noch auf Kosten meiner scheinbar reichen Eltern zurückzulehnen zu brauchen; einen Job, der mich fertigmachte, kündigte und lieber arbeitslos und fast mittellos war als unglücklich. Ich wollte nicht unglücklich sein. Alles nur das nicht. Das einzig wichtige in meinem Leben war das Gefühl, glücklich zu sein. Wenn ich es nicht mehr war, musste ich diese Situation ändern.

Aber eines hätte mich ganz besonders glücklich gemacht: Die Anerkennung meiner Eltern zu erfahren. Vermittelt zu bekommen, dass meine Eltern mich lieben, vielleicht auch nur mögen. Überhaupt ein positives Gefühl von meinen Eltern zu erhalten. Irgendwas. Nur einmal.
Die Stimmen von ihnen zu hören, war wie ein Befreiungsschlag. Endlich hatte ich dies alles erhalten. Und noch dazu von meiner Mutter, die für mich immer nur wie die Eiskönigin war, voller Kälte und der Unfähigkeit Gefühle zuzulassen. Gerade meine Mutter.

Ich muss eine ganze Weile da gesessen habe, da stupste meine kleine Ebby mich von der Seite an und fiepte leise. Ich hob den Kopf und sah sie an. Freudig wedelte sie mit dem Schwanz und leckte mir schnell über das Gesicht. Ich lächelte und strich ihr über das seidige Fell. Sofort lehnte sie sich seitlich an mich. Joy saß vor mir und legte den Kopf schief. Ich streckte ihr meine freie Hand entgenen, sie legte ihren Kopf hinein und schloss vertrauensvoll die Augen. In dem Moment fühlte ich mich warm und wohlig.

Und ich wusste: Meine Eltern waren bei mir. In welcher Form auch immer. Sie waren da.

Kapitel 29

Ich sah in den Spiegel: Schwarze Pumps, schwarze Nylons, schwarze Hose, schwarze Bluse, schwarze Sonnenbrille auf dem Kopf, das Haar zurückhaltend. Mein Gesicht war passend dazu irgendwie grau. Ich hatte ein bisschen grünen Lidschatten aufgetragen und schwarze Wimperntusche. Zu mehr reichte die Motivation an diesem traurigen Tag nicht. Die Kleider hingen an mir herunter wie ein Sack. Ich hätte ein Abendkleid anhaben können, in diesem Moment hätte auch edelster Stoff wie Jute an mir ausgesehen.

Mir war zum Heulen zumute. Aber keine Träne löste sich aus meinen geröteten Augen. Ich war leer und ohne ein einziges Gefühl mehr in mir. Ich wollte diesen Tag einfach nur mit Anstand hinter mich bringen. Und bitte ohne Eklat, flehte ich zum Himmel.

Janine stellte sich neben mich, genauso in Schwarz, genauso eine kümmerliche Gestalt wie ich. Auch der dünne Schal, den sie sich umgelegt hatte, lockerte das Bild nicht auf. Ihre Augen waren klein, die Lider geschwollen. Sie musste geweint haben. Und ich hatte es nicht bemerkt. Ich legte den Arm um die schmalen Schultern meines Kindes. Sie sah mich an, doch sie wirkte leer. Ich wusste, kein Wort würde die Situation verbessern, so nahm ich Janine in die Arme und drückte sie sacht an mich. Ihre Arme blieben neben dem Körper hängen, doch ihr Kopf lehnte sacht an meiner Schulter. Sie schien wie eine Hülle ihrer selbst, leer und ohne jedes Gefühl. Ich löste die Umarmung, legte meinen Arm um ihre Schultern und schob sie sacht zur Haustür hinaus. Wir stiegen in mein Auto und fuhren zum Friedhof.

Dort waren wir die ersten. Das war eine kleine Erleichterung. Außer unserem kein weiteres Auto zu sehen. Wir schritten durch das schwere Eisentor, der Kies des Gehweges knirschte unter unseren Füßen. An der Tür zur Kirche wartete schon der Bestatter. Ich erblickte ihn, war aber nicht mal zu einem bösen Blick fähig. Er hingegen wich meinem aus, so gut er konnte, sah mich nur

Sekunden an, um dann wieder wegzugucken. Als ich auf seiner Höhe angekommen war, fragte ich kurz:

„Nun? Noch eine Planänderung, von der ich nichts weiß?"
„Nein, Frau Brodersen, alles wie abgesprochen."
„Keine neuen 'Inspirationen' von meiner Schwester?"
„Nein nein, das passiert mir nicht noch einmal. Darauf gebe ich Ihnen mein Wort."
„Gut so."

Dann ging ich an ihm vorbei, so aufrecht wie möglich. Janine hatte nach meiner Hand gegriffen, zögerte, in das alte große Gebäude zu treten. Ich sah sie mit traurig an. Sie erwiderte meinen Blick nicht, sah starr geradeaus. Die Lippen geschlossen, der Atem ruhig. Dann, langsam, trat sie Schritt für Schritt in das Kirchenvorhaus ein. Keinen Blick zu den Seiten des kleinen Raumes verschwendend ging sie weiter in den Kircheninnenraum. Langsam gingen wir nebeneinander her den mit Läufern aus ausgetretenem Sisal aus besseren Zeiten ausgelegten Gang entlang, dann rechts herum auf den Altar zu.

Es war bewegend und bedrückend zugleich, die beiden Särge dort stehen zu sehen, mit identischen Blumengestecken darauf. Auf dem Boden ein halbes Dutzend Kränze in unterschiedlicher Größe, mit Schleifen daran, hübsch diagonal drapiert. Alles war für diesen traurigen Anlass doch sehr nett hergerichtet. Kerzen auf großen Ständern waren angezündet, verbreiteten einen dezenten Lichtschein.

Janine und ich hatten die Särge fast erreicht, da stoppte mein Kind abrupt. Hätten wir den Arm ausgestreckt, wir hätten das Holz der letzten Betten ihrer Großeltern berühren können und vermutlich hatte sie genau davor Angst. Janine blieb regungslos stehen, sah die Särge an und sank dann auf die Knie, den Blick immer noch geradeaus gerichtet. Ich sank ebenfalls nieder und zusammen falteten wir die Hände und beteten leise, fast flüsternd: „Vater unser im Himmel. Geheiligt werde dein Name. Dein Reich komme. Dein Wille geschehe, wie im Himmel, so auf Erden. -

Amen."

Einen Moment lang knieten wir noch dort, den Blick nun gesenkt auf den Boden und mit einem Kloß im Hals. Dann erhob ich mich und legte meine linke Hand auf Janines Schulter. Sie sah zu mir auf, in ihren Augen Tränen, ihr Blick verzweifelt. Sie kam hoch und fiel mir mit Wucht um den Hals. Kurz schluchzte sie laut auf, dann fiel sie fast in sich zusammen, die Arme sackten herunter und baumelten links und rechts neben ihren dünnen Hüften.

Mir schnürte es die Kehle zu, sie so zu sehen. Ich versuchte, die Tränen zu unterdrücken und standhaft zu bleiben. Musste ich doch. Für mein Kind musste ich doch jetzt stark sein. Überhaupt musste ich das. Meine Eltern verließen sich auf mich. - Alle verließen sich auf mich. Ich drückte den Rücken durch, holte einmal kurz tief Luft und schob Janine dann behutsam aber bestimmt auf einen Platz in der ersten Reihe der Sitzbänke im linken Kirchenschiff. Sie sank auf das einhundert Jahre alte Möbel nieder und ließ den Kopf hängen.

Als ich mich erneut dem Altar zuwandte, sah ich den Küster auf mich zukommen. Ein knochiger Mann mittleren Alters, bis auf ein weißes Hemd ganz in Schwarz gekleidet und die Zurückhaltung in Person. Ich kannte ihn von anderen Trauerfeiern vorher schon. Immer hatte er etwas genauso Melodramatisches wie Beruhigendes an sich. Freundlich und voller Mitgefühl sprach er mich an.

„Mein Beileid, Frau Brodersen. Können wir kurz den Ablauf besprechen?"

Ich nickte stumm. Er erklärte mir die zeitliche Reihenfolge. Ich tat mich schwer damit, ihm zu folgen, verließ mich darauf, dass ich noch aus den Vorbesprechungen wusste, was kommen würde. Am Ende fragte er noch:

„Und Sie sind sicher, dass Ihre Schwester Helena Hansen nicht auf

der gleichen Bank sitzen soll, wie Sie? Ich meine, so als
Schwestern? In dieser Situation?"
„Ja, genau. Ganz besonders nicht in dieser Situation!"
„Ich meine ja nur, weil sie speziell danach gefragt hat."

Da wurde ich dann doch hellhörig.

„Hat sie? Aha. Nun, ich habe heute nicht die Kraft für
Auseinandersetzungen. Bitte haben Sie dafür Verständnis. Und
deswegen wäre es schön, Sie würden meinem Wunsch
entsprechen, so dass mein Kind und ich in Ruhe von meinen Eltern
Abschied nehmen können."
„Ja, natürlich Frau Brodersen. Ich kümmere mich um alles
Weitere."

Ich bedankte mich beim Küster und setzte mich dann neben Janine
auf die Bank.

Nach und nach kamen Freunde, Verwandte, Nachbarn,
Arbeitskollegen und auch Menschen, die ich nicht kannte, in die
Kirche. Sie verbeugten sich vor den Särgen, hielten kurz inne und
suchten sich dann einen Platz. Neben uns setzte sich Bernhard. Ich
nickte ihm kurz zu. Er griff nach meiner Hand, doch ich entzog sie
ihm. Trotzig rückte er ein Stück ab. Nicht mal zum Kopfschütteln
über dieses kindische Verhalten reichte meine Kraft in dieser
Stunde. Ich sah nur kurz zu ihm hinüber mit kraftlosem Ausdruck
im Blick, doch seiner war schon starr geradeaus gerichtet.

Christin kam mit ihren Eltern herein, verbeugte sich kurz und
wandte sich dann ihrer Freundin zu. Sie wollte gerade zu uns
kommen, da hielt ihre Mutter sie fest. Ich sah sie an und nickte ihr
zu. Dann ließ sie ihre Älteste los und die machte zwei schnelle
Schritte auf Janine zu. Sie rutschte neben sie auf die Bank und
nahm sie in die Arme. Janines Augen füllten sich mit Tränen.
Traurig sah ich zu ihr herüber. Chris hielt ihrer Freundin ihre
Sonnenbrille hin und ich hörte sie leise sagen:

„Ist eh viel zu hell hier."

Janine setzte die Sonnenbrille auf und ich sah, wie ihr Kinn zuckte. Ich wusste, sie weinte. Nur gut, dass Chris da war. Sie konnte in diesem Moment mehr für Janine tun als ich es vermocht hätte.

Endlich kam Piet in die Kirche. Ein Lächeln versuchte meine Gesichtszüge zu erhellen, doch waren meine Muskeln schwer wie Blei. Piet verneigte sich pietätvoll vor dem Altar und setzte sich neben mich. Woraufhin Bernhard noch weiter wegrückte, gerade so, als hätte mein Freund eine ansteckende Krankheit. Piet beachtete ihn nicht, nahm meine Hand und ich bemühte mich um Fassung. Er nickte mir zu. Das sagte mehr als tausend Worte. In dem Moment war ich so froh, dass es ihn gab. Ich, die immer keinen Mann gewollt hatte, weil die einfach zu anstrengend waren, wie ich fand. Ich war der festen Überzeugung, dass man, also frau im Leben keinen Mann brauchte, ich konnte alles alleine. Renovieren, tapezieren, und den ganzen „Frauenkram" sowieso. Aber Piet füllte eine Lücke in meinem Leben, die ich vorher ausgeblendet hatte. Es war einfach gut, dass er da war.

Dann, plötzlich erblickte ich Henni! In meinen Adern gefror das Blut. Sofort war ich auf Verteidigung programmiert. Doch ich zwang mich, nur einmal kurz zu ihr herüber zu sehen. Mehr Achtung wollte ich ihr nicht zollen. Sie machte brav einen kurzen Bückling vor dem Altar, guckte auf den Boden, jedoch nicht geradeaus, sondern mit rasch wanderndem Blick und Händen, die zwar gefaltet waren, von denen die Daumen jedoch unruhig miteinander spielten. Dann der suchende Blick nach rechts in unsere Sitzreihe und ein fester Schritt in meine Richtung. Doch da war schon der Küster an sie herangetreten und wies ihr und ihrer Familie einen Platz im rechten Kirchenschiff zu. Sie wollte noch aufbegehren, aber der Küster setzte sich mit kurzen Worten durch. Henni gab nach und bedeutete ihrem Gefolge mit einer scharfen Geste, die angewiesenen Plätze einzunehmen.

Mein Puls beruhigte sich langsam wieder. Ich hatte alles nur im Augenwinkel mitbekommen, doch das war schon aufreibend genug. Piet strich zart über meine Hand. Die Faust, die ich geballt hatte, lockerte sich augenblicklich. Ich sah ihm schwach in die mitfühlenden Augen. Meine waren traurig und rotgeweint. Tränen standen darin und verzerrten meinen Blick. Piet griff vorsichtig nach meiner Sonnenbrille und ließ sie auf meinen Nasenrücken gleiten. Er sagte nichts. Und ich verstand alles. Ich versuchte ein Lächeln, das er dezent erwiderte.

Der Pastor trat an sein Pult und begann eine mitfühlende Rede. Vieles von dem, was er sagte, löste in mir Kopfschütteln aus. Ich hatte meine Eltern weiß Gott auch anders gekannt. Als die liebevollen und familienbezogenen Menschen, als die er sie darstellte, hatte ich sie selten erlebt - leider. Aber eigentlich war es ganz schön, eine Geschichte von diesen beiden Menschen zu hören, die man sich so vorstellen könnte, die stimmen könnte. Wie schön es wäre, wenn es so wäre, stelle ich mir vor und musste doch ein bisschen lächeln. Der Pastor fuhr fort, über den beruflichen Erfolg von Jan und Gertrud Brodersen zu sinnieren. Wie toll sie sich hochgearbeitet und auch Krisen erfolgreich gemeistert hätten. So langsam begann seine Erzählung sich immer deutlicher von dem zu entfernen, was wir bei der Vorbesprechung abgesprochen hatten. Ein bisschen Übertreibung ist ja in Ordnung. Aber allmählich nahm es Überhand, fand ich. Ich sah ihn fragend an, er erwiderte meinen Blick freundlich, fuhr jedoch ungehindert fort mit seiner Lobhudelei. Links und rechts und hinter mir hörte ich es Weinen und Schluchzen. Und mit einem Mal war es mir egal, wie sehr Pastor Mittmer phantasierte. Meine Eltern waren tot, sie würden sich gegen ein bisschen Bauchpinseln nicht wehren. Und letztendlich schadet es ja niemandem. So kehrte Gelassenheit in mir ein und ich hörte aufmerksam der ausgedachten Geschichte über Jan und Gertrud Brodersen zu. Ich musste aufpassen, nicht zu lächeln, so unwirklich kam mir die Situation jetzt vor.

Ich sah nach rechts zu meiner Schwester. Sie blickte den Pfarrer an, ihr Gesicht gerötet, sie hatte geweint. Die Wimperntusche war verwischt und ich hatte beinahe den Eindruck, echte Gefühle an ihr zu bemerken. In dem Moment sah sie zu mir herüber, als hätte sie meinen Blick gespürt. Aus ihren Augen schien Feuer zu lodern, Bosheit, Wut, Neid und jede Menge anderer negativer Gefühle verzerrten ihr sonst eigentlich hübsches Gesicht. Ich verzog keine Miene, sah sie nur traurig an. Da passierte etwas Merkwürdiges: Ihre Züge wurden freundlicher, fast schon schien meine Schwester mich anzulächeln. Das Böse wich aus ihrem Blick, verwandelte sich in Traurigkeit. In diesem Moment wirkte sie verletzlich und unschuldig. Eine Sekunde lang tat sie mir leid. Meine Augen füllten sich mit Wasser und ihr Antlitz verschwamm vor meinen Augen. Ich drehte den Kopf wieder zurück und lehnte ihn an Piets Schulter. Er streichelte meine Hand und küsste mir zart die Stirn. Eine Träne rollte unter meiner Sonnenbrille hervor, kullerte über meine Wange und tropfte auf meine Bluse. Ein leises „Pock" hörte ich in der Stille dieses Augenblicks. Als ich wieder zu Henni hinübersah, blickte sie wie vorher stur geradeaus mit eiskalten Zügen um die Mundwinkel.

Die weitere Zeremonie bekam ich wie durch Watte mit: Aufstehen, singen, hinsetzen, beten, wieder singen, diesmal im Sitzen, dann die Ankündigung, dass nun die Särge auf den Friedhof hinausgebracht werden würden und wir alle der Beisetzung beiwohnen dürften. Nun war ich wieder bei der Sache, fand es eher noch interessant, zu sehen, wie die Träger die Särge auf Wägen luden, die Blumen richteten und wie sich dann die Särge mit Elektromotorkraft oder ähnlichem leisem Antrieb in Bewegung setzten.

Der Sarg meines Vaters fuhr als erster an mir vorbei. Ich hatte mich wie der Rest der Trauergemeinschaft erhoben und sah zu, wie das Gefährt mich fast lautlos passierte. Dann folgte der Wagen mit meiner Mutter darauf. Ich stellte mir vor, wie sie wohl in den Holzkisten liegen würden. Wie sie wohl aussähen. Waren sie in schöne Kleider gehüllt? Mich hatte niemand nach Kleidungsstücken gefragt. Waren sie gewaschen und geschminkt? Machte man das in Deutschland oder war das nicht eher eine Sitte in anderen Ländern? Das alles wusste ich nicht. Das war vorher nicht besprochen worden. Also nahm ich an, dass sie so in den Särgen lagen, wie sie von der Unfallstelle geholt worden waren. Aber diese Vorstellung machte mir Angst. Ich wollte meine Eltern so in Erinnerung behalten, wie sie zu Lebzeiten waren: Gepflegt, die Haare ordentlich, mit nett anzusehenden Kleidern. Ich wollte mir vorstellen, dass sie so in den Särgen lagen. Dieses Bild verinnerlichte ich krampfhaft, während ich dort stand und wartete.

Eine Weile muss ich so da gestanden haben. Dann erst bemerkte ich, wie Piet mich leicht am Arm zog und in Bewegung setzen wollte. Leise flüsterte er in mein Ohr: „Komm, wir gehen hinaus." Ich sah ihm in die Augen und nickte. Schritt für Schritt bewegte ich mich in Richtung Licht. Die Sargträger mit den Särgen standen draußen und warteten auf die Trauergemeinschaft. Offenbar war es nichts neues, dass es manchmal etwas dauerte, bis die Gäste sich gesammelt hatten und den Verstorbenen folgten. Erst draußen, als der Kies unter meinen Füßen knirschte, und hinter mir leise Gespräche zu hören waren, wurde mir gewahr, dass ich offenbar die ganze Gesellschaft aufgehalten hatte. Man schien mir den Vortritt gelassen zu haben. Merkwürdig, dass Henni nicht die Gelegenheit genutzt hatte, sich vorzudrängeln, kam es mir in den Sinn. Und als hätte Piet meine Gedanken gelesen, flüsterte er mir in dem Moment leicht belustigt ins Ohr:

„Deine Schwester wird vom Küster in Schach gehalten. Sie wollte schon an dir vorbeiziehen, als du noch auf die Särge geguckt hast, aber der Mann in Schwarz hat niemanden vorbeigelassen. Guter Mann!"

Ich lächelte und blickte kurz zum Himmel hinauf: „Danke Mama", flüsterte ich.

Kapitel 30

Beim Trauerkaffee im Lieblingsrestaurant meiner Eltern waren wir an die 50 Personen. Ich hatte am offenen Grab unzählige Hände geschüttelt und Beileidsbekundungen entgegengenommen. Auch einige Umschläge wurden mir in die Hand gedrückt. Beim ersten war ich noch verwirrt, dann aber erinnerte ich mich an die Beerdigung meiner Oma vor erst einem Jahr. Da hatte meine Mutter mir das noch zugeraunt, dass ihre Schwester, die die Trauerfeier und das ganze Drumherum damals ausgerichtet hatte, auch eine Menge Umschläge mit Geld darin zugesteckt bekommen hätte. Dies sei wohl eine Tradition, mit der man es den Hinterbliebenen erleichtern will, die Kosten zu bestreiten. Offenbar war nun auch ich mit Geldern bedacht worden. Ich würde später nachsehen, ob es reichen würde, um den Gastwirt zu bezahlen. Erst wenn alle gegangen wären.

Die Trauerfeier zog sich hin, nach drei Stunden wollte ich den Spuk beenden. Ich mochte Trauerfeiern nicht so sehr. Das gesellige war ja nett, aber diese Völlerei dann, dafür fehlte mir das Verständnis. Eigentlich mochte ich diese Totenkaffees nicht besonders, fand es geschmacklos, nach der Beerdigung und der ganzen Trauer und dem Weinen lustige Geschichten über die Verstorbenen zu erzählen und vielleicht auch noch zu lachen. Doch später hatte ich es bei einem guten Freund mal selbst erlebt und war dann gar nicht mehr so abgeneigt davon, das auf meiner eigenen Beerdigung auch so machen zu wollen. Also in meinem Testament zu vermerken, dass ich das auch so haben möchte. Oder vorher? Oder in einem Beiblatt? Egal. Ich hatte Janine schon erzählt, dass ich das im Falle eines Falles auch gerne haben möchte. So, wie meine Mutter mir das vor vielen Jahren auch aufgetragen hatte. Sie wolle einen Leichenschmaus, Verzeihung, ein Beerdigungskaffeetrinken mit Kuchen nach ihrer Beisetzung und dann hatte das so gemacht zu werden! Gut, es war ihr letzter Wille, also sollte sie es so haben. Und ob mein Vater etwas anderes wollte, stand ohnehin nicht zur Debatte. Da hatte er mal ausnahmsweise nichts zu sagen. Mal davon abgesehen, dass es ihm sicherlich auch egal gewesen wäre, er wäre dann ja sowieso tot. Ich glaube, ihn hätte ich auch feuer- oder seebestatten lassen können, das wäre ihm auch einerlei gewesen. „Das letzte Hemd hat keine Taschen" hatte er zu Lebzeiten öfter gesagt. Und so nahm meine Mutter eben das Heft (gern) in die Hand – wenn man sie schon ließ.

Bei dem Gedanken daran musste ich schmunzeln.

Den einen oder anderen Onkel musste ich tatsächlich erst motivieren, zu gehen, so sehr hatten sich offenbar alle bei diesem „Leichenschmaus" wohlgefühlt. Dann endlich waren die letzten Gäste gegangen. Ich saß in einer Ecke auf einem Stuhl und sah gedankenverloren der Bedienung zu, wie sie die Tische abräumte und die Tischdecken wechselte. Die zu einer langen Reihe zusammengestellten Möbelstücke wurden wieder getrennt und einzeln aufgestellt, nett dekoriert und an jeden Tisch kamen vier Stühle. Schon nach wenigen Minuten war nichts mehr davon zu sehen, dass hier kurz zuvor noch eine Heerschar von 50 Leuten gedämpft Anekdoten über das verstorbene Ehepaar Brodersen zum Besten gegeben und verhalten gelacht und Kuchen in sich hinein geschaufelt hatten. Nur ich in meinem komplett schwarzen Outfit störte das Bild eines netten beschaulichen Dorfrestaurants.

Der Gastwirt kam auf mich zu:

„Frau Brodersen, können wir kurz über die Finanzen sprechen?"
„Ja, klar. Was genau?"
„Es wäre jetzt eine Summe von 5000,00 Euro offen für den heutigen Tag."

Ich riss die Augen auf angesichts der Höhe des geforderten Betrages. Wow, das waren ja 100,00 Euro pro Person. Eine Hochzeit war nicht teurer. Mann oh Mann, dachte ich bei mir.

„5000? Das ist nicht wenig. Aber es war ja auch alles gut und schön hier, haben Sie und Ihre Leute gut gemacht. Ich werde einmal kurz in die Trauerumschläge gucken, wenn Sie erlauben. Dann komme ich zu ihnen. Ok?"

Er nickte freundlich und lächelte mir zu. Dann ging er zurück zum Tresen. Dahinter blieb er stehen und sah immer mal wieder in meine Richtung. Es sah scheinheilig aus, wie er die Gläser polierte. Als wollte er mich nicht aus den Augen lassen. Ich sah mich um und stellte fest, dass ich wirklich die einzige war, die noch von der Trauergesellschaft übrig war. Ach ja, da fiel es mir wieder ein: Ich hatte Piet gebeten, Janine nach Hause zu bringen. Chris wollte ihr Gesellschaft leisten, ihre Eltern hatten dem noch am Grab stehend zugestimmt. Sie wollten nicht am Trauerkaffee teilnehmen. Genau. Und Henni? Richtig, sie war als erste wieder weg. Hoffentlich versuchte sie nicht wieder, irgendwas zu stehlen, schoss es mir durch den Kopf. Aber Piet wäre ja auch da. Da würde sie schon nichts riskieren. Zumal man ja meinen könnte, sie hätte aus den Ereignissen der Vergangenheit gelernt. Also, hoffen konnte man das zumindest.

Ich raffte mich auf und zog die Umschläge aus meinen Hosentaschen. Nach den ersten 10 Umschlägen hatte ich die nächste Hosentasche zu füllen begonnen. Am Ende hatte ich hinten beide Gesäßtaschen voller Briefe und eine der vorderen. Ich stand auf, ging zu einem der neu eingedeckten Tische und legte alle Umschläge darauf. Dann setzte ich mich auf einen Stuhl, mit Blickrichtung zum Gastwirt. Er behielt mich nach wie vor im Blick, lächelte mir gekünstelt freundlich zu. Warum meine Eltern sich in gerade dieser Gastwirtschaft immer so wohl gefühlt hatten, war für mich nicht nachvollziehbar. Ich fühlte mich wie ein Verbrecher auf Bewährung.

Ich leerte die Papierhüllen aus und legte sie auf einen Stapel und die Geldscheine daraus auf einen anderen. Dann erst begann ich, die Scheine zu sortieren und das Geld zu zählen. Am Ende war ich angenehm überrascht. Es war erstaunlich viel zusammengekommen. Ich lächelte und ging zum Wirt. Die Umschläge ließ ich achtlos zurück. Ich zählte die geforderte

Summe auf den Tresen und steckte den Rest in meine Hosentasche. Der Wirt folgte jedem einzelnen Schein, den ich ablegte mit den Augen und wirkte in seiner Gier enttäuscht, als ich den Rest zusammenlegte und rasch in meiner Kleidung verstaute. - Unangenehmer Mensch, dachte ich, verabschiedete mich freundlich, steckte noch die Rechnung ein und verließ das Lokal mit raschem Schritt.

Draußen vor der Tür blieb ich kurz stehen, hob den Kopf und holte ich erstmal tief Luft. Geschafft!!

Kapitel 31

Ich setzte mich ins Auto, startete den Motor und fuhr los. Vom Hof der Gastwirtschaft herunter, dann rechts Richtung Waldratshain. Ich fuhr an Wiesen und Bauernhöfen vorbei. Hier und da war ein Bauer auf seinem Trecker auf einem Acker unterwegs. Vielleicht am Eggen, vielleicht am Pflügen, das nahm ich nicht wahr. Nur die Maisonne, die mir ins Gesicht schien und mein Gemüt erhellte. Ich kam auf eine Kreuzung zu. Links ging es zu meinem Tierarzt. Die Erinnerung an die letzten beiden großen Operationen meines Hundes kam mir in den Sinn und wie sehr ich mit ihr gelitten hatte, als die Narben wochenlang nicht heilen wollten. Jeden zweiten Tag zum Tierarzt, wochenlang, aber am Ende ein glücklicher Hund, der wieder gerne mit seiner kleinen Freundin Ebby spielte, ihr den Ball stibitzte und am Strand entlang und ins Wasser der Ostsee lief. Aber auch das Einschläfern von Wellidame Greenie wurde mir wieder bewusst und das Unverständnis, auf das ich bei meiner Mutter traf, als Janine und ich wie die Schlosshunde den Tod des kleinen Tieres beweinten.

Rechts ging es zum Reiterhof. Eine lange Allee mit uralten Bäumen führte erst auf das örtliche Kinderheim zu, dann verlief die Straße weiter nach links an Knicks vorbei, bergauf und bergab. Ein ideales Reitgelände. Den Blick weithin in die Ferne freigebend bis zum Nachbardorf am Horizont. Erst am Ende der Straße tauchte der beinahe allein gelegene Dreiseitenhof der Familie Eitzen auf. Dort war ich als Kind so glücklich gewesen. Unvermittelt musste ich lächeln bei dem Gedanken an die schöne Zeit dort.

Ich war sehr langsam geworden. Gerade mal 30 km/h zeigte mein Tacho an. Es war eine kurze, schlecht einsehbare Linkskurve, von der die beiden Seitenstraßen abgingen. Ich war so in Gedanken, dass ich nicht bemerkte, dass sich ein Auto schnell von hinten näherte, zu schnell. Erst im Abbiegen setzte ich den Blinker nach rechts und zuckelte um die Kurve, in Gedanken war ich schon auf dem geliebten Reiterhof.

Plötzlich hinter mir ein lautes Geräusch. Bremsen quietschten, Reifen rutschten über den Asphalt. In meinem Rückspiegel tauchte ein großer schwarzer Geländewagen auf, der entschieden zu schnell auf mein Heck zukam. Ich riss die Augen auf und trat geistesgegenwärtig aufs Gaspedal. Mein Auto machte einen Ruck und war Schwupps abgesoffen! Ich starrte in den Rückspiegel und drehte den Zündschlüssel nach links, so schnell ich konnte, dann wieder nach rechts, Zündung. Ich trat aufs Gas, doch ich hatte noch den dritten Gang drin. Nur schleppend setzte sich mein Auto in Bewegung. Ich trat die Kupplung durch, legte mit Gewalt den ersten Gang ein, im Rückspiegel nur noch ein großer schwarzer Schatten und immer noch dieses laute Geräusch. Ich trat das das Gaspedal durch und mit durchdrehenden Reifen machte mein Kia einen Satz nach vorne. Eine Sekunde später schob sich der Geländewagen quietschend an mir vorbei wie eine Lavawelle. Gefährlich und unausweichbar.

Mein Herz klopfte bis zum Hals. Einige Meter weiter kam der andere zum Stehen. Aus den Reifenkästen stieg Rauch empor. Das sah nicht gut aus. Auch aus der Motorhaube heraus qualmte es. Ich hatte meinen Kleinwagen rechts an die Straßenseite gestellt und den Motor prompt wieder abgewürgt. Das war nun auch egal. Ich stieß meine Tür auf, stürmte aus dem Wagen, hin zum Geländewagen. Ich riss die Fahrertür auf und sah zu meinem Erstaunen zwei Männer miteinander streiten.

„Bist du bescheuert?! Du hättest viel früher bremsen müssen, Tom! So wie du dich anstellst, wird das nie was mit dem Führerschein! Verdammt, meine Reifen sind jetzt Totalschaden. Oh Mann!"
„Ja Papa, ist ja gut, kann ich denn ahnen, dass da einer so langschleicht?! Immerhin ist hier 60."
„Das ist aber wohl kein Grund, 100 zu fahren, oder?!"
„Ist doch nix passiert, oder? Die Reifen zahl ich dir."
„Na, darum möchte ich aber auch bitten, mein Sohn. Ist schließlich mein Auto und du lernst grad fahren!"
„Ohne großen Erfolg, wie mir scheint", mischte ich mich ein.

Schlagartig herrschte Stille. Zwei Köpfe waren herumgeflogen, vier Augen sahen mich ungläubig an.

„Wie lange stehen Sie denn da schon?", fragte der Mann auf dem Beifahrersitz, offenbar der Vater des Fahranfängers.
„Lange genug."
„Sie – Sie haben das gelbe Auto da gefahren?"
„Jepp."
„Und warum bitteschön sind Sie so gekrochen?!"
„Und warum bitteschön sind Sie so gerast, wenn Ihr Sohnemann nicht einmal im Besitz einer gültigen Fahrerlaubnis ist?!"
„Touché", kam es prompt vom jungen Fahrer.
„Vielleicht sehen wir uns den Schaden jetzt mal an. Passiert ist ja offensichtlich keinem von uns dreien etwas", schlug ich vor.

Die beiden Männer stiegen aus dem nur noch leicht qualmenden Auto. Der ältere öffnete die Motorhaube. Eine graue Wolke stieg auf, danach nur noch leichte Schleier. Das deutete nicht auf einen größeren Schaden hin, stellte ich gedanklich mit meinem nicht vorhandenen Fachwissen fest. Die Reifen sahen dagegen schon deutlich mitgenommener aus: Auf einer servierplattengroßen Fläche komplett blankrasiert. Dafür war ein ganzer Teil der schwarzen Farbe auf der Straße deutlich zu erkennen. Bei dem Bremsweg war jeder Versuch zwecklos zu behaupten, die vorgeschriebenen maximalen 60 km/h eingehalten zu haben. Das wusste ich zumindest aus dem Fernsehen.

Ich besah mir die Bremsspur und machte mit meinem Handy Fotos von der Bremsspur, vom Anfang und dem Ende dieser und von dem Fahrzeug der anderen. Dann knipste ich mein Auto und wie es dort stand. Auch ich hatte Spuren auf der Straße hinterlassen, aber vom schnellen Anfahren, nicht vom Bremsen. Ein Schaden war an meinem Auto nicht zu erkennen.

„Was machen Sie denn da?!", wollte der Vater des Fahranfängers wissen.

Ich erschrak, als er plötzlich hinter mir stand und mich unvermittelt ansprach. Mir kamen der Mann und die ganze

Situation komisch vor. Wie er mich schon im Auto angegangen hat, was er zu seinem Sohn gesagt hatte, ich allein gegen zwei Männer, offenbar auch der jüngere volljährig oder zumindest fast und zumindest der ältere nicht unvermögend. Im Zweifelsfall hätte ich vor Gericht vielleicht nicht so gute Karten. In meinem Bauch machte sich ein mulmiges Gefühl breit.

„Ich mache Fotos, damit ich nachher auch meinen Schaden ersetzt bekomme, was denn sonst."
„Ihren Schaden? Ist ja lächerlich! Zum einen ist da gar kein Schaden. Den hat lediglich mein Auto abbekommen. Und außerdem sind Sie ja wohl schuld an dem ganzen Dilemma. Wer ist denn hier im Schneckentempo langgeschlichen?"
„Hm, vielleicht wissen Sie ja noch, dass ich einen Teil Ihres Gespräches mitbekommen habe, demzufolge Ihr Sohn 100 km/h draufhatte, als er meinetwegen plötzlich bremsen musste. Das sollte reichen, um meinen Schaden ersetzt zu bekommen."
„Pah! Das müssen Sie erstmal beweisen!"
„Was?"
„Dass mein Sohn über 100 Klamotten drauf hatte."
„Das haben Sie doch selbst gesagt."
„Aber das werde ich vor Gericht nicht wiederholen."
„Ach so. So wollen also lügen, um um Ihre Zahlungspflicht herumzukommen?"
„Genau, meine Liebe. Ich bin doch nicht bescheuert und gebe öffentlich zu, dass wir schlappe 105 km/h auf dem Tacho hatten und mein Sohn sich auch noch gefreut hat, die Kurve zu nehmen, ohne herauszufliegen! Nee, das wiederhole ich bestimmt nicht."
„Obwohl es die Wahrheit ist?"
„Gerade deswegen!"
„Naja, wir werden ja sehen, wer am Ende den Kürzeren zieht. Ihr Kennzeichen habe ich jedenfalls auch fotografiert. Den Rest regeln die Versicherungen. Wenn Sie mich jetzt bitte entschuldigen, ich habe noch was vor."
„Aber gerne doch. Aber glauben Sie mir: Hier ist das letzte Wort noch nicht gesprochen!"
„Sie drohen mir jetzt aber nicht, oder?"
„Nennen Sie es wie Sie wollen. Aber Geld kriegen Sie von mir

nicht, das ist so sicher wie das Amen in der Kirche! Tschüss!"

„Na, das werden wir ja mal sehen", sagte ich leise und richtete mein Handy unauffällig auf den Mann, der wutschnaubend davonmarschierte. Der Focus meiner Kamera erfasste das Nummernschild des Geländewagens, ich stellte nochmal auf größer, damit man es gut lesen konnte und schaltete die Videoaufzeichnung dann ab.

Der junge Mann hatte die Auseinandersetzung aus der Ferne beobachtet und mich merkwürdig ruhig angesehen. Ihm konnte ich gar nicht böse sein. Nur dass sein Vater derart aus der Rolle fiel, war nicht in Ordnung. Aber was war mit diesem Jungen? Tom hieß er, glaubte ich mich zu erinnern. Er kam mir so seltsam bekannt vor.

Er sah noch zu mir herüber als er noch neben dem Wagen stand und sein Vater schon eingestiegen war – diesmal auf der Fahrerseite. Der Alte brüllte etwas, der Junge zuckte zusammen, drehte sich von mir weg und stieg auf der Beifahrerseite ins Auto. Damm brauste der Wagen davon. Grassoden flogen durch die Luft, der Motor heulte auf, Qualm stob aus dem Auspuff. Mit so viel Tamtam wie er gekommen war, verschwand er auch wieder.

Komisch, wieso hatte mich der junge Mann so angesehen, fragte ich mich. Ich versuchte mich zu erinnern, wo ich dieses Gesicht schon mal gesehen hatte. Auf Arbeit vielleicht? Nein. Oder beim Tanzen? Nein, da passte er schon allein vom Alter her nicht hin. Ach, vielleicht aus dem Krankenhaus? Da war ich in letzter Zeit ja öfter.

Es traf mich wie ein Schlag: Das war Tom! Der Tom, den Janine so toll fand. Klar, groß, bestimmt zwei Meter, sehr schlank, schon fast untergewichtig, und ein sehr freundlicher, fröhlicher und lustiger junger Mann. Der seinen Job wirklich gut machte. Nicht übermäßig attraktiv, aber durchaus nett anzusehen. Und Janine hatte sich wohl ein bisschen in ihn verguckt.

Oh jeh, das könnte ja was werden, wenn meine Kleine den jungen Mann wiedersieht und ich noch einmal auf den Vater träfe! Mann oh Mann, dass nun aber auch ausgerechnet diese beiden hier angerast kommen mussten, als ich hier meinen Gedanken nachhing. Jetzt tat mir das Ganze doch irgendwie leid. Vor allem wegen Janine.

'Gar nicht dran denken!', versuchte ich mich aus meinen Grübeleien loszureißen. Ich wollte doch zu Eitzens. Ich löste mich von meinem Auto, an das ich gelehnt hatte und drehte mich um 180°. Dabei fiel mein Blick auf die Koppel, neben der ich gehalten hatte. Am Zaun hatte sich ein mittelgroßes dunkelbraunes Pony eingefunden, das mir interessiert in die Augen sah. Die Öhrchen freundlich in meine Richtung aufgestellt und mit wachem Blick. Ich lächelte und fragte:

„Na, wie lange stehst du denn schon da? Da fühlt man sich ja direkt beobachtet. Du bist mir ja einer." Ich lächelte das Tierchen an.

Das Pony schnaubte, schüttelte Kopf und Hals, dass die Mähne flog. Dann sah es mich wieder an, als ob es mich kannte. Kurz zögerte ich, dann ging ich um meinen Wagen herum auf den Zaun zu. Vor dem Gatter blieb ich stehen. Das Pony sah mich an, beobachtete jeden meiner Schritte. Ich streckte den Arm aus, machte eine flache Hand und hielt sie dem Tierchen hin. Es drehte sich zu mir um und kam ein paar Schritte auf mich zu. Als es meine Hand erreicht hatte, schnupperte es daran und schnaubte dann scheinbar zufrieden.

„Na, du bist ja ein freundlicher Geselle. So jemanden brauche ich gerade. Hast du mitbekommen, wie mich der Heini da gerade angemotzt hat? So ein Blödmann! Aber ich hab alles auf Band. Also, mit lügen kommt der nicht weiter."

Das Pony kam noch einen Schritt auf mich zu, schnupperte an meiner Bluse, dann an meinem Hals und schließlich an meinen

Haaren. Es war so sanft und vorsichtig, dass ich keine Sorge hatte, es könnte mich beißen. Ich kraulte ihm den Hals und es schnaubte mir zufrieden in die Haare. Während ich kraulte, erzählte ich. Immer mehr und immer weiter redete ich mit dem kleinen Kerl, der mir geduldig zuhörte. Als wären wir alte Freunde konnte ich ihm alles erzählen. Das war wie früher, als ich noch ein Kind war und den Pferden in meinem Reitstall all meine Sorgen und Nöte erzählte. Es war mir egal, dass sie meine Worte nicht verstanden. Und ihnen war es egal, was ich da erzählte, Hauptsache es war einer da, der sich mit ihnen beschäftigte.

Ich musste eine halbe Stunde oder länger dort gestanden haben. Das Pony hatte zwischendurch mal gegrast, mal aus der nahen Tränke etwas Wasser zu sich genommen. Doch immer wieder war es zu mir gekommen und hatte sich streicheln lassen. Es war, als wäre das sein Job für diesen Tag gewesen: Einer einsamen Frau zuhören, die die anstrengendsten und aufreibendsten zwei Wochen ihres Lebens hinter sich hatte. Ihres Lebens? Ja, ihres Lebens.

Und es war so schön, das Fell des Pferdes zu streicheln, den Geruch einzuatmen, die Nähe und Wärme zu spüren. Da war so eine Vertrautheit, als wäre ich gestern zum letzten Mal bei Eitzens im Reitstall gewesen, um mal wieder eines seiner neuen Pferde probe zu reiten.

Ich zog eine Unmenge Kraft aus diesen Minuten bei einem Pony, von dem ich weder den Namen, noch die Geschichte, geschweige denn die Besitzer kannte. Ich nahm an, dass es zu dem Kinderheim gehörte, einfach weil die Koppel an das Grundstück des Heimes grenzte. Aber ob das so stimmte, wusste ich nicht. Es war in dem Moment auch nicht wichtig. Denn das war gerade der schönste Moment dieses Tages.

Nur schwer konnte ich mich von dem Pony trennen. Am liebsten hätte ich es mitgenommen. Aber das ging ja nicht. Und das nicht nur, weil ich in Waldratshain in einer Wohnsiedlung wohnte, in der alles, was größer war als ein Hund, nicht gestattet war. Ich erinnerte mich an eine Geschichte aus meiner Kindheit, als ich unbedingt ein eigenes Pony haben wollte. Unser Grundstück war dafür meiner Meinung nach leicht groß genug. Meiner Mutter gingen die Argumente aus, also schickte sie mich zu unserem damaligen Bürgermeister. Ein sehr netter Mann Ende 60. Er nahm mich ernst, legte den Arm um meine Schulter und setzte sich mit mir in den Garten. Dann erklärte er mir in aller Ruhe und Ausführlichkeit, dass man in einer Siedlung kein Pony halten dürfe. So wie er es erklärte, leuchtete es mir ein. Und ich mochte den Bürgermeister auch nach diesem Gespräch immer noch. Er war ein netter alter Mann.

Ich verabschiedete mich von dem namenlosen Pony und fuhr dann doch auf dem direkten Weg nach Hause. Fest entschlossen, jetzt endlich alle Dinge zu regeln, die in der letzten Zeit liegengeblieben waren. Diesen Tag hatte ich nun hinter mir, jetzt hieß es nach vorn zu sehen. Die Häuser mussten verkauft werden, dazu vorher in Schuss gebracht werden, um einen besseren Preis zu erzielen. Die Wohnung meiner Eltern musste ausgeräumt werden und dann am besten neu vermietet werden. Henni konnte mir zwar immer noch dazwischenfunken, aber den Gedanken schob ich erstmal weit weg von mir. Ich hatte zu tun! Und es wurde Zeit, aufzuwachen und endlich in Gang zu kommen!

Kapitel 32

In den folgenden Tagen saß ich im Büro meiner Eltern und versank in Akten. Ich hatte meinen kleinen Laptop aus meiner Wohnung mit hoch genommen, den Drucker meiner Eltern angeschlossen und angefangen, verschiedene Aufstellungen zu fertigen: Ausgaben, Einnahmen, Mieter je Wohnung, seit wann, eventuelle Rückstände, Schulden je Haus, Abtrag und so weiter. Erst als ich mir einen Überblick verschafft hatte, fertigte ich ein Rundschreiben an alle Mieter, Gläubiger, Versicherung und so weiter, in dem ich mich als Erbin und neue Ansprechpartnerin erklärte. Kaum 24 Stunden später klingelte das Telefon im Büro meiner Eltern Sturm. Es war ja klar, dass der eine oder andere Mieter versuchte, seinen Vorteil aus dem Eigentümerwechsel zu ziehen, doch mit der Dreistigkeit, die einzelne an den Tag legten, hatte ich wirklich nicht gerechnet! Es war unglaublich, was die Leute mir erzählten: Sie hätten vereinbart, mietfrei für drei Monate wohnen zu dürfen, wenn sie selbst renovieren würden beim Einzug. Dabei wusste ich genau, dass mein Vater jede einzelne Wohnung vor dem Einzug eines neuen Mieters immer komplett renovierte. In den letzten Jahren hatte er auch überall Laminat verlegt, weil das nun gewünscht war. An die Loriot-ähnlichen Vorräte bei uns im Haus konnte ich mich noch gut erinnern.

Nach einer Woche unterschiedlichster Telefonate zu allen möglichen und unmöglichen Tages- und Nachtzeiten besprach ich den Anrufbeantworter meiner Eltern mit den Bürozeiten. Demnach war ich von neun bis elf Uhr morgens für Mieter und andere Angelegenheiten erreichbar - und zu keiner weiteren Zeit, schon gar nicht nachts. Auch das waren so einige Herrschaften offenbar gewohnt. Aber ich fand, was große Hausverwaltungen normal fanden, sei auch für einen „kleinen" Vermieter nicht unnormal, nämlich bestimmte Zeiten, zu denen man erreichbar war und Zeiten, zu denen eben niemand im Büro war. Ich hatte schließlich auch noch ein Privatleben.

Mein linker Arm machte mir immer noch zu schaffen. Der Gips war inzwischen ab und durch einen Verband ersetzt. Außerdem bekam ich Krankengymnastik, um die Muskeln wieder aufzubauen, aber ich konnte immer noch nicht mit zehn Fingern tippen. Die Briefe, die ich für meine Eltern schrieb, gingen mir alles andere als leicht von der Hand. Ich war froh über mein Rechtschreibprogramm, das mir doch so einiges an Arbeit abnahm. Ich war schon am überlegen, ob ich mir ein Diktier- bzw. Schreibprogramm zulegen sollte. So eines, das meine Sprache in geschriebene Worte umwandelte. Aber ich schalt mich dafür, war es doch absehbar, dass ich bald wieder tippen können würde.

Kapitel 33

Ich stand mit einem Kaufinteressenten, einem großgewachsenen Mann mittleren Alters, vor einem Miethaus meiner Eltern und besah mir die frisch renovierte Fassade. Zwei Menschen, die unterschiedlicher nicht betrachten konnten: Ich voller Stolz auf meine Arbeit der letzten zehn Tage und auf die Arbeiter, die die Fassade neu gestrichen, den Garten auf Vordermann gebracht, den Gartenzaun geschliffen und lackiert, die Auffahrt vom Unkraut befreit, die Regenrinne erneuert und das Dach abgespritzt hatten. Der Käufer hingegen auf der Suche nach Fehlern, mit denen er möglicherweise den Preis drücken könnte. Ich sah schmunzelnd zu ihm herüber, eine beginnende Anerkennung für das Haus in seinem Blick ausmachend. Um ihn nicht in Verlegenheit zu bringen, sah ich wieder weg.

„Tja, liebe Frau Brodersen. Da werde ich nochmal mit meinem Banker Rücksprache halten müssen. Dann gebe ich Ihnen gern Bescheid. Kann aber ein paar Tage dauern. Das ist ja sicher kein Problem?"
„Nicht für mich, Herr Hartwig. Denn ich habe natürlich noch weitere Interessenten, das werden Sie sicher verstehen. Wer zuerst kommt, malt zuerst."
„Haben Sie es denn so eilig, zu verkaufen, dass Sie den erstbesten nehmen?"
„Herr Hartwig, ich will ein Haus verkaufen, nicht meine Tochter verheiraten. Es geht hier rein ums Geschäft."
„Gut gut. Wann haben Sie denn die nächsten Besichtigungstermine?"
„Machen wir es doch einfach so: Sie rufen mich an, sobald Sie sich entschieden haben und hören dann von mir, ob wir ins Geschäft kommen oder nicht. Ok?"

Ich streckte ihm die Hand zur Verabschiedung hin, wollte dieses Basarverhalten mit dem er mich schon die letzte Stunde zunehmend genervt hatte, nicht weiter mitmachen. Entweder er wollte kaufen, oder eben nicht. Dass ich noch mehr Interessenten und auch noch mehr Besichtigungstermine hatte, war ja nicht gelogen. Und so langsam regte mich das Geschäftsgebaren dieses Herrn ziemlich auf.

Herr Hartwig schlug ein und drückte meine Hand so fest, dass ich unter Schmerzen die Stirn in Falten legte. Er hatte es deutlich bemerkt, doch zeigte er keine Reaktion. Er hielt meinem Blick stand und suchte stattdessen nur in meinem Gesicht nach weiteren - weiblichen - Emotionen, so schien es mir. Ein unangenehmer Mensch, fand ich und hoffte inständig, dass ich einen anderen Käufer finden würde.

Am Nachmittag hatte ich einen weiteren Besichtigungstermin. Zwei junge Leute mit einem kleinen Kind, die nach einem Haus für sich und ihre Eltern suchten und gern noch Mieteinnahmen aus weiteren Wohnungen haben wollten. In Zentrumsnähe gelegen und mit einem kleinen Grundstück dabei, war mein Haus für sie genau das richtige. Und erfreulicherweise feilschten sie auch nicht um den ohnehin schon günstigen Preis. Das Gutachten, das ich hatte anfertigen lassen und das ich den jungen Leuten ohne Umschweife vorgelegt hatte, sprach für sich. Sechzig Minuten später, nach Besichtigung aller Wohnungen und des Grundstücks und Einblick in die Verbrauchsunterlagen der letzten drei Jahre waren wir uns handelseinig. Ich streckte der jungen Frau meine Rechte hin und bat:

„Bitte aber nicht zu fest zudrücken, das hatte ich heute schon", und lächelte ihr aufmunternd zu.

Sie schlug ein, ohne sich bei ihrem Mann rückzuversichern. Das gefiel mir. Er tat es ihr anschließend forsch nach. Sogar die kleine Tochter, die er auf seinen Schultern trug, gluckste vor Freude und streckte mir kurz ihre kleine Hand hin. Ich streckte meine aus, da zog sie ihr Händchen schnell und verlegen zurück, verschanzte sie keck hinter dem Rücken. Das veranlasste den jungen Vater zu einem kleinen Tänzchen mit der jungen Dame, die er nun in den Armen herumschwang. Wir Frauen lachten. Der Vater fragte gekünstelt gekränkt: „Was denn?" und lachte dann ausgelassen mit.

Einige Tage später saßen wir beim Notar und unterschrieben den Kaufvertrag. Ich war froh und erleichtert. Das erste Haus war verkauft. Puh! Gut gemacht, klopfte ich mir innerlich auf die Schulter. Am Nachmittag würde ich den nächsten Besichtigungstermin haben und in drei Tagen stand wieder ein Notartermin an. Die ersten beiden Häuser waren wie am Fließband fertig geworden und so konnte ich eines nach dem anderen verkaufen. Und das war gut so, denn die sechs Wochen, innerhalb derer meine Schwester noch ihre Erbschaftsausschlagung zurücknehmen konnte, liefen bald ab. Mein Elternhaus wollte ich behalten, hatte ich mir überlegt. Ich würde mit Janine die Wohnung meiner Eltern beziehen und meine jetzige Wohnung vermieten. Die kleinen Wohnungen im Dachgeschoss wollte ich an Feriengäste vermieten. Das würde auch noch ein wenig zu den Unterhaltungskosten des Hauses beitragen. Blieb nur noch ein Haus, das es fertig zu machen und zu verkaufen galt.

Am nächsten Tag, als ich gerade mal wieder Bürodienst in der Wohnung meiner Eltern schob und die Papiere zu den zu verkaufenden Häusern zuordnete, klingelte das Telefon. Ich erkannte die Telefonnummer, die im Display meiner Eltern angezeigt wurde: Es war Henni! Ich überlegte kurz und beschloss dann, nicht ranzugehen. Der Anrufbeantworter schaltete sich ein, ich sah auf die Uhr – Mist, es war halb zehn, mitten in der von mir angegebenen Bürozeit. Egal. Ich wollte nicht mit ihr sprechen. Warum auch?!

Es knackte in der Leitung, als der Piepton erklang und die Aufnahme startete. Dann ein Knatschen, als ob jemand den Telefonhörer an seinen Pullover drückte. Dumpfe Gesprächsfetzen waren zu hören, aber kein Wort erkennbar, dann glaubte ich ein „Dann leg doch auf, wenn du zu feige bist!" zu erkennen, Sekunden später riss die Verbindung ab.

Merkwürdig, eigentlich war Henni nicht feige, eher frech und forsch. Aufzulegen passte nicht zu ihr. Vielleicht war Manni der Anrufer gewesen.

Ich saß da und sah das Telefon an, als ob es mir Auskunft geben konnte, was das gerade sollte. Natürlich erhielt ich keine Antwort von dem kleinen, leicht vergilbten Gerät aus besseren Zeiten. Doch ich konnte mich nicht dagegen wehren, dass die Gedanken in meinem Kopf Ping Pong zu spielen begannen. Was hatten sie gewollt? Fragen, wie der Stand ist, mich aushorchen, ob ich schon ordentlich Profit mit dem Hausverkauf gemacht hatte und dann Ansprüche anmelden? Oder gar ihre Erbschaftsausschlagung rückgängig machen? Was wollte sie nur?

Das Telefon blieb stumm und so erfuhr ich nun doch nicht, was meine Schwester gewollt hatte. Eine Viertelstunde blieb ich neben dem Telefon sitzen und versuchte weiter, meinen Papierkram zu regeln, aber meine Konzentration ließ mich im Stich. Kurzerhand griff ich zum Hörer und wählte Hennis Nummer.

„Hansen?"- offenbar hatte meine liebe Schwester keine Rufnummernerkennung...!
„Ich bins. Was wolltest du denn?"
„Ich äh, wieso?"
„Komm hör auf jetzt. Du hast doch eben hier angerufen. Also, was wolltest du?"
„Das bildest du dir ein. Hast wohl Sehnsucht?!"
„Ganz sicher nicht!"

Ich legte auf.

Kurzerhand machte ich meinen Laptop auf und klickte mich ins Internet. Ich brauchte Ablenkung. Das ging mir alles auf die Nerven. Das war ja langsam ein Terror wie ihn damals mein Exmann betrieben hat, als ich mich scheiden lassen wollte. Da tauchte der regelmäßig hier auf, erzählte sogar, er würde für seine Eltern hier eine Wohnung suchen. Hier, in Waltorf!! Wo er doch gar nicht hier wohnte. Und am Ende stellte sich heraus, dass auch das wieder nur heiße Luft gewesen war. Genau, wie der ganze

Psychoterror davor: Als er mir erzählte, er hätte Krebs im Endstadium, sich sogar den Kopf kahlrasierte, damit er glaubhaft wirkte. Wie wütend meine Mutter auf ihn war, weil sie ihm auf den Kopf zusagte, dass er log, hatte ich noch heute lebhaft vor Augen. Und dann dieses ganze erzwungene Umgangsrecht mit Janine. Katastrophal! Ich musste meinem Kind schmackhaft machen, zu ihrem Vater zu gehen und er machte, kaum dass sie bei ihm zu Hause angekommen waren, alles wieder kaputt, indem er die Tochter seiner neuen – dritten – Ehefrau deutlich Janine vorzog. Sie weinte so oft, wenn sie von ihm kam, dass es mich zerriss. Und immer wieder musste ich sie ermuntern, mitzugehen. Bis zu dem einen Tag, an dem sie sich hinter mir versteckte und nicht zu bewegen war, mit zu Uli Holtsen, ihrem gesetzlichen Vater, mitzugehen.

Er war ja glücklicherweise nur der gesetzliche Vater. Denn meine Kleine war in der Ehezeit geboren worden, somit war er vor Gesetz Vater mit Haut und Haaren. Anfangs machte er das auch wirklich gut, musste ich zugeben. Er war aufopfernd, liebevoll und wir hatten alle drei viel Spaß miteinander. Aber im Laufe der Zeit wurde mir immer mehr und mehr klar, dass mein Ehemann ein Problem hatte. Es vergingen zwei Jahre, bis ich begriff, dass er eine Borderline-Störung hatte. Er befand sich quasi ständig auf einem Grenzpfad. Er konnte in der einen Sekunde fröhlich und offen sein, in der nächsten todtraurig und/oder sich verlogen seine Welt zurechtbasteln. Und er lebte seine Lügen. Wenn er sich darin verstrickte und man ihn darauf ansprach, suchte er das Weite. Nach einer Weile tauchte er dann wieder auf und tat so, als ob nichts gewesen wäre.

Ich konnte damit irgendwann nicht mehr umgehen und trennte mich. Dann aber begann der Terror erst richtig. Alle halbe Jahr ließ er sich etwas Neues einfallen. Mal war es der Umgangszeitplan, der ihm auf einmal nicht mehr passte, mal war es mein altes Auto, das ihm ein Dorn im Auge war und den Unterhalt wollte er grundsätzlich nicht zahlen. Jede Erhöhung musste ich erst einklagen, vorher zahlte er (wenn überhaupt) lediglich den alten Satz weiter. Aber so blieb er immer in Erinnerung, verschwand nie und ließ uns nie zur Ruhe kommen.

Sogar als ich die Vaterschaft angefochten hatte und vom Gericht festgestellt wurde was wir beide wussten, nämlich dass er nicht Janines Vater war, ließ er sich eine neue Schikane einfallen: Er ließ von seinem Rechtsanwalt Steven, Janines leiblichen Vater, anschreiben und forderte den Unterhalt der vergangenen Jahre zurück!! Spätestens da verstand ich, dass es ihm immer nur ums Geld gegangen war. Schon als er mich kennenlernte, schnell heiratete und dann flott ein Haus mit mir baute, schien er nur auf das Geld meiner Eltern aus gewesen sein.
Da war sein Versuch während des Scheidungsprozesses, Janine in eine kinderpsychiatrische Klinik „zum dortigen Verbleib" einweisen zu lassen (und diesen Antrag stellte er zweimal, ein Versehen war das nicht!) aus seiner Sicht vermutlich nur ein weiteres Puzzleteil in diesem kranken Spiel um Geld und Macht. Ein Spiel, in dem es nur einen Verlierer geben konnte: Janine, damals gerade mal neun Jahre alt!

Wobei Janines leiblicher Vater sich später auch nicht als Superheld herausstellte, sondern als einer, der weit mehr an seinem Ego und an seiner eigenen Karriere als an einem seiner Kinder interessiert war. Damals wie heute. Die Mutter seines Sohnes hatte ihn in einen Terminplan gepresst, wonach er sein Kind (fünf Jahre jünger als Janine) alle zwei Wochen abzuholen hatte, ob ihm das passte oder nicht. Sie setzte gnadenlos über das Jugendamt alles durch, was sie für richtig hielt. Und er musste kuschen – was ihm natürlich überhaupt nicht recht war und sein Weltbild über „die Frau im Allgemeinen" nicht wirklich verbessern half.
Immer wieder schimpfte er in Gegenwart beider Kinder über „die Frauen" und besonders über die Mütter seiner Kinder. So dass Janine irgendwann überhaupt keine Lust mehr hatte, ihren Vater zu besuchen. Sie konnte ja machen, was sie wollte, er hörte mit seinen Lästereien nicht auf. Auch ihn darauf hinzuweisen, dass sie ja unbestrittenermaßen ebenfalls dem weiblichen Geschlecht angehörte, änderte nichts!
Und wenn er nicht über die Frauen ablästerte, idealisierte er sich selbst!

Immer erzählte er nur von sich, stellte sich als Retter der Welt dar, als unglaublich wichtig und wenn krank (was oft vorkam), dann annähernd sterbenskrank...!! Aber diese widerliche Angeberei machte mir auch irgendwann den Garaus, so dass ich es mir eines Tages verbat, dass er, wann immer es ihm beliebte, sich bei mir einlud und dann immer gleich Stunden blieb. Mir fehlte nach ein paar Jahren einfach die Toleranz, um mir von diesem Mann sagen zu lassen, was für ein toller Hecht er wäre und wie ich als Frau mein Leben zu leben hätte. Dafür war ich schon zu lange alleinerziehend, als dass ich darauf Lust gehabt hätte. Ich riet ihm stattdessen, sich eine Frau zu suchen, die seine Sprache nicht sprach, mit der könnte er es dann möglicherweise leichter haben – und die Frau auch... Wohl derjenigen, die ihn nicht versteht. Zum Einschläfern war sein permanentes Geprahle sicher noch recht nützlich - statt Baldrian.

Ich riss mich aus diesen miesen Gedanken. 'So schlimm ist er ja nun auch nicht', schalt ich mich, zögerte und antwortete mir selbst:

„Doch, schlimmer sogar." Schließlich habe ich die ersten zwei Jahre nur anteiligen Kindesunterhalt bekommen, weil es ihm finanziell nicht so gut ging. Das war damals ok, fand ich, wollte ich doch, dass die beiden, Janine und Steven, einen guten Kontakt haben würden, wenn sie sich öfter sehen sollten. Das Geld war dabei nicht so wichtig. Aber dass er das nie nachgezahlt hat, auch nicht als es ihm plötzlich finanziell super ging, das fand ich nach wie vor nicht in Ordnung. Aber darüber verlor ‚Gott Steven' später natürlich kein Wort mehr!

Immerhin nervte er mich nicht mehr mit seiner permanenten Anwesenheit, wenn er was wollte und seiner Unerreichbarkeit, wenn ich was wollte – zum Beispiel als meine Kleine magersüchtig wurde und bei einer Größe von 1,70 m nur noch 36 Kilo wog! Da konnte ich wochenlang hinter ihrem Erzeuger her telefonieren, er redete sich später mit einem angeblichen Totalausfall seiner sämtlichen Telefonie und einem mehrwöchigen Auslandsaufenthalt heraus. Ja, er war ja schon immer so unglaublich wichtig für diese Welt, da kann sein Kind ja wohl sein

Essverhalten mal selbst in den Griff bekommen...! So kam er mir damals vor.

Janine und ich suchten lange nach einem Therapieplatz, gerieten zunächst an eine Psychiaterin, also eine Ärztin, die lange diagnostizierte, untersuchte, sich etliche Formulare von meiner Kleinen und mir ausfüllen und von mir unterschreiben ließ, dann noch notwendig in Urlaub fahren musste, so dass wir im zweiten Quartal auch noch von ihr gemolken werden konnten, um dann letztendlich zu erfahren, dass sie ja nicht therapieren würde, dafür hätte sie keine Zeit! Also ging die Suche nach einem Therapieplatz von vorne los und ich war sehr bemüht, nicht aus der Haut zu fahren. Später erfuhr ich, dass dieses Verhalten dieser erst seit zwei Jahren in der Stadt ansässigen Psychiaterin Taktik war. Nur Diagnostik, keine Therapie. Damit verdiente man schließlich besser. In Ordnung war das dennoch nicht im Entferntesten und mein Kind war damit wieder am Anfang und nicht einen Schritt weiter gekommen.

Nach einiger Zeit hatten Janine und ich einen Therapeuten gefunden, mit dem mein Kind gut zurechtkam. Monate später hatte sie sich dann Gott sei Dank wieder soweit stabilisiert. Steven hatte dazu keinen Beitrag geleistet... Ein Vater war was anderes, oder?

Das alles ging mir durch den Kopf und ganz nebenbei surfte ich im Internet herum. Ich war gerade auf der Seite eines großen Internetkaufhauses angekommen und blätterte die Seiten mit Silberschmuck durch. Ich liebte Silberschmuckstücke in den verschiedenen Varianten mit und ohne Stein, verziert und schlicht. Ich sah sie mir einfach gern an. Deswegen musste ich sie aber noch lange nicht besitzen. Ein bisschen stöbern und schauen war für mich schon Seelenmassage mit Duftöl. Es tat mir einfach gut.

Das Telefonklingeln riss mich aus meinem Schaufensterbummel heraus. Ohne hinzusehen, hob ich den Hörer ab.

„Brodersen."

„Hier auch, äh ich meine, Henni hier."
„Henni? Denn doch?"
„Ja, wo du vorhin angerufen hast, ist mir nachher was eingefallen, was ich noch fragen wollte."
„Nachher, schon klar. Na, was hast du denn auf dem Herzen?", frotzelte ich.
„Also wegen dem Erbe. Ich könnte ja meine Erbschaftsausschlagung noch zurücknehmen. Also noch diese Woche."
„Ja?"
„Und da wollte ich mal fragen, wie es aussieht."
„Wie was aussieht?"
„Na, mit den Häusern. Hast du – hast du alle verkauft?"
„Nein."
„Nicht?"
„Nicht alle."
„Also, welche sind denn noch da?"
„Deine."
„M-meine? Warum hast du die denn nicht als erstes verkauft?!"
„Warum das denn? Ich will dir doch nicht dein Erbe wegnehmen. Wenn du es nun doch noch haben willst und ich hätte es schon verkauft, das wäre doch blöd, nicht wahr?!"
„Nee, Quatsch, das wäre – also ich, ich wollte ja sowieso nur das Geld."
„Das weiß ich doch, meine liebe Henni. Aber glaubst du allen Ernstes, ich bin so bescheuert und nehme dir die Arbeit ab, verkaufe für Dich und zahle Dich dann brav aus? Nee, ne?"
„Wieso bescheuert, das wäre ja wohl nur fair gewesen, nach allem, was ich für Dich getan habe!"
„Ah ja. Du hast was für mich getan. Sorry, hilf mir mal auf die Sprünge, was hast du denn so für mich getan? Mir fällt da grade nix ein."
„Naja, also damals, in der Schule.."
„In der – Schule?? Das ist jetzt nicht dein Ernst oder?" Ich lachte auf.
„Doch klar, ich hab immer zu dir gestanden, war immer die große Schwester, auf die du Dich verlassen konntest. Immer!"
„Henni. Nun mach mal einen Punkt. Du hast mich doch schon

gehasst, kaum dass ich auf der Welt war, warum sonst hättest du mich mitsamt meinem Kinderwagen damals in den Graben geschoben und dort liegenlassen?"

Kurzes Schweigen.

„Noch da?", fragte ich in die Stille hinein.
„Ja."
„Und, was ist nun? Willst du dein Erbe noch haben, oder nicht? Ich verkaufe die Häuser natürlich erst, wenn ich sicher bin, dass du die Erbschaftsausschlagung NICHT rückgängig machst, das ist dir doch wohl klar?!"
„Ich kann das nicht verstehen. du bist so dermaßen egoistisch! Immer denkst du nur an Deinen eigenen Vorteil. Nun hast du doch schon Erfahrung mit den anderen Häusern gesammelt. Es ist doch für Dich viel leichter, die restlichen zu Geld zu machen, als wenn ich mich da jetzt reinfuchsen soll!"

Das war clever, Henni versuchte, mir gekonnt um die Ecke herum zu schmeicheln, damit ich ihr vielleicht doch noch auf den Leim ginge.

„Deine Anerkennung in allen Ehren, aber - Nein!"
„Aber du würdest doch viel mehr rausholen als ich", fast klang es ein wenig flehend.
„Henni, du schaffst das. Du hast schon ganz andere Dinge geschafft, die ich dir nicht im Entferntesten zugetraut hätte. Da schaffst du das auch, locker."
„Ja, meinst du?"
„Ja, Schwesterherz, meine ich."
„Was meinst du denn, was ich so geschafft hätte, was du nicht gedacht hättest?"

Kaum zu glauben, sie wollte tatsächlich, dass ich ihr auch noch Honig um den Bart schmieren sollte. Innerlich begann ich zu kochen und bemühte mich, nicht aus der Haut zu fahren. Ein Blick auf meine Hand, die vor Aufregung heftig zitterte, machte mir meine Anspannung erst deutlich. Ich wollte dieses Gespräch beenden, am liebsten auch jeden Kontakt zu meiner unangenehmen gengleichen Verwandten. War es nun besser, sie würde ihr Erbe antreten, oder war das Gegenteil besser, fragte ich mich. Mir war alles egal, Hauptsache, ich würde endlich meine Ruhe vor ihr haben. Was sie geschafft hätte, das ich ihr nie zugetraut hätte?

„Das Wohnmobil Deiner toten Eltern zu klauen zum Beispiel, liebe Henni, das hätte ich dir wirklich nicht zugetraut!"

Schweigen.

„Also überleg's dir: Dein Erbe ist noch da, genauso wie unsere Eltern es dir hinterlassen haben. Du kannst also noch bis Freitag deine Erbschaftsausschlagung zurücknehmen. Ich höre dann von dir, nehme ich an!"
„Bis Freitag also? - Dass du den Tag so genau weißt, lässt tief blicken."
„Irrtum Henni, dass du drei Tage vorher anrufst, DAS lässt tief blicken!"

Keine Antwort kam mehr, nicht mal mehr Atemgeräusche waren vernehmbar. Ich legte den Hörer auf. Das Gespräch war zu Ende.

Hatte ich es doch gewusst! Sie hatte gehofft, ich hätte alles Dingliche zu Geld gemacht, sie könnte mal so nebenbei erfahren, ob ich damit Gewinn gemacht hätte und dann, wenn es einen solchen gäbe, mal schnell ihre Erbschaftsausschlagung rückgängig machen, um ihren Erbteil einzufordern!

Ich wollte nicht wahrhaben, dass sie mich nach allem, was sie sich vorher schon geleistet hatte, wirklich so einzuschätzen schien. Das war nur noch von ihrer Dreistigkeit zu übertreffen, tatsächlich nach dem Sachstand zu fragen. Nicht zu fassen! Ich hatte die ganze Arbeit und sie glaubte, am Ende mal vorbeizuschauen und meine Lorbeeren zu ernten. Vielleicht war es aber auch eher Manni, der sich das traute und seine Frau lediglich anstachelte. Ich war gleichzeitig wütend und tief enttäuscht. Es tat weh, eine böse Ahnung zu haben und diese dann auch noch bestätigt zu bekommen. Viel schöner war doch das Gegenteil, aber das war mir wohl nicht vergönnt.

In der Zwischenzeit war ich im Internet bei einem sehr schönen Ring angekommen, aus Silber, mit einem goldfarbenen Schildchen drauf, auf dem ‚Replay' stand. Er war wunderschön. Schlicht und doch anders. Kurzerhand zog ich die Maus auf den Button „Sofort kaufen" und klickte darauf. Replay, für mich hieß das in diesem Moment: „Zweiter Versuch". Zweiter Versuch für ein schönes Leben – ohne meine Schwester. Am Freitag würde die Frist ablaufen. Freitagmorgen hatte ich den Kaufvertragstermin für mein letztes Haus. Dann war mein Erbe in Bares umgewandelt worden. Dann waren nur noch Hennis Häuser da. Dafür hatte ich zwar schon Interessenten, aber ich wollte noch einige Zeit abwarten, das war mir spätestens nach dem heutigen Telefonat mit meiner Schwester klar geworden. Denn auch Henni war offenbar daran interessiert, zumindest den Geldwert ihres Erbteils herauszuholen. Nur hatte sie keine Lust auf die Arbeit. - Tja, schade, dass auch ich darauf keine Lust hatte. Schade für Henni.

Kapitel 34

„Schatzilein?", säuselte ich ins Telefon.
„Alles klar bei dir?", kam die leicht zögerliche Antwort durchs Telefon.
„Duuuu?"
„Was willst Duuuu denn?", ging Piet nun auf mein Spielchen ein.
„Ich hab den Papierkram bei meinen Eltern soweit geregelt und würde jetzt gern mal was anderes sehen als Akten und was anderes hören als nörgelnde Mieter."
„Jaaa?"
„Und da wollte ich Dich fragen, ob du schon mal - aufm Pferd gesessen hast."
„Auf einem Pferd??"
„Jepp!"
„Nee, hab ich nicht und eigentlich auch keine Sehnsucht danach."
„Schade, echt nicht?", ich war auf dem Boden der Realität zurück.
„Nee, mir sind die suspekt. Die sind ja so groß und wenn die ausatmen, flattern einem die Haare im Wind."

Ich musste unwillkürlich lachen, denn mein Freund hatte sich vor langer Zeit für einen Meckischnitt entschieden. Und damit war jedem einzelnen Haar die freie Entscheidung auf Bewegung oder Starre genommen worden. Mit 2 mm Länge standen sie allesamt kaktusähnlich ab.

„Genau, ich vergaß, bei Deiner Frisur muss man ja auf jeden Windzug achten, damit nach einem Aufenthalt an frischer Luft noch alles sitzt, wo es hingehört."
„Richtig. Aber reite du doch aus und ich fahre auf meinem Mountainbike nebenher. Wie findest du das?"
„Hm."
„Ok, Vorschlag also abgelehnt. Wie wäre es stattdessen mit einem schönen Spaziergang und hinterher mit einem Eis im Waldcafé. Weißt du, wo wir schon mal gewesen sind."
„Oh. Ja, das ist eine schöne Idee. Wann? Jetzt?"
„Jetzt? Äh, alles klar, bekomm ich hin. Ich bin in zwanzig Minuten bei dir und dann fahren wir gemeinsam weiter, ok?"

„Fein, ich freu mich auf Dich. Bis gleich." Ich hauchte einen Kuss ins Telefon und legte auf.

Im Wald war es herrlich. Es war Mitte Juni, die Vögel zwitscherten aus vollen Kehlen, überall war der Sommer angekommen. Die Bäume standen recht dicht und bildeten ein grünes Dach für uns. Dazwischen lugte immer mal wieder die Sonne durch, wie Sterne am helllichten Tag. Es war wundervoll. Ich holte tief Luft und schloss die Augen. Bei Piet eingehakt trat ich Schritt für Schritt über den Waldweg und genoss den Duft des Mooses an den Baumstämmen. Inmitten dieses Duftes und des Vogelgezwitschers roch ich plötzlich noch etwas: Eine Mischung aus Rosenduft und Vanille? Ich schnupperte nochmal, der Duft wurde intensiver. Fragend öffnete ich die Augen. Direkt vor mir war ein kleiner Parfumflakon, den Piet mir unter die Nase hielt. Ich sah meinen Freund an, der grinste breit.

„Ich fand, die Gelegenheit war grad günstig, wo du so schön die Augen zu hattest. Magst den Duft?"
„Oh, ja, das ist mein Lieblingsparfüm. Woher weißt du das denn?"
„Tja, ich hab da so meine Quellen."
„Janine!"
„Ok, ertappt. Schlimm?"
„Quatsch. Ich freu mich. Vielen Dank, mein Lieber" und gab ihm einen langen Kuss.

Wir schlenderten weiter den Weg entlang und ich erzählte von dem Telefonat mit meiner Schwester.

„Hast du was anderes erwartet?"
„Nein, eigentlich nicht. Aber trotzdem bin ich enttäuscht."
„Ach was. Du hast super reagiert. Ich finde es überhaupt klasse, dass du erstmal Deinen Erbteil verkauft hast und ihren unberührt gelassen. Das war taff." Piet strahlte mich stolz an.
„Naja, als es ans Verkaufen ging, habe ich mir überlegt, mit welchem Haus ich anfangen soll. Ich beschloss, das einfachste zu nehmen, das was am besten in Schuss ist. Da kann ja nicht viel

schiefgehen – dachte ich. Der erste Kaufinteressent war nicht so der Hit, aber das war eben Lehrgeld. Danach habe ich das nächste Haus fertig gemacht. Ich dachte, wenn ich schon Fehler beim Hausverkauf mache, dann doch lieber mit meinem Erbteil, als mit dem von meiner Schwester. Am Ende dreht sie mir doch noch einen Strick daraus."

„Du hast mit Deinen Häusern angefangen, damit dir bei den Häusern Deiner Schwester kein Fehler unterläuft?!" Piet legte die Stirn in Falten.

„Naja, nachher zahle ich drauf, wenn ich eins unter Wert verkaufe - oder so…", durch den Einwand meines Freundes fühlte ich mich auf einmal nicht mehr so sicher.

„Also hast du doch wieder etwas FÜR deine Schwester getan."
„Hab ich nicht!"
„Doch, hast du."
„Nein."
„Doch, du wolltest ja nicht, dass ihr ein Nachteil entsteht."
„Ja, aber doch bloß, damit ich nicht am Ende die Dumme bin."
„Pssst", machte Piet und legte den Zeigefinger vor die Lippen.

Er hielt mich an beiden Armen und sah mir tief in die Augen.

„Das macht doch nichts meine Süße. Genau das mag ich doch so an dir, dass du immer erst an die anderen denkst und dann an Dich - Selbst wenn es um deine missgünstige Schwester geht" und gab mir einen Kuss auf die Stirn wie ein Vater.

„Lass das", ich schob ihn weg. „Bin doch kein kleines Kind."

Piet hob abwehrend die Hände und wich etwas von mir zurück. Mit etwas Abstand zueinander gingen wir weiter den Waldweg entlang, jeder die Hände in den eigenen Hosentaschen vergraben.

„Ist ja gut. Bei meiner Schwester sollte ich das mal ablegen. Ist aber nicht so einfach. Ich bin eben lieber für andere da und helfe und mache Geschenke. Schenken finde ich toll. Dass mich einer bewusst ausbotet, ist mir fremd. Selbst meine Schwester hat das immer so geschickt gemacht, dass ich das gar nicht gemerkt habe. Über 40 Jahre lang."

„War ja auch sonst sicher nicht so schlimm oder? Beziehungsweise so nachhaltig. Aber diesmal geht's ja um was. Hast du eigentlich ein bisschen Gewinn mit dem Verkauf erzielen können?"

Ich sah Piet skeptisch an. Jetzt fragte er schon wie Nadja seinerzeit. Ich schalt mich dafür, meinen Freund anzuzweifeln. Aber ich beschloss, mich lieber nicht in Zahlen auszudrücken, es war sicher besser, wenn ich mich neutral verhielt. Man konnte ja nie wissen…

„Na, es hält sich die Waage. Reichtümer sind noch keine herausgesprungen. Ich musste ja auch die Schulden, die auf den Häusern lasteten, ausgleichen."
„Also bist du doch keine gute Partie? Schade. Vielleicht sollte ich mal Kontakt zu Deiner Schwester aufnehmen. Wo wohnte die doch gleich?", fragte Piet gekünstelt arrogant.

Ich zwickte ihm in die rechte Seite und er gluckste vor Lachen laut auf. Dann jagte ich ihn durch den Wald und er lachte und tat, als könnte ich ihn erwischen, nur um wieder Gas zu geben, kaum dass ich ihn fast erreicht hatte. Wie die Kinder tobten wir zwischen den Bäumen herum und lachten und zwickten uns. Die anderen Leute sahen uns grinsend an. Ein älterer Mann sagte zu seiner Begleiterin: „Muss Liebe schön sein", lächelte und hakte sich bei seiner Frau unter. Sie schenkte ihm ebenfalls ein Lächeln und setzte ihren Weg mit dem etwa gleichaltrigen Mann langsam fort.

Piet und ich kamen nach einer Weile prustend zum Stehen. Ich fiel ihm um den Hals und küsste ihn innig. Wie hatte ich nur an ihm zweifeln können? Es war einfach zu viel passiert in letzter Zeit. Außerdem konnte ich mir auch nicht vorstellen, dass er wirklich Zahlen von mir hören wollte. Seine Frage nach Gewinn oder Verlust war sicher nur eine Interessensbekundung. Höflich hatte er mich gefragt, wie es aussieht und ob sich die Arbeit für mich gelohnt hatte. Nicht mehr und nicht weniger. Damit beruhigte ich mich selbst. Ich befand es für richtig, ihn nicht genauer einzuweihen, wie ich auch Janine damit nicht belastete. Das machte ich mit mir selbst aus. Zumal ein Ende auch noch nicht abzusehen war, eine Gewinn-Verlust-Bilanz also noch gar nicht fertig war. Obwohl es schon ganz gut aussah, musste ich mir eingestehen. Aber da waren ja noch Hennis Häuser - und das Inventar aus der Wohnung meiner Eltern! Das hatte ich fast vergessen. Ich musste die Wohnung ja noch auflösen!

„Ach herrjeh, mir ist gerade eingefallen, dass mir die Wohnungsauflösung noch bevorsteht!"
„Oh, das kann noch was werden. Soll ich dir dabei helfen?"
„Ja, das wäre klasse. Ich dachte, ich mache einen Hausflohmarkt. Was hältst du davon?"
„Hm, aber erstmal gucken wir allein, ja?"
„Klar. Vielleicht kennst du ja den einen oder anderen, der sich mit Möbeln auskennt. Die technischen Geräte dürften nicht so viel einbringen. Da waren meine Eltern nicht so auf Zack. Aber ich wollte doch gern selbst in die Wohnung oben ziehen und den Rest vom Haus vermieten. Also muss fast alles raus. Puh, das kann ja noch was werden."
„Keine Sorge. Wir gucken mal. Hast du morgen Zeit dafür? Dann komme ich mal lang."
„Aber gern, mein Lieber. Aber erst nach meiner offiziellen Bürozeit zwischen neun und elf, ja?"

Gestellt eingebildet zog ich die Augenbrauen hoch und hob die Nase in die Luft. Was mir einen kleinen Seitenhieb von Piet einbrachte. Ich quietschte laut auf und ich kicherte hinter vorgehaltener Hand: „Du Scheusal" und kniff zurück, doch in die Luft, Piet war weggesprungen und auf den nahegelegenen Spielplatz geflüchtet.

„Da passt du auch hin", unkte ich. „Ich geh jetzt einen Kaffee trinken, sei schön lieb zu den anderen Kindern", lachte ich und verschwand schnell im Café. Piet gab Fersengeld, um hinterher zu kommen.

Es war ein herrlicher Nachmittag. Ich hatte lange nicht so gelacht und genoss die Zeit mit meinem Freund. Meinem großen, gut aussehenden Freund, nach dem sich die anderen Frauen alle umdrehten. Aber er hatte sich für mich entschieden. Und ich war dermaßen glücklich darüber.

Hach Piet!

Kapitel 35

Es war Mittwoch, ich saß im Büro und telefonierte gerade mit einem Kaufinteressenten, den ich noch eine Woche vertröstete, als es an der Tür klingelte. Ich ging mit dem Telefon den Flur entlang zur Haustür, sah durch die Scheibe daneben Piet wild winken und öffnete. Noch in Gedanken in mein Telefonat verstrickt, ließ ich meinen Freund eintreten und bedeutete ihm, still zu sein. Er nickte und schloss leise die Tür hinter sich. Ich ging zurück ins Büro, Piet folgte mir Schritt für Schritt. Und zwar so dicht, dass ich seinen Atem in meinem Nacken spüren konnte. Klar, er blies mir ja auch absichtlich sanft Luft auf die Haut. Seine Schritte traten dicht hinter meine und ich musste unwillkürlich lachen.

„Nein, Herr Thomassen, ich meine nicht Sie, mein Hund hat gerade ein lustiges neues Spiel entdeckt, worüber ich lachen musste. Wir könnten ja morgen nochmal telefonieren, ja? Gerade ist ein weiterer Interessent zu einem Termin erschienen. - Was? Nein, natürlich halte ich Sie auf dem Laufenden. - Ja, ich habe verstanden, dass Sie bereit sind, auch mehr zu bezahlen. - Ich rufe Sie morgen Vormittag an, in Ordnung?"

Piet hatte sich mir gegenüber auf den anderen Bürostuhl gesetzt und Grimassen geschnitten, dass ich kaum noch hinsehen konnte, ohne erneut lachen zu müssen. Dann endlich wimmelte ich Herrn Thomassen ab und stürzte mich auf meinen Freund.

„Du Ungeheuer! Mich zum Lachen zu bringen, wenn ich ein wichtiges Telefonat führe!"
„Oh, Verzeihung Chef. Ich konnte ja nicht ahnen, dass du auch mal wichtige Telefonate führst. Ich dachte, du quatschst nur mit Deiner Busenfreundin stundenlang. Mit – mit, wie hieß sie doch gleich?!"
„Stinktier!"
„Echt, sie heißt Stinktier?? Die arme!"

Piet lachte aus vollem Hals und ich saß auf seinem Schoß und traktierte mit spitzen Fingern seinen Bauch und seine Seiten, kitzelte ihn an den Füßen, dass er strampelte wie ein Kind. Er flehte um Gnade. Doch ich ignorierte das, machte weiter, bis wir zusammen auf den Boden fielen. Dort nahm er irgendwann sanft meinen Kopf in seine beiden großen Hände und gab mir einen zärtlichen Kuss. Ich sah ihn gespielt böse an, legte den Kopf schief und er lächelte wie Romeo – oder wie ich es mir vorstellte, dass Romeo wohl seine Julia angesehen haben mag. Dann legte ich meinen Kopf an seine Schulter.

„Ich hab Dich echt gern, weißt du das?"
„Ja, meine Süße, ich Dich auch. Aber du weist das schon, oder?"
„Klar, ich bin doch eine Frau. Frauen wissen sowas."
„Ach echt? Hab ich gar nicht gewusst."
„Aber ich. Siehste! Damit wäre das auch wieder belegt."
„Was jetzt?"
„Na, dass Frauen mehr wissen, als Männer", ich musste kichern.
„Ach so. Sag das doch", antwortete scheinbar gefühllos, so dass ich den Kopf hob und ihn fragend ansah. Da zuckten seine Mundwinkel und er lachte. Ich stimmte mit ein. Es war schön, so mit einem Mann herumzualbern und auch zu schmusen. Ich hatte das schon ein bisschen vermisst, auch wenn ich mir das eigentlich nicht eingestehen wollte.

„Du sag mal", fragte Piet in diese rührselige Stimmung.
„War das echt so, dass deine Schwester Dich mitsamt dem Kinderwagen in den Graben geschoben hat?"
„Ja."
„Aber warum hat sie das gemacht?"
„Tja. Sie hatte einen Bruder bestellt und dann kam ich und das hat ihr nicht gepasst. Also schob sie mit mir los, meine Mutter freute sich schon, dass Klein Henni sich nun doch noch mit dem Baby anfreunden konnte. Und dann kam Henni kurze Zeit danach wieder auf den Hofplatz spaziert, mit den Händen hinter dem Rücken, übers ganze Gesicht grinsend – und ohne Kinderwagen. Durch mein Gebrüll haben meine Eltern mich dann gefunden. Eben im Graben."
„Ist ja der Hammer. Und hat sich das je gebessert, also ich meine, habt Ihr Euch auch mal verstanden, so wie Geschwister eben?"
„Ja, schon. Es gab immer mal wieder Zeiten, wo wir uns gut

verstanden haben. Das letzte Mal hielt sogar mehrere Jahre an. Bis es diesen einen großen Streit gab, wo meine Schwester mir anschließend erklärte, ich sei tot für sie. Danach hatten wir keinen Kontakt mehr. Bis zum Tod unserer Eltern. Da hat sie sich dann wieder gemeldet."
„Hättest du sie sonst angerufen?"
„Nein, sicher nicht. Der Schnitt saß zu tief. Diesmal war ich wirklich sauer auf sie. Und dass sie wieder ankam, war ja auch nur wegen dem Erbe."
„Das ist ganz schön hart, oder?"
„Ach was, man gewöhnt sich an alles. Aber es ist einfacher damit umzugehen, wenn man weiß, woran man ist. Ich bin echt froh, wenn Freitag rum ist und sie mir keine Knüppel mehr zwischen die Beine werfen kann."
„Freitag läuft ihre Frist ab, richtig?"
„Genau. Endlich."

Pause.

„Mein Vater hat mal zu mir gesagt, man muss aus jeder Situation das Positive für sich herausziehen, nur dann kann man damit auf Dauer umgehen."
„Guter Satz von Deinem Vater."
„Weißt du was Positives über deine Schwester?"
„Hm. Doch, mir fällt da was ein: Damals hat meine Mutter ja ein strammes Regiment geführt. Hatte ich ja schon mal angerissen, oder?"
„Angerissen ist gut. Dass deine Mutter Dich nahezu täglich verprügelt hat, ja, das hattest du erwähnt."
„Naja. So gab es natürlich auch für jede schlechte Schulnote einen Fellvoll. Als ich damals meine erste Vier nach Hause brachte, habe ich mir schon im Schulbus fast in die Hose gemacht vor Angst vor meiner Mutter. Da hat Henni sich tatsächlich mal für mich eingesetzt – glaub ich jedenfalls. Denn was sie damals zu meiner Mutter gesagt hat, weiß ich natürlich nicht. Aber sie lief voraus, um meine Mutter milde zu stimmen. Als ich dann zu unserem Haus kam, erwartete unsere Mutter mich in der weit aufstehenden Haustür. Ich ging hinein und dachte schon, ich war an ihr vorbei,

als ihr Schuh auf meinen Hintern knallte. Das waren Schmerzen, die werde ich nie vergessen. Ich sah zu Henni, die weiter hinten im Flur stand und mich traurig ansah. Sie zuckte hilflos die Schultern und musste zusehen, wie meine Mutter mich ins Wohnzimmer schleppte und mir immer und immer wieder mit dem Schuh auf den Hintern schlug. Ich glaube, sie hat wirklich versucht, mir den Weg zu ebnen. Denn sie wusste ja genau wie ich, dass ich für die Vier Schläge bekommen würde."
„Meine Güte. Deine Kindheit war echt nicht der Hit, wie?"
„Nicht wirklich, nein. Nur wenn ich bei den Pferden war, war ich glücklich." Ich sah meinen Freund an und versuchte mit Fröhlichkeit den Kloß aus meinem Hals zu vertreiben. „- Vielleicht doch mal ausreiten? Ich kenn da einen tollen Reitstall hier ganz in der Nähe."
„Nee, lass mal. Pferde sind ja wunderschön und so. Aber mir definitiv zu groß."
„Du, die haben da auch Ponys. So ab einem Meter Stockmaß. Das wäre doch was, oder?"
„Ha-ha-ha!"

Kapitel 36

Freitag kam, Freitag ging, ohne ein weiteres Zeichen von Henni oder Manfred Hansen. Weder per Post, noch E-Mail, noch Telefon, oder sonst was. Ich war in jeglicher Form den ganzen Tag erreichbar, doch von meiner Schwester kam keine Regung. Sogar während des Notartermins am Vormittag, beim Verkauf meines letzten Hauses, hatte ich mein Handy auf lautlos gestellt und in meine Hosentasche gesteckt. Doch nichts! Auch in den Tagen zuvor war nichts passiert. So gar nichts von Henni zu hören, war irgendwie unheimlich. Als das Telefon klingelte, zuckte ich zusammen.

„Und?" Es war Freitagnachmittag und Regine wollte wissen, was nun war.
„Nichts."
„Wie nichts?"
„Nichts nichts. Sie hat sich nicht gerührt."
„Auch keine E-Mail oder so?"
„Nichts."
„Na dann: Hoch die Tassen!"
„Ich weiß nicht. Vielleicht kommt doch noch was. Die Post war vielleicht nicht schnell genug oder so. Es zählt doch das Datum des Poststempels, nehme ich an. Und die Post wird doch erst gestempelt, wenn man den Brief abgibt. Kann ja also noch sein, dass morgen was kommt oder erst Montag. Ich warte lieber noch ab."
„Echt, meinst du? Aber Fristablauf war doch heute, oder? Jetzt ist es schon 15:00 Uhr, da kann doch nichts mehr kommen. Also könnten wir doch zumindest heute schon mal feiern."
„Und dann morgen und dann Montag? Dann hab ich Ende nächster Woche einen Dauerbrand."
„Wie Silvester vor vier Jahren?", unkte Regine.
„Oh, erinnere mich bloß nicht daran. Das war sooo schlimm!"
„Und jetzt ist dein Töchterchen bald in dem Alter!"
„Mal den Teufel nicht an die Wand, die ist grad mal 16. Noch bekommt sie keinen Alkohol, zumindest nicht bei mir."
„Genau!", das kam ironisch rüber.

„Ja, genau!", versuchte ich, deutlich zu machen.
„Ja, genau wie bei mir damals?!"
„Heißt?"
„Ich hatte meinen ersten Brand mit 12!"
„Mit 12???"
„Jepp!"
„Ok, du bist auch ein Stadtkind. Aufm Land ist das anders."
„Meinst du?"
„Nee, weiß ich."
„Ooo-kee."
„Wie ok?"
„Naja, eine bekannte große Internetcommunity sagt da was anderes."
„Oh, nee, ich will's gar nicht wissen."
„Janine ist da ja auch."
„Ja, und ich auch!"
„Und dann weißt du's nicht?"
„Was weiß ich nicht?"
„Och. Äh, ich hab gar nichts gesagt. Bin doch keine Petze."
„Aber ihre Patentante."
„Nicht mehr, seit sie konfirmiert ist, ist das vorbei."
„Wieso?"
„Na dann endet die Patenschaft doch automatisch. Nicht gewusst?"
„Das ist eine gute Idee."
„Wie jetzt?"
„Na, so komm ich aus der Nummer mit meinem Patenkind heraus."
„Wie meinst du das jetzt?"
„Naja, ich hab meine kleine Nichte ja ganz gern. Auch wenn meine liebreizende Schwester offenbar alles tut, damit das Kind mich nicht mal mehr anguckt. Aber dass ich ihre Patentante bin, finde ich nach dem Streit, den ich mit Henni hatte, einfach unangebracht. Und so kann ich die Patenschaft beenden, ohne dass Henni mir wieder einen Strick daraus drehen kann."
„Hm, und das hältst du für eine gute Idee?"
„Ja, du nicht?"
„Nee, das wirkt kindisch. Wie du mir, so ich dir. Das ist doch eigentlich nicht dein Niveau."

„Naja."
„Genau, die Idee ist blöd. Das hättest du gleich nach Janines Konfirmation tun sollen, vor zwei Jahren und nicht jetzt, wo man vermuten könnte, du hättest geerbt und würdest deshalb keine Patentante mehr sein wollen. Macht sich auch besser vor Sanna. Die würde das alles eh nicht verstehen."
„Ja, stimmt, du hast wohl Recht."
„Ist ja nur ein Vorschlag. - So Themenwechsel. Also feiern wir heute Abend?"
„Feiern?"
„Ja, feiern. Mal inne Disse, ordentlich einen drauf machen und anschließend schläfst du bei uns. Gute Idee?"
„Naja..."
„Ja, ich weiß, das ist nicht so dein Ding, die Feierei. Aber man muss doch mal einen Schlussstrich ziehen. Und ich finde, Striche ziehen geht mit Bacardi am besten, hihihi."
„Regine, ich weiß nicht, ich geh ja lieber mal schick essen, als dass ich unbedingt einen trinken muss."
„Och, hab Dich doch nicht so. Ich hab dieses Wochenende kinderfrei und Janine bringen wir auch noch irgendwo unter. Komm schon!"
„Nee, ich mag nicht. Vorschlag zur Güte: Nächsten Freitag, wenn sicher die Frist rum ist und nichts mehr passieren kann, da lade ich Euch alle fünf zum Essen ein. Dann lernst du auch mal Piet kennen. Gute Idee?"
„Piet? Dein neuer Herzbube? Auf den bin ich schon länger neugierig, auf den Herrn Rettungsarzt, den du dir da an Land gezogen hast."
„Naja, eher hat er an mir herumgezogen... - andere Geschichte. Abgemacht? Essen gehen? Wir alle acht?"
„Acht?"
„Ja, vielleicht auch neun, ich weiß noch nicht, was mit Janine ist."
„Wie jetzt, hast du etwa schon einen Schwiegersohn?"
„Ja klar, mit 16 ist sie schon am Hochzeitspläne schmieden, was denkst du denn?", unkte ich.
„Äh, ok. Aber dann richte Dich bitte auch auf zehn ein, meine Große hat da ja auch was am Laufen."
„Mit acht?!"

„Ha, erwischt! Genau wie du mich veräppelt hast. Dachtest wohl, ich merk das nicht!"

Nun lachten wir beide. Klar, hatte ich meine Freundin nur aufs Glatteis führen wollen, obwohl, mit 16, da haben andere Teenys schon selbst ein Kind. - Aber hoffentlich nicht meine Kleine. Da war ich schon wirklich froh, dass sie genau so war, wie sie es eben war: 16 eben, ein ganz normaler Teenager, die bis vor ein paar Jahren noch nichts mit Jungs am Hut hatte. Aber dieser Tom, ich schätze, das könnte was Ernsteres werden. Die beiden hatten sich doch auch nach dem Krankenhaus getroffen, da war doch was. Und als ich zum zweiten Mal eingeliefert wurde, war er doch auch wieder im Gespräch. Also wenn, dann ging das schon länger. Oh Mann, ich war echt nicht mehr auf dem Laufenden, was meine Kleine anging.

Dabei dachte ich immer, wir beiden wären ein echt gutes Mutter-Tochter-Gespann. Wir erzählten uns alles, also fast alles. Ich musste irgendwann lernen, Belastendes mit mir selbst oder mit anderen Erwachsenen auszumachen, anstatt es mit meiner pubertierenden Tochter zu besprechen. Denn Janine, die immer taffe und kecke Janine, war innerlich sehr sensibel und zerbrechlich. Das hatte mir nicht zuletzt die Zeit der Magersucht gezeigt. Ich hatte es damals nicht mitbekommen, immer hatte sie sich die weiten Kleider von mir ausgeliehen, weil sie sie angeblich so schön fand. Dabei hatte ich damals schon locker 20-30 kg mehr auf den Rippen als sie. Ich habe mir hinterher schreckliche Vorwürfe gemacht, dass ich nicht bemerkte, wie schlecht es meinem Kind ging.

Später war ich froh, dass sie wieder mit all ihren Sorgen zu mir kam. Ich in ihrem Alter wäre mit meinen Sorgen ganz sicher nicht zu meiner Mutter gegangen. Zwischen uns war kein Vertrauen vorhanden und ich wusste, dass ich auch kein Verständnis zu erwarten hatte. Also ließ ich es bleiben. Ich hatte Freunde, die ich um Rat fragen und denen ich meine Gefühle mitteilen konnte. Auch Ratschläge holte ich mir bei meinen engsten Vertrauten. Meine Mutter wusste nichts von meinem Inneren. Und sie wollte es auch nicht wissen, hatte ich den Eindruck. Sie fragte selten „na, wie geht's?", sondern allenfalls „wie war's in der Schule?". Letzteres interessierte sie einfach mehr, das war deutlich. Sie brauchte etwas zum Angeben, zum Prahlen vor den Verwandten. Gefühle waren nicht so wichtig, meine schon gar nicht und meiner Mutter ohnehin fremd.

Umso glücklicher war ich, dass meine Tochter mir vertraute und mit ihren Sorgen und Nöten zu mir kam. Ich war eigentlich immer soweit gut informiert und wusste, mit wem sie gerade guten und mit wem schlechten Kontakt hatte. Doch die elementaren Dinge, die verschwieg meine Kleine anscheinend gerne mal vor mir. Dass ich über Tom nicht weiter Bescheid wusste, führte ich darauf zurück, dass Janine mich in meinem desolaten Zustand nach dem Tod meiner Eltern nicht weiter belasten wollte. Vielleicht tat ihr der junge Mann auch einfach nur gut und lenkte sie ein bisschen von ihrem eigenen Gefühlswirrwarr ab. Was auch immer, mein Kind wurde allmählich erwachsen und stand auf ihren eigenen Beinen in ihrem eigenen Leben. Und das war gut so.

Kapitel 37

Auch am Sonnabend war nichts in der Post. Das Wochenende verging im Schneckentempo, fand ich. Und ich musste mir eingestehen, auf Kohlen zu sitzen. Ich wollte endlich wissen, was Tacheles war. Hop oder Top, Sekt oder Selters, Tee oder Kaffee. - Kaffee, gute Idee. Ich ging in die Küche und wollte mir einen Kaffee aufbrühen. Der Griff in die Kaffeepad-Dose erinnerte mich daran, dass ich vergessen hatte, Kaffeepads einzukaufen. Mist! Also doch kein Kaffee. Aber das war vielleicht auch besser so. Gefühlt hatte ich schon an die zwanzig Tassen an diesem Vormittag getrunken. Aber so hatte ich eine Möglichkeit, wie ich wieder ein bisschen Zeit herumbekommen könnte: Ich würde mit dem Fahrrad ins Nachbardorf fahren und mir Kaffeepads kaufen.

Also ab in die Garage, mein Fahrrad suchen und raus schieben in die Sonne. Der Blick auf die Reifen machte mir klar, dass ich auch noch eine Fahrradpumpe suchen musste. Also zurück in die Garage und die Regale durchgestöbert. Was da alles an Werkzeug und anderem Zeug herumlag. Und alles hatte die gleiche Farbe: Rostrot! Alles alt und verrostet. Schrauben, Hammer, Sägen, Scharniere, Badezimmerarmaturen und so weiter, und so fort. Und alles durch die Bank verrostet. Das konnte noch ein Spaß werden, die Garage mal auszumisten. Denn ich fand den Gedanken eigentlich ganz nett, in einer Garage auch ein Auto zu parken, vorzugsweise mein Auto. Aber bis dahin war noch ein weiter Weg. Im Moment war nur ein schmaler Weg zwischen dem ganzen Kram zum Gehen vorhanden. Kein Platz für ein Kfz., nicht mal für so ein kleines, wie meines.

Ich fand die Luftpumpe, ging wieder zu meinem Rad und machte mich an die Reifen. Dann den Rucksack geschultert, die Wasserflasche vorne in den rosa Kinderfahrradkorb, den ich von Janine „geerbt" hatte und los ging's. Der Wind zerzauste meine langen rot gefärbten Haare, die Sonne schien in mein Gesicht, ich atmete frisch gemähtes Gras. Ich kam an Wiesen vorbei, auf denen die Bauern ihrer Arbeit nachgingen und Heu machten, ein paar Felder weiter war ein Bauer mit seinen Arbeitern dabei, Mais zu ernten. Ein großer Mähdrescher fuhr langsam die Reihen entlang und saugte scheinbar die Maispflanzen ein. Über ein viereckiges Rohr schoss nach rechts hinten ein grün-weißer Strahl staubiges Etwas in die Luft. Daneben, leicht versetzt, fuhr im gleichen Tempo ein Trecker, der darauf bedacht war, die durch die Luft sausenden Maisschnitzel in seinem Anhänger aufzufangen. Am Eingang zur Koppel stand ein weiterer Trecker mit leerem Anhänger bereit, den anderen Fahrer abzulösen, wenn dessen Anhänger voll wäre.

Ich sah den Männern bei der Arbeit zu, während ich gemütlich weiter in die Pedale trat. Es waren nur 4 Kilometer bis zum Nachbardorf, viel zu wenig, denn schon nach 15 Minuten war ich dort. Das Radfahren hatte mir so gut getan, dass ich beschloss, in dem Laden noch ein Eis zu kaufen, das draußen in der Sonne zu essen und dann gemütlich weiter zu radeln, bis ich keine Lust mehr hätte. Und erst dann wieder nach Hause zu fahren. Ein Stündchen könnte ich damit schon rum bekommen.

Während ich in der Sonne saß und mein Vanilleeis schleckte, bekam ich gar nicht mit, dass meine Nachbarin mir zuwinkte. Ich sah gedankenverloren dem bunten Treiben vor dem Laden mir gegenüber zu. Elena blieb stehen, überlegte eine Weile und kam dann zu mir. Als sie mich ansprach, zuckte ich zusammen, so sehr war ich in Gedanken.

„Darf ich mich zu dir setzten, Tini?"
„Was? - Elena, du? Was machst du denn hier? Klar, komm, setz' Dich."
„Wie geht es dir? Das mit Deinen Eltern tut mir leid."
„Danke, dass du das sagst. Ich wollte mich sowieso bei dir entschuldigen für die ganzen Streitereien in der Zeit davor. Ich war wohl ein bisschen dünnhäutig. Entschuldige bitte", ich hielt ihr die Hand hin.

Elena schlug ein und lächelte mich zart an.

„Entschuldigung angenommen. Ich glaube, wir haben uns beide

nichts geschenkt. Schwamm drüber. Was ist denn bei der Sache rausgekommen wegen der Bremsen?"

„Ach, das. Das Verfahren ist eingestellt worden. War wohl ein Fehler der Autowerkstatt. Wie sich das genau zugetragen hat, weiß ich auch nicht. Nimm es mir nicht übel, aber ich möchte es auch nicht so genau wissen. Für mich war es ein schrecklicher Unfall."

„Es war ein Werkstattunfall? In welcher Werkstatt waren deine Eltern denn? Da will ich mein Auto dann ja lieber nicht mehr hinbringen!"

„Elena, das war ein Fehler, der nicht beabsichtigt war. Da konnten die Leute dort vermutlich auch nicht so viel für. Mein Vater war ja auch nicht gerade ein zurückhaltender Autofahrer. Vielleicht ist ihm was vor die Motorhaube gelaufen und er hat das Steuer verrissen. Lass uns einfach die Toten ruhen lassen, bitte, ja?"

„Ok, sorry, ich wollte Dich nicht aufregen. Du hast ja jetzt auch eine schwere Zeit, oder? Hilft Henni dir denn ein bisschen?"

„Nee, nicht direkt", ich musste kurz auflachen. „Eher im Gegenteil. Sie macht es mir nicht gerade leichter. Aber ich möchte an diesem schönen Tag auch nicht so gern über meine Schwester reden. Hattest du was auf dem Herzen, oder wolltest du nur mal ein bisschen klönen? Willst du auch ein Eis? Ich würde Dich einladen."

„Nein danke. Das ist lieb von dir. Ich wollte eigentlich was fragen, aber ich weiß nicht, ob ich Dich das überhaupt fragen kann."

„Frag doch einfach, dann sag ich dir, ob du das fragen kannst", ich lächelte Elena freundlich an.

„Na gut. Wir bekommen nächste Woche Besuch aus Niedersachsen. Und ich wollte fragen, ob – naja, bei Deiner Mutter ging das immer – ob meine Leute wieder die Ferienwohnung bekommen können. Nur für zwei Nächte, geht das?"

Arme Elena, das war ihr offenbar sehr unangenehm.

„Na klar geht das. Wie immer, 45 Euro pro Nacht?"
„Das – das weißt du?"
„Na klar, stand alles in Mamas Unterlagen. In der Hinsicht war sie penibel."
„Ach so. Ja, klar, 45 sind ok. Du, da bin ich aber erleichtert, dass

das geht. Ich hatte schon befürchtet, dass du die Vermietung gar nicht mehr machen willst."
„Im Gegenteil. Ich habe vor, wieder an Feriengäste zu vermieten, so wie es meine Mutter damals gemacht hat und so wie ich damit aufgewachsen bin. Ich muss nur noch ein bisschen Werbung machen."
„Also wenn das so ist: Ich hatte schon so einige Anfragen, ob ich was wüsste, wo man Urlaub machen kann. Wenn wieder einer fragt, schick ich ihn zu dir."
„Ja? Das wäre super. Aber Frühstück gibt's bei mir nicht!"
„Also doch nicht so wie bei Deiner Mutter damals?", unkte Elena.
„Nee, nicht ganz so. Das fand ich als Kind dann doch ein bisschen doof. Außerdem sind in den Wohnungen ja Küchen und Geräte drin. Nein, das können die Leute ganz gut allein."
„Prima. Dann sag ich meiner Familie Bescheid, ja? Nächstes Wochenende, Freitag Anreise, Sonntag Abreise."
„Alles klar."

Sie streckte mir die Hand zur Verabschiedung hin und stand schon auf. Ich schlug ein und lächelte meine Nachbarin freundlich an.

Eine Weile saß ich noch gemütlich in der Sonne. Dann schwang ich mich wieder auf meinen Drahtesel und fuhr ziellos durch die Gegend. Es war so ein herrlicher Tag. Ich kam an unserem Museumsdorf vorbei und an meinem Lieblingsrestaurant, wo ich bei der Beerdigung so sehr über die hohen Kosten gestaunt hatte. An der stillgelegten Windmühle, der Buttermühle und an unserem Stranddenkmal, einem gemauerten Dreieck aus Ziegelsteinen, knappe drei Meter hoch. Was daran Kunst war, erschloss sich mir nicht, aber die Möwen und Krähen hatten zumindest einen neuen Ausguck – und verzierten das dreieckige Mauerstück auch mit ihren Hinterlassenschaften. Nur roter Ziegel war ja auch langweilig. So waren noch einige graue und viele weiße Streifen hinzugekommen... Bah! Nicht schön. Kunst ist eben Einstellungssache – oder so…

Bei meinen Eltern stand ja auch so ein „Kunstwerk" vor dem

Grundstück: Ein aus einem Holzpflock geschnitzter Mann mit geschlossenen Augen und Bauchnabel, der sich selbst in den Schritt griff! Das sollte angeblich an die Stein-Figuren auf den Osterinseln in Skandinavien angelehnt sein, der Künstler hatte den blinden Holzmann mit dem viel zu großen Kopf „Wasserkieker" (kieken = plattdeutsch für gucken) genannt, weil er auf das Wasser sah – also sofern man ihm Augen andichtete. Ich hatte mir die Figur seinerzeit lange angesehen, weil ich sie einfach nur scheußlich fand. Mich erinnerte sie bei aller Liebe nur an einen Affen, der sich eben selbst in den... Also Kunst ist anders, fand ich. Für mich war Kunst ein tolles gemaltes Bild, auf dem ich erkennen konnte, was es war: Eine Stadtsilhouette oder ein Feld mit Bäumen und Wasserlauf. Also mehr so Realismus, anstatt Surrealismus oder eben Ziegeldreieck oder „Wasserkieker".

Kopfschüttelnd fuhr ich weiter am Strand entlang und dann eine kleine Anhöhe hinauf, an Reetdachhäusern vorbei, typisch für unsere Gegend in dem Land zwischen den Meeren, mein Schleswig-Holstein. Wir lebten ganz oben im Norden, von meinem Wohnzimmer aus konnte ich bis nach Dänemark sehen. Also jedenfalls im Winter, wenn die Bäume keine Blätter trugen, die mir im Sommer die Sicht versperrten. Aber ich war bestimmt nicht undankbar über die Blätter des Waldes, an dessen Rand unsere Siedlung lag. Dämmten sie doch eine Menge der Geräuschkulisse der Campingplätze und der Wassersportler, die sich an und auf dem Wasser, an dem ich aufgewachsen war, sommers gern aufhielten.
Manchmal, wenn der Wind gut stand, konnte ich das Salz im Meer bei mir im Garten riechen. Das war schon toll. Wer konnte das schon von sich sagen? Wohnen, wo andere Urlaub machen!

Dann kam ich bei Janines Lehrerin vorbei, die auch in der Nähe wohnte. Ich wollte mich gerade beeilen, damit ich ihr nicht über den Weg laufen würde, da sah ich sie auch schon in ihrem Vorgarten stehen und mit ihrem Mann diskutieren. Ausweichen zwecklos, unerkannt vorbeikommen ebenfalls. Sie sah mich und rief mir irgendwas zu. Mist! Aus der Nummer kam ich nun nicht mehr heraus.

„Frau Brodersen", rannte sie auf mich zu, „Frau Brodersen, kann ich Sie kurz sprechen?"
„Ja, natürlich. Ist was mit Janine?"
„Mit Janine? Nein, sie ist eine gute Schülerin und macht mir keinen Kummer."
„Da bin ich beruhigt."
„Ja, letztes Mal waren Sie so schnell weg, aber ich wollte Ihnen doch gern persönlich und auch im Namen des ganzen Lehrerkollegiums noch mein herzliches Beileid zum Tode Ihrer Eltern aussprechen. Schreckliche Sache, das."
„Ja. Danke für Ihr Mitgefühl. Vor ein paar Wochen konnte ich noch nicht so gut damit umgehen, deshalb bin ich Beileidsbekundungen lieber aus dem Weg gegangen. Das tut mir leid."
„Kein Problem, das kann ich sehr gut verstehen. Vor einem Jahr starb mein Bruder, den ich sehr liebte. Da ging es mir genauso wie Ihnen jetzt, nehme ich an. Frau Brodersen, wenn ich irgendwas für Sie tun kann, oder Sie einfach mal nur reden wollen, dürfen Sie mich gern jederzeit anrufen oder vorbeikommen."
„Das ist nett von Ihnen. Aber das meiste habe ich schon geregelt. Schlimm war die Beerdigung. Aber das ist ja nun auch überstanden."
„Ja, das war auch für Janine schwer. Gut, dass Sie sie an dem Tag aus der Schule genommen haben. Sie hätten sie auch noch länger zu Hause lassen können. Kein Problem."
„Wirklich? Naja, ich dachte, es wird leichter für sie, wenn sie wieder einen geregelten Tagesablauf hat, als wenn sie sich zu Hause in der Trauer verkriecht. Sie und meine Mutter standen sich sehr nah."
„Ich weiß, Janine hat es mir erzählt."
„Janine hat mit Ihnen darüber gesprochen?", fragte ich erstaunt nach.
„Ja, oft. Sie kommt häufiger mit ihren Sorgen zu mir, als Ihnen bewusst ist, glaube ich."

Ich sah sie ungläubig an. Dann machte die Lehrerin eine

einladende Handbewegung, ihr in den Garten zu folgen. Und ich nahm gern und interessiert an. Wir tranken eisgekühlte Limonade, selbstgemacht. Doch das konnte ich kaum würdigen. Was ich dann erfuhr, machte mich traurig auf die eine Weise und erleichtert auf der anderen. Janine hatte sich in der ganzen Zeit immer mal wieder ihrer Lehrerin anvertraut und mit ihr gesprochen, über den Tod der Großeltern, über ihre Angst vor der Beerdigung, über die Wut auf ihre Tante, die zum Stehlen gekommen war. Die Lehrerin wusste alles.

Janine hatte sich selbst zu helfen gewusst, als ich ihr nicht helfen konnte. Das machte mich stolz auf mein 16-jähriges Mädchen, das schon so viel hinter sich hatte, aber es machte mich auch betroffen, dass ich als ihre Mutter eben nicht für sie da war, als sie mich am dringendsten brauchte. Ich kam mir schlecht vor, eine schlechte Mutter.

„Aber nun versinken Sie nur ja nicht in schlechtem Gewissen, Frau Brodersen! Janine hat das einzig richtige getan und sich Hilfe gesucht. Und ich bin froh, dass sie mich gefragt hat – macht mich ja auch ein bisschen stolz, dass ich als Lehrerin wohl nicht ganz fehl am Platz bin... Aber so hat sie sich jemanden ausgesucht, dem sie sich anvertrauen konnte, weil sie genau gemerkt hat, dass die Situation für ihre Mutter mindestens ebenso unerträglich war, wie für sie selbst als Schul-‚Kind'. Das ist doch vollkommen in Ordnung so. Niemand macht Ihnen einen Vorwurf. Und Sie sollten das auch nicht tun."
„Ich weiß gar nicht, was ich sagen soll."
„Auf jeden Fall sollen Sie Janine nicht sagen, dass Sie jetzt Bescheid wissen. Das darf ich Ihnen nämlich eigentlich gar nicht erzählen. Sie will das nicht. Sie will das für sich behalten, um Ihnen kein schlechtes Gewissen zu machen. Und dann belassen Sie es bitte auch dabei."
„Ja, wenn Sie meinen."
„Ja, meine ich! - Noch 'ne Limo?" Sie lächelte mich an und das war so ansteckend, dass ich gar nicht anders konnte, als das Lächeln zu erwidern. Was für eine Frau! Toll, dass es heute solche Lehrer gab. In meiner Schulzeit gab es genau eine Lehrerin, die ich

klasse fand. Alle anderen - ohne Worte!

Eine Weile saßen wir noch zusammen und unterhielten uns ganz ungezwungen, dann sattelte ich wieder meinen Drahtesel und setzte meine Tour fort. Das schöne Wetter nahm ich nun allerdings nicht mehr wirklich wahr. Ich radelte nun direkt in Richtung Heimat und meine Gedanken kreisten um meine taffe Tochter. Die war schon echt klasse, fand ich. Klar, oft genug reizte sie mich bis zur Weißglut und dann knallten bei uns auch die Türen. Aber alles in allem fand ich schon, dass ich echt Glück gehabt hatte mit diesem Teenager. Andere Eltern hatten da schon deutlich mehr Sorgen. Aber ich war auch zufrieden, nur ein einziges Kind zu haben. Bei zweien hätte ich meine Liebe teilen müssen und wer weiß, ob ich meine Liebe hätte gleichmäßig verteilen können, ohne ein Kind zu bevorzugen und eines zu benachteiligen. Nur, so wie meine Mutter hätte ich es ganz sicher nicht gemacht: Meine Kinder gegeneinander ausspielen. Einmal war sie nett zu der einen, dann wetterten sie und die andere Tochter gegen diese. Einmal war es andersherum. Meist war ich aber diejenige, die die beiden anderen gegen sich hatte. Klar, Henni war ja auch die nette und ich die bockige. Meine Mutter hatte es sicher nicht leicht mit uns, aber wir es weiß Gott auch nicht mit ihr! Im Nachhinein verstand ich meine Mutter, im Hinblick auf ihre eigene Kindheit. Verständnis für ihr Verhalten uns Kindern gegenüber hatte ich dennoch keines. Sie hätte sich damals Hilfe holen sollen, statt immer nur Gewalt und Kälte sprechen zu lassen.

Zu Hause angekommen, stellte ich mein Rad in die Garage, nahm noch einen tiefen Schluck aus meiner Wasserflasche und ging dann in meine Wohnung. Mit den Hunden ging ich anschließend in den Garten und legte mich zu Janine, die in der Sonne lag und krampfhaft versuchte, ein bisschen Farbe auf ihre blasse Haut zu bekommen.

„Du?", fing ich langsam an.
„Ich?", unkte sie.
„Sag mal, sind wir beide jetzt eigentlich über den Berg? Ich meine,

was die Trauer um Oma und Opa angeht?"

Janine richtete sich halb auf und sah mich durch ihre weiß umrandete Sonnenbrille an.

„Wie meinst du das 'über den Berg'?"
„Naja, auf einer Skala von 1 – 10, wobei 10 ganz schlimm ist und 1 überhaupt nicht schlimm. Wie groß ist deine Trauer?"
„Hm, bei 4, würde ich sagen. Und bei dir?"
„Auch."
„Und? Sind wir damit über den Berg?"
„Ich glaub schon."

Ich lächelte mein Kind an und eine kleine Träne kullerte mir über die Wange. Janine sah es nicht, sie hatte eine dunkle Sonnenbrille auf. Vielleicht tat sie aber auch nur so, weil ich in letzter Zeit schon so viel geweint hatte und sie es einfach über hatte. Sich wieder flach auf den Boden legend und das Gesicht zur anderen Seite drehend, murmelte sie:

„Mami, ich will braun werden, trink doch eine Tasse Kaffee oder so."
„Ich geh ja schon." Mit einem Lächeln im Gesicht rappelte ich mich hoch.
„Und hör auf zu weinen, das macht hässliche Falten!" Mit einem Seitenblick zwinkerte sie mir zu und reichte mir ein Papiertaschentuch.

Kapitel 38

Am Sonntag regnete es entgegen der Wettervorhersage den ganzen Tag Bindfäden. Der Himmel hing voller grauer Wolken, so dass wir mitten im Sommer drinnen Licht anmachen mussten. Janine, Piet und ich waren den ganzen Tag in der Wohnung meiner Eltern beschäftigt und sortierten aus deren Besitztümern, was vielleicht noch Geld einbringen und was in den bestellten und auf der Hofeinfahrt abgestellten Container konnte. Es dauerte Stunden, bis wir das, was wir glaubten, noch verkaufen zu können, saubergemacht und nach Preis sortiert auf lange Tapeziertische gestellt hatten. In der nächsten Woche wollte ich einen Hausflohmarkt abhalten. Mittwoch war eine Anzeige in der Zeitung, für abends hatte ich Piet und Janine gebucht und sie hatten ein paar Freunde angeheuert. Der Gewinn sollte durch alle helfenden Hände geteilt werden. Der Einsatz konnte sich also durchaus lohnen.

Nichts desto trotz war die Arbeit am Sonntag immens und abends waren wir alle drei geschlaucht. Aber auch zufrieden, denn wir waren fertig geworden. Der Container war gut gefüllt, geschlossen und mit Vorhängeschlössern versehen. Die Wohnung war herausgeputzt, es sah aus, wie in einer Flohmarkthalle. Allerdings hatten wir auch jede Menge kleine Schätze gefunden, die dem Hausflohmarkt natürlich entgingen, wie zum Beispiel Kinderfotos von Henni und mir und Jugendfotos meiner Eltern. Auch einige der Stücke, die wir als Kinder für unsere Eltern gebastelt hatten, wurden aufgehoben. Das alles kam in eine große rote Plastikkiste, die ich mit in meine Wohnung nahm und deren Inhalt wir uns am Abend bei einer großen Pizza vom Lieferservice vornahmen. Wir lachten über die alten Bilder und schmunzelten bei dem Anblick der doch sehr ansehnlichen jungen Eheleute Brodersen. War schon ein hübsches Paar, mein Elternpaar. Ein Bild war besonders schön. Darauf schlenderten die beiden gelassen nebeneinander her und wollten offenbar recht unbeteiligt wirken, ihre Blicke verrieten aber, dass da mehr war. Bei dem Anblick schmunzelte ich. Hatte ich meine Eltern doch in der Wirklichkeit nie so gesehen. Ich nahm das Foto aus dem alten schwarzen Album und beschloss, es aufarbeiten und vergrößern zu lassen. Das wollte ich mir dann an die Wand hängen, im Eingangsbereich meiner Wohnung. Ein Andenken an meine Eltern, wie ich sie gern in Erinnerung behalten wollte: Glücklich und frisch verliebt.

Später fielen wir alle drei müde in die Betten und hätten am nächsten Tag fast verschlafen. Doch meine Marotte, immer zwei Wecker zu stellen, und den einen davon außerhalb meiner Reichweite in einem Regal am anderen Ende des Zimmers, zahlte sich einmal mehr aus. So kamen wir zwar mit Mühe und Not, aber doch noch gerade rechtzeitig aus dem Haus. Ich machte Brote für Janine und auch für Piet, packte beiden ihre Frühstücksdosen ein, legte eine kleine Nascherei dabei und verabschiedete erst meinen Freund, der als erster los musste, und dann mein Töchterlein. Fast wie in einer richtigen Familie, kam mir das vor, mit Mann und Kind. Bei der Vorstellung musste ich unwillkürlich lächeln.

Später am Vormittag schnappte ich mir die Hunde und die Walkingstöcke und marschierte eine Stunde durch die Natur. Mein kleiner Hund hasste diese langen schwarzen Stöcke. Anfangs wollte er sie jagen, weil er dachte, ich wollte mit ihm spielen. Als er merkte, dass er sie nicht bekam, fand der das Spiel blöd und wollte wieder zurück nach Hause. Ich ließ ihn von der Leine und schon lief er fröhlich an mir vorbei und fortan vorneweg. Das war offenbar mehr nach seinem Geschmack: Das Rudel anführen... - der kleine Hund als Anführer. Aber es sah bestimmt lustig aus, wie wir durch das Gelände trabten: Vorweg ein 23-cm-Hund, dahinter eine 1,70-m-Frau an Stöcken und am Schluss ein weißer Schäferhund. Wobei letzterer vermutlich der einzige Grund war, warum wir nicht permanent von den uns entgegenkommenden Passanten ausgelacht wurden. Joy machte eben doch Eindruck. Wusste ja keiner, dass sie keiner Fliege etwas zuleide tun könnte.

So legten wir knapp sieben Kilometer zurück und mein Puls wies befriedigende 125 Schläge pro Minute auf. Das war ok, fand ich. Kaum zu Hause angekommen, fuhr ein Postauto vor. Der Zusteller kam auf mich zu, fragte, ob ich Bettina Brodersen sei und hielt mir dann ein Einschreiben unter die Nase. Ich traute meinen Augen kaum: Post vom Amtsgericht. Na, nun wurde es spannend.

Ich ging mit den Hunden nach hinten in den Garten und setzte mich auf eine braune Holzbank in den Schatten. Ich riss den gelben Umschlag auf und zog ein formelles Schreiben heraus. Als ich den Inhalt überflogen hatte, saß ich mit weit offenem Mund da. Die Gedanken schossen wie Silvesterraketen durch meinen Kopf, ich war unfähig, sie zu sortieren. Erneut hielt ich mir das Schreiben vor die Augen und las den Text nochmal intensiv durch. Da stand doch tatsächlich, dass meine liebe Schwester ihre Erbschaftsausschlagung rückgängig gemacht hatte! Gerade noch fristgerecht, am vergangenen Donnerstag.
Und man bat mich um Auskunft, ob ich den Erbteil meiner Schwester bereits angetastet oder verändert hätte, da ich ja von der Erbschaftsausschlagung ausgegangen sei. Natürlich nicht ohne Hinweis darauf, dass ich jegliche Veränderungen an der Erbmasse mitzuteilen und etwaige Nachteile auszugleichen habe. Das hielt ich aber für einen Formsatz und ließ den Vorwurf nicht an mich heran.

Also war nun doch eingetreten, was ich innerlich befürchtet hatte: Henni würde nicht aufgeben! Sie wollte wissen, ob ich ihren Erbteil schon vergoldet hatte oder nicht. Oder wollte sie tatsächlich die Häuser haben? Am Ende ging es ihr vermutlich einzig und allein darum, mich weiterhin zu quälen. Oder wertete ich mich selbst damit zu hoch? Aber es war eine Quälerei für mich. Das war alles anstrengend und brachte mich in Nullkommanichts mit hartem Aufprall zurück in die finstere Realität. Da half all das Schönreden nichts. All diese Gedanken darum, wie Henni zu dem geworden war, was sie heute ausmachte, all die Schläge, die sie schon als Baby hatte einstecken müssen und der immer währende Gedanke, zu kurz gekommen zu sein nach ihrer kleinen Schwester. Alles Verständnis für Henni und ihre Werdensgeschichte half mir in diesem Moment nicht. Ich war wütend auf sie! Einfach nur furchtbar wütend!

Mit der ganzen Arbeit hatte sie mich allein gelassen. Die Beerdigung zu organisieren, alles zusammenzuhalten, die Mieter zu informieren, die Gläubiger bei der Stange zu halten, alles, alles hatte ich allein machen müssen. Im Gegenteil: Sie hatte sogar noch versucht, sich die Rosinen aus dem Kuchen zu stehlen, ganz egal in welchem Dilemma ich mich befunden hatte. Sogar eine Heuchlerin hatte sie mir auf den Hals gehetzt, so dass ich niemandem mehr zu vertrauen wagte, sogar die Liebe meines Freundes – wenn auch kurz – in Frage stellte. Sie hatte so viel kaputt gemacht und nun sollte das alles immer noch kein Ende haben?! Nun würde sie sich wieder in Erinnerung bringen und mich immer noch nicht zur Ruhe kommen lassen? Das war doch unfassbar!

Wie eine Dampflock stampfte ich über den Hofplatz, schloss energisch die Hintertür auf, riss sie auf, dass sie hinter mir wieder zuschlug und meine Hunde beinahe an der Nase traf. Ich donnerte wutschnaubend durch den Hausflur, riss meine Wohnungstür auf, schnappte mir das auf der Kommode liegende Telefon und wählte Hennis Nummer. Wütend trampelte ich weiter durch meine Wohnung mit den Schimmelecken im Wohnzimmer und dem Kinderzimmer, das erst nach einem halben Jahr Schimmelbefall von meinen Eltern in Ordnung gebracht wurde. Meiner Wohnung mit den ganzen Wasserflecken und den schwarz verfärbten Fensterdichtungen in der Küche. Von wegen, vorgezogen! Benachteiligt worden war ich all die Jahre! Henni war es doch, die immer zum Abstauben herkam und herumheulte, was nun wieder kaputt gegangen wäre, nur um wieder mal Geld abzustauben.

In der Leitung tutete es, also war schon mal nicht besetzt. Dann endlich, nach scheinbar unzähligem Klingeln, knackte es an der Leitung. Ich holte tief Luft, wollte meine Schwester so richtig auszählen, ihr so dermaßen an den Kopf knallen, wie mies ich ihr Verhalten fand und was sie sich eigentlich einbildete. Ich war dermaßen in Rage, das sollte sie jetzt voll und ganz zu spüren bekommen, war sie doch an all meinem Elend schuld! Diese miese, kleine... - da fiel mein Blick auf meine Hündin, die ich gerade noch um einen Windschutz herum verschwinden sah. Ihr angsterfüllter Blick in meine Richtung traf mich direkt ins Herz. Auf Schlag war meine Wut verraucht und ich war so erschrocken über mich selbst. Joy sah mich eingeschüchtert an, hatte den Schwanz eingeklemmt und sich ganz klein gemacht. Mein kleiner Hund war überhaupt nicht mehr zu sehen.

Oh mein Gott, wie konnte ich nur. Alle Fenster waren auf, ich hatte den ganzen Weg im Haus laut geschimpft und gemotzt, meinen Tieren die Tür vor der Nase zugeknallt! Ich hätte sie verletzen können. Ich schämte mich so sehr. Wollte hinaus zu ihnen, sie beruhigen. In dem Moment ging der Anrufbeantworter meiner Schwester ran. Ich überlegte blitzschnell, was ich sagen sollte, räusperte mich kurz, als ich den Piepton hörte, begann ich zuckersüß zu sprechen:

„Hallo Henni, Tini hier. Ich habe den Bescheid bekommen, dass du deine Erbschaftsausschlagung zurückgenommen hast. Das freut mich für Dich. Die Unterlagen lasse ich direkt dem Amtsgericht zukommen und die entsprechenden Bankbelege über Ein- und Ausgaben ebenso. Dann mal viel Spaß damit. Schöne Grüße."

Das hatte mich Überwindung gekostet, aber Wut wäre jetzt evtl. fatal gewesen. Ich beendete das Telefonat, schmiss das Telefon aufs Sofa und sauste hinaus in den Garten. Mit Leckerchen und lieben Worten gewann ich das Vertrauen meiner lieben Vierbeiner allmählich wieder, Ebby allerdings war verschwunden. Ich suchte das Grundstück nach ihr ab – nichts. Mit Joy im Schlepptau lief ich zur Straße hinauf, rief immerzu Ebby beim Namen. Aber das kannte ich ja schon, auf Rufen reagierte sie nur mit Gucken. Kommen würde sie erst, wenn ich sie gefunden hätte. Das war nunmal ihre Art.

Allmählich wurde ich nervös. Wo war sie nur. Ich lief bei Bernhard rund ums Haus, sauste dann zu Elena. Und dort fand ich meinen kleinen Mischling, bei Elena auf dem Arm, wie sie sich mit Leckerchen füttern ließ. War ich froh, sie wiederzuhaben. Elena mochte Ebby sehr und gab sie mir mit den Worten: „Na, nicht Euer Tag heute, wie?" Ich nickte stumm, nahm meine kleine Hündin auf den Arm und drückte sie an mich. Sie sah mich noch zweifelnd an, doch den ganzen Weg über redete ich beruhigend auf meine beiden

Vierbeiner ein und entschuldigte mich für meinen Ausbruch. Auch wenn sie mich nicht inhaltlich verstehen konnten, so drang doch mein leiser und ruhiger Ton zu ihnen vor. Ebby hörte auf zu zittern und Joy – die hatte ohnehin schon alles vergessen und sprang um uns herum, in der Hoffnung, noch weitere Leckerchen abzustauben.

Mann oh Mann! Das ging ja mal gar nicht. Dass ich mich derart hatte ins Bockshorn jagen lassen, das sollte mir auf keinen Fall nochmal passieren. Es war doch auch gar nicht schlecht, dass Henni jetzt ihren Erbteil doch noch antrat. So war ich auf jeden Fall die Arbeit los. Und mein Anteil würde schon reichen, um zumindest ohne Schulden aus der Erbschaft herauszugehen. Ganz umsonst aufgeregt, schalt ich mich.

In meiner Wohnung angekommen, schnappte ich mir das Telefon erneut und rief Regine an. Ich musste dringend mit jemandem reden.

Kapitel 39

Mittags setzte ich mich ins Büro meiner Eltern und machte eine Gewinn-Verlust-Rechnung. Ich wollte wissen, ob sich der Verkauf der Häuser und der Autos mit den abgegoltenen Schulden und den bisherigen Ausgaben die Waage hielt oder vielleicht sogar ein bisschen was übrig bleiben würde. Das Ergebnis war niederschmetternd: Wenn nicht bei dem Hausflohmarkt noch wenigstens ein bisschen was rauskäme, hätte ich nicht einen müden Heller Gewinn gemacht! Und dafür die ganze Arbeit! Ärger kroch in mir hoch. Das war definitiv nicht mein Tag. Erst der Ärger über Hennis Gerichtspost und jetzt nicht mal ein kleiner Überschuss für sechs Wochen Arbeit und Gefühlsachterbahn.

An meinem Laptop machte ich die Abschlussbilanz so gut wie fertig, so dass ich nur noch den Erlös aus dem Hausflohmarkt übermorgen eintragen bräuchte. Dann suchte ich mir einen großen Karton und sammelte die Unterlagen fürs Gericht zusammen. Meine handgefertigte Aufstellung behielt ich jedoch für mich im Laptop gespeichert. Die Daten und Zahlen dürfte meine liebreizende Schwester sich selbst zusammensuchen, fand ich. Und wenn die Häuser vergammeln würden, war mir das auch annähernd egal. Ich wünschte Henni nur ebenso viel Arbeit für ebenso wenig Gewinn, wie ich ihn hatte. „Ach was", schalt ich mich. Es stand ihr doch zu. Und wenn sie sich möglicherweise geschickter beim Hausverkauf anstellte als ich, dann war das eben so. Es war mir herzlich egal. Das kleine Haus in der Hauptstraße musste ich nicht täglich sehen, ich konnte auch einen anderen Weg ins Nachbardorf wählen. Und wenn Henni oder Manni dann dabei wären, es umzubauen oder potentiellen Käufern das Haus zu zeigen, könnte ich dem ausweichen. Geld genug, um es selbst zu kaufen, hatte ich ja ohnehin nicht. Frust machte sich in mir breit. Ehe er Überhand zu nehmen drohte, legte ich den Deckel auf den Karton und verschloss ihn mit breitem Klebeband. Es war ja Montag, da hatte Janine ja ihren üblichen Nachmittagstermin in der Stadt, da könnte ich die Unterlagen gleich zum Gericht bringen.

Aber immerhin: Ich hatte keine Schulden mehr und könnte jetzt fast mietfrei in einem ganz schön großen Haus wohnen. Lieber hätte ich allerdings die beiden kleinen Häuschen in Langensee gekauft. So wäre ich auch optisch distanzierter von meiner Vergangenheit und Janine immer noch im Dunstkreis ihrer Freunde, die sie schon aus Kindergartentagen kannte. Aber es hatte wohl nicht sollen sein. Schade! Naja, mit einem netten kleinen Teilzeit-Job und den Mieteinnahmen aus dem Haus im Süderholm 85 würden wir wohl gut über die Runden kommen. Auf dem großen Grundstück würde ich mir einen großen Garten anlegen und meine Vögel würden eine größere Voliere von mir gebaut bekommen. Das Grundstück müsste ich einzäunen, dann könnten auch meine Hunde frei darauf laufen. Ach, doch, ich würde mir das schon schön machen. Langsam kam wieder ein bisschen Freude auf. Ich schnappte mir einen Block und einen Stift und machte mir Skizzen, wie ich das Haus und das Grundstück für Janine und mich umgestalten wollte.

Als Janine aus der Schule kam, war ich immer noch am Malen. Sie guckte mir über die Schulter und fragte:

„Was machst du denn da?"
„Och, ich plane ein bisschen vor mich hin." Ich lächelte mein Kind verschwörerisch an.
„Und was planst du so?"
„Na, wie wir uns das alles hier so zurecht machen könnten. Du und ich."
„Wie jetzt? Mal von Anfang an, bitte!"
„Also: Henni hat ihre Erbschaftsausschlagung zurückgenommen. Hier in dem Karton sind die Unterlagen, die bringe ich nachher zum Gericht."
„Ach! Und das ist nun ein Grund zur Freude? Ich dachte, das wolltest du nicht?"
„Stimmt. Lieber hätte ich das ganze Erbe behalten bzw. lieber hätte ich es gehabt, Henni hätte sich einfach rausgehalten. Aber das ist nun nicht eingetreten, also muss ich mich damit abfinden. Und da hab ich mal eine Aufstellung gemacht, um zu gucken, ob wir jetzt nach den Hausverkäufen steinreich sind, oder nicht", sagte ich

nicht ganz ernstmeinend.
„Und?" Janine sah mich mit großen Augen zweifelnd an.
„Naja. Also reich sind wir nicht. Aber auch nicht arm. Also irgendwie wie vorher."
„Was?! Und dafür der ganze Stress der letzten Wochen?! Das kann doch nicht wahr sein!"
„Also – nicht ganz."
„Das heißt? Mann Mami, nun lass dir doch nicht alles aus der Nase ziehen!"
„Also wir haben keinerlei Schulden und wir haben immer noch dieses Haus hier."
„Na toll! Und wenn wir das verkaufen, haben wir gar nichts mehr oder wie?!"
„Was? Nein, du verstehst nicht. Wir haben dieses Haus hier, in dem wir leben und wir müssen praktisch nur die Nebenkosten zahlen, also Strom, Wasser, Grundsteuer und so. Wir wohnen in dem großen Haus für vielleicht 200 Euro im Monat! Besser geht's kaum. Und es ist unser Eigentum! Da kann uns keiner rausschmeißen, weil die Hunde bellen oder die Vögel zu laut sind. Jetzt können wir uns das alles so einrichten, wie wir es haben wollen!"
„Boh! Echt? Kann ich dann eine von den Ferienwohnungen haben?"

Ich legte den Kopf schief und lächelte meine Kleine an.

„Ja, kannst du, aber nur, wenn keine Feriengäste da sind, ok?"
„Ohhh, super. Das muss ich Chris erzählen, darf ich?"

Janine hüpfte durch die Wohnung. Ich nickte ihr zu, gab ihr das Telefon und schon war sie weg, meine kleine Große. Wow, die hatte ich eben mal flott glücklich gemacht. Manchmal ging das erstaunlich einfach. Aber es stimmte ja: So konnten wir gut leben. Kein Luxusleben, nein das nicht. Aber wir würden zurechtkommen und das ohne große Anstrengung. Die Hauskosten würden sich im Rahmen halten und alles was an Vermietung reinkommen würde, bräuchte ich nicht an Arbeitslohn hereinholen. Ich würde also wirklich mit einem Teilzeit-Job hinkommen und das war eine enorme Erleichterung, fand ich. So konnte ich auch für mein Kind da sein und hätte auch noch was von meinen Tieren. Überhaupt: Meine Tiere! Alle konnten bleiben! Wir waren nicht gezwungen, eines oder gar alle wegzugeben, weil wir hier raus müssten. Das war klasse!

Glücklich lehnte ich mich zurück und lächelte vor mich hin, als das Telefon klingelte und mich zurück in die Realität beförderte: Es war Doc Gadner, mein Chef! Der hatte mir gerade noch gefehlt! In mir kroch Unwohlsein hoch. Was wollte der nun wieder? Mich wieder kleinmachen, wir wieder sagen, was für ein schlechter Mensch ich war? Dabei wollte er mich doch eigentlich nur loswerden. Aber die Art und Weise war zum – Abgewöhnen.

„Hallo Dr. Gadner", meldete ich mich.
„Hallo Frau Brodersen. Na, wie sieht es aus?"
„Ganz gut und bei Ihnen?"
„Na, wie schon?! Sie fehlen an allen Ecken und Kanten. Der Laden bricht zusammen, während Sie zu Hause sitzen und Ihren Arm pflegen. Geht es denn bald mal wieder? Ich hatte ja schon ein paar Mal angeboten, sie wieder gesund zu schreiben. Mein Angebot steht immer noch."
„Also Dr. Gadner, beim besten Willen. Der Laden bricht ganz sicher nicht zusammen. Dafür sorgen Sie doch schon."
„Ach Frau Brodersen. Wissen Sie eigentlich, was Sie Ihren Kolleginnen zumuten?"
„Sie meinen, dass sie die Neue einarbeiten müssen, die Sie für mich eingestellt haben?"
„Wer hat Ihnen das gesagt?!"
„Namen nenne ich natürlich nicht. Aber ehe Sie wieder meine Kolleginnen löchern, sage ich Ihnen gleich, dass es eine Patientin von Ihnen war, die mir von der Neuen im kleinen Schreibstübchen erzählt hat."
„Na, das kann ja nur Frau Henningsen gewesen sein. Mit der sind Sie ja per du!"
„Wie gesagt: Namen nenne ich nicht. Aber sagen Sie doch mal ehrlich: Wollen Sie wirklich, dass ich zurück komme? Eigentlich

doch nicht, oder? Sie haben ja schon Ersatz für mich."
„Naja. Wenn Sie das eh schon wissen. Aber ich kann und will nicht riskieren, dass Sie mich verklagen. In der Krankheit darf ich Sie ja nicht kündigen. Das ist mir zu heikel."
„Gut, dann kündigen Sie mich eben zu nächster Woche Montag. Dann läuft meine Krankschreibung aus und ich nehme an, dass mein Arzt mich nicht länger aus dem Verkehr ziehen wird."
„Ja? Nun gut, das könnten wir so machen. Aber nur, wenn ich sicher sein kann, dass Sie mich nicht verklagen."
„Das verspreche ich Ihnen. Ich will genauso wenig in Ihre Praxis zurück, wie Sie mich dort wiederhaben wollen. Klagen werde ich nicht."
„Ok, die Kündigung geht Ihnen noch diese Woche zu. Aber wovon wollen Sie denn leben, wenn Sie bei mir so großmütig aufhören? Arbeitslosengeld ist ja nicht so üppig, oder? Haben Sie im Erbe Ihrer Eltern einen Schatz gefunden?"
„Ha, schön wär's. Nee, ich bin grade so mit heilem Hals da raus gekommen, aber zumindest können mein Kind und ich hier wohnen bleiben. Alles andere findet sich."
„Na, kommen Sie schon. Mir können Sie es doch sagen. Ein Goldschatz oder ein wertvolles Gemälde?"
„Doktor Gadner! Auch wenn Sie mich jetzt als gute Partie weiterverschachern wollen, leider war kein Schatz dabei. So leid es mir auch für Sie tut!"
„Naja, man kann ja mal fragen. Dann wünsche ich Ihnen auf jeden Fall alles Gute weiterhin und einen schönen Gruß an Ihre Tochter."
„Danke Dr. Gadner. Ihnen auch alles Gute. Bis – irgendwann."

Mann, war ich froh, das Telefonat beenden zu können. Wie hatte ich nur auf diesen Menschen hereinfallen können? Ich hatte doch ernsthaft geglaubt, er wäre ein netter Mensch, als ich bei ihm anfing. Und für einen guten Chef hielt auch nur er sich allein. Fachlich war er echt in Ordnung. Da konnte ich wirklich nichts Nachteiliges sagen, aber menschlich, nee, menschlich war er echt eine Fehlbesetzung! Gott sei Dank, den war ich los!

Also doch noch ein Grund zum Feiern. Vielleicht sollte ich Regine nochmal anrufen? Nein. Erst stand noch der Hausflohmarkt an, den Erlös wollte ich erst noch abwarten. Dann musste der Rest des Hauses noch entrümpelt werden, Garage und die ganzen Lagerstätten meiner Eltern, die sie sich hier im Haus geschaffen hatten. Dann erst würde ich Party machen. Aber das war ja alles absehbar. Und nun hatte ich doch noch mein Licht am Ende des Tunnels: Ich würde mein eigenes Haus bewohnen! Und ein großes Grundstück hatte ich auch. Und alles war meins! Ich war nicht auf einen Mann und dessen Gehalt angewiesen. Nein, ich konnte es allein wuppen! Pah!!

Da fielt mir Piet ein. MEIN Piet! Ich mochte ihn wirklich sehr und wollte ihn nicht missen. Aber ich war realistisch genug, mit den Füßen auf dem Boden zu bleiben. Ich hatte mein Auskommen und mein Häuschen im Grünen und das alles zur Not auch ohne meinen Freund. Das war doch die Basis jeden Lebens, oder? Dass man einen Platz zum Leben hatte. Alles Weitere, wie zum Beispiel die Liebe, das kam von allein. Aber meine Basis hatte ich nun gefunden.

Danke Mama. Danke Papa. Das habt Ihr gut gemacht.

Kapitel 40

Für den Dienstag hatte ich mir vorgenommen, die Garage leerzuräumen. Ich hatte noch einen weiteren Container bestellt und ihn vor dem Garagentor abstellen lassen, so dass ich das Tor gerade noch auf bekam. Alles, was verrostet war, kam in den Container. Nur die guten Sachen brachte ich in die Waschküche. Was da alles zum Vorschein kam: Werkzeug, Räder von einem alten Bollerwagen, alte Spinte, sogar mein alter Bullerjan, mein Ofen. Erst freute ich mich, wollte ihn am liebsten gleich anschließen. Dazu rief ich einen Schornsteinfeger an und fragte, ob ich den noch benutzen dürfte, wo er nun 10 Jahre hier gestanden hätte. Die Antwort haute mich um: Zu alt, der Ofen durfte nach neuem Emissionsgesetz nicht mehr betrieben werden. Unglaublich! Das Teil hatte mal 3000 DM gekostet, nur rumgestanden und nun musste ich ihn entsorgen! Schade ums Geld. Aber so waren meine Eltern eben. Alles aufheben, nur nichts wegwerfen, vielleicht könnte man das ja nochmal brauchen. Nur, um den Ofen in den Container zu bekommen, brauchte ich Hilfe. Also machte ich erstmal mit dem anderen Kram weiter. Und schon bald konnte ich wieder Wände erkennen. Was nicht unbedingt von Vorteil war, denn da erst sah ich, dass auch hier mein Hausgast, der Schimmel, schon eingezogen war. Ich würde einen Fachmann brauchen, der mir sagen würde, was ich dagegen tun könnte bzw. müsste.

Nach drei Stunden war die Garage leer und der Container voll. Also war weitermachen nicht möglich. Prima, dachte ich, erstmal Mittag essen. Janine müsste auch bald aus der Schule kommen, dort war für heute der Fotograf angekündigt worden und so hatte sie sich morgens früh schon mächtig in Schale geschmissen.
Sah schon gut aus, meine Kleine. Hochgewachsen, gertenschlank, blondes Haar und keine fünf Sommersprossen auf der blassen Nase. Kaum Ähnlichkeit mit mir: Leicht gerötete Haut, Sommersprossen satt, sogar auf den Schultern, dunkelblonde Haare – also ursprünglich, derzeit rot gefärbt –, etwas untergroß, aber nicht wirklich zu dick und gerade mal einen Zentimeter größer als mein Kind. Meine Tochter könnte ich auch geklaut

haben, sagte ich manchmal. Dafür sah sie eben ihrem Vater recht ähnlich. Aber zum Glück hatte sie nur seine gute Figur und seine blasse Haut geerbt, nicht seine große Papageiennase. Das war damals nach der Entbindung eine meiner größten Sorgen. War ich froh, als ich die kleine Stupsnase entdeckte.

Das Wetter war wunderbar. Sonne, keine einzige Wolke am strahlend blauen Himmel. Ein Wetter zum draußen essen. So deckte ich auf dem Hofplatz den Tisch, stellte den grünen Sonnenschirm daneben und legte Teller und Besteck auf die lilafarbenen Tischsets. Für jeden eine kleine Flasche Eistee, fertig. Schon kam Janine die Hofauffahrt heruntergeschlendert, ließ ihre Tasche lässig auf die Treppe fliegen und setzte sich an den gedeckten Tisch. Sie löffelte die rote Erdbeergrütze mit Milch weg wie ausgehungert.

„Na, sag mal", merkte ich nach einer Weile an. „Du tust ja so, als hättest du im Steinbruch gearbeitet. War es so anstrengend heute?"
„Oh Mami, du glaubst es ja nicht. Kaum sagt man einem, dass man eine eigene Wohnung hat, schon wollen alle zu Besuch kommen. Heute kommt Christin, morgen Svea und übermorgen will Melli hier übernachten. Geht doch, oder?"
„Bitte?!" Ich war entsetzt.
„Hihihi, war nur Spaß. Ich wusste, du flippst aus, wenn ich das mache."
„Wehe dir! Also, mich derart ins Bockshorn zu jagen!"

Ich kniff sie in die Seite, Janine quiekte auf und flitzte um den Tisch herum. Ich sauste hinterher und versuchte, sie zu erwischen. Aber sie war natürlich viel schneller als ich und ich war ja schon k.o. von der Containeraktion von heute Morgen. Also gab ich mich geschlagen und ließ mich rückwärts auf den Rasen plumpsen. Sofort kam Joy angelaufen und leckte mir schnell das Gesicht ab. Ich drehte mich weg und prustete los. Janine kam dazu und prompt war die schönste Kitzelei in Gange. War das herrlich! Wir lachten und jappsten bis wir knallrote Gesichter hatten.

„Mami, wir brauchen wieder ein Schwimmbecken!"
„Hast Recht! Wird vom Erlös aus dem Hausflohmarkt morgen gekauft, versprochen!", schnaufte ich.
„Uh, das ist ja morgen auch noch!"
„Wieso ‚auch noch'?"
„Na, Christin wollte wirklich herkommen, ist doch o.k., oder?"
„Naja, wenn sie abends beim Flohmarkt hilft, dann ja."
„Klaro, anders geht's ja gar nicht."
„Na dann von mir aus."
„Mami, du bist die Beste!"

Meine Kleine fiel mir um den Hals und drückte mir einen fetten Kuss auf die Wange.

„Öscht jö got", nuschelte ich.

Janine lachte und sprang auf. Sie flitzte über den Hof nach drinnen und ich hörte sie telefonieren. Mit Christin, nahm ich an. Ich blieb auf dem Rücken im Gras liegen, rupfte mir einen Grashalm ab und kaute darauf herum. Joy legte sich dicht neben mich und drehte sich auf die Seite. Ich streichelte ihr über das seidig weiche weiße Fell. Wir beide genossen die Sonne und die Zeit, die wir für uns hatten. Ich hoffte inständig, ich würde noch viel Zeit mit meinem lieben Hund verbringen dürfen. Schon vor einigen Monaten hatte ich einen Tumor an ihrem rechten Hinterbein entdeckt. Er wuchs recht schnell, doch ich wollte meinem treuen Hund eine weitere, die vierte Operation ersparen.
Mit den Fingern tastete ich nach dem Tumor, er war nun so groß wie ein Handball. Joy mochte es nicht, wenn ich den Tumor abtastete. Sie drehte sich auf die Seite und schleckte mir über den Arm.

„Ist ja gut, meine Liebe. Ich will ja nur mal gucken, wie dein Feind sich entwickelt."

Joy war das Beste, was mir haustiertechnisch je passiert war. Ich liebte meine Hündin sehr und hatte schreckliche Angst vor dem Tag, an dem sie mich verlassen würde. Aber der Tumor würde sie früher oder später umbringen, das war mir klar. Und so hatte ich mir fest vorgenommen, ihr die Zeit, die ihr noch blieb, so schön wie möglich zu gestalten. In den letzten Wochen war das zu kurz gekommen. Zu sehr war ich mit dem Trauerfall um meine Eltern beschäftigt. Aber zumindest wollte ich meinem Hund viel Liebe geben. So war dieser Moment, in dem wir beide auf dem Rasen lagen und sie meine Streicheleinheiten genoss, einer der intensiven Momente, die ich meinem Hund gerne gönnen wollte. Statt Schwimmen gehen, sozusagen. Ich wollte sie einfach spüren lassen, dass sie immer ein wichtiger Teil meines Lebens war und sein würde. Auch wenn sie nicht mehr neben mir auf dem Rasen liegen und vor Wohlbehagen leise grunzen würde. Ich liebte es, wenn sie vor lauter Zufriedenheit diese grunzenden Geräusche von sich gab. Es war ein Geräusch, für das ich keinen Namen kannte. Bei Katzen würde man sagen, sie schnurren. Aber beim Hund? Na, Grunzen eben.

Ich lächelte bei dem Gedanken an dieses komische Wortspiel. Joy sah zu mir herüber und drückte ihren Kopf an meine Schulter. Sie war recht grob in ihrer Liebe und es tat schon fast weh, wie sie mich anstieß. In meinen Augen sammelten sich Tränen und ich hatte einen dicken Kloß im Hals.

„Verlass du mich nicht auch noch, hörst du? Noch nicht. Ich brauche Dich", flüsterte ich fast tonlos.

Dann legte ich meinen Kopf auf ihren Hals und weinte leise. Joy ließ mich gewähren. Sie hatte so viel Vertrauen zu mir wie ich zu ihr. Nie könnte ich ihr etwas Böses antun, nie absichtlich. Wenn ich mal wütend war, wie neulich, und mit den Türen schlug, dann ging sie weg. Sie meinte wohl, schuld zu sein, dass ich wütend war. Das brachte mich dann schlagartig auf den Boden der Tatsachen zurück. Ja, ich war ein impulsiver Mensch, der schnell mal laut wurde und sich aufregte. Genauso schnell beruhigte ich mich wieder. Aber Joy hatte mir gezeigt, dass es andere ängstigen kann, wenn man so aufbrausend war. Seit sie sich damals vor 13 Jahren, noch in der Ehezeit, Janine als künftiges Frauchen ausgesucht hatte, war ich deutlich ruhiger geworden. Ich wollte nicht schuld sein, wenn Lebewesen in meiner Nähe Angst bekamen. Schon gar nicht meine treue Joy. Meine liebe treue brave Joy.

Kapitel 41

Mittwoch-Morgen. Ich saß in der Küche der Wohnung meiner Eltern am Laptop und blätterte im Internet virtuell die Zeitung durch. Ja, stellte ich zufrieden fest, meine Anzeige war drin. In drei Stunden könnten die ersten Kaufinteressenten kommen. Ich klappte den Rechner zu und lehnte mich mit meiner Kaffeetasse in der Hand zurück. Eine Weile wollte ich einfach die Ruhe genießen und dann nochmal durch die Wohnung gehen, einen letzten Kontrollgang machen. Aber noch saß ich da und sah aus dem Fenster. Mein Blick glitt über die große Terrasse mit dem neuen Vogelhaus, das meine Mutter sich letzten Winter gegönnt hatte, bis zum Wald, an dem das Grundstück endete. In dem Wald hatte ich als Kind oft gespielt, war die Bäume rauf- und runtergeklettert. Meine Mutter musste mich immer suchen, wenn das Essen auf dem Tisch stand, was mir irgendwann eine rote Pudelmütze einbrachte, die ich winters tragen musste, damit meine Mutter mich mit einem Blick im Wald finden konnte. Die Mütze juckte fürchterlich und ich hasste das Teil, aber ohne durfte ich nicht mehr in den Wald. Wobei ich nicht viele Alternativen hatte: Entweder mit Mütze in den Wald oder ohne Mütze, aber dann eben nicht in den Wald. Da zog ich das juckende Alarmsignal auf meinem Kopf vor. Aber da wusste ich dann auch, wie sich eine Katze fühlt, die ein Glöckchenhalsband umbekam, damit es keine Vögel jagte: Blöd kam sie sich vor!

Versunken in meinen Erinnerungen stand ich auf und schlenderte von Raum zu Raum. Ich ließ die Erinnerungen zu, fühlte mich für kurze Zeit in meine Kindheit zurückversetzt.

Vor dem Bett meiner Eltern stehend fiel mir ein, wie ich hier als Kind immer hinaufgesprungen war. Aber nicht einfach Hopp und rauf. Nein, mit Anlauf und dann eine Flugrolle auf die Matratze. Das passte ganz genau, ohne dass ich mit den Füßen an die Wand schlug, zumindest einig Jahre lang. Als ich es später nochmal versuchte, naja, ich tat mir ziemlich weh dabei...
Das Bett selbst war eigentlich nicht sonderlich schön. Also heute nicht mehr. Damals, als meine Eltern es anschafften, war es das

Neueste. Eine richtige Schlaflandschaft mit Kopfteil und angeschlossenen Nachttischen, alles in braunem Nickistoff überzogen. Die dazugehörigen Matratzen waren farblich angepasst. Später hatte meine Eltern sie natürlich gegen neue ausgetauscht. Dann kam die Bettwäsche drauf und darüber eine weiße Tagesdecke mit Fransen dran. So hatte ich es auch vorgefunden, an dem ersten Tag, als ich nach dem Unfall wieder die Wohnung meiner Eltern betrat. Alles sah aus, als würden sie gleich wieder hereinkommen.

Ich stellte mir vor, was sie sagen würden, wenn sie jetzt in ihr Haus hereinkommen würden. Schimpfen würden sie, dass ich eine solche Unordnung gemacht hätte und was das denn solle. Meine Mutter würde noch schimpfend anfangen, alles wieder zurück- und aufzuräumen. Das war so ihre Natur. Immer räumte sie auf, auch Dinge, die sie gar nicht aufräumen sollte. Wenn ich beispielsweise Gartengeräte für mich und mein bisschen Garten anschaffte und vielleicht links neben die hintere Ausgangstür stellte, so konnte ich mir sicher sein, dass sie am nächsten Tag rechts neben der Tür stehen würden.

Ich lächelte und schüttelte den Kopf über diese Marotte. Sie musste sich einfach überall einmischen. Auch in 43 Jahren konnte ich ihr das nicht abgewöhnen. Was hatten wir uns oft darüber gestritten. Und wie albern und sinnlos kam es mir jetzt vor. Jetzt, da ich hier stand, allein, ohne meine Eltern und fast erdrückt von der Stille dieser 'Toten-Wohnung'.

Wie ein Eindringling kam ich mir in diesem Moment vor. Unwohlsein kroch in mir hoch. War ich wirklich allein? Den Geist meiner Eltern hatte ich ja schon einmal gespürt. Und ich war zugegebenermaßen ein bisschen empfänglich für solche Geschichten und Gedanken. Ein Schauer jagte mir bei der Vorstellung über den Rücken, dass etwas an diesem Gefühl dran sein könnte. Und mit einem Mal kam es mir vor, als wäre noch jemand in diesem Raum. Ich sah mich erschrocken um, offensichtlich war ich allein, niemand außer mir war in diesem Zimmer. Dennoch, ich fühlte mich unwohl und verließ ich das

Schlafzimmer. Ruckartig schloss ich die Tür hinter mir – und verschüttete meinen Kaffee. Mein Herz klopfte bis zum Hals.

Der Kaffee war mir über die Hand geschwappt. Zum Glück war er nur noch lauwarm. Trotzdem hatte ich auf den Flurfußboden gekleckert und wollte in die Küche gehen, um einen Lappen zu holen und das Malheur zu beseitigen. Als ich die Tür mit der Milchglasscheibe aufdrückte, sah ich meine Eltern am Küchentisch sitzen. Erneut zuckte ich zusammen, wich zurück und sah noch einmal vorsichtig um die Ecke.

Es war wie immer: Meine Mutter saß links am Tisch, mein Vater rechts. Er in Arbeitskleidung, graue Maurerhose, blau kariertes Thermohemd, sie in Baumwollpulli und Faltenrock. Ich kam mir vor, als wäre ich wieder fünf und wollte meinen Eltern irgendwas erzählen. Plötzlich war ich stiller Beobachter einer unwirklichen Situation. Ich als Kind lief an mir vorbei, in die Küche, zu meinem Vater. Er drehte sich zu mir hin, breitete die Arme aus, lächelte dezent und hob mich auf sein linkes Bein. Er begann, mit dem Fuß zu wippen, so dass ich hüpfte. Ich mochte das und mein Vater lachte verhalten, wie er immer verhalten gelacht hatte, nie laut und überschwänglich, immer zurückhaltend, fast schon schmunzelnd.

Die Unterhaltung, die stattfand, hörte ich nicht. Ich sah nur dieses Bild der Familie von damals. Meine Mutter hörte sich mein übermütiges Geplapper eine Weile an, dann stand sie auf und begann, in der Küche herum zu werkeln. Es war ihr schnell zu viel, wenn ich wie ein Wirbelwind herumsauste oder wasserfallähnlich quasselte. Dann musste sie irgendetwas tun. Mich hingegen störte das nicht. Ich erzählte meinem Vater irgendwas wahnsinnig Wichtiges und war glücklich, dass er mir zuhörte. Eine ganze Weile saß er da, hielt den Arm um mich und hörte den Erzählungen eines kleinen Mädchens geduldig zu. Irgendwann begann er dann, Faxen zu machen, mich zu kitzeln oder Grimassen zu schneiden, so dass ich lachen musste und aus meiner trauten Zweisamkeit mit meinem Vater eine kleine Balgerei wurde.

Ich liebte diese Zeit mit meinem Vater. Viel zu selten hatte ich ihn für mich allein. Gern half ich ihm am Wochenende, wenn er am Haus etwas bauen oder reparieren musste. Meist saß ich nur da und erzählte ihm was. Doch ich gab ihm auch Werkzeug, wenn er mich danach fragte und fühlte mich unheimlich wichtig. Wenn dann etwas fertig war, erzählte ich stets, das hätten WIR gemacht, obwohl mein Vater natürlich die Hauptarbeit hatte.

Einmal haben wir ein Vogelhaus zusammen gebaut. Diesmal war aber meine Schwester mit von der Partie. Schnell wurde das Werkeln zu einem Buhlen um die Gunst meines Vaters und ich, kleiner und schwächer, von der Größeren immer wieder weggedrückt, gab schließlich heulend auf. Ich lief zu meiner Mutter und wurde wie üblich nicht ernst genommen. Das tat weh. Da ich es aber nicht anders kannte und auch nicht wirklich mit einer Anteilnahme meiner Mutter gerechnet hatte, wartete ich schlau ab, bis meine Schwester keine Lust mehr auf Vogelhaus bauen hatte und sauste wieder zu meinem Vater in die Werkstatt. Natürlich war das Häuschen noch nicht fertig. Meine Schwester hatte in der Hinsicht kein bisschen von meiner Beharrlichkeit und Ausdauer. So konnte ich am Ende doch noch das Vogelhaus mit meinem lieben Vater zusammen zu Ende bauen, das Dach aufsetzen und die Schnittkanten mit Schmirgelpapier bearbeiten. Insgeheim war es das Vogelhaus, das ICH mit meinem Vater gebaut hatte. Nach außen hin sagte ich zwar artig, dass wir es zu dritt gemacht hatten. Aber insgeheim war es doch ausschließlich das Werk von uns beiden!

Ich hatte den Kaffeefleck im Flur weggewischt und war weiter in die Diele geschlendert. Mein Blick fiel auf die Flurgarderobe. Daran hingen vier handbemalte Kleiderbügel. Die hatten meine Schwester und ich nun wirklich gemeinsam gemacht, fiel es mir ein. Meine Mutter hatte uns im Winter sozusagen zur Beschäftigung nach Langensee gefahren, wo wir unter Anleitung in tagedauernder Arbeit erst die Kleiderbügel aussägten, dann grün grundierten und schließlich nach Art von Bauernmalerei bemalen durften. Ich weiß noch, wie ich daran gezweifelt habe, dass ich so etwas Schönes hinbekommen würde, als die Nachbarin uns am ersten Tag einen Kleiderbügel zeigte, um darzustellen, was wir in etwa machen würden. Henni traute sich das sofort zu, ich wurde ziemlich kleinlaut. Das Grundieren bekam ich noch hin. Aber dann die gekonnten Pinselstriche in bunten Farben zu malen, um Blüten und Blätter zu schaffen, davor schreckte ich zurück. Die Lehrerin aber gab nicht auf und half mir bei den ersten Pinselstrichen. Und dann, als ich merkte, dass es klappte, war ich so ungemein stolz auf meine Leistung. Ich musste richtiggehend damit geprahlt haben. Henni war bald eingeschnappt und ihrer vor Freude überschäumenden kleinen Schwester überdrüssig. Abends in unserem Zimmer gab es eine ziemliche Keilerei. Meine Schwester kratzte mir mit ihren scharfen Fingernägeln tiefe Rillen in die Haut und ich biss in ihre Hände und Arme, bis sie blaue und rote Abdrücke von mir hatte. Zu der Zeit kaute ich meine Fingernägel ab bis es blutete, wenn ich nicht wusste, wohin mit meinem Frust. So konnte ich mich nur mit beißen und treten wehren. Aber das konnte ich verdammt gut. So gingen wir aus unseren fast täglichen Kämpfen mit Kratz- und Bisswunden und mit einer Menge blauer Flecke hervor. Ich konnte mich kaum daran erinnern, mal keine blauen Flecken am Körper zu haben. Aber das machte mir nicht das Geringste aus, Hauptsache ich hatte mich nicht unterkriegen lassen. Und das hatte in meiner ganzen Kindheit und Jugend niemand geschafft. - Doch eine: Alex fiel mir ein!

Ja, Alex, Alexandra. Die hat mir damals mal die Leviten gelesen. Denn sie habe ich in Kindertagen oft gehänselt. Ja, ich war nicht nur eine, die direkt austeilte, ich konnte auch richtig gehässig und gemein sein, worauf ich heute weiß Gott nicht besonders stolz war. So habe ich damals über Alex gelästert und sie vor meinen Freunden niedergemacht. Die fanden das toll und fand es toll, ihnen zu gefallen. Alex wehrte sich nicht, so machte ich weiter. Das muss eine ganze Weile so gegangen sein. Alex sah dann stets zu Boden und ging weg. Für mich ein klarer Sieg und vor meinen Freunden war ich die Heldin, weil ich eine fertig gemacht hatte, die größer war als ich.
Aber ein paar Jahre später kam die Abrechnung. Ich war mit zwei Freundinnen am Strand, wollte nichts weiter, nur baden, ein

bisschen reden und die Sonne genießen. Dann sah ich nach langer, langer Zeit Alex wieder. Sie war noch größer geworden als damals, klar, ich ja auch, aber Alex war auch noch deutlich kräftiger geworden. Ich war eine lange dünne Gestalt. Mir war nicht wohl, als sie breit und böse grinsend auf mich zukam. Auch sie war nicht allein, hatte Freunde dabei.
Und dann sprach sie mich an. Ich war mit einem Mal gar nicht mehr fröhlich und gut drauf, nein, ich war ängstlich und klein. Alex baute sich mit ihren Freunden vor mir auf, sie stellten einen Halbkreis um mich herum. Dann beugte sie sich zu mir herunter und verpasste mir eine Ohrfeige. Ich zuckte zusammen, war kurz am überlegen, mich zu wehren, verwarf den Gedanken aber sofort nach der nächsten Ohrfeige. Meine Freundinnen waren schnell aufgestanden und zurückgewichen, als würden sie mich nicht kennen. Zum Eingreifen waren sie zu feige. Vermutlich hatten sie Angst, auch etwas abzubekommen.

„Na da ist ja die kleine Bettina." Pasch, saß wieder eine Ohrfeige in meinem Gesicht.
„Wie geht es dir denn nach allen der Zeit?" Patsch.
„Sonnst du Dich schön hier unten am Strand?" Patsch.

Ich merkte, dass ich verloren hatte und begann bemüht ruhig, meine Sachen zusammenzusammeln. Alex redete weiter, und schlug mich weiter. Ich wusste gar nicht mehr genau, was sie sagte, nur dass sie an die „alten Zeiten" erinnerte und wie ich mich jetzt wohl fühlen würde, ob ich jetzt vielleicht wüsste, wie sie sich damals gefühlt hätte.
Während ich meine Kleider in meine Tasche packte, kassierte ich, Patsch, wieder eine Ohrfeige und auch als ich mein Badelaken nahm, Patsch, noch eine. Endlich hatte ich alles zusammen, stand auf, sah Alex nicht an, den Blick auf den Boden gerichtet, drehte mich um und ging nach Hause. Ich weinte nicht, nicht dort, erst zu Hause liefen die Tränen über meine roten Wangen. Aber ich wusste, ich hatte diese Schellen sowas von verdient.

Eine meiner Freundinnen hatte noch versucht, das Drama zu beenden, meinte, nun wäre es ja wohl gut. Aber ich machte eine leichte abwehrende Handbewegung in ihre Richtung. Mehr kam von meinen Freundinnen damals dann nicht mehr. Das war aber auch nicht schlimm. Es war meine Abreibung und vielleicht musste ich einmal vor aller Augen derart gedemütigt und verhauen werden, um zu begreifen, was ich der damals größeren Jahre zuvor angetan hatte. Ich habe Alex diese Situation nie übel genommen. Es war ok.

Es hat damals von den Besuchern des Strandes niemand eingegriffen und es war wirklich voll, aber das war die Mentalität der Menschen damals. Auch als meine Schwester und ich ständig von unserer Mutter verprügelt wurden und laut schrien und weinten, hat nie ein Nachbar reagiert, meine Mutter oder meinen Vater angesprochen oder gar die Polizei geholt. Nichts. Das war damals so. Trotzdem, zu der Zeit habe ich die Menschen gehasst, die tolerierten, was bei uns zu Hause passierte und nicht einen Finger krumm machten. Zur Verdeutlichung: Neben uns wohnte ein Kinderarzt (!), auf der anderen Seite nebenan und gegenüber Lehrer und im anderen Haus gegenüber Rentner, die den ganzen Tag zu Hause waren! Niemand half. Niemand!

Ich war traurig in einen der Rattansessel in der Diele gesunken. Immer noch meine klebrige Tasse mit dem längst kalten Kaffee in der Hand. Ein dicker Kloß saß in meinem Hals. Dieses Haus war voll so vieler schlechter Erinnerungen. Ob es eine gute Idee war, hier wohnen zu bleiben? Zweifel kamen mir. Ich war mir nicht mal sicher, ob ich hier schlafen könnte. Vielleicht spukten die Geister meiner Eltern ja auch noch hier herum.
„Quatsch!", schalt ich mich. „Geister! Auf den Blödsinn bin ich schon mal reingefallen. Und am Ende war es doch nur eine Tür, die nicht richtig schloss!"

Ich schüttelte meinen Kopf, holte einmal tief Luft und rappelte mich dann wieder auf. Ich öffnete die Haustür und sah auch schon das erste Auto auf den Parkplatz vor dem Haus fahren. „Ok, es geht los", dachte ich. Ich hoffte nur noch, dass meine lieben Helferlein auch bald kämen, dann könnte der Hausflohmarkt starten. Ich schüttelte die bösen Gedanken und Erinnerungen ab, holte einmal tief Luft und lächelte die fremden Leute freundlich an, die mit der Zeitung in der Hand auf mich zukamen und streckte ihnen die Hand entgegen.

„Hereinspaziert. Sie kommen wegen dem Hausflohmarkt?"
„Ja, ist das hier richtig? Süderholm 85?"
„Ganz genau. Kommen Sie rein und sehen Sie sich um."

Meine Helfer kamen glücklicherweise auch bald und schnell rannten die Interessenten uns die Bude ein. Wie viele da waren, konnte ich nicht abschätzen! Wahnsinn. Nach drei Stunden war der erste Ansturm vorbei, es war Mittagszeit, ich hoffte auf eine kleine Pause. Ich ging von einem Helfer zum anderen und sammelte den größten Teil aus den Kassen ein. Das Geld verstaute ich unter meinem Bett in einer Plastikdose. Dann trank ich noch eine halbe Wasserflasche leer und machte mich wieder auf in die Wohnung meiner Eltern.

Am Nachmittag kamen nicht mehr so viele Leute wie am Morgen, aber es ging doch noch eine Menge unserer angebotenen Sachen weg. Um 19:00 Uhr schlossen wir hinter dem letzten die Tür ab und gingen in meine Wohnung zum Kassensturz und um endlich etwas zu essen und zu trinken. Wir waren alle ziemlich fertig. Aber auch zufrieden. Die Wohnung oben war fast leer, für die Sofagarnitur und die Schrankwand wollte am nächsten Tag noch jemand kommen, angezahlt war aber schon. Und auch für die Schlafzimmermöbel hatte sich ein Interessent angekündigt. Das Haus könnte also tatsächlich noch leer werden.

„So, dann zählen wir mal alles durch. Und dann wird durch fünf geteilt, richtig?"
„Hallo, wir sind sechs! Wen hast du denn da übersehen, Mami?"
„Upps", unkte ich. „Wollte nur mal gucken, ob Ihr alle noch wach seid."
„Ja, genau!", lachte Janine.

Am Ende waren alle mehr als zufrieden. Es waren knapp 250 Euro für jeden, ein schöner Ertrag für neun Stunden Arbeit.

„Und was ist mit dem Erlös für die Wohn- und Schlafzimmermöbel?", fragte Bent, ein Freund von Janine.
„Das ist ja noch nicht verkauft. Aber wenn, dann wollte ich das Geld gern in die Renovierung der Wohnung stecken, in Farbe, vielleicht neue Tapeten und neue Möbel. Es sei denn, Ihr seid damit nicht einverstanden."

Kurzes Schweigen in der Runde. Dann ergriff Piet das Wort:

„Ich finde, das ist in Ordnung. Das war schon mehr als großzügig, dass Bettina den Gewinn von heute mit uns allen geteilt hat, sie hätte auch jedem 10 Euro die Stunde zahlen können, das wären dann locker 150 Euro weniger pro Nase gewesen."
„Naja-", wand Bent ein.
„Also Leute! Beim besten Willen! Wir haben hier heute echt einen guten Job gemacht und dafür auch echt gut Geld bekommen. Mehr zu verlangen, finde ich total daneben. Und das nicht nur, weil meine mum und ich in diese Wohnung hier einziehen wollen!"

Wow, das hatte ich Janine gar nicht zugetraut! Mit großen Augen sah ich sie an. Da hatte meine Kleine mal richtig Klartext geredet. Zumindest kam es bei ihren Freunden entsprechend an.

„Nee, nix für ungut, Frau Brodersen, war ja auch nur eine Frage."
„Kein Problem Bent. Ich bin dir und Euch allen ja auch sehr dankbar für Eure Hilfe. Allein hätte ich das hier heute nicht geschafft, das ist mal sicher."

Da hatte ich die jungen an der richtigen Stelle erwischt. Beim Verabschieden bot mir Bent sogar noch an, beim Streichen und auch beim Umzug zu helfen. Wer hätte das gedacht? Ich musste insgeheim schmunzeln. Diese Halbstarken waren schon in Ordnung, fand ich.

Kapitel 42 (Donnerstag)

Am nächsten Tag fuhr ich morgens früh zum Baumarkt und wollte Farben, Pinsel und so'n Zeug kaufen. Ich hatte mir vorgenommen, das Wohnzimmer meiner Eltern zu renovieren. Auch wenn ich dort nun vielleicht doch nicht einziehen würde, so hatten die Räume doch einen Anstrich dringend nötig.

Auf dem Weg zum Baumarkt kam ich an den beiden kleinen alten Häuschen vorbei. Das Schild 'Zu Verkaufen' stand immer noch davor, jedoch inzwischen mit leichtem Grünspan daran. Der Rasen war schon länger nicht gemäht worden, das war offensichtlich. Das Gras stand hoch, Unkräuter blühten und die Hecke war ordentlich ausgeschossen. Es wirkte verwahrlost. Der Eigentümer hatte anscheinend keine Zeit oder keine Lust, sich zu kümmern. Schon war ich daran vorbeigefahren. Aber ich nahm mir vor, auf der Rückfahrt noch einmal dort entlang zu fahren. Das Häuschen interessierte mich einfach. Ich fand die Lage gut, am Ortsrand, also im Dorf aber doch nicht zentral, für Janine gut gelegen, weil viel mehr Busverbindungen vorhanden waren als bei uns im abgelegenen Waldratshain. Es gefiel mir einfach.

Im Baumarkt war alles so vertraut. Ich war gerne dort, holte mir Anregungen oder stöberte durch die Deko-Abteilung. Als Holger, der Chef dort, mich sah, kam er auf mich zu. Ich ahnte, der Situation nicht aus dem Weg gehen zu können und drehte mich ihm zu.

„Hi Holger, alles klar?"
„Ja, bei dir auch? Mein Beileid, Tini."
„Danke, geht schon wieder. Ist ja schon eine Weile her jetzt."
„Und was machst du nun? Ziehst du hier weg? Fände ich schade."
„Nee, weg nicht. Aber wie es weiter geht, weiß ich noch nicht. Erstmal will ich die Wohnung meiner Eltern renovieren und dann gucken wir weiter."
„Ah, also bist du hier nicht nur wegen meinem überregional bekannten Charme, sondern willst so schnöde Sachen wie Farbe und Pinsel kaufen?"

„Gut erkannt", lachte ich ein bisschen.
„Dann darf ich dir ja sicher behilflich sein, oder? Nicht, dass nicht noch zweihundert andere Kunden auf meine fachliche Kompetenz warten, aber du bist heute mal mein Ehrenkunde. Dein Wunsch ist mir Befehl."

Ich legte den Kopf schief, sah mich im Laden um und sagte: „Naja zweihundert Kunden...."
„Die sind alle grade in der Gartenabteilung", unkte Holger und sah mich schelmisch lächelnd an.
„Na sag schon, was brauchst du?"

Holger ging mit mir durch den Markt und sammelte alles in den Einkaufswagen, was ich brauchen würde. An der Kasse machte er mir dann einen Sonderpreis und verabschiedete mich mit einem aufmunternden Lächeln in Kombination mit einem tiefgründigen Blick, der so viel bedeutete wie 'wenn du Hilfe brauchst, sagst du Bescheid, ja!'. Ich kannte Holger schon eine ganze Weile und er kannte mich. Trotzdem war ich froh, wieder aus dem Laden heraus zu sein. Der nächste Besuch würde sicher unkomplizierter werden, nachdem ich diesen ersten Angang hinter mir hatte. Ich atmete tief durch und fuhr mit meinem voll beladenen Autochen vom Hof.

Bei den kleinen Häuschen lenkte ich meinen Wagen in die Einfahrt und parkte hinter dem linken Haus. Ich stieg aus und trat – in einen Hundehaufen!

„Uhh! Na, wenn das mal kein Glück bringt", stöhnte ich und strich meine Schuhe im hohen Gras an der Grundstücksbegrenzung ab.

Dann ging ich weiter nach hinten auf das Gelände. Ein schönes großes Grundstück gehörte zu dem Haus. Momentan verwildert, klar. Aber mit so viel Potential. Die Fläche war komplett umsäumt von einer mannshohen Hecke. Lebensbaum, glaubte ich zu erkennen. Ich stellte mir vor, meine Gartenbänke hier reihum zu verteilen. So hätte ich schon mal drei Lieblingsplätze. Von ganz hinten aus würde ich auf die Häuser sehen können. Ein kleines Tor am hinteren Grundstücksende gab den Weg in die Siedlung frei.

Ich stellte mir vor, wie ich das Grundstück nutzen würde. Es war ja so groß, dass man bestimmt noch ein oder zwei weitere Häuser bauen könnte. Aber das wäre nicht meins. Nein, ich würde den Garten als Garten nutzen. Vorne an ein paar schöne Zierpflanzen und viele, viele Blumen. Ich würde so gern aus meinem Fenster auf ein Blumenmeer schauen. Im Frühling könnten mich Osterglocken anlachen, im Sommer Sommerblumen. Und eine Menge Rosen. Ich liebte Rosen. Dann noch 1-2 Obstbäume. Apfelbäume wären schön. Birnen und Pflaumen mochte ich nicht so gern. Schon eher Mirabellen und eben Äpfel. Eine Ecke wäre für Kartoffeln, Möhren und Tomaten vorgesehen. Vielleicht hinten bei dem kleinen Tor. Auf diese Weise bliebe noch eine Menge von der Wiese übrig, auf der ich meine Liege aufstellen könnte und mich in der Sonne aalen. Herrlicher Gedanke. Unwillkürlich lächelte ich versonnen vor mich hin.

„Interesse?", ertönte es nah hinter mir. Ich zuckte erschrocken zusammen. Ich hatte nicht mitbekommen, dass jemand auf das Grundstück gekommen war und fühlte mich ertappt. Ich drehte mich um und sah in Karls breites Grinsen.

„Vielleicht. Warum? Kannst du das was machen?"
„Vielleicht. Lass uns doch einfach mal reingehen."
„Du hast einen Schlüssel?"
„Sollte ich haben, wenn ich die Häuser verkaufen will."
„Du willst verkaufen? Welche Häuser denn? Ich interessiere mich allenfalls für das da, das rechte."
„Oh, das ist aber schade, wo doch beide zusammen gehören."

Ich hatte mich schon ein bisschen daran gestört, dass so dicht neben meinem Wunschobjekt noch ein zweites Haus stand, optisch fast gleich, in derselben Farbe verputzt und auch die Dächer waren offenbar gleich alt. Aber nur vor dem von der Straße aus linken stand das Zu-Verkaufen-Schild.

Ich wollte Karl fragen, doch der war schon an der Tür zum von uns aus gesehen rechten Haus und schloss auf. Ich lief hinter ihm her und betrat „mein Haus". Ja, das war ein Gefühl wie nach Hause

kommen. Ich fühlte mich auf eine angenehme Weise gefangen.
Gut, es kam mir keine frische Luft entgegen. Aber es roch nicht
ein bisschen muffig oder feucht. Dafür hatte ich ja mittlerweile ein
Näschen. Nein, es war schon eine Weile nicht bewohnt, aber mit
ein paar Eimern Farbe und neuen Tapeten, etwas Laminat und –
oh, einer neuen Küche...

„Hm, die Küche ist nicht mehr ganz up to date, wie?"
„Hier hat meine Mutter gewohnt. Sie ist vor einem Jahr
ausgezogen und im Heim nun vor ein paar Monaten gestorben.
Deswegen will ich verkaufen. Drüben in dem anderen Haus habe
ich gewohnt."
„Das tut mir Leid, Karl, das wusste ich nicht."
„Schon gut. Wie gefällt dir das Haus? Alles ein bisschen einfach
und klein, aber für zwei langt es locker."
„Stimmt, für Janine und mich wäre es ok. Was ist mit dem
Dachboden?"
„Ist Dachboden. Zwar isoliert, aber nicht ausgebaut."
„Ok, das wäre dann mal ein Projekt für mich."
„Das kannst du?"
„Och, ich würde nicht gerade 'können' sagen... Aber versuchen
würde ich es schon."
„Also wenn du Hilfe brauchst – mich brauchst du nicht fragen, ich
hab zwei linke Hände, sorry." Karl hob abwehrend die Hände.
„Kein Problem, ich weiß da schon jemanden."
„Prima, dann lass uns nochmal nach nebenan. Janines neues
Zuhause", Karl lachte schelmisch.
„Von wegen!"
„Also nicht gucken?"
„Nicht als Janines Zuhause, allenfalls ein Ferienhaus vielleicht.
Darüber hab ich noch nicht nachgedacht. Ich dachte, nur das eine
stünde zum Verkauf und hatte mich schon ein bisschen über das
Wegerecht geärgert."
„Na, mit dem Wegerecht brauchst du Dich dann ja nur mit dir
selbst auseinanderzusetzen – und mit den dubzig Verehrern von
Janine später...", lachte Karl. Ich kniffte ihn in die Seite.

Auch in dem anderen Haus war zwar alles altmodisch, aber keine

Feuchtigkeit, die Fenster in Ordnung, der Keller trocken. Hier war auch das Dach ausgebaut. Trotzdem, das andere gefiel mir besser. Ich fühlte mich dort so wohl, hätte mich am liebsten gleich in einen Sessel gesetzt und mich angekommen gefühlt. - Gut, es war kein Sessel da, aber der Gedanke war klasse.

„Nu mal Butter bei die Fische: Was soll der Spaß kosten?"
„Da werden wir uns schon einig."
„Hast du einen Energieausweis?"
„Ja, zu Hause."
„Zu Hause?"
„Ja, bei meiner Frau."
„Du hast geheiratet?"
„Ja, schlimm?"
„Quatsch! Nee, toll! Herzlichen Glückwunsch, Karl", überschwänglich nahm ich den Zweimeter-Mann in den Arm.
„Danke." Er strahlte. „Ist auch eine tolle Frau, meine Karin."
„Ok, zurück zum Kaufpreis."
„Ui, knallharte Verhandlungen, wie?"
„Nee, ich brauch nur Zahlen für meine Bank."

Der Kaufpreis war mehr als günstig, zumal das eintausend Quadratmeter große Grundstück auch noch eingetragenes Bauland war. Das würde ich meiner Bank mit Sicherheit lecker machen können. In dem Moment fielen mir die kleinen Goldmünzen meiner Mutter wieder ein. Ich könnte davon ja gleich mal eine mitnehmen zur Bank und sie schätzen lassen. Vielleicht waren sie ja was wert und ich müsste keinen so hohen Kredit aufnehmen.

„Also? Wie verbleiben wir?"
„Ich red' mit meiner Bank und melde mich dann bei dir. Nummer hab ich ja noch."
„In Ordnung. Eine Woche, dann hör ich von dir?"
„Ja, halt mir die Häuser eine Woche fest, dann weiß ich mehr."
„Mach ich gern für Dich."
„Danke Karl. Und grüß mir deine Frau unbekannterweise."

Karl tippte sich mit zwei Fingern an die Stirn und verließ dann das

Grundstück. Einen Moment später hörte ich, wie er seinen Wagen startete und wegfuhr. Dieses Haus, das wäre genau das richtige für mich und Janine. Hier könnten wir neu anfangen, ohne Erinnerungen, ohne Schreckgespenster. Und wir würden doch in Janines Umfeld bleiben.

Nur schwer konnte ich mich von dem Grundstück trennen, selbst als ich im Auto saß, hatte ich das Gefühl, hier richtig zu sein. Meine Schwester hatte gesagt, sie sei angekommen, als sie damals nach Waldratshain gezogen waren. Und in diesem Moment hatte ich das Gefühl, angekommen zu sein.

Kapitel 43

Zu Hause in Waltorf parkte ich mein Auto vor dem Haus. Unwillkürlich hatte ich den Parkplatz genommen, auf dem der Wagen meiner Mutter immer gestanden hatte. Ich wollte schon aussteigen, da kam ein sehr unangenehmes Gefühl in mir auf. Ich sollte hier nicht stehen. Ich hatte das Gefühl, eine Last würde sich auf mir breit machen, würde mich erdrücken. Meine Beine wurden schwer. Angst kroch in mir hoch. So schnell ich konnte, startete ich den Motor und setzte zurück. Ein Glück, dass kein anderes Auto kam, das hätte ich sonst vermutlich gerammt – dachte ich. In dem Augenblick hörte ich Bremsen quietschen und eine laute Autohupe.

Ich zog die Schultern hoch, dachte, gleich würde ich sterben, wenn das andere Auto in mich hineinführe. Dann war es plötzlich still. Langsam drehte ich meinen Kopf nach rechts und sah in zwei große viereckige Scheinwerfer. Ein großer schwarzer Wagen war etwa fünf Zentimeter neben meiner Beifahrertür zum Stehen gekommen. Ich atmete auf. Ein Glück, es war nichts passiert.

Doch kaum war ich erleichtert, wurde auch schon meine Fahrertür aufgerissen. Dann einige Sekunden Stille. Plötzlich:

„Schach matt", lachte ein junger Mann lauthals los. „Papa, komm, das musst du dir ansehen!"

Ich öffnete die Augen, ließ langsam die Schultern sinken und stieg aus meinem Auto. Ich wusste immer noch nicht, wer da lachte und warum. Ich fand die Situation alles andere als komisch. Hatte ich jetzt einen Schaden verursacht oder was? Allmählich fühlte ich mich ziemlich veräppelt.

Ich ging zu dem schwarzen Geländewagen, der neben meinem Auto zum Stehen gekommen war. Ich sah zwei Männer, einer stand in der geöffneten Fahrertür, der andere saß auf dem Fahrersitz. Der Stehende gestikulierte wild und lachte aus voller Kehle. Der Fahrer war anscheinend noch unschlüssig, begann dann aber allmählich, ebenfalls zu grinsen und zu kichern. Ich klopfte an die Scheibe der Fahrertür und beide Köpfe wandten sich mir zu. Da erkannte ich diese beiden Gestalten dann auch und verstand, warum der junge Mann sich dermaßen amüsierte.

„Ach herrjeh! Sie?"
„Tja, so sieht man sich wieder!"

Das klang jetzt allerdings etwas überheblich, nicht so freundlich wie das Lachen des Sohnes.

„Komm Papa, mach kein Drama draus. Das kann doch jedem mal passieren. Jetzt seid Ihr jedenfalls quitt."
„Von wegen quitt. Jetzt kommt mir die Dame dort nicht mehr davon! Jetzt zahlt sie! Bloß gut, dass ich noch nicht in der Werkstatt war. Sonst hätte ich jetzt noch einen Satz neue Reifen zahlen müssen. So zahlt die Tussi da den Schaden, den sie schon beim ersten Mal hätte zahlen müssen!"

Und dann mir zugewandt:

„Ihre Versicherungsnummer und so habe ich ja noch vom letzten Mal. Wenn Sie jetzt bitte die Straße freimachen würden?!"

Jetzt hatte auch ich mich wieder berappelt und holte in aller Ruhe mein Handy aus der Jackentasche.

„Was soll das denn? Wollen Sie wieder Fotos machen oder was? Diesmal kommen Sie mir nicht davon, das ist mal sicher! Aus dem Weg jetzt!"
„Mensch Papa, reg Dich doch nicht so auf."
„Genau, mein lieber Herr, regen Sie sich nicht so auf. Darf ich Ihnen mal was vorspielen? Dann beruhigt sich Ihr Gemüt vielleicht von ganz alleine wieder."

Ich drückte auf die Wiedergabetaste und spielte den Mitschnitt vom letzten Beinahe-Unfall ab. Die Augen meines Unfallgegners wurden immer größer, der Mund klappte auf und an der Stelle, als er zugab, die Unwahrheit sagen zu wollen, um um die Schadenregulierung herumzukommen, klappte der Unterkiefer wieder hoch. Ich stoppte die Wiedergabe und sah den Fahrer des Geländewagens emotionslos an. Zornesfalten machten sich auf dessen Stirn breit, das Gesicht verfinsterte sich und er holte gerade Luft, da fuhr ich im dazwischen.

„Also mir tut es furchtbar leid, dass Sie meinetwegen so stark bremsen mussten. Auch in einer 30-Zone hätte ich nicht so schnell rückwärts aus der Parklücke fahren dürfen, das ist mir klar. Jedoch belegt auch dieses Mal Ihre Bremsspur, dass Sie deutlich schneller waren als 30 und somit sehe ich natürlich keine Veranlassung, Ihren Schaden zu zahlen. Ich schlage vor, jeder zahlt seinen eigenen Schaden und gut ist."

Der Mann wurde krebsrot im Gesicht und begann zu japsen.

„Und wenn Sie nicht wollen, dass diese Handyaufnahme jemals Verwendung finden wird, sei es vor Gericht oder bei der Polizei, dann sollten Sie sich jetzt einfach mal beruhigen. Das bringt doch eh nichts, sich so aufzuregen."

Dann wandte ich mich Tom zu, der mich jetzt offenbar auch erkannt hatte.

„Gell Tom? Unentschieden."

Ich legte lächelnd den Kopf leicht schief und sah den Vater des Jungen freundlich an. Der beruhigte sich gerade ein bisschen. Ich streckte ihm meine Rechte hin.

„Friede? Wäre doch auch schade für Tom und Janine."
„Janine? Wer ist das denn?"
„Meine Tochter. Ich glaube, Ihr Sohn und meine Tochter kennen sich ein bisschen."
„Seit wann das denn?! Tom? Hast du mir was zu sagen?"
„Wissen Sie was? Ich schlage vor, wir trinken ein Glas Wasser zusammen und ich erklär' Ihnen das dann. Angst vor Hunden

haben Sie doch nicht, oder?"
„Pah, ich doch nicht. Hunde sind meine Leidenschaft, hab'
jahrzehntelang gezüchtet. Haben Sie etwa Hunde?! Das hätte ich
Ihnen gar nicht zugetraut. Was denn für eine Rasse? Oder etwa
Mischlinge? Nicht, dass ich was gegen Mischlinge habe, aber als
Züchter..."
„Schon klar. Ich habe einen Berger Blanc Suisse, wenn Ihnen das
was sagt."
„Was sagt? Na hören Sie mal! Ich war im Schäferhund-Verein,
zwanzig Jahre lang. Und Sie haben einen Weißen Schäferhund?
Mann oh Mann!"

Ich hakte Toms Vater unter, der nun offenbar in seinem Element
war und an den Unfall keinen Gedanken mehr verschwendete, und
schob ihn Richtung Haus. Tom nickte ich zu und zwinkerte mit
einem Auge. Er lächelte mir zu und setzte sich in den
Geländewagen. Ich hörte noch, wie er diesen langsam
zurücksetzte, einparkte und sich dann um meinen Wagen
kümmerte. Minderjährig und ohne Führerschein, egal. In dieser
Minute war es mir egal.

Drinnen bot ich beiden Männern Wasser an. Mehr hatte ich in der
Wohnung meiner Eltern ja nicht. Interessiert sahen sich beide die
großzügige Wohnung an. Auf Nachfrage zeigte ich ihnen den
Garten und die Ferienwohnungen. Meine Wohnung sparte ich
jedoch aus.

Als Toms Handy klingelte, trennte er sich mit einer höflichen
Geste von uns und verschwand leise ins Telefon sprechend in
Richtung Garten.

„Sagen Sie, Frau Brodersen, Sie wollen nicht vielleicht verkaufen,
oder?"
„Warum?"
„Nun ja. Ein Haus in dieser Lage, das ist etwas, wovon meine Frau
und ich schon lange träumen. Wissen Sie, wir lieben das Wasser,
haben selbst ein Boot und sind öfter hier unten im Yachthafen.
Diese Gegend gefällt uns einfach. Eine Weile gucken wir schon

nach einem passenden Haus, das nicht zu klein sein darf, weil wir eine große Familie und einen großen Bekanntenkreis haben. Also brauchen wir ein Haus mit Platz und großem Grundstück. So eines wie dieses wäre ideal. Aber es ist Ihr Elternhaus, ich kann verstehen, wenn Sie sich nicht trennen möchten."
„Dass es mein Elternhaus ist, ist nicht das Problem. Ich würde schon gern umsiedeln, allein schon wegen der Erinnerungen."
„Das kommt mir ja sehr entgegen. Aber was ist dann das Problem, wenn es nicht die persönliche „Beziehung zu dem Haus ist?"
„Meine Tochter. Sie ist hier aufgewachsen, wir leben jetzt 13 Jahre hier. Ich werde einen eventuellen Verkauf von ihr abhängig machen. Sie hatte in den letzten Wochen schon eine Menge zu verkraften. Nennen Sie mich eine Glucke, aber ich liebe mein Kind sehr und würde nie etwas tun, das ihr schaden könnte oder gegen ihren Willen handeln."
„Ach nein, das kann ich schon verstehen. Auch wenn es hier ja um eine hübsche Stange Geld geht. Denn eines ist sicher: Es soll Ihr Schade nicht sein."
„Das ehrt Sie. Da ist es ja direkt gut, dass ich Ihnen fast reingefahren wäre, wie?", ich zwinkerte ihn von der Seite an.
„Na das lassen wir mal. Das Thema ist abgehakt, würde ich sagen. Aber wenn Sie mit Ihrer Tochter gesprochen haben und mir dann baldmöglichst Bescheid geben würden, das würde mich schon sehr freuen. Dann käme ich gern nochmal mit meiner Frau her. Sie muss natürlich mitentscheiden."
„Also abgemacht, ich melde mich in den nächsten Stunden. Ich werde noch heute mit meiner Tochter sprechen und gebe Ihnen dann gleich Bescheid, abgemacht?"

Ich hielt ihm die Rechte hin, Toms Vater schlug ein und lächelte mich freundlich an.

Als beide gefahren waren, stand ich noch eine Weile in der offenen Tür. Ich musste über die Situation schmunzeln. Erst zweimal fast ein Unfall und ein sehr aufgebrachter, zugegebenermaßen sehr attraktiver Mann, dann plötzlich die Wendung über die Hunde und jetzt eventuell ein Käufer für Süderholm 85. Dabei hatte ich doch nur am Morgen den Gedanken gehabt, vielleicht besser doch zu verkaufen, als in diesem Haus voller Erinnerungen zu leben und möglicherweise nicht glücklich werden zu können.

Da fiel mir einer der vielen Sprüche meines Vaters ein: „Du kannst alles schaffen, wenn du nur fest genug daran glaubst". Hatte ich mir denn gewünscht, hier weg zu ziehen? Naja, abgesehen von den fast täglichen Stoßgebeten, hier wegzukommen, als meine Eltern noch lebten – ja! Das Zusammenleben mit ihnen war oft schwer. Allein die ewigen Streitereien wegen der Monteure! Das würde ich nie vergessen! In meiner Kindheit wurden Henni und ich ewig genötigt, Rücksicht auf die Feriengäste zu nehmen. Wir mussten am liebsten geräuschlos die Treppe hinauf und heruntergehen, durften keine laute Musik machen, durften in der Mittagsstunde nicht laut spielen. Auf der Straße malen sowieso nicht. Wenn die Feriengäste vom Strand kamen, war Stille angesagt. Die Gastkinder konnten Krach machen, soviel sie wollten, machten Henni und ich das gleiche, gab's sofort einen dicken Anraunzer. Das war so unendlich ungerecht!

Und genauso übertriebene Rücksicht musste ich als Erwachsene den Monteuren gegenüber an den Tag legen – zumindest erwartete meine Mutter das. Meinem Vater war das nicht so wichtig, hatte ich den Eindruck, aber meine Mutter kroch den kroatischen, slowenischen, britischen Monteuren regelrecht in den Allerwertesten! Das war echt widerlich, zu sehen, wie sie sich anbiederte und da rumschleimte, unglaublich. Sie putzte ihnen die Wohnungen, wusch für sie ab, räumte auf, staubsaugte – und wusch sogar deren Wäsche, auch die Unterwäsche!!! Dass sie den Müll für sie sortierte, war da ja fast ein logischer Schluss, und das natürlich mit bloßen Händen. Handschuhe waren ja was für Weicheier, oder was wusste ich. Einmal sind meine Eltern in Urlaub gefahren und meine Mutter fragte mich, ob ich den Müll für die Männer sortieren könnte. Ich sah sie leicht angewidert an. Sie meinte dann, sie würde das auch bezahlen. Gut, das war ein Argument. So bekam ich 100 Euro für zwei Wochen Müll sortieren.
Das war aber so dermaßen ekelerregend, dass sie mir in der Folge

hätte 1000 Euro hätte bieten können, ich hätte es nicht noch einmal gemacht. Sogar mit Gummihandschuhen (die ich nach den zwei Wochen direkt hinterher in die Mülltonne warf) war es die widerlichste Arbeit, die ich je gemacht hatte. Nein! Dass meine Mutter das stillschweigend tat, war mir unbegreiflich. Zumal sie niemand darum gebeten hatte.

Aber das war dieser klägliche Versuch, Geld zu sparen. Denn durch ihr Ausleeren der Mülltüten und das Sortieren, sparte sie die sonst erforderlich werdende weitere Mülltonne. Der stete Versuch, Geld sparen zu wollen, war ja auch die Ursache dafür, dass meine Wohnung, bzw. mein Haushalt dem zuständigen Amt gar nicht bekannt war. Sonst hätte meine Mutter unter Umständen eine größere Mülltonne abnehmen müssen...!!!

Das war und blieb für mich nicht nachvollziehbar. Am liebsten hätte meine Mutter mich sicherlich erst gar nicht bekommen, glaubte ich, dann hätte sie sich auch nicht ständig über mich ärgern müssen und mich nicht ständig dazu anhalten, mich still zu verhalten. Still und leise, als wäre ich nicht da.

Ja, nicht da sein, das sollten Henni und ich am liebsten. Den Gedanken hatte ich oft in meiner Kindheit und auch danach. Ich habe mich oft gefragt, was ich meiner Mutter eigentlich getan habe, dass sie mich derart hasste. Denn anders war es für mich nicht zu erklären, wie sie sich mir gegenüber verhielt. Diese Abneigung, dieses ewig Negative, nie gelobt zu werden, selten angelächelt zu werden, nie in den Arm genommen zu werden. Ich wuchs in einer Gefühlseinöde auf. Meine Mutter war darin die Eiskönigin.
Bloß, irgendwas musste gerade ich ihr angetan haben, denn ihr Hass gegen mich, war erheblich deutlicher zu spüren, als die einfach nur mangelnde Wertschätzung von Henni. Henni war einfach lieb, nett, folgsam. Sie widersprach nicht, nahm hin und half unserer Mutter im Haushalt – und wurde schon als Baby vermöbelt! Ich war das nahezu genaue Gegenteil: Rebellisch, voller Gerechtigkeitsempfinden und Aufbegehrens bei dem Gefühl, ungerecht behandelt zu werden, aufmüpfig und half im

Haushalt nur, wenn ich nicht schnell genug weg kam. Ich fand, ich war einfach schlauer als Henni. Aber bei mir ging die Prügelei ja auch erst los, als ich schon laufen konnte.

Ich wusste noch, wie ich mir mit 13 in die Hose machte, als meine Mutter tobend vor mir stand und mich anschrie. Dann zu sehen, wie der Griff zu ihrem Schuh mit dem durchgehenden Keilabsatz erfolgte und der Gewissheit zu erliegen, diesen Keilabsatz gleich mindestens ein Dutzend Mal auf meinen Hintern geschlagen zu bekommen. Da öffnete meine Blase ihre Schleusen und ich nässte ein wie ein Baby. Ich weinte, meine Mutter schlug zu und das alles wenigstens jeden zweiten Tag. Aber jedenfalls hatte ich mit 13 das letzte Mal in die Hose gemacht... Ein trauriger Rekord.

Stattdessen kaute ich mir die Fingernägel ab, bis die Haut blutete. Erst mit 26, als ich mit Janine schwanger ging, vergaß ich die Nägelkauerei aus Versehen und seither hatte ich kurze, aber immerhin weiche, zarte Fingernägel. Die harten Krallen, die meine Schwester schon immer hatte, würde ich vermutlich nie bekommen, einfach weil ich meine Nägel zweieinhalb Jahrzehnte lang malträtiert hatte.

Es war eine schlimme Zeit, meine Kindheit. War ich froh, als ich endlich ausziehen konnte. Meine eigene Wohnung zu haben, die ich abschließen konnte, in der ich für mich sein konnte. Am Anfang war das toll. Aber immer wieder geriet ich in Lebenskrisen und zog bei meinen Eltern ein. Das letzte Mal vor 13 Jahren, als ich mich von meinem Ehemann getrennt hatte und nicht wusste, wo ich hin sollte. Ich wurde depressiv und begann, meinen Frust mit Essen zu kompensieren und damit, Wellensittiche anzuschaffen. Es war relativ offensichtlich, dass in jeder neuen Krise ein oder zwei neue Vögel einzogen. Sie bekamen sogar Nachwuchs, ich konnte Jungvögel verkaufen, hatte phasenweise 50 Vögel. Mein Vater baute mir nach einem Jahr und bei einem Stand von sechs Sittichen eine Voliere im Garten, ein Jahr später eine weitere davor, so dass ich die Vögel auch mal trennen konnte, wenn einige brüten durften, andere das aber besser nicht sollten, weil sie krank waren, behindert, oder sich in den eigenen Vater verguckt hatte. Am Ende hatte ich zwar „nur" noch 26 Vögel, aber zusammen mit meinen immer älter werdenden beiden Hunden das K.O.-Kriterium für jeden potentiellen Vermieter. Und selbst wenn ich eine Wohnung gefunden hätte, in der ich mit all meinen Tieren hätte sein dürfen, bestand doch das große Risiko, was wäre, wenn ich mich dann mit jemandem nicht verstanden hätte und wieder ausziehen müsste. Dann hätte ich bei meinen Eltern zu Kreuze kriechen müssen und um Asyl betteln. Und sie hätten mir auch ganz sicher eine Wohnung zur Verfügung gestellt, das gehörte sich schließlich so (!). Aber ich hätte vermutlich auch jeden einzelnen Tag den Bückling machen müssen und immer fleißig danke sagen. Ach nein! Dann doch lieber durchhalten bis alle meine Tiere im Tierhimmel waren.

Das Problem hatte ich nun ja nicht mehr. Zwar waren meine Tiere nicht alle im Himmel, aber meine bisherigen Vermieter waren es –. 'Was für ein makaberer Gedanke', schoss es mir durch den Kopf. Ich rief mich innerlich zur Ordnung und konzentrierte mich wieder auf meinen Besuch von gerade eben. Es wäre ein Glücksfall, wenn ich Süderholm 85 verkaufen könnte und von dem Erlös die beiden Häuschen in Langensee kaufen. Dort hätte ich die Chance, glücklich leben. Ich war gespannt auf Janines Reaktion. Hoffentlich war sie auch so begeistert von den Häuschen wie ich. Was aber, wenn sie hier nicht weg wollen würde? Wenn sie so sehr an dem Haus meiner Eltern hinge, dass sie es aus emotionalen Gründen nicht verlassen wollen würde? Das wäre fatal, denn ich war zusehends sicherer, dass das hier nicht das richtige Zuhause für mich war.

Ich stand in der Tür, spürte die Sonne auf meinem Gesicht. In dem Moment fuhr ein silberner Van vorbei. Der Wagen stoppte, fuhr zurück und das Fenster in der Beifahrertür wurde herunter gekurbelt. Ein dunkelhäutiger Mann sprach mich in gebrochenem Deutsch an.

„Haben Wohnung frei? Monteur, Kroatia. Mutter zu Hause?"

Ich verstand erst nicht, dann erkannte ich den Fahrer des Wagens. Er sah mich an und erinnerte sich offenbar auch. Er hatte Probleme mit der Gangschaltung, wollte offenbar rückwärts bei uns einparken. Aber ich wollte keine Monteure mehr. Nicht in meinem Haus! Ich machte abwehrende Handbewegungen und ging zügig auf das Auto zu. Ich erklärte den Männern die Situation. Dass meine Eltern gestorben seien und ich das Haus verkaufen würde. Sie könnten nicht hier wohnen. Die Männer verstanden offenbar, der Fahrer nickte, sprach mir in gebrochenem Deutsch sein Beileid aus, lächelte kurz und fuhr dann fort.

Monteure, ich schüttelte den Kopf. Ich wollte keine Monteure mehr. Selbst wenn ich ein noch größeres Haus hätte mit dutzenden leeren Wohnungen. Allein wegen der Erinnerung würde ich keine Monteure mehr haben wollen, gleich aus welchem Land. Das ging auch nicht gegen die Männer selbst. Die waren ja in der Regel sehr freundlich und hilfsbereit. Nein, es war einfach nur die Erinnerung. Mir fiel der letzte Streit mit meinen Eltern ein. Das war vier Wochen vor ihrem Unfalltod. Bei dem Gedanken daran musste ich schlucken. Noch vier Wochen vor ihrem Tod hatten wir Streit! Wie furchtbar eigentlich.
Immerzu stritten wir und da meine Eltern prinzipiell nie nachgaben, tat ich es schon bald aus Trotz nicht mehr. So gingen wir uns in den letzten Monaten aus dem Weg, sprachen nur oberflächlich und kurz miteinander. Es war ein Sprung in der Suppenschüssel, die ja angeblich erst richtig gut hält, wenn sie einen Sprung hat. Unsere Schüssel hatte zwei- bis dreihundert Sprünge zu viel.

Anfang April hatte es noch einmal so richtig gekracht: Es waren neue Monteure eingezogen, die noch nie bei uns waren. Sie gingen zum Rauchen nach draußen – soweit. Aber es war ihnen wohl zu kalt, so standen sie zwar mit einem Bein draußen, aber das andere Bein war im Haus. Mit dem Fuß hielten sie die Tür offen. So waren sie nicht ganz draußen – genau wie der Rauch, der war auch nicht ganz draußen! Im Gegenteil. Er zog hinein und kam auch in meiner Wohnung an. Das konnte ich als militante Ex-Raucherin aber so ganz und gar nicht leiden. Also ging ich zu meinen Eltern und bat meine Mutter, den Monteuren zu sagen, sie mögen in ihrer Wohnung rauchen, oder ganz draußen, aber bitte nicht im Treppenhaus. Meine Mutter meinte, ich solle mich nicht so anstellen, ich würde bald meine eigene Ausgangstür vom Wohnzimmer aus bekommen, solange würde ich das ja wohl noch verkraften. Ich war sauer und verließ die Wohnung meiner Eltern mit den Worten:

„Alles klar, ich bin Mieterin zweiter Klasse, hab verstanden!"

Dann knallte ich die Treppenhaustür hinter mir zu und ging missgelaunt in meine Wohnung. Später am Abend zog der Gestank wieder bei mir hinein. Daraufhin ging ich raus in den Hausflur, öffnete die Haustür weit und klemmte die Fußmatte darunter, so dass die Tür offenblieb, um durchzulüften. Als ich wieder zu meiner Wohnung gehen wollte, sah ich, dass meine Mutter die Treppe hinuntergeschlichen kam. Ich war sofort auf 180 und fauchte sie an:

„Wenn du jetzt die Tür wieder zumachst, bekommen wir ein Problem!"
„Wieso, das hatte ich gar nicht vor", kam es patzig. Ich antwortete genervt:
„Genau, wie komme ich nur auf so einen Gedanken?!"
„Dein Vater wird hier eine Zwischenwand einbauen, damit du nicht von den Monteuren gestört wirst. Das ist es ja wohl, was du willst, dass die Monteure hier ausziehen!", sagte meine Mutter sofort wütend.
„Was soll das denn? Zwischenwand! Du brauchst doch nur mit den Männern zu sprechen. Die anderen können es doch auch", allmählich wurde auch ich ärgerlich. Dann konterte meine Mutter grinsend und überheblich:
„Bettina, wenn dir hier irgendwas nicht passt, dann kannst du ja ausziehen!"

Nun wurde ich aber deutlich, denn das war nun ganz und gar nicht mehr lustig.

„Sag mal, hörst du mich nicht? Alles was ich will, ist dass, die Männer in ihrer Wohnung rauchen oder draußen, aber nicht im Treppenhaus. Ist das nun so schlimm?"

Nun lief meine Mutter zu Höchstform auf. Wie mit einem kleinen Kind redete sie mit mir total überzogen und in hoher Tonlage:

„Was willst du denn, Bettina, sollen wir uns dir unterordnen, was möchtest du denn? Hm? Sag doch mal. Sollen wir die Monteure rauswerfen, oder was möchtest du?"

Nun trat mein Vater dazu, auf der Stirn Falten und in den Augen eine Blick, als müsse er seine beiden Kinder zur Ordnung rufen.

„Was ist denn hier los?", fragte er, mich fixierend, meine Mutter ignorierend. So war es damals schon, wenn meine Mutter und ich mal wieder Streit hatten. Immer fragte mein Vater am Ende mich, wie es denn wirklich gewesen sei.

„Ich möchte ausschließlich genauso behandelt werden, wie die Monteure, aber das scheint ja nicht möglich zu sein", versuchte ich zu erklären.

Meine Mutter regte sich weiter auf, rannte wie ein kopfloses Huhn im Flur hin und her und schimpfte mit mir weiterhin in einer Tonlage, als hätte sie eine 6-Jährige vor sich. Die Worte trafen mich wie Speerspitzen. Der ganze Hass, den meine Mutter auf mich hatte, schien aus ihr herauszubrechen. Übelst beschimpfte sie mich und griff mich verbal immer wieder an. Ich stand da und schüttelte fassungslos den Kopf. Dann holte mein Vater zum Gegenschlag aus:

„Hör mal. Ich habe dieses Haus mit den vielen Wohnungen bestimmt nicht gebaut, damit sie leer stehen." Und er holte tief Luft, um für weitere Ausführungen Raum zu schaffen.

Ich wusste, was nun kommen würde. Dass sie das Geld brauchen würden und dass ich von meiner Miete ja ohnehin nur die

Nebenkosten zahlen würde und dass sich dieses Haus zum ersten Mal seit 40 Jahren selbst tragen würde, seit sie die Monteure haben würden und dass ich eben ein bisschen Rücksicht darauf nehmen müsste. Bla bla bla!
Ich hatte keine Lust auf diese immer gleiche Leier. Was konnte ich denn dafür, dass meine Eltern nicht in der Lage waren, mit Geld umzugehen und die knapp zwei Dutzend Häuser, die sie hatten, nach 40 Jahren allesamt immer noch mit Darlehen belegt waren? Das war nun wirklich nicht meine Schuld. Schlimm genug, dass ich diesen Schuldenberg einmal erben würde, denn dass mein Vater das Ende der gerade abgeschlossenen Neuverschuldung nicht erleben würde, hatte er mir ja erst kurz vorher breit grinsend erzählt!

„Das ist nicht der Punkt! Warum hört mir eigentlich keiner zu? Ich will nur, dass die Monteure draußen rauchen oder in ihrer Wohnung, mehr nicht!"
„Bettina, wir brauchen die Monteure!"
„Das ist ja auch voll in Ordnung, es geht mir nur ums Rauchen. Draußen, oder oben ihn ihren Wohnungen."
„Machen sie doch"
„Nein, machen sie nicht."
„Willst du nicht, dass wir Monteure haben, oder was?"
„Hörst du mich? Ich will nur, dass sie draußen rauchen oder in ihren Wohnungen, aber bitte nicht im Treppenhaus!"

Dann plötzlich und unerwartet von meinem Vater: „Ach so."

Ich sah ihn an, wie eine Kuh, wenn's donnert, ließ den Kopf fallen, hielt mir die Hände rechts und links an die Ohren und ging an ihm vorbei. „Macht doch, was Ihr wollt!", sagte ich kraftlos und ging in meine Wohnung. Ich ließ meinen Vater stehen, schloss die Tür hinter mir und weinte wie damals als Kind. Janine fragte etwas, ich bat sie, mich ein paar Minuten in Ruhe zu lassen und schloss die Wohnzimmertür hinter mir. Ich legte mich aufs Sofa und zog mir die Decke über den Kopf. Die Tränen rannen mir über das Gesicht, mein Atem stockte. Ich fühlte mich machtlos, hilflos, allem ausgesetzt. Ich wusste ja, dass ich mit meinem Kind und meinen

Tieren nur geduldet war, aber warum musste man mir das immer und immer wieder auf so gedankenlos boshafte Weise um die Ohren hauen?
Ich hatte Janine weinen gehört, als ich mit meinen Eltern im Flur stritt. Das tat mir so weh. War das alles meinen Eltern egal?

Ich konnte nicht mehr, verstand das alles nicht mehr. Wieso war es nicht möglich, mit meinen Eltern zu reden? Warum hörten sie mir nie zu? Es war kein Gespräch möglich, geschweige denn eine Diskussion. Sie erzählten etwas und wenn ich etwas antwortete, warteten sie einfach nur, dass ich aufhörte zu reden und sprachen dann selbst weiter. Als wäre ich nicht da, als hätten sie nur gewartet, dass ein störender Krach zu Ende ist, um ihren Part fortzuführen. Wie wenn mein Einwand/Argument/Widerspruch oder sonst was ein Zug wäre, der gerade vorbeifuhr und alles andere übertönte. Dann wartet man eben ach, bis der Lärm vorbei ist und spricht dann weiter. Genauso kam ich mir vor: wie ein vorbeifahrender Zug. Kurz im Blickpunkt, aber nichts, dass Einfluss auf das eigene Leben hatte. Ich war zwar vorhanden im Leben meiner Eltern, nahm aber keinen Raum ein.

Eine Woche später zogen meine Eltern eine Zwischentür im Hausflur ein.

Kapitel 44

Den Nachmittag verbrachte ich damit, das Wohnzimmer in der Wohnung meiner Eltern weiß zu streichen. So oder so müsste ich die angefangene Arbeit fertig machen. Und es war eine herrlich eintönige Arbeit, bei der man die Gedanken schweifen lassen konnte. Später kam Piet dazu, schnappte sich ungefragt einen Pinsel und machte mit.

„Hey, gut dass du da bist. Ich dachte schon, ich müsste alles alleine machen", meckerte ich zum Schein.
„Oh, ich glaub, ich hab noch einen Termin vergessen. Tut mir leid, aber ich muss schon wieder weg. Küsschen."

Er ließ den Pinsel in den Eimer fallen und wollte schon zur Tür flitzen, da erwischte ich ihn am Arm. Ich hielt ihn fest und drückte ihm einen Kuss auf die Wange.

„Hiergeblieben! Wen ich einmal in meinen Fängen habe, den lasse ich nicht wieder los – oder male ihn wenigstens weiß an", lachte ich und hob drohend meine Hand mit der tropfenden Farbrolle darin. Piet lachte, zwickte mich in die Seite – und hatte prompt einen breiten Streifen weißer Farbe im Gesicht. Er stutzte, guckte mich an und griff sich flink den Pinsel wieder aus dem Eimer. Schon waren wir am Fechten mit unseren kleckernden Waffen, lachten und prusteten.

„Gute Idee, den alten Teppich noch liegenzulassen, oder?", schnaufte ich, als wir uns ein Glas Wasser in der Küche gönnten, „sonst wäre der Boden jetzt hinüber."
„Ach der Teppich bleibt nicht drin? Ich fand die Farbkleckse sonst ganz dekorativ."
„Hihi, Kleckse ist gut. Das sind schon mehr Straßenmarkierungslinien. Du hast dir ja richtig Mühe gegeben, mein Lieber, das muss ich ja mal zugeben."
„Iiiich??? Ich habe nur ein paar Punkte gemacht, die Striche sind von dir!"

„Ge-nau!!" lachte ich.
„Na, hier ist ja gute Stimmung, wie? Da komme ich ja grade recht."

Janine kam zur Tür herein, ließ ihre schwarze Tasche auf den Boden fallen und umarmte mich.

„Mamilein?"
„Oha, den Ton kenne ich, der kostet Geld", unkte ich.
„Stimmt. Kostet er, " konterte meine Große trocken.
„Soll heißen?"
„Ich weiß ja nicht, warum, aber man hat dein Auto in Langensee gesehen."
„Aha, hat man das?"
„Jepp. Bei den beiden weißen Häusern. Was hast du da gemacht?"
„Mann, hab ich ein Glück, dass mein Kind nicht neugierig ist, oder?" Ich grinste Piet breit an, Janine um die Hüfte fassend.
„Stimmt", nickte mein Freund.
„Also? Was wolltest du da?", bohrte meine Kleine weiter.
„Warum willst du das denn wissen?"
„Weil da ein Schild davor steht: 'Zu Verkaufen'."
„Und?"
„Willst du das etwa kaufen? Ich mein, wäre ja toll, wenn wir nach Langensee ziehen würden, dann wäre ich viel dichter an Chris dran und könnte jeden Tag zu ihr, ohne, dass du mich immer fahren müsstest. Da fährt der Linienbus jede Stunde und ich könnte viel öfter in die Stadt fahren und so. Wäre doch obergenial. Du willst das Haus doch kaufen, oder? Ist doch nur eins, oder? Das linke oder das rechte? Mami, nun sag schon!"
„Ähm. Ich bin jetzt grad ein bisschen überrumpelt."
„Also willst du das Haus kaufen? Ja? Ja?"
„Naja, ich wollte sowieso mit dir darüber reden. Ich hab einen Interessenten für dieses Haus. Aber ich wollte erst Dich fragen, ob es ok wäre, dein Groß-Elternhaus zu verkaufen."
„Nee, macht mir nix aus, wenn wir nach Langensee ziehen, kein Problem."
„Aha? Also, äh, ja, ich hab mir die Häuser wirklich angeguckt und könnte sie auch kaufen."

Nun sprang Janine um mich herum wie ein Flummi. Sie bekam sich gar nicht wieder ein, hüpfte und sprang wie sie es zuletzt vielleicht mit 8 getan hatte.

„Juhu, wir ziehen nach Langensee! Ich muss Chris anrufen, das muss ich ihr sagen! Mami, du bist die Beste."
„Ähm, Moment mal, " versuchte ich, sie auf den Boden der Tatsachen zurückzuholen. „Ist es wirklich kein Problem für Dich, Süderholm 85 zu verkaufen? Wir können dann nie mehr zurück."
„Mum, das ist ok. Ich wäre hier auch glücklich. So eine eigene Wohnung ist schon unschlagbar – aber nichts gegen ein eignes Haus!!!!"
„Äh –,"
„Nee, lass mal. Du bist hier doch eh nicht glücklich. Warst du doch schon lange nicht mehr. Wir sollten neu anfangen." Mein Kind sah mich ernst an und mir tief in die Augen.
„- Und Langensee ist genial!", sprang sie wieder ausgelassen herum. „Ich ruf Chris an. Tüssi."

Ich schüttelte lächelnd den Kopf.

„Das hatte ich mir irgendwie komplizierter vorgestellt, muss ich zugeben."
„Ja, den Eindruck machst du auch. Wie kommt's, dass du verkaufen willst?"
„Ach, ich hatte da heute Morgen so einen Zwischenfall und am Ende hatte ich einen Kaufinteressenten, der dichter ans Meer möchte mit seiner Frau und ganz viele Kinder und Freunde hat, für die er viel Platz in seinem neuen Haus braucht. Also reiner Zufall."
„Und das Haus in Langensee? Oder sind es doch zwei Häuser?"
„Zwei, das hab ich aber auch nicht gewusst. Ich dachte auch, es wird nur eins verkauft. Der Verkäufer ist unser Dorfsheriff, den kenne ich schon jahrelang. Er will mir einen guten Preis machen."
„Und was sagt dein Bauch? Ist es das Richtige für Dich?"
„Mein Bauch und ich sind der Meinung, dass das aber sowas von das Richtige ist", strahle ich über das ganze Gesicht. „Ein großer Garten, ein zweites Haus für Janine wenn sie erwachsen ist oder

für Feriengäste oder -" Piet unterbrach mich.
„Oder Monteure?"
„Wie kommst du denn darauf?! Nein, nie im Leben Monteure!"

Piet lachte und erklärte, dass ihn vor zwei Stunden vier Männer in einem Auto nach dem Weg nach Süderholm 85 gefragt hätten. Sie hätten ihm erzählt, hier schon öfter gewohnt zu haben, aber jetzt vom Navi im Stich gelassen worden zu sein. Der Fahrer habe sehr gut Deutsch gesprochen und von meinen Eltern und auch von mir erzählt. An der Stelle hatte Piet natürlich nachgefragt. Meine Mutter hätten sie bis in den Himmel hinein gelobt, meinen Vater als kühlen Vermieter erlebt und mich als Frau, die ihr Leben im Griff hätte und sich nicht hätte anflirten lassen. Eine sehr hübsche aber auch distanzierte Frau. Und von einem Internetzugang hätten sie erzählt. Piet wollte das genauer wissen. Aber ich fand nicht, dass ich mich mit meinen „Versuch-und-Irrtum-Erfahrungen" zu brüsten versuchen sollte und ließ diese Geschichte unter den Tisch fallen. Warum auch immer das die Monteure beeindruckt hatte, dass ich deren Internetverbindung wieder zum Laufen bekommen hatte, weiß ich nicht, war mir auch egal. Monteure eben... naja, unattraktiv waren die auch nicht alle... Ich lächelte vor mich hin. Piet sah mich fragend an, doch ich schwieg. Er musste auch nicht alles wissen.

Kapitel 45 (Freitag)

„Herr Christiansen? Brodersen hier, wissen Sie noch? Süderholm 85."
„Ja, Frau Brodersen, klar weiß ich", erklang es am anderen Ende der Leitung. „Schön, dass Sie so schnell anrufen. Und wie ist der Stand der Dinge. Sie sagen mir doch nicht ab, oder?"
„Nein, im Gegenteil. Meine Tochter und ich sind uns einig, wir verkaufen."
„Das ist ja schön! Oh, da freue ich mich. Meine Frau weiß noch nichts. Wenn es Ihnen recht ist, werde ich gleich mit ihr vorbeikommen, ganz zufällig, es soll eine Überraschung sein. Wie mache ich es nur? Ich hab's! Frau Brodersen, könnten Sie mir vielleicht einen klitzekleinen Gefallen tun?"
„Na klar, was liegt Ihnen denn auf dem Herzen?"

Eine Stunde später ging ich mit einem handgemalten großen Blatt Papier zur Straße. Ein Paar näherte sich in einiger Entfernung. Ich erkannte Herrn Christiansen, ließ mir aber nichts anmerken. Ich mühte mich ab, das Papier, auf das ich in großen Lettern „Zu Verkaufen" geschrieben hatte, an dem schon vorhandenen Schild vor dem Haus anzubringen. Den Hinweis auf dem grünen Schild mit dem darauf abgebildeten Haus 'Ferienwohnungen frei' überklebte ich großzügig. Das Paar kam näher. Ich reagierte gar nicht, mühte mich damit ab, das Papier gerade anzubringen. Da war das Paar auf meiner Höhe angekommen, die Frau blieb stehen, zog ihren Mann kurz am Arm. Beide betrachteten kurz mein Papier und dann ausgiebig das Haus. Ich nickte ihnen freundlich zu und wollte gerade wieder hineingehen, da sprach die Frau mich an.

„Entschuldigen Sie bitte?"

Ich drehte mich um und ging ein paar Schritte auf die Frau zu.

„Ja, bitte?"
„Sagen Sie, das Haus da, das ist zu verkaufen?"
„Stimmt. Ich habe es von meinen Eltern geerbt. Sie sind vor zwei

Monaten gestorben."

„Das tut mir leid. Darf ich – das heißt, " sie sah ihren Mann kurz fragend an, der nickte und so fuhr sie fort, „dürfen wir es uns vielleicht einmal ansehen?"

„Klar. Jetzt gleich?"

„Ja, wenn das geht?"

„Natürlich. Kommen Sie."

Herr Christiansen hatte mir kurz verschwörerisch zugezwinkert, das Gespräch aber uns Frauen überlassen. Etwas ungläubig sah er seine Gattin zwar an, dass sie das Ruder derart zielstrebig in die Hand genommen hatte, doch das bemerkte sie gar nicht. Ich sah mich um und bemerkte sein Lächeln. Da musste ich schmunzeln über diesen Mann: Schon so lange verheiratet und doch noch zu überraschen von seiner Angetrauten.

Zu dritt sahen uns die Wohnung meiner Eltern an, die Terrasse, den Garten, das Doppelcarport, die Ferienwohnungen und am Ende ließ ich die beiden auch einen Blick in meine Wohnung werfen.

„Gut, meine Wohnung ist vermutlich die, in der am meisten zu machen ist. Die Wohnung meiner Eltern ist quasi sofort einzugsbereit."

„Wie kommt es, dass Ihre Wohnung in so einem schlechten Zustand ist, wenn Sie mir diese direkte Frage gestatten?"

„Tja, meine Eltern waren etwas speziell. Sie waren nicht der Meinung, dass die eigenen Kinder bevorzugt werden mussten – das Gegenteil war eher der Fall."

Ich wurde still und das Lächeln verschwand aus meinem Gesicht. Traurigkeit machte sich in mir breit. Ich wusste nicht, wie ich fremden Menschen erklären sollte, dass meine Mutter mich nicht wollte, mich vermutlich am liebsten nie bekommen hätte. Sonst sagte ich gern: 'Meine Schwester war ein Unfall und ich kam nur zur Welt, weil meine Schwester ein Geschwisterchen wollte, eigentlich einen Bruder – hat nicht funktioniert…'. Dann hatte ich zwar alle Lacher auf meiner Seite, auch wenn ein wenig Zynismus in den Worten unverkennbar war. Humor ist, wenn man trotzdem lacht, oder?

„Das, das ist ja traurig", sagte Frau Christiansen.
„Nicht so schlimm. Ich habe damit leben gelernt. Und nun möchte ich verkaufen, um die Erinnerungen loszuwerden und neu anzufangen. Also, wie gefällt Ihnen mein Elternhaus?"
„Prima", warf nun auch Herr Christiansen ein. „Genau, wie gestern schon, als wir uns zum zweiten Mal trafen, Frau Brodersen." Er zwinkerte mir zu.
„Wie jetzt?", fragte seine Frau verdutzt.
„Darf ich es erklären, Honey? Frau Brodersen und ich sind gestern zum zweiten Mal – sagen wir mal 'aufeinander getroffen'. Dann lernte ich ihre Hunde kennen, Tom kennt ihre Tochter Janine aus dem Krankenhaus und als ich das Haus sah, hatte ich mich schon fast darin verliebt. Aber ich wollte Dich nicht beeinflussen, deshalb diese kleine Inszenierung. Ich hoffe, du bist mir nicht böse?"

Er lächelte seine Frau mit Unschuldsmine an. Sie lächelte verzeihend zurück und gab ihm einen zärtlichen Kuss auf die Wange. Ihr Arm legte sich um seine Hüften und mit der anderen Hand strich sie ihm über die Wange. Sie sahen sich tief in die Augen und ich bemerkte diese Harmonie, die zwischen ihnen war. Ich beneidete ihren Sohn um diese Eltern. Weder ich noch mein Kind hatte eine solche Idylle erlebt. Traurigkeit kroch in mir hoch wie eine Schlange am Bein. Doch ich schüttelte sie ab, befahl mir ein Lächeln ins Gesicht und räusperte mich dezent.

„Oh, Verzeihung. Wissen Sie, meine Frau und ich sind in zweiter Ehe glücklich miteinander. Wir haben erst vor zwei Jahren geheiratet. Deshalb brauchen wir auch ein großes Haus. Jeder von uns hat mehr als ein Kind und die kommen immer gern zu Besuch."

Dann mit einem Blick zu seiner Frau.

„Ich glaube, ich spreche für uns beide, wenn ich sage, dass wir Ihr Elternhaus sehr gern erwerben würden. Sind wir Ihnen als Käufer recht?"

„Nun ja. Ich würde sagen, dann zieht endlich Harmonie in das Haus ein. Da wird es sich noch wundern. Aber ich glaube, Sie passen hervorragend hinein. Ja, ich verkaufe gern an Sie."

Herr Christiansen machte einen kleinen Jauchzer, schnappte seine Frau und schwang sie herum. Dann mühte er sich wieder um Fassung und stellte die Gattin wieder auf ihre Füße. Sie zupfte ihre Kleidung zurecht und nahm ihren Mann dann glücklich an die Hand. Ich musste unwillkürlich lächeln, als ich das sah. Und ich fand es schön, dass so ausgeglichene, nette Leute in mein Haus einziehen würden. - Nicht in 'mein' Haus, in Süderholm 85 würden sie einziehen. Mein Haus war es schon viel zu lange gewesen. 'Hoffentlich bleiben die Erinnerungen auch hier und verfolgen mich nicht in mein neues Zuhause', flehte ich. Ich wollte so gern neu anfangen. Ein neues Leben, meine Kindheit, meine verpfuschte Jugend vergessen und am liebsten nie wieder daran denken. Vielleicht würde mir das in Langensee gelingen. Nun lächelte ich wieder und führte die beiden Mittfünfziger auf ihre neue Terrasse, um mit Sekt mit ihnen anzustoßen.

Bei einer Tasse Kaffee besprachen wir die nüchternen Fakten wie Kaufpreis und Übergabetermin, welcher Notar und welcher Tag für den Kaufvertrag am besten passte. Wir waren uns schnell einig und nach einer Dreiviertelstunde verließen Herr und Frau Christiansen mich. Ich sah ihnen nach, sah, wie sie mein 'Zu-Verkaufen-Schild' abnahmen, zusammenfalteten und in den Händen hielten, während sie fröhlich lachend schon diskutierten, was sie wohin stellen würden und was sie ggf. umbauen wollten. Sie waren anscheinend im Geiste schon beim Einziehen. Das freute mich. Ich schnappte mir meine Kaffeetasse und setzte mich auf einen Gartenstuhl neben dem Eingang in die Sonne.

War das schön. Und was für zwei verrückte Tage?! Gestern Morgen ein tolles Haus besichtigt, was sich dann als Teil eines Doppelpacks herausstellte. Und dann die Botschaft, dass ich sie kaufen könne. Dann der Beinahe-Unfall mit einem Mann, der mir schon mal fast hineingefahren wäre, sich gestern dann aber plötzlich doch noch als sehr netter Mann entpuppte, der Hunde liebte und nun auch noch mein Haus kaufen wollte. Dann Janine, die liebend gern nach Langensee umziehen möchte, ohne das geringste Problem damit, dass dann ihr Groß-Elternhaus verkauft werden würde. Und nun eine Käufer-Ehefrau, die genauso begeistert von Süderholm 85 ist, wie ihr Mann. Wahnsinn!

Aber eigentlich hätte ich gern mal einen Tag gehabt, an dem nichts passierte, ein einfach langweiliger Tag, ohne action, ohne dass etwas passiert, gleichwohl ob es etwas Schönes oder nicht so Schönes wäre. Einfach mal ein ganz langweiliger Tag.

Kapitel 46

Fast wäre ich eingeschlafen. Die Sonne wärmte mein Gesicht, ich war geschafft von den Ereignissen und diese Ruhe machte mich ganz müde. Mein Atem ging langsam, ich hörte den Vögeln zu, wie sie zwitscherten und machte mir überhaupt keine Gedanken darum, welche Art es wohl wäre. Ich hörte einfach nur zu.

Auf einmal wurde es kalt auf meiner Haut. Die Sonne war weg. 'Eine Wolke', dachte ich. In dem Moment tat es einen Schlag von einer flachen Hand auf meine rechte Wange. Stechende Schmerzen breiteten sich schnell aus. Ich riss die Augen auf, sah eine Hand auf mich zu sausen, da klatschte es wieder in meinem Gesicht. Gleiche Stelle, stärkere Schmerzen. Ich wusste nicht, wie mir geschah. Ich sah Henni, breit grinsend, die Arme vor der Brust verschränkt, und Nadja, in gleicher Haltung. Ich blinzelte in die Sonne, wollte von meinem Stuhl hoch, doch die dritte im Bunde stützte sich mit ihrem rechten Knie auf meinen Oberschenkeln ab. Die Sonne blendete, doch dann erkannte ich sie: Alex! Meine Feindin aus Kindertagen! Rumms, diesmal bekam ich einen Fausthieb ab. Ich schrie auf, meine Nase schmerzte wie wild. Ich wischte mir mit der Hand über die Lippen, sie fühlten sich warm an, warme Flüssigkeit lief darüber. Ich sah auf meinen Handrücken: Blut! Ich blutete. Alex schlug weiter auf mich ein, immer in Etappen. Ich schrie sie an, wollte weg. Doch sie ließ mich nicht.

Henni: „Na, keine Hunde da, die Dich verteidigen könnten, wie? Tja, dumm gelaufen, Schwesterchen!" Wieder klatschte eine Hand in mein Gesicht. Ich hörte Nadja sagen:
„Na, na, nicht so zimperlich, die hat es nicht besser verdient. Lass mich mal!" Sie schob Alex unsanft auf die Seite, was diese kommentierte: „Ja, hast Recht. Ich bin einfach zu sanft für diese Welt." Sie lachte verächtlich auf und nahm ihr Bein von meinen. Da erst merkte ich, wie sehr sie sich auf mich gestützt haben musste, meine Beine taten ordentlich weh. Ich wollte aufspringen und weg aus dem Stuhl, der mich gefangen hielt, da rammte mir Nadja mit Wucht ihr Knie zwischen die Beine. Sie traf genau mein

Schambein. Das waren Schmerzen, die hatte ich noch nie verspürt. Ich dachte immer, das täte nur Männern sehr weh. Ich sackte zusammen, plumpste in den Stuhl. Dann prasselten Ohrfeigen auf mich ein, härter als die von Alex. Ich versuchte, die Schläge mit den Händen abzuwehren und schrie aus Leibeskräften.

Ich flehte, dass mich irgendjemand hörte. War es denn wie damals, als Kind, dass alle es mitbekamen, aber keiner half? Ich begann laut um Hilfe zu schreien. Doch es kam keiner. Weiter schlug Nadja auf mich ein und Henni gab hämisch Kommentare dazu ab.

„Na, Erbschleicherin? Das hast du ja gut eingefädelt, dass nur du die guten Häuser bekommst und ich den Schrott. Und jetzt muss ich den Mist auch noch selbst verkaufen! Super, kleine Schwester! Auf Dich konnte ich mich ja schon immer verlassen. Wenns drauf ankam, warst du ja immer schon als erste weg!"
„Das stimmt doch gar nicht. Henni was soll das? Ruf deine Kampfhunde zurück. Das Erbe ist doch geteilt, was willst du noch?!"

Nadja prügelte unverdrossen weiter auf mich ein. Meine Lippe war aufgeplatzt, Blut lief in meinen Mund und es schmeckte nach Eisen. Meine Nase schmerzte und darin pochte es schneller als mein Herz, schien es mir. Ich hatte Angst Meine Brille war mir längst von der Nase geflogen und auf den Boden gefallen. Verschwommen sah ich, wie Henni genüsslich darauf trat und den Fuß noch hin- und herdrehte. Die Gläser barsten, das Geräusch war wie Kreide auf einer Schultafel. Ein Glück, ich hatte Kunststoffgläser, so konnten sie mich zumindest nicht auch noch mit den Scherben verletzten, schoss es mir durch den Kopf.

„Was ich noch will?! Was mir zusteht! Ich habe meine Häuser schätzen lassen. Die sind nicht den Boden wert, auf dem sie stehen. Die kann ich nur abreißen. Und du verkaufst eins nach dem anderen und schwimmst im Geld. Ich will einfach nur meinen Anteil. Genau die Hälfte!"
„Die Hälfte von was?"
„Von **Deinem** Geld!"

„Was für Geld?", Patsch, hatte ich wieder eine Ohrfeige abbekommen. Dennoch schien es mir, als würde Nadja die Puste ausgehen. Sie schlug weniger häufig zu. Aus der Erfahrung mit meiner Mutter wusste ich, wann eine Prügelperiode zu Ende ging. Ich schöpfte kurz Hoffnung, bis mich ein Faustschlag erwischte. Ich schwankte in meinem Stuhl, die Sinne drohten zu schwinden. Ich wehrte mich gegen die aufkommende Benommenheit, wollte jetzt auf jeden Fall nicht bewusstlos werden. Ich hatte Angst, vor dem, was sie mit mir tun würden, wenn ich ohnmächtig wäre.

„Von dem Geld, das du in den letzten Wochen verdient hast, indem du deine Häuser verkauft hast. Meine sind nichts wert, also will ich die Hälfte von Deinen haben. Du hast doch schließlich Gewinn gemacht!"
„Hab ich nicht. Unser Elternhaus ist alles, was mir geblieben ist. Hier können Janine und ich wohnen und müssen vermieten um die Nebenkosten tragen zu können! Ich habe keinen Gewinn gemacht. Ich habe gerade mal KEINEN Verlust gemacht, das ist alles. Mann, verdammt, jetzt hör endlich auf, mich zu schlagen! Es reicht!"

Erstaunlicherweise ließ Nadja tatsächlich von mir ab. Jedoch ließ sie mich nicht aufstehen, fixierte mich weiter im Gartenstuhl. Ich hatte das Gefühl, meine Beine starben ab. Es begann in den Oberschenkeln zu kribbeln wie eingeschlafen. Aber es fühlte sich schlimmer an. Ohne Brille konnte ich alles nur noch leicht verschwommen sehen. So blieb mir auch die Mimik der drei Prüglerinnen verborgen.

„Das sagst du doch nur, um deinen Arsch zu retten, Nadja, leg noch mal nach!", forderte Henni ihre Freundin auf. Die holte schon aus, ich sah ihren Arm in der Luft.
„Mann, hör auf jetzt! Ich kann dir die Grundbucheinträge zeigen, wenn du willst, ich bin überall Plusminus Null rausgegangen. Ich war froh, den Kram los zu sein. Alles, was ich noch habe, ist Süderholm 85! Du weißt genau, dass ich hier schon lange weg will. Und glaubst du ernsthaft, ich würde Dich jetzt anlügen? Nach den Argumenten Deiner feinen Freundinnen?!"

„Stimmt, so blöd bist nicht mal du!"

Ich atmete unvernehmbar auf.

„Geh doch rein, sieh Dich um. Ich bin am renovieren, damit ich vermieten kann. Das ist alles. Meinen Job bin ich auch los. Mir geht's bestimmt nicht besser als dir, eher im Gegenteil!"

Henni rief barsch ihre Komplizinnen zu sich heran, sie tuschelten und ich erhob mich still aus dem vermaledeiten Gartenstuhl. Über den Sichtschutzzaun hinweg sah ich bei einem Nachbarn gegenüber, wie die Gardine wackelte. Alles klar, da war einer zu feige, mir zu helfen. Doch mein Blick fiel auf weitere Gardinen die wackelten und Jalousien, die langsam zugezogen wurden. Ich war ja kurzsichtig, nicht blind und die Kontraste konnte ich sehr gut auch ohne Sehhilfe erkennen. Doch die Erkenntnis tat fast mehr weh als meine offenen blutenden Wunden: In allen vier Häusern um mich herum hatten alle Nachbarn mitbekommen, was hier los war und niemand half mir! Niemand! Nicht einer! Vielleicht hätte Henni mich totschlagen können und keiner hätte etwas gemacht.

Wut kam in mir hoch. Ich war schon in Versuchung, meine Peiniger anzugreifen. Die beratschlagten immer noch, fixierten mich abwechselnd, steckten dann wieder die Köpfe zusammen. Ja, besonders helle war irgendwie keine von ihnen. Dass sie derart lange brauchten, zu überlegen, was sie nun tun sollten, da ich keine Millionen herumliegen hatte, die sie sich hätten nehmen können!

Dann verschwanden sie im Haus. Ich hatte Angst, ihnen zu folgen. Im Haus wäre ich ja noch wehrloser gewesen, als draußen. Alex stellten sie ab, mich zu bewachen, Henni und Nadja sahen sich in der Wohnung meiner Eltern um. Alex sah mich grimmig an, versperrte mir breitbeinig den Weg. Ein hämisches Grinsen vermutete ich in ihrem Gesicht, genau sehen konnte ich es nicht. Was vielleicht auch gar nicht so schlecht war. Wollte ich ihr Gesicht genau sehen? Ich glaubte nicht. Ich war mit meinen Schmerzen beschäftigt. In meinem Bauch brannte ein Feuer, das

Blut lief mir immer noch über das Gesicht und tropfte auf mein T-Shirt. Das hatte Piet mir geschenkt. Es war ein kleiner Elch darauf, in Badehose, der genüsslich in der Sonne auf einer Liege lag. Mit Sonnenbrille auf der Nase und Sonnencreme auf dem Geweih. Ich mochte das Shirt sehr, schon weil es von ihm war. Nun war es dreckig und blutverschmiert.

„Na, heulst du gleich wieder? Wie damals? Kannst jetzt aber nicht mehr zu Mami rennen, wenn was ist, jetzt musste da mal selber durch, blöde Petze!"

Ich sah Alex emotionslos an. Wie konnte ich glauben, wir wären quitt gewesen, nach der Aktion damals am Strand, als sie mir scheinbar endlos Ohrfeigen verpasste, während meine beiden Freundinnen nicht wussten, was sie tun sollten.

„Seit wann hast du denn wieder Kontakt zu Henni?", fragte ich.
„Och, sie hat mich in einem Netzwerk gefunden. Wir haben uns gleich wieder gut verstanden, wie damals."
„Ihr habt Euch doch damals nicht gut verstanden! Henni war mit Deinem Bruder zusammen, mehr nicht."
„Maul halten! Jetzt verstehen wir uns jedenfalls super und Dich hat das nicht zu interessieren, klar?!"
„Ist ja gut, ich sag ja gar nichts."

Plötzlich hörte ich ein Geräusch. Erst konnte ich es nicht zuordnen. Doch es wurde schnell lauter, sehr schnell. Dann hörte ich es ganz deutlich. Auch Alex schien es zu erkennen und wurde sofort hektisch. Es waren Polizeisirenen! Zwei Autos kamen von beiden Seiten auf mein Haus zugerast, die Sirenen heulten laut. Mit quietschenden Bremsen kamen beide Autos vor dem Haus zum Stehen, aus jedem sprangen zwei Polizisten heraus, verschanzten sich halb hinter den Türen und zielten mit ihren Schusswaffen auf Alex und mich.

Ich riss die Augen auf, Alex noch viel mehr. Ich hob die Hände weit über meinen Kopf hinaus, damit die Polizisten mich nur ja

sahen und nicht auf mich schossen. In dem Moment wusste ich nicht, ob ich mich freuen sollte, oder Angst haben.
Alex tippelte hin und her, schrie ins Haus, dass sie weg müssten, die 'Bullen' wären da. Henni und Nadja kamen kurz herangelaufen, flüchteten dann aber wieder in den hinteren Teil des Hauses. Offenbar wollten sie über die Terrasse fliehen – bei der Vorstellung, wie Henni sich mit ihren geschätzten 120 Kilo über die Balkonbrüstung wuchtete, musste ich schon fast wieder grinsen.

Dann ein Warnschuss in die Luft. Alex hatte versucht, ihren Mitstreiterinnen zu folgen. Nach dem Knall blieb sie sogleich wie angewurzelt stehen. Zwei Uniformierte kamen mit vorgehaltenen Waffen auf sie zu und nahmen sie unsanft fest. Sie stöhnte auf, beschwerte sich, dass man ihr wehtat. Einer der Polizisten sah mich an. Der Unterkiefer fiel ihm herunter, dann zischte er meine Feindin an:

„Halt die Klappe, Mädel, du bist wohl nicht ganz unschuldig."

Dann zu mir gewandt: „ War die das?"
„Eine von beiden, die andere türmt gerade über die Terrasse."

Er gab seinen Kollegen ein Zeichen, die rannten die Auffahrt herunter und kamen wenig später mit Nadja in Handschellen zurück. Henni wurde von einer weiteren Polizistin aus dem Haus herausgeführt. Als sie an mir vorbeikamen, sagte die Uniformierte breit grinsend:

„Die Dicke hat sich nicht über die Brüstung getraut und stand da wie ein verschrecktes Rehlein -", mit einem Blick auf Hennis Körperfülle ergänzte die Beamtin: „- oder wie hieß das Tier mit dem Rüssel?!"
Henni fuhr herum und sah die Polizistin wütend an. Die ruckte kurz an Hennis Arm und drängte sie weiter in Richtung Peterwagen.

Die Beamtin zwinkerte mir zu und ich hörte, wie sie in ihr

Funkgerät sprach, dass der Krankenwagen nun kommen solle. Er hatte vermutlich ein Stück weiter in Warteposition gestanden, nun fuhr er heran. Ich wollte noch abwehren. Die Polizistin übergab ihrem Kollegen meine Verwandte, zückte einen Taschenspiegel aus einer ihrer seitlichen Hosentaschen und hielt ihn mir hin. Der Anblick schockierte mich: Mein Gesicht war blutüberströmt. Haare, Gesicht, Hals, Arme, Hände, alles war voller Blut. Und auch meine Kleidung. Ich sah aus wie nach einer Zombi-Attacke in den 80ern.

Ich ließ die Schultern hängen und nickte still. Der Notarzt kam in seiner neonfarbenen Kleidung angelaufen, stellte seinen Koffer neben mir ab und drückte mich zurück in den verhassten Gartenstuhl. Er öffnete seinen Koffer und begann, meine Wunden zu versorgen, tupfte hier und verband da. Ich ließ alles widerstandslos geschehen. Ich war einfach nur fertig. Die Wunden taten weh, meine Haut fühlte sich teilweise taub an. Ich hatte Angst, gleich wieder umzukippen. Aber innerlich war ich leer, fühlte mich ausgehöhlt. Als wäre nichts mehr in mir drin. Dass Henni so weit gehen würde, hätte ich nicht für möglich gehalten. Meine eigene Schwester lässt mich zusammenschlagen, steht noch dabei mit verschränkten Armen und sieht sich an, wie ich aufgemischt werde. Ohne eine Regung, ohne Reue oder ein anderes Gefühl, welcher Art auch immer. Kein Mitgefühl, kein Schmerz. Schmerzen hatte nur ich und das schien ihr noch zu gefallen.

Noch schlimmer als mein Körper war meine Seele geschunden worden: Ich war mit einem harten Knall auf dem Boden der Realität angekommen. Die ganzen Wochen vorher lief mit den Hausverkäufen eigentlich alles rund. Henni bekam die anderen, ich verkaufte meine. Aber ich steckte auch Arbeit hinein. Ohne hätte ich keinen Pfifferling für die Immobilien bekommen. Ein bisschen war ich sogar stolz auf mich und hatte mich auch ein ganz klitzekleines bisschen gefreut, dass Henni diese Arbeit mit ihren Häusern noch vor sich hatte, dass sie mich vor allem eben hatte nicht austricksen können. Einmal war ich gut davon gekommen, einmal hatte ich gegen meine große Schwester gewonnen und das ohne größere Blessuren davon zu tragen. Und dann kommt sie her und schlägt mich fast tot!

Still ließ ich mich verarzten. Meine Gedanken kreisten, aber nicht wie auf dem Rummel, sondern wie durch Watte hindurch. Ich fühlte mich wie nach einem Marathon. Dann ein kleiner Satz, der mir über die Lippen kam und alles zusammenfasste:

„Hoffentlich ist jetzt endlich Ruhe."

Die Polizistin mit dem Taschenspiegel kam zu mir, setzte sich mir gegenüber und legte ihre Hand auf meinen Arm. Kurz hielt sie mir mein Spiegelbild hin, ich sah hinein, erkannte mich aber kaum. Verbunden mit rosa-weißen Binden, dazwischen blau-lila gefärbte Haut. Die Haare büschelweise zwischen den Tüchern herausstehend und mein T-Shirt, mein schönes Piet-T-Shirt mit Blut- und Schmutzflecken auf dem Sonnenbrillen-Elch. Tränen traten in meine Augen und ich konnte sie nicht stoppen, auch wenn es höllisch brannte, als die erste den Weg über Wange und Verband suchte.

„Kannten Sie die Angreiferinnen?"
„Ja", lachte ich traurig auf, „die dickste ist meine Schwester, Henriette Hansen, mit der hatten ihre Kollegen vor einigen Wochen schon zu tun, als sie mir ein Wohnmobil stehlen wollte. Die, die über die Brüstung gesprungen ist, war eine sehr gute Freundin von ihr, Nadja Keller. Sie hat im Auftrag meiner Schwester versucht, mich auszuspionieren, um an meinen Teil des Erbes heranzukommen. Und die, die hier vor mir stand, mit der hatte ich in meiner Kindheit ein Problem, Alexandra – den Nachnamen weiß ich nicht mehr. Alles Erinnerungen, aber keine guten, leider." Ich ließ den Kopf sinken.
„Diese drei Erinnerungen gehen jetzt erstmal in den Bau. Und so wie Sie aussehen, für länger. Der Notarzt kümmert sich ja um Sie." Sie nickte dem jungen Mann zu, der unermüdlich meine Blessuren versorgte und Verbände anlegte und erneuerte, wenn sie schon wieder durchgeblutet waren. „Aber ich glaube, da sind noch einige Verletzungen, die ich nicht sehen kann, stimmt's? Da sollte

vielleicht auch mal ein Fachmann drauf gucken, meinen Sie nicht?"
„Ach, wenn Sie wüssten. Ich glaube es ist an der Zeit für ein neues Leben. Dieses hier würde ich gern begraben."
„Sie ... Sie denken jetzt aber nicht an Suizid, oder?", die Polizistin wich fast unmerklich zurück.

Ich bemerkte es, war aber doch nicht ganz bei der Sache. Ein Wattefilm begann mich einzufangen. Mir war zunehmend alles egal. Die Frage der Polizistin hallte in meinem leeren Kopf nach, bevor sie bis zu mir vordrang.

„Was?", ich sah die Polizistin mit großen Augen an. „Nein, um Gottes Willen. Ich habe eine Kind und endlich einen tollen Mann kennengelernt. Nein, aber das hier." Ich deutete hinter mich. „Das hier, das muss ich begraben."
„Das schöne Haus?!"
„Mehr die Erinnerungen, die in diesem schönen Haus sind."
„Darf ich fragen, warum?"
„Das ist eine lange Geschichte."
„So schlimm?"
„Schlimmer."

Die Polizistin legte den Kopf ein wenig schief und sah mich fragend an. Doch ich verstummte, ich wollte nicht mehr reden, wollte mich nicht mehr an all das erinnern. Es war vorbei. Endlich war alles vorbei. Ich hatte es geschafft, bis zum Letzten hatte ich es geschafft. Sogar die letzte und gewalttätigste Attacke meiner Schwester hatte ich überlebt. Ich wollte jetzt nur noch eines: Nach vorne sehen und neu anfangen. Mit Piet und Janine und Ebby und Joy. Nicht mehr zurückschauen, am liebsten nie wieder.

Ich versuchte ein Lächeln, die Polizistin stand auf, legte ihre Hand aufmunternd auf meine Schulter und ging.

Kapitel 47

Kurze Zeit später im Krankenhaus kamen Janine, Tom und Piet gleichzeitig in mein Zimmer gestürzt. Meine Kleine sah mich mit schreckweiten Augen an, warf sich mit ausgebreiteten Armen auf mich und weinte hemmungslos. Ich stöhnte leise auf vor Schmerz, doch ließ ich mein Kind gewähren. Mit einer verbundenen Hand strich ich ihr zärtlich über das Haar. Piet war an das Kopfende meines Bettes getreten und strich mir vorsichtig über die Wange.

„Wird doch zur Gewohnheit, wie? Das mit dem Krankenhaus."

Doch diesmal sagte er es ohne Augenzwinkern. Er war ernst und sah besorgt aus. In dem Moment tat er mir so leid. Genau wie mein Kind. Und auch Tom tat mir leid. Er war verhalten an der Zimmertür stehen geblieben und sah mich mitleidig an. Ein hübscher Junge war das, war mir vorher gar nicht aufgefallen. Meine Kleine hatte eben Geschmack. Ein Lächeln versuchte sich in meinem Gesicht, aber mehr als ein leichtes Zucken bekam ich nicht zustande.

„Mami! Es ist so schrecklich!"
„Oh, Mäuschen. Es wird alles wieder gut, sollst mal sehen."
„War ja klar. Du liegst hier, grün und blau geschlagen, und versuchst noch, mir Mut zu machen." Janine hatte sich von mir losgemacht und sah mir unter Tränen vorwurfsvoll in die Augen. „Mensch Mama! Weißt du eigentlich, was dir passiert ist? Verdammt, ich mach mir Sorgen um Dich!"

Jetzt wirkte meine Kleine doch irgendwie böse.

„Aber ich wollte doch nur –"
„Lass mich!", zischte sie und rannte aus dem Zimmer. Tom folgte ihr.

Ich wollte aufstehen, aber die Schmerzen drückten mich sofort wieder in die Waagerechte. Am liebsten wäre ich ihr nachgelaufen und hätte sie in den Arm genommen. Stattdessen lag ich hier, mal wieder im Krankenhaus, mal wieder hilflos und auf die Hilfe von anderen angewiesen. Wie ich das hasste! Wie ich meine Schwester hasste! Warum hatte sie mir das angetan?! Warum war sie so geworden? Ich war doch auch ganz gut durchs Leben gekommen, irgendwie, trotz Kindheit und Jugend. Wieso hatte das bei Henni nicht geklappt? Warum war sie so verbittert und böse, so intrigant und habgierig geworden? Was war nur in ihrem Kopf passiert, dass sie zu mir kam und mich zusammenschlagen ließ? Und dabei auch noch zusah.

Ich drehte den Kopf zur Wand, Tränen rannen über meine Wangen, die Augen rot, sicher ein furchtbarer Anblick. Und in meinem Herzen krampfte sich alles zusammen. In dem Moment hätte ich auch sterben können, es wäre doch egal gewesen. Alles war egal. Henni hatte es mal wieder geschafft, hatte mich mal wieder fertiggemacht. All mein kindlicher Humor und meine jugendliche Leichtigkeit hatten nie etwas genützt, immer war sie die stärkere und zeigte mir das auch, mit einer unwahrscheinlichen Brutalität, dass ich manchmal dachte, das wäre es jetzt gewesen. Hasste sie mich so sehr, oder war ich nur das Ventil für sie, wenn sie mal wieder hatte einstecken müssen? Dass sie ihren Frust an mir ausließ, ich die vier Jahre jüngere, die viel dünner und leichter war, als ihre große Schwester. Die Kleine, die sich nicht unterkriegen ließ, auch in den schlimmsten Zeiten nicht? Die immer noch versuchte zu lachen und Positives auszustrahlen, auch wenn wirklich alles im Argen lag?

Sie hatte mir mal gesagt, dass sie immer neidisch auf mich gewesen sei, sowohl als wir noch Kinder waren, wie auch später als Erwachsene. Sie hatte immer das Gefühl, dass ich bevorzugt werden würde. Ich verstand nicht, wie sie so etwas glauben bzw. empfinden konnte. Bevorzugung hatte ich weiß Gott nicht erfahren. Aber ich hatte immer versucht, Schlappen nicht so schwer zu nehmen. Es konnte ja nicht immer alles glatt gehen, das war mir klar. Und außerdem hatte ich mich längst damit abgefunden, dass meiner Meinung nach eben Henni immer bevorzugt wurde.

Tja, ich glaubte, meine Mutter hatte es damals aus ihrer Sicht sehr gut gemacht – im tragischen Sinne! Sie hatte immer eine Tochter auf ihrer Seite. Meist war es Henni, aber hin und wieder auch ich. Und wenn sie mit einer scheinbar gut Freund war, hatte die andere automatisch das Nachsehen. Ich fand mich irgendwann damit ab, nicht Mutters Liebling zu sein. Das passte mir auch viel besser in den Kram. Meine Mutter war für mich schon als Kind ein Buch mit sieben Siegeln. Ich verstand sie einfach nicht. Wie sie tickte, wie sie fühlte, das alles war mir schleierhaft. Mir ging es am besten, wenn ich überall anders war, nur nicht zu Hause.

Piet hatte sich leise einen Stuhl genommen, sich an mein Bett gesetzt und mir zart die Hand gestreichelt. Ihn hatte ich ganz vergessen in meinem Gefühlstief. Ich lag da, Gesicht Richtung Wand, die Beine angezogen und mit verheulten Augen. Als die Tür aufging, dachte ich, Janine wäre zurück, und sah schnell hoch soweit ich konnte. Doch es war Tom, der Piet ein Zeichen gab, dass er rauskommen solle. Mein Freund sah mich fragend an, ich nickte ihm kurz und desinteressiert zu und drehte mich wieder weg.

Auf dem Gang stand Janine und sprach mit einem kleinen untersetzten Mann im weißen Kittel, graue Haare umrahmten sein rundes Gesicht und eine Brille mit kreisrunden kleinen Gläsern vollendete den Eindruck eines sprechenden weißen Balles. Piet war dennoch nicht zum Lachen zumute. Er machte sich Sorgen um seine Freundin. Diesmal war es anders, das spürte er. Es war ernster.

„Herr Callsen, nehme ich an?", fragte der kleine dicke Mann.
„Richtig. Und Sie sind - ?"
„Dr. Best, der behandelnde Arzt von Frau Brodersen."

‚Nicht lachen, Piet, der heißt nur zufällig wie der Zahnbürsten-Doktor aus dem Fernsehen. Ernst bleiben!', befahl mein Freund sich innerlich.

„Angenehm."

Die Männer schüttelten sich kurz die Hände. Tom war auch hinzugekommen und zu viert standen sie auf dem Gang, alle mit ernsten Mienen, alle mitten im Weg. Was aber egal war, denn der Flur war wie ausgestorben. Es Spätnachmittag, mitten in der Woche, kaum Betrieb im Krankenhaus.

„Herr Callsen, Fräulein Brodersen hat mich gebeten, Sie hinzuzuholen. Sie sind zwar kein Angehöriger, aber der Freund der Patientin, wie ich höre. Und offenbar der einzige Ansprechpartner über 18, den meine Patientin hat. – Verzeihung, Fräulein Brodersen, aber ich muss auf die Gesetze achten, ich mag meinen Job."
„Schon ok", Janine nickte.
„Die Sache ist die: Frau Brodersen hat einige Verletzungen aus diesem Unfall davongetragen. Das meiste sind oberflächliche Wunden und einige Prellungen. Allerdings sind auch drei Rippen gebrochen, eine weitere ist angebrochen. Die Leiste hat auch etwas abbekommen und der Verdacht auf Gehirnerschütterung steht auch noch im Raum. Alles in allem möchte ich Frau Brodersen daher wenigstens eine Woche hierbehalten. Nun ist die Frage, ob und wer sich um ihre Angelegenheiten kümmern kann. Hat sie Familie?"
„Ja!", lachte Janine zynisch auf. „Die Familie hat sie so zugerichtet!"
„Das stimmt. Meine Freundin ist von ihrer Schwester und einigen vermeintlichen Freunden zusammengeschlagen worden. Das wurde mir von der Polizei gesagt, als man mich anrief", bestätigte Piet Janines emotionale Aussage.
„Ok – also nehme ich an, dass wir eine Liste bekommen, mit den Personen, die nicht zu Frau Brodersen gelassen werden sollen, richtig?"
„Das wäre sicher besser", stimmte Piet zu. „Die Liste können wir gleich hier aufstellen, kein Problem."
„Gut. Dann geben sie sie bitte im Schwesternzimmer ab. Dort wird sie ausgehängt werden und von dort aus wird auch unten am

Empfang Bescheid gegeben werden, dass man die entsprechenden Personen gleich dort blockiert."

Janine atmete hörbar auf. Sie war ein bisschen erleichtert, wenigstens die Sorge los zu sein.

„Kann ich bei meiner Mutter im Zimmer schlafen?"
„Ähm, das ist eigentlich unüblich."

Janine sah ihn flehend an.

„Nun gut, heute ja, aber nicht als Dauereinrichtung, ok?"
„Danke Herr Doktor." Janine lächelte kurz, der Arzt verzog keine Miene.
„Da ist noch was: Die körperlichen Verletzungen sind eine Sache. Mir macht die psychische Verfassung meiner Patientin aber mehr Sorgen, als die physische. War Frau Brodersen schon mal in psychologischer oder psychiatrischer Behandlung?"
„Mama hatte vor ein paar Jahren eine Depression. Die ist aber behandelt worden und sie nimmt auch keine Tabletten mehr, soweit ich weiß."
„Nun ja, laut Blutbild nimmt sie schon noch Anti-Depressiva und in der jetzigen Situation ist das vermutlich auch ganz gut so. Wir würden sie hier gern neu einstellen, denn – verstehen Sie mich nicht falsch – ihrer Mutter fehlt im Moment der Lebensmut. Diese Attacke ihrer Verwandtschaft scheint ihr mehr zuzusetzen, als sie sich eingestehen will. Ich möchte gern schnell reagieren und schnell handeln. Dazu brauche ich aber Ihr Einverständnis."

Janine und Piet sahen sich betreten an. Klar wollten sie helfen, aber so wie der Doc es auslegte, schien die Situation ja fast lebensbedrohlich zu sein.

„Herr Dr. Best, meine Freundin ist keine fünf Stunden hier. Ist die Diagnose nicht ein bisschen früh?"
„Glauben Sie mir, ich habe die Erfahrung, beurteilen zu können, wann Psychopharmaka notwendig sind und wann nicht. Es gibt da ein neues Verfahren, das wie maßgeschneidert auf Frau Brodersen

ist."

Piet und Janine sahen den Arzt mit immer größer werdenden Fragezeichen in den Gesichtern an. Tom mischte sich ein:

„Echt, ein neues Verfahren? Davon weiß ich ja noch gar nichts und ich bin im dritten Lehrjahr, da werden wir doch mit allen Neuerungen förmlich bombardiert. Was ist das denn für ein Verfahren, Dr. Best?" In seiner Stimme hallte Nachdruck mit, fast ein bisschen arrogant für einen 17-jährigen.
„Nun ja", Dr. Best begann zu stammeln. „Das Verfahren ist noch nicht auf dem Markt zu erwerben. Frau Brodersen hätte die einmalige Chance, als eine der ersten davon zu profitieren. Das sollte man ihr nicht verwehren, wenn man ihr wirklich helfen will!"

Piet unterbrach den kleinen dicken Mann, der sich gerade in Extase zu reden schien: „Einen Moment, ich möchte mich mit Janine und Tom besprechen."
„Ich hab nicht so viel Zeit, bitte beeilen Sie sich!"

Piet nickte dem Mediziner zu, nahm dann Janine in den Arm und ging mit Tom und ihr ein Stück den Gang runter.

„Das kommt mir komisch vor, jetzt schon Anti-Depressiva zu geben. Und dieses Verfahren, was offenbar noch nicht zugelassen ist, das finde ich total suspekt. Wie seht Ihr das?", raunte er den beiden Jugendlichen zu.
„Ich find's auch komisch. Ich wusste aber auch nicht, dass Mami noch was nimmt. Ich dachte, sie wäre durch damit. Soll ich zu Hause mal auf die Suche gehen?"
„Ja, gute Idee. du such mal zu Hause nach solchen Tabletten und ich bleibe solange hier im Krankenhaus. Wenn du wieder da bist, reden wir weiter."
„Und so lange lassen wir sie hier? Die kann sich doch gar nicht wehren, wenn was ist! Ich hab Angst, Piet!"

Janines Augen weiteten sich vor Sorge.

„Keine Panik. Ich hab da ein paar Kontakte, die wird' ich mal spielen lassen. Bin ja auch aus der Branche. Und zur Not kenne ich noch ein nettes kleines anderes Krankenhaus. Aber erstmal lassen wir sie nicht aus den Augen. Ist vielleicht übertrieben, vielleicht aber auch sicherer. Ich glaub, noch ein Trauma verkraftet Tini nicht."
„Und was mach ich?", fragte Tom.
„Du arbeitest doch hier, oder?"
„Ja, schon."
„Prima. Hör Dich doch mal um über den Dr. Best – komischer Name. Hat ja wohl nichts mit den Zahnbürsten zu tun, oder?" Piet machte eine bedeutungsvolle Pause, versuchte ein Lachen auf die Gesichter der Jungen zu bekommen – ohne Erfolg.
„Der ist neu hier, muss der sein, der gestern angefangen hat. Ok, ich hör mich mal um", erwiderte Tom.
„Dann mal zurück zu Dr. Zahnbürste…", nun lächelte Janine doch ein bisschen.

„Also Herr Dr. Best, wir sind dagegen, dass Frau Brodersen Psychopharmaka bekommt. Wir werden erstmal zu Hause bei ihr nach entsprechenden Medikamenten gucken und wenn wir welche gefunden haben, werden wir Ihnen Bescheid geben. Vorerst bekommt sie bitte nur Mittel, die ihr körperlich weiterhelfen."
„Auf Ihre Verantwortung, Herr Callsen! Auf Ihre Verantwortung!"

Ohne ein weiteres Wort machte der Mediziner auf dem kleinen Absatz kehrt und verließ die Drei schnellen Schrittes. Piet sah die Jungen an und schüttelte mit dem Kopf.

„Kann sein, dass wir jetzt total überreagieren und alles völlig in Ordnung ist. Vielleicht bin ich auch nur übervorsichtig, weil ich Tini nicht helfen konnte, als sie mich am dringendsten brauchte. Aber ich glaub, wir machen das Richtige." Janine legte Piet die Hand auf die Schulter. Er war bedrückt. Sie waren alle drei bedrückt. Keiner von ihnen hatte geahnt, dass so etwas passieren könnte. Sonst hätten sie Tini auch mit Sicherheit nicht allein gelassen. Aber dass Henni so weit gehen würde – nein, das war wirklich nicht vorherzusehen.

Als alle drei wieder ins Zimmer kamen, sah ich von Gesicht zu Gesicht, aber ich konnte keine Regung spüren, die verriet, warum sie zusammen draußen waren und mit wem sie vor der Tür gesprochen hatten. Ich hatte die Stimmen zwar gehört, aber dem Gespräch nicht folgen können. Es war einfach zu leise.

„Mami, ich darf heute Nacht hier bei dir schlafen, gut?"

Janine lächelte mich an.

„Meinst du, das ist eine gute Idee?"
„Wegen der Tiere? Um die kümmert sich Piet."
„Nee, wegen dem Krankenhaus. Das ist doch nicht so unbedingt der tollste Ort für Mutter-Tochter-Gespräche."
„Aber es ist der Ort, an dem ich dir am nächsten bin."

Janine nahm meine Hand in ihre und sah mich mitfühlend an. Prompt kamen mir wieder die Tränen. Ich lächelte mein Kind an und hätte sie am liebsten herzlich an mich gedrückt. Aber in meinem Brustkorb tat es ziemlich weh, so dass ich es bei dem Wunsch beließ.

„Ich bring Janine gleich nach Hause, ein paar Sachen holen. Tom bleibt solange bei dir. In Ordnung?"
„Wenn das für Tom in Ordnung ist?" Ich sah ihn fragend an.

Tom nickte. Dann gab Janine mir ein Küsschen auf die Stirn und dann Piet mir eines auf die Seite meines Mundes, der am wenigsten blau war. Sie winkten mir in der Zimmertür noch einmal zu und weg waren sie. Tom setzte sich auf den Stuhl an meinem Bett und wusste nicht, wo er hingucken sollte. Ich beobachtete ihn eine Weile, dann siegte die Neugier:

„Und, was habe ich nun?"
„Wie meinen?"

„Na, welche Diagnosen?"
„Ach so. Das wissen Sie noch nicht?"
„Erstens: Sag nicht Sie zu mir, zweitens: Nein. Also?"
„Wenn nicht ‚Sie', was dann?"
„Hm, du zum Beispiel. Ich sag ja auch du zu dir. Und sonst komm ich mir ewig alt vor."
„Ok. Du. Also du hast eine Menge oberflächlicher Wunden und ein paar Prellungen. Drei Rippen sind gebrochen, eine ist angebrochen. Die Leiste hat auch etwas abbekommen, außerdem besteht der Verdacht auf Gehirnerschütterung. Der Doc will Dich eine Woche mindestens hier behalten."
„Uff. Na das ist doch mal ein Sümmchen. Soviel auf einmal hatte ich noch nie", versuchte ich zu unken.
„Jetzt kann ich Janine auch verstehen. Sie nehmen das alles gar nicht ernst, oder?!"
„Was meinst du?"
„Naja, Janine macht sich echt Sorgen um Sie und Sie versuchen, alles lustig abzutun."
„Erstens -"
„Ich hab's verstanden, DU auch?!"

Tom wurde deutlich und ich verstand, dass ich nun doch mit meinem Versuch, alles auf die lustige Art hinzunehmen, anecke. Gut, ich konnte auch ernst sein und nun musste ich es wohl.

„Du hast ja Recht. Es war echt Mist, was meine Schwester gemacht hat und es geht mir auch echt schlecht. Und das nicht nur wegen gebrochener Rippen und so. Ich hab tierisch Angst, dass einer aus der Familie herkommen und das ganze wiederholen könnte. Schätze, ich werde kein Auge zubekommen heute Nacht."
„Schon besser. Wie soll man sich denn ein Beispiel an den sogenannten Erwachsenen nehmen, wenn die nie ernst sind?!", jetzt unkte Tom und sah mich verschmitzt an.
„Aber keine Sorge, wir sollen eine Liste aufstellen, wer alles nicht zu dir kommen darf und die wird dann im Schwesternzimmer und am Empfang ausgelegt. Also aus DER Familie kommt hier keiner rein!"

Der junge Mann machte sich auf seinem Stuhl groß, als wollte er sie im Fall der Fälle selbst in die Flucht schlagen. Das freute mich und tat mir auch gut. Denn ich wollte doch einen ganzen Kerl für meine Kleine als Freund. Einen, der im Leben steht und nicht so eine Memme wie mein Schwager.

„Mit der Liste kannst du gleich anfangen. Hast du was zu schreiben?"
„Ja, Blöcke und Stifte sind hier immer in den Nachtschränkchen."

Tom zog die Schublade auf und holte einen DinA-5-Schreibblock und einen Bleistift heraus. Er schlug die Beine übereinander, spitzte den Stift und sagte in hoher Tonlage wie die schlechte Kopie einer Sekretärin, die Haare zurückwerfend: „Frau Direktor, ich bin bereit zum Diktat."

Ich musste lächeln. Kopfschüttelnd kam ein bisschen gute Laune zu mir zurück. Ich gab ihm die Namen auf, nannte auch die meiner kleinen Nichte und meines kleinen Neffen. DER Familie traute ich alles zu, auch den Weg über ihre minderjährigen Kinder. Dann noch die Nadja Keller und Alex auf die Liste, das war's. Ich war froh, als ich all die Namen genannt hatte. Ein bisschen war es, als hätte ich sie jetzt zum letzten Mal gesagt. Doch mir war klar, dass ich vermutlich nicht drum herum kommen würde, die verhassten Worte hin und wieder wiederholen zu müssen. Auch vermutete ich noch einen Besuch der Polizei in den nächsten Tagen. Und das sicher nicht, um mir zu sagen, dass meine Peiniger den Rest ihres Lebens hinter schwedischen Gardinen verbringen würden, sondern schlicht, um meine Aussage aufzunehmen. Also würde ich alles nochmal erzählen müssen. Alles, wie es passiert war, noch einmal durchleben.

Meine Miene verdunkelte sich und erst nach einer Weile bemerkte ich Toms sorgenvolles Gesicht. Sogleich versuchte ich ein Lächeln.

„Hast du in letzter Zeit eigentlich mal mit Deinen Eltern gesprochen?"

„Was – äh, wieso?"
„Hast du?"
„Ja, vorhin. Aber das ist doch jetzt nicht so wichtig."
„Oh, ich finde schon. Darf ich fragen, was Ihr besprochen habt?"
„Ach, mein Vater hat mir erzählt, dass sie ein Haus gefunden haben, was sie kaufen wollen. Sie haben ja schon eine Weile gesucht und nun sind sie wohl zum ersten Mal beide Feuer und Flamme."
„Stimmt. Süderholm 85."
„Süderholm – Süderholm 85??"
„Ja. Genau."
„Klar, da wohnen Sie doch. Und Janine." Tom lächelte unwillkürlich.
„Nicht mehr lange", störte ich seine Gedanken.
„Nicht?"
„Nee, wir ziehen nach Langensee."
„Mist!"
„Wieso, ist doch um die Ecke."
„Naja. Aber wenn meine Eltern nun umziehen, muss ich ja wohl mit umziehen. Und Waldratshain ist nicht grade eine Metropole."
„Richtig, aber immer wenn du nach Flensburg willst, kommst du zwangsläufig durch Langensee durch – und sogar direkt an dem Haus vorbei, in dem Janine demnächst wohnt."
„Ach so?" Toms Miene hellte sich direkt auf. Er strahlte über das ganze Gesicht.
„Und wenn du ein Fahrrad dein eigen nennst, könntest du Janine auch busunabhängig besuchen kommen – was für sie allerdings nicht gilt, denn mein Kind ist in der Hinsicht leider ganz ausgesprochen faul."
„Ich, Fahrrad, ja klar, ich fahre immer Fahrrad, ich hab drei Räder." Der junge Mann war direkt aus dem Häuschen.
„Fein, dann hätten wir das ja geklärt und du könntest mir vielleicht einen kleinen Gefallen tun?"
„Welchen denn?", nun wurde er hellhörig.
„Deine Eltern anrufen und ihnen von meinem kleinen Unfall erzählen."
„Kleiner Unfall???"
„Genau, KLEIN! Ich will deine Eltern nicht verschrecken, aber ich

will das Haus verkaufen. Eigentlich will ich die Erinnerungen verkaufen und das auch gern so schnell es geht. Aber so wie ich jetzt aussehe, würden deine Eltern sicher einen gehörigen Schreck bekommen. Deswegen würde ich den Termin für den Kaufvertrag gern um eine Woche verschieben. Kannst du Deinen Eltern das klarmachen, ohne, dass sie vom Kauf Abstand nehmen?"

„Jetzt verstehe ich. Klar kann ich das. Meine Eltern sind aber Kummer gewöhnt. Ich wollte ja schon lange in die Medizin gehen und das hier ist auch nicht mein erstes Praktikum. Also meine Eltern sind den Anblick von blutenden und verbundenen Menschen mit und ohne Unterarmgehhilfen gewöhnt."
„Das könnte die Sache erleichtern. Rufst du sie bitte an? Mein Handy liegt im Kleiderschrank."
„Lass mal, ich nehme lieber mein eigenes. Wenn ich von Deiner Nummer aus bei meinen Eltern anrufe, kommt das vielleicht komisch rüber."

Tom sah mich vielsagend an und zog abwechselnd die Augenbrauen hoch. Ich musste leise lachen. Dann zückte er sein Handy und ging zum Telefonieren an die Fenster meines Krankenzimmers. Erst jetzt kam ich dazu, mir mal den Raum anzuschauen, in dem ich nun eine Woche bleiben sollte. Hellgrau gestrichene Wände, am oberen Rand mit einer Bordüre mit hellrosa Blümchen abgesetzt. Die Decke beige, in der Mitte des Raumes unpassend eine Neonleuchtröhre. Auf einem Tisch an der Wand mir gegenüber ein Strauß Kunstblumen auf einer 0815-Tischdecke. Ein weiteres Bett stand im Raum, das aber mit Folie zugedeckt war. Ich wunderte mich ein bisschen, dass ich in einem Zweibettzimmer untergebracht war. War ich doch ganz einfache Kassenpatientin. Aber vielleicht war kein anderes Zimmer mehr frei. Gehobene Ausstattung war es dennoch nicht. Egal, Hauptsache ich würde hier nicht wieder eine Überraschung erleben, was für einen Bettnachbarn ich dazubekommen würde. Naja Henni konnte es ja nicht sein, die war im Bau und verletzt hatte sie sich ja soweit ich wusste nicht. Sie hatte ja prügeln lassen und nicht selbst Hand angelegt.

Ich freute mich, dass Janine die nächste Nacht hier bei mir sein würde. Das gab mir Sicherheit. Denn irgendwie traute ich keinem mehr. Sogar die Tabletten, die sie mir auf den Nachttisch gelegt hatten, hatte ich hinterfragt. Was was sei und wozu ich es bekommen würde. Ich wollte es ganz genau wissen. Es war auch wieder das gleiche Krankenhaus, in dem ich in den letzten Monaten schon so oft war. Nur den dicken Arzt, den ich jetzt hatte, kannte ich von meinen vorherigen Besuchen nicht. Kein Sympathieträger, aber er sollte mich ja auch nur zusammenflicken, mehr nicht. Aber hier hatte ich auch Nadja kennengelernt hatte, hier kannten sich sowohl Nadja, als auch Henni, als auch Manni aus. Unwohlsein kroch in mir hoch. Ich wollte hier nicht sein. Konnte ich nicht wo anders hin? Hier fühlte ich mich nicht wohl.

Tom winkte aus dem Fenster hinunter auf die Straße, im gleichen Moment verabschiedete er sich am Telefon und steckte es in seine Hosentasche.

„Sag mal Tom -"
„Jepp?"
„Kann ich nicht in ein anderes Krankenhaus verlegt werden? Ich fühl mich nicht wohl hier."
„Hm, geht bestimmt. Mal Piet fragen. Er und Janine sind grad auf dem Weg hierher."
„Oh wie schön."

Ich lächelte, dennoch zog ich mir die Decke bis unter die Nase, wie einen Schutz vor der Außenwelt. So wie ich es als Kind schon gemacht hatte, wenn ich mal wieder Alpträume hatte. Dann hatte ich mir die Decke soweit über den Kopf gezogen, dass nur noch die Nase herausschaute. Und dann redete ich mir fest ein, dass sie mich schützen würde, wie ein Schutzschild aus Science-Fiction-Filmen.

Die Tür flog auf und Janine trat ins Zimmer. Sie sah mich vorwurfsvoll an und warf mir meine Anti-Depressiva auf die Bettdecke. Dann stemmte sie die Fäuste in die Hüften und tippte mit dem Vorfuß auf den Boden. Ich sah, dass sie nicht böse war, aber ganz offensichtlich war eine Erklärung fällig.

„Die? Äh, ja, die hab ich weiter genommen. Hat mir Doc Steiner verschrieben."
„Ich dachte, du nimmst die nicht mehr! Hast du jedenfalls gesagt!"
„Weißt du, bei dem ewigen Streit mit Oma und Opa war es einfach besser, dass ich die Dinger weitergenommen habe. Entschuldige, dass ich Dich angelogen habe. Ich wollte nicht, dass du dir Sorgen machst."
„Hat nicht funktioniert!"

Jetzt sah sie aber gar nicht mehr so ärgerlich aus, wie sie wohl aussehen wollte, zumindest begann ihr Kinn sorgenvoll zu zucken. Ich streckte meinen Arm in ihre Richtung aus. Mein Kind kam zu mir, nahm meine Hand.

„Mensch Mama. Wir haben doch nur uns beide. Da müssen wir doch ehrlich zueinander sein."
„Meine Worte, ich weiß. Eltern sind manchmal komisch, wirst du auch noch, wenn du ein Elternteil bist. Es tut mir leid, meine Große."

Ich zog sie zu mir ran und gab ihr ein Küsschen auf die Wange.

„Bettina möchte verlegt werden. Sie fühlt sich hier nicht wohl. Piet, hattest du nicht ein paar Beziehungen?"

Piet guckte verdutzt, schaltete dann aber gleich.

„Kein Problem. Ich muss nur mal kurz telefonieren. Äh, jetzt gleich verlegt werden?"
„Wenn es geht", antwortete ich.

Noch in der gleichen Nacht wurde ich in eine kleine Privatklinik verlegt. Piet kannte dort einen der Oberärzte noch aus dem Studium. Mit einem Hinweis auf einen verfrühten Einsatz

Psychopharmaka von Dr. Best konnte er meine Sofortverlegung durchdrücken.

(Später stellte sich heraus, dass Dr. Best gar kein Dr. war, sondern eine Studie am Laufen hatte, in der es um die Unterstützung bei der Behandlung von Unfallopfern durch frühzeitigen Einsatz von Psychopharmaka ging. Das hätte ihm den begehrten Doktortitel eingebracht. Ich war sehr froh, dass mein Freund so umsichtig gehandelt hatte. Versuchskaninchen wollte ich nun wirklich nicht sein.)

ich erzielt hatte, zeigte er sich beeindruckt.

„Sie haben Immobilienkauffrau gelernt?"
„Was? Nee, im Gegenteil. Ich hatte kaum Gelegenheit, meinen Eltern über die Schultern zu gucken. Sie haben das alles in Eigenregie gemacht. Und dabei hätte ich wirklich gern vorher schon mitgemischt, aber meine Eltern haben das nie zugelassen. Ich bin ins kalte Wasser gefallen, als ich erbte."
„Und dann haben Sie das an Gewinn rausgeholt? Alle Achtung!"

Einen Moment lang hatte ich das Gefühl, veräppelt zu werden. Ich sah mein Gegenüber schräg an. Auch Frau Christensen war still geworden und hatte nur zugehört.

„Es ist an der Zeit, dass ich mich mal richtig vorstelle, glaube ich. Mein Name ist Maxim Christensen, ich bin der Geschäftsführer der Immo-Markt GmbH Hamburg."
„Genau! Jetzt verschaukeln Sie mich aber gehörig!", lachte ich auf.
„Nein, tut er nicht. Mein Mann ist seit 20 Jahren Geschäftsführer der Immo-Markt GmbH und seitdem ist das Unternehmen am Wachsen."
„Haha! Und da kaufen Sie von mir ein Haus und wollen mir auch noch einen guten Preis machen. Ich glaube, bei dem Geschäft kann ich nur verlieren. Danke für die Lehrstunde."
„Was? Nein, wo denken Sie hin? Was Süderholm 85 angeht, werden wir uns sicher einig. Und ich werde es mir bestimmt nicht mit einer meiner besten Mitarbeiterinnen verscherzen und sie beim Hausverkauf über den Tisch ziehen. Das wäre ja noch schöner!"

Ich stutze. Was hatte er gesagt? Mitarbeiterin? Was war das denn jetzt? Ein Jobangebot etwa, oder hatte ich nun restlos alles in den verkehrten Hals bekommen? Fragend sah ich mein Gegenüber an mit einer Miene, die nur pure Verunsicherung ausdrücken konnte.

„Mit-ar-bei-ter-in??"
„Ja, wenn Sie mögen, herzlich gern. So jemanden wie Sie brauche ich."

„In Hamburg."
„Nein, in Hamburg doch nicht. Hier, hier oben an der Ostseeküste. Alles, was Sie brauchen, ist ein Internetzugang. Ein Büro wäre auch praktisch, aber von der Sache her können Sie auch im Strandkorb arbeiten, wenn Sie das wollen. Hamburg ist mein Refugium, wenn ich Sie dahin hole, werde ich am Ende noch meinen Job los. Nee, nee."

Er strahlte über das ganze Gesicht und hielt mir seine ausgestreckte Rechte hin. Die Zweifel ließen mich so schnell aber nicht aus ihrem festen Griff.

„Und das nur, weil ich drei Häuser ganz gut verkauft habe?"
„Ganz gut? In **der** Lage und in **dem** Zustand, in dem die Häuser waren, hätte ich nicht mal die Hälfte dafür rausgeholt. Ich wäre ein Idiot, Sie nicht auf der Stelle unter Vertrag zu nehmen!"
„Und ein Idiot ist Maxim ganz und gar nicht gern, Frau Brodersen, das kann ich Ihnen sagen."

Seine Frau lachte und ermunterte mich, einzuschlagen.

„Nur zu, ein besseres Angebot bekommen Sie heute nicht mehr."
„Wissen Sie eigentlich, wie viele Bewerbungen ich schon an alle möglichen Immobilienmakler geschickt habe, ohne Resonanz, ohne auch nur zum Vorstellungsgespräch geladen zu werden? Nicht mal eine Umschulung durfte ich machen. Und jetzt bieten Sie mir einen Job an, einfach so, aus heiterem Himmel? Wahnsinn! Ja klar, sage ich zu. Ich bin nämlich auch nicht gerne ein Idiot!"

Unsere Hände klatschten ineinander und nun lachten wir alle drei. Meine Hand tat von dem festen Händedruck zwar ziemlich weh, aber die Freude war größer als jeder Schmerz. Frau Christensen legte ihre Hand auf unsere und ihre andere Hand leicht auf meine verbundene Schulter.

Eine Weile blieben die beiden noch und wir sprachen über das Immobiliengeschäft heute und in den vergangenen 20 Jahren. Herr Christensen hatte unglaublich viel zu erzählen. Und ich hörte ihm gebannt zu. Irgendwann merkte ich, wie mir die Müdigkeit in die Knochen kroch. Ich lehnte mich im Bett zurück und meine Augenlider wurden zunehmend schwerer. Melinda Christensen merkte es zuerst und unterbrach ihren Mann in einem gerade besonders großen Redeschwall. Sie deutete auf mich und gab ihrem Gatten unbemerkt Handzeichen.

„Frau Brodersen, wir gehen dann mal wieder. Sie brauchen noch Ruhe."
„Was? Ja, ich glaub, ich bin noch nicht wieder auf dem Damm."
„Ruhen Sie sich aus. Wir telefonieren wieder, ja? Gute Besserung."

Schon waren die beiden verschwunden und es dauerte nur Sekunden, bis der Schlaf mich übermannte. Ich sank in die Federn, sank tiefer und tiefer und in meinem Traum wuchsen Häuser um mich herum wie Pilze aus dem Boden. Trotzdem war der Himmel hell und strahlend schön. Ich sah mich im feinen Kostümchen zwischen den Häusern umherspazieren, mit unterschiedlichen Leuten in die Gebäude hinein- und wieder hinausgehen. Hände schütteln, lächeln, mir durch die langen roten Haare streichen. Doch mit einem Mal wurde der Himmel dunkler. Ganz hinten nur ein kleiner Fleck, der zunehmend größer wurde und nach und nach alles überschattete. Plötzlich taten sich die Himmelsschleusen auf und es begann wie aus Eimern zu schütten. Ich wurde klatschnass und stand auf einmal ganz allein auf einem großen Marktplatz. Die Häuser waren zurückgewichen, wurden immer kleiner, immer dunkler, immer bedrohlicher. Um mich herum war es fast schwarz. Ich war nass und ängstigte mich. Dann ein Lachen. Ein bitterböses Lachen. Hennis Lachen. Ihr Lachen, als Alex auf mich einschlug. Ich fühlte die Schläge in meinem Gesicht, fühlte das Blut lauwarm über meine Wangen laufen, fühlte die Hilflosigkeit, nicht hochzukommen, nicht aufstehen zu können. Ich wollte hoch, ich wollte weg, wollte weglaufen. Meine Beine machten nicht mit, ich war wie gelähmt. Immer mehr Schläge bekam ich ab. Mal von Alex, mal von Nadja, dann plötzlich auch von meiner Mutter! Mit dem Absatz vom Schuh. Sie schlug mir auf die Rippen. Es tat so weh, ich schrie vor Schmerz!

Im nächsten Moment schreckte ich hoch. Um mich herum war es dunkel. Es war Nacht und ich war allein in meinem Zimmer. Meine Rippen taten mir unendlich weh. Ich hielt mit einer Hand den Verband unter meiner Brust. Ich hörte das Pochen meines Herzens wie Schüsse in dem stillen Raum. Angst! Alles, was ich fühlte, war Angst! Wenn jetzt die Tür aufginge, ich würde sicher einnässen. Ich hatte solche Angst. Wie damals, wenn ich als Kind wieder mal einen Alptraum hatte. Dann kam meine Mutter zu mir und tröstete mich. Liebevoll, zärtlich. So, wie Mütter ihre Kinder trösten: Sie nahm mich in den Arm, strich mir über das Haar und machte „Pschtscht", sagte, alles würde wieder gut werden und wiegte mich in ihren Armen. Wie selten sie das tat. Doch war es das schönste Gefühl, das ich kannte.

Tränen liefen mir übers Gesicht, tropften auf die Bettdecke, die ich mir um die Beine geschlungen hatte. Ich saß da, zusammengekauert, meine Arme umgriffen die angewinkelten Knie, und sah starr geradeaus, hinaus in die Dunkelheit. Sie ängstigte mich. Ich begann zu zittern, meine Kiefer klapperten aufeinander. Die Angst breitete sich in meinem Körper aus und legte ihn lahm. Ich konnte mich nicht bewegen, nur zittern.

Leise öffnete sich die Tür, eine Schwester blickte hinein, jung, vielleicht zwanzig Jahre alt, kurze dunkle Haare. Sie sah mich und machte ein schwaches Licht an. Dann kam sie zu mir und setzte sich neben mich. Allein, dass sie da war und ich nicht mehr allein, beruhigte mich.

„Alles Mist, oder?", fragte sie trocken.

Ich nickte. Wasser stand in meinen Augen, ein Kloß in meinem Hals hinderte mich am Sprechen.

„Wird schon wieder. Wird alles wieder gut. Ich versprechs."

Zum Schwur hielt sie Zeige- und Mittelfinger gespreizt in die Luft.

„Scheiß-egal-Tablette?"

Ich nickte wieder. Sie zur Antwort auch. Dann stand sie auf, ging kurz hinaus und kam dann mit einem kleinen durchsichtigen Plastikbecher mit einer erbsengroßen runden Pille und einem weißen Trinkbecher mit Wasser wieder. Ich schluckte die Pille mit dem Wasser runter und behielt den durchsichtigen Becher in der einen Hand, den weißen in der anderen Hand. Die Schwester nahm mir beides aus den Händen, stülpte sie ineinander und nahm wieder neben mir Platz.

Wir sprachen kein Wort. Nur mein regelmäßiges Schluchzen durchbrach die Stille. Aber auch das wurde weniger. Als mein Atem wieder ruhiger war und die Tränen versiegt, begann die Tablette zu wirken. Meine Augen fielen zu. Ich sah zur Seite, doch die Schwester war nicht mehr da. Auch keine Delle fand sich in der Bettdecke, wo sie gesessen hatte. Hatte ich mir das denn alles eingebildet? Ihren Namen wusste ich nicht. Auf das Namensschildchen hatte ich nicht geachtet. Die Zimmertür war zu, aber das schwache Licht war noch an. Jetzt erkannte ich es auch: Es war ein Kindernachtlicht, mit der Abbildung einer freundlichen kleinen Krankenschwester darauf, jung, kurze dunkle Haare. Hatte meine Phantasie mir einen Streich gespielt? Wieder mal? – Es war mir egal. In mir breitete sich allmählich ein Hauch von Wohlbehagen aus. Die Angst wich, ich war nur noch müde. Ich legte mich zur Seite, zog die Beine an und schlief ein.

Kapitel 49

Dienstag, anderthalb Wochen nach dem Überfall von Henni, wurde ich entlassen. Es war ein mieser Tag, regnete Bindfäden und ein Gewitter jagte das nächste. Ich saß im Krankenhauswartebereich, mein schwarzer kleiner Reisekoffer neben mir, und begann allmählich zu schwitzen, denn ich war bereits vollständig angezogen, inklusive Jacke und Schuhe. Meine Füße wurden langsam warm, mir am Hals ebenso. Wo blieb Piet nur? Er wollte mich doch abholen. Gut, ich war ein klein wenig zu früh fertig geworden, aber das hieß doch nichts.

Ehe mir noch der Schweiß von der Stirn zu laufen drohte, zog ich meine Jacke wieder aus und legte sie neben mich. Ich beobachtete die Menschen um mich herum. In einer Ecke saß ein hagerer junger Mann, richtig ausgemergelt wirkte er. Blasse Haut, schütteres Haar. Ich erkannte, dass er noch jung war, doch sein Äußeres vermittelte den Eindruck eines Greises. Er sah traurig aus, fertig, ausgelaugt. Warum er wohl hier war, fragte ich mich. Ob er Drogen nahm? Wie sah wohl jemand aus, der Drogen nahm? Ich hatte keine Ahnung, kannte ich doch nur die Begriffe, auch die lateinischen. Aber die Krankheitsanzeichen dazu kannte ich in der Regel nicht. Ich schlug sie manchmal nach, wenn ich etwas von den Diktaten meines Chefs nicht verstanden hatte. Er hatte ein dickes grünes Buch, in dem alles beschrieben stand, auch gern mit Bildern – nicht immer ein schöner Anblick. Aber meist vergaß ich die Bilder auch schnell wieder. Dann ging es ja auf dem Band weiter und ich folgte der Geschichte, die mein Doktor zeichnete.

Ich sah wieder weg, richtete den Blick nach vorn. Am Empfangstresen stand eine korpulente Frau mit blondierten kurzen Haaren. Kurz bekam ich einen Schreck: Von hinten sah sie ein bisschen aus wie Henni. Doch dann sah sie zur Seite und ich erkannte, dass ich sie nicht kannte. Gott sei Dank!, schickte ich ein Stoßgebet zur Decke. Die Frau sprach mit der Angestellten des Krankenhauses, diese deutete dann nach hinten in die Ecke, wo der junge hagere Mann saß. Die Rundliche erkannte den Mann, lächelte sofort und hob den Arm zum Gruß. Ich sah nach hinten, den jungen Mann an. Der sprang auf wie der junge Frühling und spurtete durch den Raum. In dem Moment, als er vor Freude lachte, war das ganze kränklich wirkende an ihm verschwunden. Er sah aus wie das blühende Leben. Keine Spur mehr von den Krankheiten, die ich ihm vorher im Geiste angedichtet hatte.

Ich schalt mich selbst, dass ich jemandem nur vom Ansehen her gleich eine Krankheit angeheftet hatte. Wie meine Mutter damals. Die sah jemanden auf der anderen Straßenseite und gab gleich Kommentare und Mutmaßungen ab über das Leben und die Vorgeschichte dieses Menschen – und das meist wenig schmeichelhaft. Nein, so wollte ich auf keinen Fall sein oder werden. Außerdem hatte ich ja wohl mit meinem eigenen Päckchen genug zu tragen. Ich war auch keine 20 mehr und das sah der geneigte Betrachter auch. Falten hatten sich Zutritt zu meinem Gesicht verschafft und die Ursache, warum ich hier im Krankenhaus gewesen war, zeichnete sich auch noch farblich auf meiner Haut ab. Kein Wunder, dass die Leute, die durch die Empfangshalle gingen, mich anstarrten. Ein unangenehmes Gefühl. Auch der junge Mann, den ich erst taxiert hatte, blickte mich nun entsetzt an. Doch im Gegensatz zu den anderen wirkte er nicht angewidert.

Dann plötzlich sagte er der dicken Frau etwas ins Ohr, machte sich von ihrem Arm, an dem er bis dahin innig gehangen hatte, los und kam zu mir.

„Ich weiß, wir kennen uns nicht, aber ich weiß da jemanden, den Sie kennenlernen sollten."

Dann hielt er mir eine dezent bunte Visitenkarte hin. Ich guckte ihn fragend an, doch er war verstummt, wackelte nur leicht zum Nachdruck mit der Karte vor meinem Gesicht hin und her. So nahm ich das Stückchen Papier, der Junge nickte mir kurz und leicht lächelnd zu und drehte sich um. Auf dem direkten Weg marschierte er zu der rundlichen Frau, die sich an den Tresen lehnte und mit dem einen Finger leicht auf ihre Armbanduhr tippte.

„Jonas, wir müssen."
„Schon ok, mum. Wir können auch."

Ich sah ihm nach, als er am Arm seiner Mutter das Krankenhaus verließ. In der Tür drehte er sich noch einmal kurz um und sah mich eindringlich an. Dann verschwand er. Kopfschüttelnd sah ich ihm eine Weile nach. Dann guckte ich mir die Visitenkarte genauer an:

Petra Eckart – Diplom-Psychologin

Was sollte das denn? Sah ich so gestört aus, dass ich psychologische Hilfe brauchte? Erst war ich ein bisschen verärgert. Doch dann gestand ich mir ein, dass ich vermutlich wirklich aussah, wie ein Häufchen Elend. Kurioserweise kannte ich die Psychologin, die ihre Visitenkarte in blassen Tönen wie ein Pastell-Landschaftsbild hatte gestalten lassen und darauf in blauen Lettern ihren Namen und den Beruf hatte drucken lassen. Das war meine Therapeutin, die mich schon vor einigen Jahren behandelt hatte, als ich nach der Trennung von meinem Ex-Mann Gelüste verspürte, ihn ins Jenseits zu befördern. Sie war gut, diese Frau Eckart. Aber was hatte der Junge wohl mit ihr zu tun? Ob er auch bei ihr in Behandlung war? Oder sie einfach nur kannte.

Mich schockte aber, dass jemand wildfremdes mir die Visitenkarte einer Psychologin in die Hand drückte. Wie schlimm musste ich aussehen? Das machte mich traurig. Sofort fühlte ich wieder die Tränen in meine Augen steigen. Schnell klappte ich die Lider auf und zu, um das Wasser zu vertreiben, konnte doch nicht überall und bei jeder Gelegenheit das Heulen kriegen! Die Karte wanderte in meinen Koffer und aus meiner Jacke holte ich ein Taschentuch heraus. In der gleichen Tasche erfühlte ich den kleinen Taschenspiegel, den ich Janine in den letzten Adventskalender gesteckt hatte. Es war eine der Kleinigkeiten, auf die sie sich jedes Jahr vor Weihnachten stürzte. Wenn man einmal mit sowas wie einem selbstgemachten Adventskalender anfängt… Nein, ich machte es ja gern. Und sie freute sich so darüber.
Ich nahm den Spiegel heraus und sah hinein. Das war wirklich

kein schönes Bild. Nicht nur die blauen Flecken und die immer noch geschwollene Lippe. Meine Augenlider hingen herunter, die Mundwinkel auch. Kein Kick, keine Fröhlichkeit, nichts was irgendwie nach Leben aussah. Ich bot ein Bild wie der sprichwörtliche Tod auf Latschen. Oh du meine Güte! Ich war wirklich zum Anstarren.

Jetzt fühlte ich mich endgültig schrecklich. Wo zum Teufel blieb mein Freund?! Hatte er mich vergessen, oder was? Mich durchdrang das Gefühl, dass mich jeder angaffte, egal ob er in die Halle kam oder wieder hinausging. Auch die Pfleger und Ärzte, die durchs Bild liefen, schienen den Blick nicht von mir abwenden zu können. Wie ein Elefant im Zoo kam ich mir vor. Grässlich! Ich wollte hier weg. Und sei es nur optisch. Ich begann, in meiner Tasche zu wühlen. Ich zog das Handy raus und öffnete den Spieleordner. Wie besessen spielte ich ein Spiel nach dem anderen, den Kopf gesenkt und die Haare seitlich herabgelassen. Ein Wischmopp dürfte nicht wesentlich anders ausgesehen haben, aber das war mir egal. Durch meinen Schopf hindurch sah ich, dass mich kaum mehr jemand wahrnahm. Ich atmete tief durch und beruhigte mich allmählich.

Dann endlich kam Piet in die Halle gelaufen. Er sah sich suchend um, drehte sich um seine eigene Achse. Erst als ich den Kopf hob, erkannte er mich. Er verzog das Gesicht ein wenig, kam dann aber schnell und lächelnd auf mich zu.

„Meine Liebe, wie geht's dir? Ich bin so froh, dass ich Dich abholen kann. Alles klar? Du siehst blass aus."
„Blass? Das wäre schön, nee, eher bunt, schätze ich."

Piet lachte und gab mir einen zarten Kuss. Dann schnappte er sich mein Köfferchen und ich mir Jacke und Handtasche. Mit der freien Hand griff ich nach seiner.

„Hey, der Gips ist ja ab!", freute er sich.
„Ja, haben die bei der Gelegenheit gleich mit gemacht. Alles noch

ein bisschen wabbelig, aber das wird schon."
„Aber richtig da bist du immer noch nicht, oder?"
„Guck nicht so besorgt, das wird alles wieder besser, wenn ich zu Hause bin."
„Zu Hause, äh, du, da gibt es ein Problem."

Ich blieb abrupt stehen.

„Was für ein Problem?"
„Nun ja, die Eheleute Christensen, also Toms Eltern, die wollten gern so schnell wie möglich in ihr Haus rein."
„Ja, so war das abgemacht. Aber es ist doch noch gar nicht alles in trockenen Tüchern."
„Naja, den Kaufvertrag habt Ihr doch schon soweit vorbereitet, oder?"
„Ja, aber doch noch nicht unterschrieben. Das ist doch erst für morgen geplant."
„Schon. Aber ich konnte den beiden den Wunsch auch irgendwie nicht abschlagen. Sie haben dir doch einen Job angeboten-"
„Auf den ich mich auch wirklich sehr freue-"
„Ja, und sie haben doch schon so lange nach einem Haus gesucht."
„Ja? Und?"
„Und deswegen habe ich mit Tom und Janine dein Elternhaus zu Ende renoviert. Gestern sind Christensen eingezogen."

Piet ließ den Kopf hängen und zog die Schultern hoch, hatte wohl Angst, jetzt eine Riesen-Standpauke zu bekommen. Doch ich war nur noch erleichtert, dass ich das zumindest schon abgehakt hatte. Dass Christensens anstandslos den Kaufvertrag unterzeichnen und die Kaufsumme bezahlen würden, stand für mich außer Frage.

„Ein Glück! Die Sorge bin ich los. Vielen Dank, mein Schatz."
„Du bist nicht sauer?"
„Nee, sollte ich? Nur, wo sind meine Sachen? Noch in meiner Wohnung oder im Container?"
„Con- was? Nein, Quatsch. Da habe ich eine kleine Überraschung für Dich."
„Überraschung? Ich bin ja nicht so ein großer Fan von

Überraschungen. Die mache ich lieber für andere. Aber selber – ich weiß nicht."
„Komm schon. Sei kein Frosch. Ich fahr Dich jetzt zu Deiner Überraschung. Wird gaaanz toll, wirst schon sehen."

Je mehr er sagte, umso spanischer kam mir das alles vor. Wo hatte er wohl meine Sachen hingetan? Waren sie am Ende ausgetauscht gegen modernere? Waren meine Erinnerungen jetzt in irgendwelchen pseudo-modernen Presspappe-Möbeln? Oder am Ende durchreduziert? Hatte er jetzt in meinen Sachen gewühlt und Dinge gefunden, die ich gern vorher noch sagen wir mal ‚umgesiedelt' hätte? Dinge, die jede Frau, vermutlich auch jeder Mann so für sich allein hat oder eben auch nicht.

Mir stieg die Schamesröte ins Gesicht. Jetzt war mir langsam alles nur noch peinlich. Was war in den anderthalb Wochen bloß passiert, als ich nicht da war?

Die Autofahrt kam mir unendlich lang vor, dabei war es der gewohnte Weg aus Flensburg heraus, die Bundesstraße entlang, am Hühnerhof vorbei, dann nach Langensee und vorbei an den beiden kleinen Häuschen – vorbei…. Piet bremste kurz vorher ab und setzte den Blinker. Ich sah ihn fragend an. Er aber grinste nur noch breit von einem Ohr bis zum anderen. Ich hatte ein bisschen Angst, sein Kopf könnte nach hinten überkippen.

Auf dem Hof sah ich dann auch schon Janine, die sich liebevoll an ihren Tom drückte. Seine Hand um ihre Taille verschwand unauffällig, als er mich sah. Daneben standen seine Eltern und auf der anderen Seite Karl, dem die beiden Häuser gehörten. Und dann war da noch eine Person. So eine, die amtlich wirkte, mit Anzug, Hemd, Schlips und Kragen. Aktentasche unterm Arm, aber nicht ganz dazu passend mit einem Strahlen im Gesicht, das seinesgleichen suchte. Alle winkten mir fröhlich zu und lachten und freuten sich – worüber auch immer. Ich wurde zusehends unsicherer. Was hatte das alles zu bedeuten?

Piet hatte angehalten, war aus dem Wagen gesprungen und zu

meiner Tür geflitzt. Er öffnete mir und half mir beim Aussteigen. Ich sah die Menschenansammlung zweifelnd an, legte den Kopf schief und fragte in die Runde: „Kann mich mal einer aufklären, bitte? Ich versteh grad nur Bahnhof."

Schallendes Lachen allseits. Janine machte sich von Tom los und kam zu mir gelaufen. Sie umarmte mich und begann zu erzählen:

„Das war Piets Idee. Er meinte, wir sollten dir quasi einen Neustart in ein neues Leben erleichtern. Und das hier sind doch die Häuser, die du von Karl kaufen wolltest. Hat Karl uns jedenfalls bestätigt. Also haben wir mit Karl gesprochen und der war sofort einverstanden."
„Einverstanden? Womit?"
„Na, dass wir schon mal renovieren und einziehen und der Kaufvertrag erst danach gemacht wird. Der Notar ist auch schon da. Kann alles gleich losgehen."

Ich stand da mit offenem Mund und schnappte nach Luft. Ich wusste gar nicht, was ich sagen sollte.

„Komm erstmal gucken. Ich zeig dir alles. Du hast dein Zimmer und ich – äh, also ich hab den Dachboden, mit Bad, also für mich. Aber du hast auch ein Bad, also ein eigenes, dann noch Wohnzimmer, Küche und so unsinniges Zeug. Aber dein Schlafzimmer musst du dir angucken, das hab ich entworfen. Du magst doch Purpur, oder?"
„Bitte?!"
„Nur Spaß."

Dann schob sie mich ins Haus und schleifte mich an der Hand von Raum zu Raum. Ich war begeistert. Das Haus war wunderschön geworden. Schöner hätte ich es auch nicht machen können. Dass die Substanz gut war, hatte ich ja schon bei meinem Besichtigungstermin damals festgestellt. Also war eigentlich „nur" zu renovieren. Dafür allein hätte ich Wochen gebraucht. Und nun war schon alles fertig. Und es war genau so, wie ich es auch gemacht hätte. Ok, der große Spiegel in meinem Schlafzimmer, den hätte ich vermutlich ausgelassen, aber das war jetzt nicht so wichtig.

Oben im Dachgeschoss hatte meine Kleine sich ein wunderschönes Reich eingerichtet. Das Bad war ein extra Raum nach Westen hin, der große Raum war ein einziges Wohlfühl-Schlafzimmer. In der Mitte ein großes Bett, am Rand unter dem einen Dachfenster ein Schreibtisch und an den Schrägen eingebaute Bücherregale.
Janine ließ sich auf ihr Bett fallen, deutete auf den Sternenhimmel aus selbstleuchtenden Plastiksternen, zog mich neben sich und sagte:

„Weißt du noch, damals? Als du mir in der Nacht vor meinem Geburtstag die ganzen Sterne an die Decke geklebt hast und jedesmal erstarrt bist, wenn ich mich bewegt habe? Ohne die Sterne wollte ich auch hier nicht sein. Schön, oder?"
„Ja, Mäuschen, wunderschön."

Mir kamen die Tränen und ich weinte vor Glück.

„Mami! Nicht traurig sein, ist doch alles gut jetzt."

Ich nickte und versuchte, den Tränenfluss zu stoppen, doch die Ereignisse überrannten mich einfach. Das Haus, alles fertig, alles eingerichtet, alles schön. Ich brauchte nur noch zu leben. Neu zu leben, einfach neu anzufangen. Genau so, wie ich es mir gewünscht hatte.

„Und Süderholm?", fragte ich, als ich mich einigermaßen berappelt hatte.
„Ist auch renoviert, ausgeräumt und Toms Eltern sind schon eingezogen."
„Wahnsinn! Das habt Ihr alles in anderthalb Wochen geschafft?"
„Wir hatten Hilfe. Einer hat immer geholfen. Freunde von mir und von Tom und von Piet. Und Toms Eltern haben die Kosten gedeckt. Das musst du dann noch vom Kaufpreis abziehen."
„Schlau, so sparen sie Steuern. Ganz schön clever, meine neuen

Chefs."

Nun war das Lächeln in mein Gesicht zurückgekehrt. Ich freute mich unwahrscheinlich, dass alles geklärt war, alles in trockenen Tüchern, ich brauchte mich um nichts mehr zu kümmern. Ich war so unglaublich erleichtert!

„Das Leben ist doch eines der schönsten, oder?"
„Mami, das hast du früher immer gesagt, als alles noch in Ordnung war, als Oma und Opa-"
„Ich weiß, das habe ich früher immer gesagt. Aber jetzt stimmt es doch wieder, oder?"

Janine nickte zögernd.

„Jetzt wird alles wieder gut. Wir haben eine verdammte Scheiß-Zeit hinter uns. Aber jetzt wird es wieder schön. Du mit Tom, ich mit Piet, wir beide mit diesem Haus."

Von unten rief Piet, während wir völlig relaxed auf Janines breitem Bett lagen:

„Der Kaffee ist fertig, Kuchen auch und dann möchte der Notar gerne zwei Kaufverträge abschließen. Habt Ihr vielleicht ein bisschen Zeit?"

Mein Kind und ich sahen uns grinsend an. Dann erschien Piets Kopf am oberen Rand der Treppe. Er hatte einen Jutebeutel in der Hand, der sich bedächtig ausbeulte.

„Und was ist eigentlich mit diesen kleinen Kupfermünzen, mein Schatz? Sie die was wert, oder können die weg?"

An seinem Gesicht sah ich, dass er mehr wusste als ich und sah ihn liebevoll strafend an.

„Sag schon, was du weißt!"
„Nun ja, ich hab mal eine schätzen lassen. Und das war echt ein

Erlebnis. Diese kleinen Dingerchen sind jeder einzelne 120,00 Euro wert. Wie viele hattest du davon?"

Ich riss die Augen auf.

„Aber das sind doch Fehldrucke. Sind Fehldrucke denn so viel wert?"
„Fehldrucke? Mein lieber Schatz, das ist echtes Gold und keineswegs ein Fehldruck. JETZT bist du in der Tat wohlhabend – und übrigens auch eine gute Partie…."
„Das bin ich auch ja wohl auch ohne die kleinen Dingerchen, mein lieber Freund!"
„Stimmt, aber mit…"

Er war zu uns herangekommen und beugte sich über mich. Ich griff mit der einen Hand nach dem Jutebeutel, mit der anderen nach dem Jackenkragen meines Freundes und zog ihn zu mir hinunter, bis sich unsere Lippen berührten. Ich schloss die Augen und genoss den zarten Kontakt und den wundervollen Geruch meines Freundes.

„Äh, ich bin dann mal weg. Soll ich die Tür zumachen?"

Janine war künstlich angewidert aufgesprungen und hüpfte lachend aus dem Zimmer.

Piet sank vorsichtig neben mich und strich mir die Haare aus dem Gesicht.

„Glücklich?"
„Ja, glücklich."

Dann lehnte er sich kurz zurück und bemühte sich, ein halbwegs ernstes Gesicht zu machen.

„Äh – sag mal: Würdest du mich eventuell ehelichen wollen? Jetzt, wo du eine gute Partie bist?"
„Nein, mein Lieber. Nicht traurig sein. Und das nicht wegen der

guten Partie, sondern weil ich das Kapitel Heiraten schon abgeschlossen habe. Du musst mich schon ohne Trauschein nehmen – wenn du willst."
„Klar will ich, meine kleine Chaosbraut!"

Ende